KB115520

두 개의 이름으로

리샹란과
야마구치 요시코

두 개의 이름으로

리샹란과 야마구치 요시코

초판인쇄 2020년 8월 31일 **초판발행** 2020년 9월 7일
지은이 야마구치 요시코 · 후지와라 사쿠야 **옮긴이** 장윤선
펴낸이 박성모 **펴낸곳** 소명출판 **출판등록** 제13-522호
주소 서울시 서초구 서초중앙로6길 15, 1층
전화 02-585-7840 **팩스** 02-585-7848
전자우편 somyungbooks@daum.net **홈페이지** www.somyong.co.kr

값 28,000원
ISBN 979-11-5905-502-7 03830

사진 1
갓 태어난 리샹란을 안고 있는 부모님

사진 2
두 살 무렵의 리샹란과
남동생을 안은 부모님

사진 3
여덟 살 무렵의 리샹란(왼쪽 끝),
뒷줄에는 부모님과 외할아버지

사진 4

외할아버지와 여덟 살 무렵의 리샹란(뒷줄 가운데)

사진 5
푸순 영안소학교 졸업 무렵, 야나세 도시코柳瀨俊子와 리샹란

사진 6
푸순 고등 여학교 무렵. 역시 도시코와 함께

사진 7
류바

사진 8
1987년에 찍은 베이징에 있는 판가의 내측 현관. 지금은 30세대가 살고 있다.

사진 9
베이징 판가에 있을 무렵 아빠와 함께

사진 10

뒷줄 왼쪽 두 번째 사람부터 히가시 혼간지의 오타니 법주大谷法主, 판위꿔이潘毓桂 씨, 장남 판준치엔潘駿千 씨. 앞 줄 왼쪽 세 번째 사람부터 오타니 법주의 부인이며 쇼와 황태자비 여동생 오타니 사토코智子. 동냥東娘, 위화月華, 잉화英華

사진 11
히가시 혼간지 오타니 법주 부부,
뒷줄 왼쪽 아버지, 리샹란,
여동생 기요코清子

사진 12
평상복을 입은 야마가 씨와
중국옷을 입은 야마가 씨

사진 13

만에이 배우 리밍(중앙)과 산책하는 야마가 도오루山家亨 씨(왼쪽)

사진 15

남편 역인 스한싱과 함께

사진 14

리샹란으로 데뷔한 〈밀월열차〉 촬영 무렵

사진 16
왼쪽부터 스한싱, 리샹란, 오른쪽 끝 장민

사진 17
데뷔 무렵 만에이 배우들과 함께. 왼쪽 세 번째부터 장민, 리샹란, 멍홍

사진 18

영화 〈원혼복수〉

사진 19
영화 〈철심혜심〉

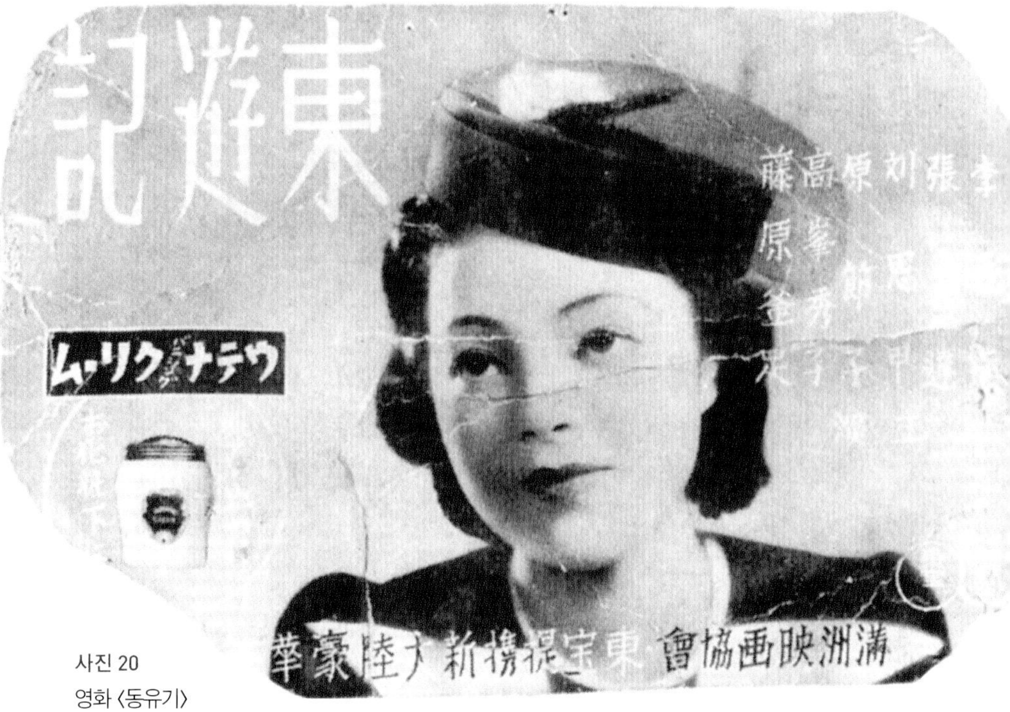

사진 20
영화 〈동유기〉

사진 21
만에이 사원 운동회 때의 이사장
아마카스 마사히코甘粕正彦(맨앞)

사진 22
신경의 만주영화협회 본부

사진 23
1938년 처음 일본에 왔을 때,
배우 하나야기 고기쿠花柳小菊(오른쪽)과 함께

사진 24
리샹란과 멍홍孟虹

사진 25
같은 시기 왼쪽 끝이 리샹란, 한 사람 건너 멍훙,
그 옆은 가수 마츠다이라 아키라松平晃

사진 26

같은 시기 왼쪽 두 번째부터 하라 세츠코宮野照子, 리샹란,
다게히사 치에코竹久千恵子, 사와무라 사다코沢村貞子

사진 28
영화 〈백란의 노래〉 취재차 베이징에 온
작가 구메 마사오久米正雄 씨와(1938)

사진 27
일을 도와주던 아츠미 아야코 씨와 리샹란, 여동생 세이코誠子

사진 29
소설가 무라타 다이지로村田泰次郎 씨와 함께

사진 30
연주여행 중에

사진 31
다카라즈카 가극단 아마즈 오토메天津乙女 씨와

사진 32
연주여행 중에

사진 33
서울(당시 경성) 공연여행 중에 한복을 입고

사진 34
영화 〈열사의 맹세〉.
왼쪽부터 리샹란, 에가와 우레오江川宇礼雄,
왕양汪洋, 하세가와 가즈오長谷川一夫와 함께

사진 35
영화 〈열사의 맹세〉.
왼쪽 두 번째부터 하세가와 가즈오長谷川一夫, 에가와 우레오, 한사람 건너 리샹란, 왕양汪洋

| 리샹란과 야마구치 요시코

사진 36
영화 〈열사의 맹세〉.
왼쪽부터 후지와라 가마타리藤原釜足,
한 사람 건너 하세가와 가즈오, 리샹란

사진 37
영화 〈지나의 밤〉을 촬영하러 후쿠오카에서
상하이로 도착했을 때. 하세가와 가즈오와

사진 38
영화 〈지나의 밤〉 촬영 모습

사진 39
가수 미우라 다마키三浦環 씨에게
레슨을 받고 있는 리샹란(1940년 무렵)

사진 40
미우라 다마키

사진 41
고가 마사오古賀 政男 씨와 함께

사진 42

1941년 2월 11일 니치게키를 둘러싼 군중

사진 43
1941년 무대공연 모습

사진 44
1941년 녹음 중 모습

사진 45
니치게키 공연 〈노래하는 리샹란〉 광고

사진 46
니치게키 공연 때 보디가드 역할을 한
고다마 히데미児玉英水 도호 문예부원

야마구치 요시코

사진 47
도호 사원여행 때의 고다마 씨(오른쪽)

사진 48

왼쪽부터 마츠오카 겐이치松岡謙一, 저널리스트 오야 소이치大宅 壯一,
사회자 마츠이 스이세이松井翠声, 작가 이시가와 다츠죠石川達三

사진 50
관동군 참모 겸 만주 궁연 어용계宮廷御用系
요시오카 야스나오吉岡安直

사진 49
리샹란의 첫사랑 마츠오카 겐이치

사진 51
리샹란과
요시오카 수기코悠紀子

사진 52

1945년 군사령관저에서
왼쪽 두 번째부터 가사하라笠原 참모장 부인, 만주국 둘째 공주,
야마다 오토조山田乙三 관동군 사령관 부인, 셋째 공주, 다섯째 공주, 요시오카 하츠코 부인

사진 53
영화 〈사욘의 종〉 대만 촬영(1943년 경) 현지 스텝과 배우

사진 55
영화 〈사욘의 종〉 촬영 모습

사진 54
가와시마 요시코川島良子

사진 56
영화 〈황하〉 촬영 모습

사진 57

영화 〈영춘화〉 스텝. 앞줄 왼쪽 세 번째 리샹란, 한 사람 건너 고구레 미치요木暮実千代, 뒷줄 왼쪽에서 두번째 영화평론가 이와사키 아키라岩崎昶

사진 58
부상병을 위문하는 모습

사진 60
리밍李明

사진 59
1941년 베이징 부상병 위문공연 일행.
왼쪽부터 하세가와 가즈오, 리샹란, 진도 에타로進藤英太郎,
한 사람 건너 에가와 우레오江川宇礼雄

사진 61
중국 인기배우들과 함께 왼쪽부터 바이훙, 야오리姚莉, 주슈안周璇, 리샹란, 바이광

사진 62
바이광과 리샹란

사진 63~64
영화 〈소주의 밤〉에서의 사노 슈지佐野周二와 리샹란

두 개의 이름으로

사진 65~66
영화 〈나의 꾀꼬리〉 촬영 장면

사진 67

영화 〈만세유방〉 제작 발표 당시 다섯 명의 주역.

왼쪽부터 웬메이완袁美雲, 왕인王引, 리샹란, 가오전페이高占非, 부완찬卜萬倉, 진운상陳雲裳

사진 68
베이징에서

사진 69

왼쪽부터 촬영장을 찾은 팡페이린方沛霖 감독, 영화 〈만세유방萬世流芳〉의 세 감독 부완창, 주시린朱石麟, 마쉐이방馬徐維邦, 리샹란, 장선군張善琨, 왕인王引

사진 70
왼쪽부터 부완창 부인, 리샹란, 부완창 감독,
왕단펑王丹鳳, 이와사키 아키라 씨

사진 71
리샹란과 왕인

사진 72
위엔메이윈袁美雲, 진운상陳雲裳, 리샹란

사진 73
진운상과 리샹란

사진 75
1942년 무렵 상하이에서.
왼쪽부터 장선군, 리샹란, 하즈미 미네오筈見恒夫, 이와사키 아키라

사진 74
촬영중인 진운상과 장선군

사진 76~79
영화 〈만세유방〉 장면들

사진 80
이와사키 아키라 씨와 리샹란

사진 81

1946년 4월 1일
상하이에서 돌아와 후쿠오카 도착했을 때
조사를 맡은 CIC 직원과
가와키다 나가마사川喜多長政와 함께

사진 82

퇴거증명서

退去證明書

本籍	佐賀縣杵島郡北方村大字志久五八一九
現住所	祥德路七十六衖三号 第一區北四十保九甲七戸
氏名	山口よし子 大正九年二月十二日生

家族欄

稱柄	氏名	生年月日
		年 月 日生
		年 月 日生
		年 月 日生
		年 月 日生
		年 月 日生
		年 月 日生

右者上海ヲ引揚ゲ歸國スルコトヲ證明ス

昭和二一年三月二七日

上海日僑自治會會長 土田

야마구치 요시코

사진 83
가마쿠라 가와키타 씨 집에 살 때
왼쪽부터 리샹란, 외동딸 와코, 가시코 부인, 나가마사 씨

사진 84
야마가 도오루山家亨 씨와 재혼한 부인

사진 86
아사가야阿佐谷 집에 온 무렵의 히로코

사진 85
19세 무렵의 야마가 히로코山家博子

사진 87
연극 〈부활〉에서 카추샤를 연기하는 리샹란

사진 88
영화 〈내 생애의 빛나는 날〉에서 함께 연기한
모리 마사유키森雅之와

사진 89
영화 〈맨발의 탈주〉 마지막 장면

사진 90

영화 〈추문〉에서 미후네 도시로三船敏郎와

사진 91
영화 〈맨발의 탈주〉 촬영 중에
다무라 다이지로田村泰次郎, 이케베 료池部良,
다니구치 센키치谷口千吉, 다나카 도모유키田中友幸

사진 92
영화 〈동은 동〉
리샹란의 뒤가 상대역 돈 테일러Don Taylor

사진 93

1951년 할리우드.

왼쪽부터 가와키타 나가마사, 헬렌 켈러, 한 사람 건너 킹 비더King Vidor 부부, 리샹란

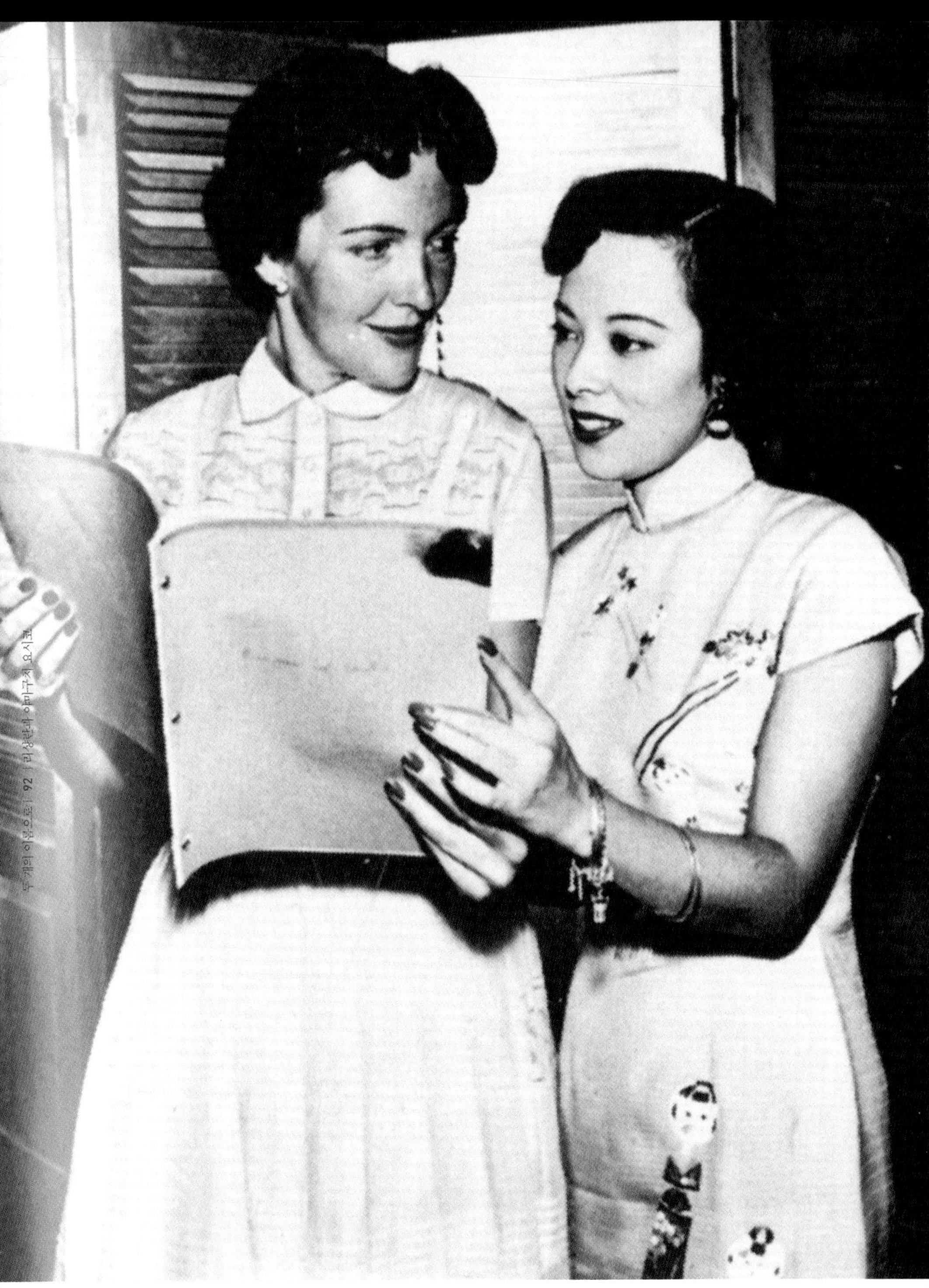

사진 94
영화배우이자 레이건 전 미국 대통령 부인 낸시 데이비스Nancy Davis와 함께

사진 95
루즈벨트 부인과 함께

사진 97

펄벅 여사(오른쪽 끝)와 함께 자택에서.
그녀의 집에서 만난 이시가키 아야코石垣綾子(왼쪽 끝)

사진 96

왼쪽에서 두번째 헬렌 켈러 여사, 오른쪽 끝 리샹란

사진 98
펄벅 여사와 함께

사진 99
이사무 노구치와 결혼식 날
1951년 12월 반야원般若苑에서
증인 우메하라 유사부로梅原龍三郎 부부와 함께

사진 100
오늘쪽 끝 화가 이노쿠마 겐이치로猪熊弦一郎 부부

사진 101
이사무 노구치, 기타오지 로산진北大路魯山人와 함께

사진 102
일본무용을 추는 찰리 채플린 씨

사진 103
결혼식 피로연에 참석한 영화인들.
앞 열 왼쪽부터 반야원 여주인, 다니구치 센키치谷口千吉 감독,
배우 와카야마 세츠코若山セツコ, 미후네 부인, 리샹란,
배우 미후네 도시로三船敏郎, 구로자와 아키라黒澤明 감독,
뒷줄 왼쪽부터 가와기타 나가마사 씨, 프로듀서 다나카 도모유키田中友幸 부부,
모토기조 니로本木壮二郎 감독 부부

사진 104
목공 디자이너 찰스 임스Charles Eames 씨 자택 파티에서.
앞줄 왼쪽부터 임스 씨, 요시코, 찰리 채플린 씨

사진 105
찰리 채플린 씨가 일본에 왔을 때 식당 이나기쿠稲菊에서

사진 106
영화 〈백부인의 요애〉에서 이케베 료池部良 씨와 함께

사진 107
영화 〈전국무뢰〉에서 미후네 도시로(왼쪽) 씨와

사진 109
은퇴 기념영화회 영화 〈도쿄의 휴일〉.
하라 세츠코 씨와 함께

사진 108
영화 〈안개 피리霧笛〉에서 미후네 씨와

사진 110
은퇴 기념 영화 〈도쿄의 휴일〉. 앞 줄 왼쪽부터 리샹란, 구지 아사미久慈あさみ, 우에하라 겐上原謙

東京の

사진 111
1958년 버마 랑군에서 외교관 오타카 히로시大鷹弘와 결혼. 양쪽은 하라原 대사 부부

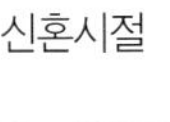

사진 112~113
전업주부로
보내던
신혼시절

사진 114
류바(중앙)와 부모님

사진 115
류바의 숙모 스타이나 부인과 사촌 피라

사진 116
베라 마르셀 여사
1984년 뉴욕에서

사진 117
1978년 전후 처음으로 중국을 방문했을 때.
창춘長春 촬영소에서 반가운 옛 동료들과

사진 118
푸순 시절 친한 친구인 야나세 도시코柳瀨俊子와 함께

사진 119
푸순 핑딩산 수난 동포 유골관

사진 120
푸순 핑딩산 수난 동포 유골관에서 헌화하는 모습

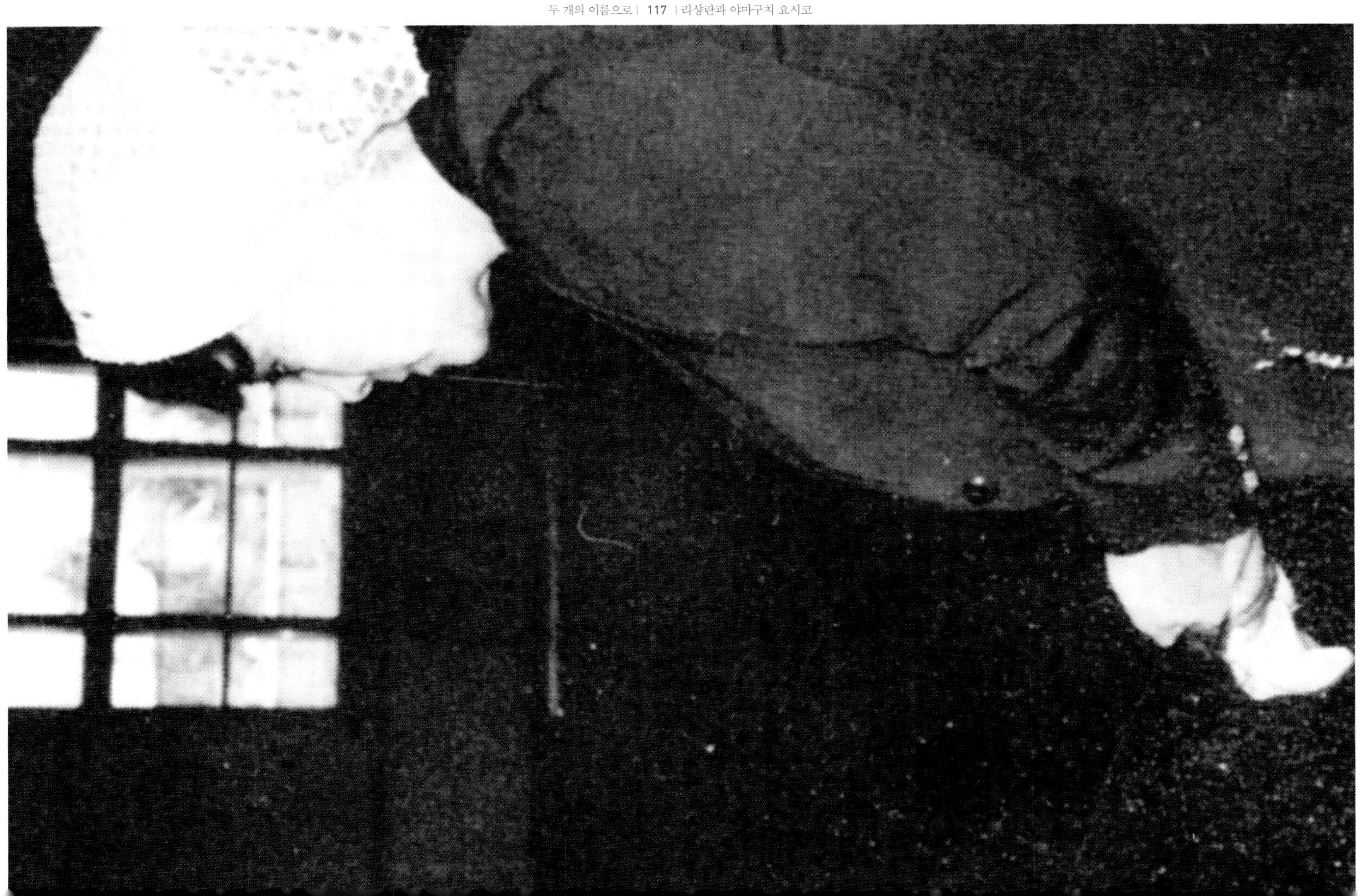

사진 121
1970년, 프로그램 〈3시의 당신〉의 리포터로
중동 분쟁지역 취재

사진 122
1969년, 프로그램 〈3시의 당신〉 공동 사회자들과 함께.
왼쪽부터 요시무라 마리芳村真理,
다카미네 미에코高峰三枝子, 리샹란

사진 123
김일성 주석과 리샹란(1979.5)(백종원, 『조선사람』, 삼천리, 2012)

두 개의 이름으로

리샹란과 야마구치 요시코

야마구치 요시코 · 후지와라 사쿠야 지음
장윤선 옮김

소명출판

차례

01 푸순

나의 중국에서의 추억은 푸순撫順에서 시작된다.

갱도를 파지 않고 노천에서 석탄을 캐는 광산으로 유명한 푸순은 만주철도주식회사(이하 만테츠滿鉄)가 운영했던 철광 도시다. 지금도 눈을 감으면 푸른 절벽과 그 뒤로 이어진 나선형 물결 무늬의 골짜기 풍경이 떠오른다. 진한 회색의 철광석 절벽, 화물 열차와 멀리 울리는 기적소리 그리고 아득하게 먼 곳에서 흐릿하게 흔들리는 공장의 연기. 그런 광활한 계곡으로 붉은 태양은 가라앉았다.

나는 1920년 2월 12일 중국 동북부(구 만주)에 있는 지금의 랴오닝성의 성도省都인 선양瀋陽(구 펑톈奉天) 근교의 북옌타이北煙台에서 태어났다. 하지만 태어나자마자 가족 모두가 푸순으로 이주해서 소녀 시절 기억의 무대는 거의 푸순이다.

고량을 심은 들판으로 지는 만주의 해처럼 유명하지는 않지만, 푸순의 석양도 광대한 노천 광산의 풍경과 잘 어울렸다. 석양은 길가에 핀 개여뀌꽃을 붉게 물들였다. 광산 풍경을 기억하고는 있지만, 내가 살던 곳은 시내 중심가인 푸순 동육조통東六条通으로 소학생이던 내가 시 남쪽 외곽 광산에 갈 일은 소풍이나 견학 때뿐이었다. 평소 나의 일상은 단짝친구인 도시코짱 미츠코짱과 함께 시의 중심로인 남대가南大街에 있던 영안永安소학교를 오가는 것이 전부였다. 동육조통에서 동쪽으로 직진하면 나오는 동 삼번정町에서 푸순 신사까지는 포플러 나무가 바둑판 모양으로 심겨 있었다. 그래서 나에게 푸순은 탄광보다는 눈이 아릴 정도로 푸른 하늘을 향해 뻗은 미루나무의 풍경으로 기억된다.

사실 푸순은 일본의 자원 개발로 생산 활동이 활발했고 그것을 노린 비적이 자주 출몰하는 살벌한 탄광 도시였다. 하지만 어린 나에게 푸순은 싱그러운 미루나무 가로수와 멀리 보이는 광산 계곡이 어울어진 조용한 언덕 마을이었다. 물론 그런 평화로운 생활은 만주사변이 일어나기 전까지의 이야기이다.

나는 열두 살까지 푸순 시가지에 살았다. 그리고 열여덟 살 가을, 도쿄를 방문하기 전까지 조국 일본에 대해서는 전혀 모르는 '만주 토박이'였다.

한편 만주의 일본인 사회에서는 일본인으로 살다가 나중에는 '리샹란李香蘭'이라는 예명을 쓰며 중국어로 말하고 노래하던 어정쩡한 국적 불명의 인간이었다.

일본이 중국과 전쟁을 시작하기 전까지 아무것도 모르던 한 소녀는 두 나라를 하나는 조국祖國으로 하나는 고국故國으로 사랑하며 살았다. 하지만 소녀가 몰랐을 뿐 이미 두 나라는 대립하며 싸우고 있었다. 물론 이런 이중국적자로서의 슬픔을 알게 된 것은 먼 나중의 일로 푸순에서 나는 아무것도 모르는 평범한 여자아이였다.

나는 부모님의 첫 아이로 태어났다. 아버지인 야마구치 후미오山口文

雄는 1889년 사가현 출생이다. 조부 히로시博는 무사 출신 한학자로 아버지는 부친의 영향으로 중국어를 배웠다. 아버지는 러일전쟁이 끝난 다음 해인 1906년 동경하던 중국으로 건너가 베이징에서 중국어를 배우고 지인의 소개로 만테츠에 취직해 연태채탄소에서 일하다가 푸순 탄광으로 왔다. 아버지는 중국어가 유창할 뿐만 아니라 중국 풍속과 습관에도 밝았다. 그래서 만테츠에서 사원에게 중국어와 중국 문화를 가르치며 푸순현 고문으로도 일했다.

나는 아버지에게 중국 표준어인 베이징어(만다린) 기초를 배웠다. 성실한 아버지는 베이징에서 중국어를 공부할 때도 다른 사람의 배로 중국어를 열심히 공부했고 중국인 지인과 친구도 많았다. 아버지가 중국어를 배운 곳은 베이징에 있던 중국어 전문학교 동학회同學會였다. 그때 아버지는 리지에춘李際春, 판유구이潘毓桂 같은 지일파 중국인과 친해진다. 중국 재계와 정계의 요직에 있던 그들은 중국 풍습에 따라 아버지와 의형제를 맺었다. 그리고 나는 그들의 형식상 양녀가 되어 '리샹란'과 '판슈화毓淑華' 같은 중국 이름을 받았다.

엄마는 규슈 후쿠오카현 출신이다. 외할아버지 이시하지 지로石橋次郎는 해상운송중개업을 하다가 철도가 운송의 중심이 되며 사업이 어려워지자 온 가족이 조선의 경성으로 간다. 그리고 나중에는 푸순에서 정미소를 하던 숙부를 따라서 중국으로 가게 된다. 아버지 야마구치 후미오와 5살 아래인 엄마 이시하시 아이石橋アイ는 푸순에서 만나 결혼했다. 연애결혼이었는지 중매결혼이었는지는 알 수 없다.

아버지는 일본에서 한학과 중국어를 익히고 베이징의 동학회에서 공부했지만, 일본 학제로는 독학을 한 셈이었다. 그러나 엄마는 도쿄에 있는 일본여자대를 졸업한 지식인 여성이었다.

엄마는 교육에 열성적이었고 특히 예의범절에 까다로웠다. 그래서 산수를 잘 못하는 나를 히가시혼간지東本願寺 푸순별원別院에 하숙하던 학생에게 과외를 받게 한 적도 있다. 하지만 한편으로는 아이 같은 면도 있어서 나와 형제, 자매가 정원에서 진흙장난을 하면 꾸중을 하지 않고 함께 진흙투성이가 되어 뛰어다니곤 했다.

나는 학교 과목 중에서는 국어와 음악을 좋아했고, 산수와 체조를 싫어했다. 특히 잘했던 과목은 음악이었다. 부모님은 장녀인 나에게 막연한 기대를 걸고 교육에 열성적이었지만 여자아이라고 내지內地* 에서처럼 다도, 꽃꽂이, 요리, 분재를 가르치지는 않았다. 대신 바이올린, 피아노, 고토琴(일본식 거문고)를 배우러 다녔다. 나는 학교에서 돌아오면 친한 삼총사와 놀고 이틀에 한 번은 음악 레슨을 다니고 밤에는 아빠의 중국어 수업에 출석하느라 매일이 바쁜 아이였다. 노래 부르기를 좋아했는데 실력도 괜찮은 편이었는지 학예회나 음악회 등에서 학년 대표로 독창을 한 적도 있다.

* 일본이 타국을 강점했을 때 일본 본토를 가리키는 개념.

아버지는 내가 중국어를 완벽하게 익혀서 장래에 중국어를 쓰는 중일 관계의 직업을 갖기를 기대했다. 만테츠와 푸순 고문처럼 불안정한 일을 했던 아버지는 내가 중국어 특기를 살려 정치가의 비서나 통역으로 일하다가 정치가나 언론인으로 성공하기를 바랐다. 그래서 내가 유치원 때까지는 틈날 때마다 나를 책상에 앉히고 일대일로 중국어 발음을 가르쳤고 소학교에 들어간 뒤에는 자신이 가르치던 만테츠 연구소의 중국어 야간 강좌에 출석시켰다. 소학생인 나는 어른들과 함께 교실 마지막 줄에 앉아 어엿한 학생 대접을 받았다.

중국은 지리적 · 역사적 · 민족적으로 광대한 나라이다. 그래서 한 나라 안에도 다양한 말이 있다. 물론 일본어도 아모모리 방언과 가고시마 방언은 다르지만 중국어 방언은 일본어에 비교할 바가 아니다. 중국어 방언은 독립된 외국어라고 생각하는 편이 이해하기 쉽다. 그 정도로 지방이 다르면 말이 달라져서 의사소통이 어렵다. 그중에서 수도 베이징에서 쓰는 말이 표준어이자 전국 공통어로, 아버지가 가르치던 베이징어였다.

전쟁 전 일본에서는 메이지유신의 서구화의 흐름으로 영어, 불어, 독어 같은 서양어 교육은 중시되었지만, 중국어를 정식으로 가르치는 학교는 드물었다. 그래서 아버지처럼 중국어를 배우려는 학생들은 일본 서당에서 한시와 한문을 배우다가 베이징의 동학회나 상하이의 동아동문서원東亞同文書院으로 유학 와서 중국어나 중국 문화를 배웠다.

그때 중국어 교과서로 많이 쓰던 책이 『급취편急就篇』이다. 미야지마 다이하치宮島大八가 편집한 『급취편』은 전쟁 전 일본에서 평가가 높던 중국어 독본 시리즈였다. 미야지마 다이하치라는 인물은 가와시마 나니와川島浪速(가와시마 요시코川島芳子*의 양아버지로 유명하다)나 후타바테이 시메이二葉亭四迷**와 함께 메이지 초기 외국어 학교에서 중국어를 배웠지만 정부가 중국어를 경시하는 것에 반발해서 '선린서원善隣書院'을 세운 재야의 중국학자이다.

* 청나라 황족으로 청 왕조 부흥을 위해 일본에 협력했으나 전쟁 후에 일본의 스파이 혐의로 처형된 인물.

** 메이지 시대 소설가, 번역가.

아버지도 일본에서 『급취편』으로 중국어를 배웠다. 그리고 푸순의 만테츠 직원들에게 베이징어를 가르칠 때도 그 책을 교과서로 썼다. 그래서 아버지의 강의에 출석한 나도 초급부터 상급까지 『급취편』으로 중국어를 배웠다.

당시 만테츠에서 일하던 일본인은 중국인과 원활한 의사소통을 위해 베이징어를 의무적으로 익혀야 했다. 중국어 국가검정자격은 초급에서 상급까지 4등, 3등, 2등, 1등, 특급으로 5단계가 있었다. 만테츠에서는 검정을 통과하지 못하면 정규 사원이 될 수 없었고 직원이 된 다음에도 상급 검정을 통과하면 봉급이 올랐다. 그래서 강의를 듣는 사람들은 모두 열심히 공부했다.

아버지는 근무 시간이 끝난 다음에 시작되는 야간 강좌를 맡았다. 매일 밤 푸순의 만테츠 연구소에는 많은 일본인 직원이 왔다. 나는 소학교 저학년부터 초급 강좌에 참석해 4학년 때는 검정 4등 자격을 취득했다. 그리고 고학년부터는 중급 강좌를 들으며 6학년 때 3급 자격을 취득했다.

바가지 머리를 한 '콩순이(아버지가 지어준 별명)'는 수강생 중 유일한 아이며 홍일점이었다. 수업은 아버지가 단어의 발음과 문장을 읽고 설명하면 전원이 따라 하는 식으로 진행되었다. 어른들이 읽기를 끝내고 나면 아버지는 "요시코! 발음해 봐라. 좋아! 뜻은?"이라고 했고 내가 답하면 만족한 얼굴로 고개를 끄덕였다.

중국어 특히 베이징어의 발음은 복잡하고 어렵다. 예를 들면 숫자 7은 유기음으로 '치-'지만 무기음으로 '치-'라고 발음하면 '닭'이라는 단어로 들릴 수 있다. 아버지는 그런 발음을 쉽게 가르쳤다. 예를 들면 유기음 '치-' 발음을 연습할 때는 "제군! 휴지를 꺼내게. 코를 풀라는 거는 아니야. 휴지를 가늘고 길게 잘라서 끝을 침으로 적셔서 코 끝에 붙이게. 맞아. 그렇게. 그리고는 치- 하고 발음을 해봅시다. 하나, 둘, 셋, 치- 치- 치-". 어른들이 코끝에 가늘고 길게 자른 휴지를 붙이고 함께 치- 치- 하는 모습은 다른 사람에게는 웃긴 모습이지만 나와 학생들은 모두 진지했다.

아버지의 중국어 특훈을 빼면 나는 아주 평범한 여자아이였다. 근처에 살던 병원 집 딸 야나세 도시코柳瀨俊子짱, 요릿집 딸 오가와 미츠코小川美都子짱과는 일학년부터 같은 반의 사이좋은 삼총사로 모든 행동을 함께 했다. 바이올린과 피아노 강습도 같이 다녔다.

우리 셋은 똑같은 옷을 입고 똑같은 멜빵 가방을 메고 똑같은 구두를 신었다. 매달 같은 날에 같은 미장원에서 같은 스타일로 앞머리를 자르고 같은 리본을 묶었다. 한 사람이 실수로 그 '협정'을 깨는 일은 삼총사 사이의 중요한 문제가 되었다.

나에게는 평범하고 평화로운 어린시절이었지만, 이미 이 무렵 어른들의 세계에는 전운이 감돌았다. 결국 내가 소학교 6학년 때인 1931년 9월에 푸순 근처에서는 일본과 중국의 15년 전쟁의 포성이 울렸다. 만주사변의 시작이었다.

전쟁은 푸순 서쪽에서 50킬로미터 떨어진 펑톈 교외에 있는 류타오후柳条湖에서 일본군이 철도를 폭발시킨 9·18사건이 원인이다. 그때부터 나는 시대에 물결에 휩쓸리고 있었지만, 일상은 변함없이 여유로웠고 폭파 사건도 기억나지 않는다. 하지만 사건의 다음 해인 1932년 여름의 사건은 지금까지도 뇌리에 박혀 꿈에 보이곤 한다.

한밤중에 졸린 눈을 비비면서 일어나니 눈앞에는 엄마의 창백한 얼굴이 보였다. 한밤중이었는데 아버지는 없었고 밖은 시끄러웠다. 자동차 소리와 사람들이 서로 부르는 소리가 났다. 엄마는 "큰일이 날지도 몰라. 정신 차려 준비를 하고 깨어 있어야 해. 무슨 일이 있어도 엄마에게서 떨어지면 안 된다"라고 했다.

나는 푸순여학교 1학년으로 열두 살이었고, 네 명의 남동생과 여동생은 아직 어렸다. 아버지는 "요시코는 언니니까 정신 바짝 차려라"라는 말을 남기고 서둘러 집을 나갔지만, 나는 어떻게 하는 것이 정신을 바짝 차리는 건지는 몰랐다. 엄마에게 물어도 알 수 없었다. 엄마는 사환이 와서 아버지가 만테츠 사무소로 갔다는 것 말고 자세한 설명은 해주지 않았다.

엄마는 병아리를 품은 어미 새처럼 동생들을 끌어안고 뜬눈으로 밤을 지샜다. 나는 그 뒤에서 몰래 창가로 가서 소리가 나지 않게 겉창문을 조금 열었다. 열린 창문 틈으로는 새빨갛게 물든 밤하늘이 보였다. 건물 지붕과 미루나무 가로수는 그림자처럼 검었고 그 뒤로는 맹렬하게 타오르는 지옥불이 보였다. 화염의 혀가 먼 곳의 밤 하늘을 구석구석 핥고 있었다. '불이다!'라고 소리지르고 싶었지만, 말은 입 밖으로 나오지 않았고 여름인데도 계속 몸이 떨렸다.

어린 생각에도 불이 난 방향이 채탄장이라는 것과 단순한 화재가 아닌 것쯤은 알 수 있었다. 집에서 먼 광산에 난 불이 엄마가 창백해질 만한 사건은 아니었기 때문이다. 한밤중에 가로등이 켜진 거리는 소란스러웠다. 우리 여섯이 부둥켜안고 있는 사이에 불길은 점점 잦아들었다. 맹렬하던 불길의 붉은색은 새벽이 오는 기척 속으로 사그라져 가며 아무 일 없이 아침이 밝았다.

우리는 다시 침상에 누웠다. 동생들은 바로 새근거리며 잠들었지만 나는 도저히 잠들 수 없었다. 다시 창가로 가서 문을 열고 밖을 보니 하늘은 밝아지고 있었다. 나는 창가에 턱을 괴고 여름밤 하늘을 불태우던 화재의 공포를 떠올렸다. 그날 아침 햇살 속에 푸순의 채도 높은 적갈색 흙은 더욱더 생생하게 느껴졌다.

집 건너편에 있던 실업협회 건물과 집 사이에는 작은 공터가 있었다. 그곳은 저녁녘 목욕을 마친 우리 삼총사가 유카다 차림으로 모여 여름 더위를 식히던 장소였다. 주위가 갑자기 소란스러워지면서 헌병과 일본인들이 웅성거리며 공터로 모여들었다. 눈가리개를 하고 뒤로 손이 묶인 중년의 중국인이 포승줄을 잡은 헌병에게 끌려 비틀거리면서 걸었다. 중국인의 행색은 하급 노동자 구리苦力 같았다. 사람들은 그 중국인을 공터 가운데 있는 큰 소나무에 묶고 눈가리개를 풀었다. 중국인의 얼굴은 내 쪽을 보고 있었다. 덜덜 떨면서 창문에서 그 모습을 보던 나는 그 중국인의 눈이 나를 보는 것 같았다. 주위로는 더 많은 일본인과 중국인이 모여들었다. 잠시 후 기관총을 든 헌병이 큰 소리로 무언가를 물었다. 고함을 치고 있었지만 내용까지는 들리지 않았다. 중국인 노동자는 입술을 물고 흙빛 얼굴을 숙인 채로 아무 말도 하지 않았다. 헌병은 더 크게 소리질렀지만 그는 계속 침묵했다. 헌병의 목소리는 점점 거칠어졌고 그는 시선을 피했다.

다음 순간 헌병은 들고 있던 기관총 개머리판으로 힘껏 중국인의 머리를 내리쳤다. 나는 눈을 질끈 감았지만, 아직도 기관총이 공중에서 그리던 원의 잔상을 기억한다. 다음 순간 소나무에 묶인 남자의 숙인 머리에서 엄청난 양의 피가 흘러내렸고, 남자는 축 늘어져 움직이지 않았다. 헌병의 일격에 기절한 것 같았다. 사람들은 웅성거리면서 소나무 주위로 모여들었고 남자의 모습은 군중 때문에 보이지 않았다. 잠시 뒤 사람들이 만든 벽은 움직이다가 사라졌고 공터에는 소나무만 남았다. 아침의 낮은 해가 상업협회 건물을 비추면서 흰 벽은 더욱더 희게 번쩍거렸다. 늘 보던 평화로운 아침 풍경 속 방금 내가 본 장면은 꿈처럼 느껴졌다. 나는 엄마의 가지 말라는 소리를 뒤로 하고 집에서 뛰어나와 단숨에 광장으로 달려갔다. 꿈이 아니었다! 소나무 아래는 피 웅덩이가 있었다. 쫓아온 엄마가 나를 감싸 안았다. 나는 엄마의 품속에서 큰 소리로 울었다.

앞에서 푸순 시절을 생각하면 미루나무의 녹색이 떠오른다고 했지만, 그건 어디까지나 소학교 때까지의 푸순 시가지 풍경이었다. 여학교에 진학한 무렵부터 탄광 근교에는 비적의 출몰이 이어져서 특별한 용무 없이 도심에서 멀리 가는 일은 금지되었다. 일본군 푸순 수비대로는 부족하다는 이유로 관공소나 만테츠의 직원, 재향군인을 중심으로 민간 방위대가 결성되었고, 각 정町에는 자경단도 생겼다.

1932년 열두 살, 세상에 눈을 뜨기 시작한 나에게 푸순의 색은 '녹색'에서 '붉은색'으로 변했다. 화재와 고문이 있던 공터의 붉은 흙, 중국인 노동자의 이마에서 쉬지 않고 흘러내리던 피의 붉은색. 대체 그날의 사건은 무엇이었을까? 나중에 아버지는 그것이 푸순 탄광 비적 습격 사건이라고 이야기해 주었다. 당시 만주 비적 중에서는 대도회비大刀會匪, 홍창회비紅槍會匪, 마점산군馬占山軍 등이 큰 세력을 자랑했다. 그중 홍창회비는 일종의 종교 비적으로 빨간 창을 들고 싸우며 부적을 먹으면 불사신이 된다고 믿는 사납고 과감한 향토 비적이었다. 푸순을 공격한 비적이 그 홍창회비라는 소문이 돌았다. 그들이 만주에서 항일 게릴라 활동을 할 때는 공산비적이라는 항일 의용군도 출몰했다.

아버지 말과 당시 푸순 탄광에서 일했던 사람들이 쓴 수기를 종합하면, 사건은 1932년 9월 15일 밤에 일어났다. 나는 한여름 밤이라고 생각했지만 정확하게는 초가을에 일어난 사건이었다. 9월 15일은 중추절로 일본인도 중국인도 달맞이 술과 좋은 차를 마시는 명절의 조용한 밤이었다. 그런 밤에 탄광 전역에서 일시에 방화와 습격이 일어난 것이다. 이 불로 열 개의 탄광 사무소 중에서 네 개가 불탔다. 습격한 비적의 수는 천여 명이라고 한다.

푸순 탄광 직원이던 히사노 겐타로久野健太郎 씨의 수기 『삭풍, 도전 30년朔風, 兆戰三十年』(謙光社, 1985)을 보면 비적은 중추절 전날인 9월 14일 양바이포楊柏堡 마을에 머물며 방화 준비를 했다. 그리고 탄광 노동자에게 채탄장에서 착화 재료와 덩어리탄을 가져오게 해서 청소용 누더기 천에 싸고 전선을 감아 방화용 다이너마이트를 만들었다. 다음 날 밤 비적들은 그것을 중유에 적시고 불을 붙여 석탄 선별장選炭場, 권양기실捲揚機室* 수리공장, 사무소 유리창을 깨고 던졌다. 치밀한 계획과 때마침 분 바람으로 불꽃은 남쪽으로 퍼지면서 광산은 눈 깜짝할 사이에 불바다가 됐다.

* 무거운 물건을 들어올리는 기계가 있는 곳.

비상 소집을 받은 히사노 씨가 시 중심에 있던 전등부電灯部로 달려가던 중, 야마토 공원 전차 홈에서 본 남쪽 언덕은 그야말로 불바다였다고 한다. 그날 밤 내가 본 푸순의 붉은 하늘은 맹렬한 불이 원인이었다.

양바이포 채탄소의 와타나베 간이치渡辺寛一 소장은 급히 현장 사무소로 가던 중 비적에게 습격당해 잔인하게 살해된다. 양바이포뿐만 아니라 동향갱東鄉坑에서도 예닐곱 명의 일본인 직원이 살해되었다. 관동군 푸순 수비대가 지방 경비에 나선 틈을 노린 비적의 기습은 성공했다. 예비군, 경찰단, 재향군인으로 조직된 탄광 방위단과 각 정의 자경단이 비적을 진압하고 주요 장소를 진화한 것은 다음날 아침이 밝을 무렵이었다. 그 9월 16일 새벽 나는 게릴라 끄나풀로 의심되는 중국인 노동자

리더의 고문 장면을 목격한 것이다.

위의 내용이 이 당시 푸순 탄광 관계자가 나에게 이야기한 양바이포 사건의 경위이다. 양바이포 사건은 나에게 불과 피에 대한 공포를 처음 심어준 사건이다.

하지만 사실 이 이야기에는 당시에는 묻혔다가 전후에 밝혀진 더 비참한 이야기가 있다. 그것이 '핑딩산平頂山 사건'이다. 이 사건은 항일 게릴라의 습격을 받은 일본군 푸순 수비대가 공격을 받고 다음 날 아침 그 복수로 양바이포 마을 인근의 주민을 인근 핑딩산 자락에서 학살한 사건이다.

9월 16일 이른 아침 부락을 포위한 푸순 수비단은 항일 게릴라를 숨겨주고 지원한 혐의로 마을 주민 모두를 집에서 끌어내 평딩산 절벽 아래 세우고 기관총을 난사해 학살했다. 그리고 사체에 석유를 뿌려 태우고 며칠 뒤에는 다이너마이트로 절벽을 무너뜨려서 학살의 흔적을 묻었다. 즉 양바이포 사건과 핑딩산 사건은 인과관계가 있는 비극이다. 내가 한밤중 창가에서 본 맹렬한 불길과 아버지에게 들은 이야기는 그 전편인 양바이포 사건이었고, 다음날 아침 목격한 고문 장면은 그 후편인 핑딩산 사건의 한 장면이었다. 아버지가 나에게 후편인 핑딩산 사건에 관해 설명하지 않은 것은 일본인이 저지른 부끄러운 행동을 숨기려는 이유도 있었겠지만, 당시 그 사건이 관계자 사이에서도 언급이 금지되었기 때문이었다.

핑딩산 사건은 나중에 국제연맹의 리톤 조사단Lytton Commission*이 푸순으로 특별 조사반을 파견할 정도로 국제 문제가 되었지만, 관동군은 엄격한 정보 통제와 함구령을 내렸다.

* 만주사변 및 만주국 조사를 위해 국제연맹에서 파견한 조사단.

그래서 일본 본토는 물론 중국에 있는 일본인, 심지어 가까운 푸순 지역의 일반 시민도 모르는 상태로 종전 후까지 어둠 속에 묻혀 있었다.

1948년 사건이 일어난 지 16년 후에 중국 국민정부군 군법원은 재판을 열었지만 처형된 사람은 대량 살상 사건을 지시한 푸순 수비대의 책임자가 아닌 탄광 소장 구보 마코토久保孚 공학박사를 비롯한 일곱 명이었다.

나는 사건의 전모를 전 펑톈 영사 모리시마 모리토森島守人 씨가 쓴 책 『음모 · 암살 · 군력 – 한 외교관의 회상陰謀 · 暗殺 · 軍力 – 一外交官の回想』을 통해 알았다. 하지만 내가 이 사건의 비참함을 실감한 것은 최근 중국을 방문해 그리운 푸순을 찾았을 때였다.

푸순시의 중심에서 노천 광산을 향해 남쪽으로 가면 양바이포 마을 근처의 핑딩산 구릉이 있는데, 그 언덕 위에는 위령탑이, 그 아래쪽에는 핑딩산 수난 동포 유골관이 있다. 그곳에 있는 고고학 표본 전시실 같은 장방형 구획에는 인골이 흩어져 있다. 뭔가를 잡으려는 듯이 뻗은 팔. 아이를 보호하려고 감싸는 어머니의 비명을 지르는 듯한 두개골.

나는 눈을 감고 그 해 9월 15일부터 16일 사이 푸순의 모습을 상상했다. 그날 아침 내가 숨을 죽이고 정원 뒤쪽 광장의 고문 장면을 보던 때 핑딩산 부락 주민들은 지금은 유골관이 있는 절벽 아래에서 집단 학살되었다. 희생자 수는 사백 명부터 삼천 명까지 여러 설이 있다. 그날 핑딩산 구릉을 타고 나무 사이로 불던 여름 바람은 나에게는 영령이 흐느껴 우는 소리로 들렸다.

전쟁 중 군대 학살 행위에 대해서는 어느 전쟁이나 그 진상을 둘러싼 여러 가지 해석과 견해가 있고, 핑딩산 사건도 그런 예 중 하나이다. 그

중에는 전편인 항일 게릴라의 탄광 습격 사건인 양바이포 사건을 주목하지 않고 후편인 핑딩산 사건에만 중심을 두는 해석도 있다. 또 사건의 직접적 책임자가 아닌 구보 탄광소장과 일곱 명의 민간인을 재판에 세우고 사형시킨 것에 대한 의혹도 있다. 희생자 수에도 몇 가지 설이 있어서 확실하지는 않다. 하지만 일본군 푸순 수비대(만주독립 수비병 제2대부 제2중단)가 충동적으로 일으킨 민간인 살육 사건이라는 점은 많은 자료가 입증하는 부정할 수 없는 사실이다.

핑딩산 사건이 일어난 다음날 그것을 알게 된 구보 소장을 비롯한 만철 푸순 탄광 간사들은 깜짝 놀라 대책에 고심했다고 한다. 사건이 일어난 이유에 대해서는 많은 증언이 있는데 나는 당시 푸순 탄광 전력 사무소에 근무한 구메 고코久米庚子가 쓴 책 『푸순 탄광 종전의 기록撫順炭鉱終戦の記』(謙光社, 1963)에 실린 경위가 가장 객관적이라고 생각한다.

> 수비단을 이끌던 K대위와 병력이 자리를 비웠을 때 비적의 공격을 당하자 대위의 자리를 대신하던 N중사는 허를 찔린 분노를 참을 수 없었다. N중사는 푸순 탄광에 스파이가 있어 비적에게 경비 상황을 알렸다고 비적의 근거지가 된 핑딩산 마을 주민을 의심했다.
>
> (…중략…) 소대를 인솔해 마을을 조사하다가 전날 밤 탄광에서 도난당한 물건을 발견한 중사는 마을 주민이 비적과 한 편이라고 결론내렸다. 그리고 주민 전원을 심문했지만, 그들은 고개를 좌우로 흔들 뿐 쉽게 자백을 하지 않았다. 화가 난 N중사는 철저한 조사를 명령하고 주민 모두를 마을에서 퇴거시켜 1km 정도 서쪽으로 떨어진 절벽 아래 집합시켰다. 중사는 심각한 신경질의 소유자였지만 업무에 철저한 인물이라는 평을 받는 사람이었다. 중사는

남녀노소를 구별 없이 주민 전체를 절벽 아래 세우고 부하에게 명령해 기관총을 난사해 전원을 사살한다. 하지만 시체 아래 깔려있다가 살아난 몇 사람이 밤을 틈타 도망쳤고, 그들의 입을 통해 수비단의 만행은 외국 통신을 타고 전 세계로 퍼진다. 그리고 마침 제네바에서 열리던 국제연맹회의에 보고되어, 나중에 만테츠 총재가 된 마츠오카松岡 洋右 전권 대사는 궁지에 몰린다. 당시 일본인 사원들도 뒤에서는 수비단이 쓸데없는 짓을 저질렀다고 투덜거렸다. 시체에 석유를 뿌려 화장하고 절벽 아래 화약을 설치해서 토사를 무너뜨려 희생자를 묻은 것은 방위부대였다.

위의 수기에 나오는 '심각한 신경질의 소유자' N중사의 이상 성격에 대해서는 다른 자료에도 언급되지만 나는 그 원인을 사와치 히사에澤地久枝 씨의 『소와사 속의 여자들昭和史のおんな』(文芸春秋, 1980)라는 책에서 찾았다.

중사가 푸순 수비대에 근무하게 된 경위나 성격 분석은 그 책에 맡기고, 중사의 부인은 1931년 6월 12일 중위가 만주로 출정하기 전날 자택 6조 다다미방에 흰 천을 깔고 1척의 칼로 오른쪽 목을 그어 자살했다. 사인은 과다 출혈이었다. 부부는 전해 10월에 결혼한 신혼으로 중위는 29살, 부인은 21살의 젊은 나이였다. 부인이 자결한 방의 도코노마* 에는 천황과 황후의 사진이 걸려있었고 부인은 올림머리에 목단과 봄에 피는 야생화七草 무늬가 있는 가문의 검은색 예복을 입고 흰 버선에 옅은 화장을 한 모습이었다.

남편 앞으로 쓴 유서에는 "주인님 저의 마음은 기쁨으로 가득 차 있습니다. 어떻게 축하를 드려야 할까요? 내일 당신의 출정

* 일본식 방의 벽면에 파인 바닥보다 높은 공간으로 글씨나 꽃, 공예품을 장식한다.

에 앞서 저는 기쁜 마음으로 이 세상을 떠납니다. 아무쪼록 나중 일은 걱정하지 마세요. 미천한 제가 모두를 지키겠습니다. 나라를 위해 있는 힘껏 일해주세요"라고 쓰여 있었다. 신혼생활 중의 부인의 자살 동기는 확실하지 않다. 하지만 신문은 그녀의 자살을 "군인 부인의 귀감"이라고 치켜세웠다. 이렇게 전쟁은 인간과 국가, 시대를 광기로 몰고 간다. 나는 내가 50년 전 푸순에서 본 사건과 역사를 통해 검증된 사실을 함께 생각할 때 내가 있던 장소와 역사의 중요성을 통감한다.

(푸순 탄광 습격) 사건은 1932년 일본과 만주의 의정서가 조인되며 일본이 만주국을 세운 날에 일어났다. 생각해보면 그 일 년 전 9월 18일에 일어난 류타오후柳条湖사건은 만주사변의 시작을 알리는 총소리였다. 탄광에서 일어난 항일 게릴라 봉기는 그 일주년인 9월 18일에 맞추어 계획된 것이 틀림없었다. 나는 그야말로 일본과 중국의 충돌 사이에 끼어 있었다. 시간도 장소도 정확하게 그 원점에 자리한 셈이었다.

최근 중국 자료는 "양바이포를 공격한 사람은 량시후梁錫福가 이끄는 삼천 명의 '요령 민중 자위군'으로, 일본군은 그 복수로 민간인 삼천여 명을 학살한 핑딩산 사건을 일으켰다"라고 한다.(『동북 항일 의용군사東北抗日義勇軍史』, 遼寧人民出版社, 1985)

이 사건을 계기로 우리 가족은 펑텐으로 이사하며 나를 다음 운명의 무대로 이끈다. 사건 후 아버지는 통적通敵, 즉 이적 행위를 했다는 용의를 받고 헌병대에 연행되어 조사를 받는다. 중국인 친구와 지인이 많았기 때문에 마적 우두머리와 이야기를 해 화평공작和平工作*을 했다는 의심을 받은 것이다.

당시 푸순은 만주 최대의 철광업 거점으로 많은 비적의

* 전쟁 중의 평화 교섭의 첫단계

공격 목표였다. 어쩌면 중국어가 유창하고 중국인의 정서도 잘 아는 아버지는 그런 충돌을 막으려고 정말 화평공작을 했을지도 모른다.

조사로 이적 행위의 용의는 벗었지만, 푸순에 있기 어려운 입장이 된 아버지는 정든 푸순을 떠나 펑텐행을 결심한다. 때는 1933년으로 나는 13살이었다.

02 펑톈에서

만주 제일의 정치 · 경제 · 문화의 중심지인 펑톈은 만주 사람 모두가 동경하는 도시로, 탄광 도시 푸순에서 태어난 나도 마찬가지였다. 펑톈은 지금의 선양으로 여전히 중국 북동부의 최대 상업 도시이며 530만의 인구를 가진 상하이와 베이징, 톈진을 잇는 중국 4위의 도시다. 펑톈은 규모가 클 뿐만 아니라 오랜 역사와 전통을 자랑하는 아름다운 문화 도시이다. 푸순의 참새는 검은색이었지만, 펑톈 치요다 공원에서 먹이를 먹는 참새의 날개는 반짝이는 갈색이었다.

'펑톈奉天'은 일본인이 붙인 이름이다. 원나라 때부터의 원래 이름은 '선양瀋陽'이었고 청나라 시조 누루하치가 수도로 정한 후부터 베이징으로 천도를 하기 전인 1625년까지 430년 동안 선양은 만주족이 세운 청나라의 수도였다. 그 뒤에 중화민국이 되기 전까지 베이징에서 성경장군盛京將軍이 파견되었다.

펑톈은 러일전쟁 결전의 장소로 교외에 있는 류타오후는 일본군이 철도를 폭파하면서 일어난 만주사변의 발화점이다. 우리 가족은 일본과 중국의 불행한 역사의 페이지가 막 펼쳐진 시기에 푸순에서 펑톈으로 이사왔다. 하지만 아무것도 모르던 꿈 많은 소녀던 나는 동경하던 화려한 도시 생활에 빠져있었다. 중국풍, 서양풍, 일본풍. 보고 듣는 모든 것이 신기했다. 펑톈은 다채롭고 거대한 국제 도시였고 꿈의 성곽이었다.

청나라 흥망의 역사를 가진 펑톈성은 크기는 자금성에 미치지 못하지만 중후하고 역사가 느껴지는 성이다. 청나라 시조 누루하치와 제2대 황제 숭덕제의 황궁이던 넓은 부지에 있는 칠십여 동의 건물에 삼백 개를 넘는 방이 있고 지붕의 금색 기와는 석양에 아름답게 빛났다.

시 서북쪽 교외에 있는 큰 공원 북릉北陵에는 숭덕제 부부의 능묘인 소릉昭陵이 있다. 지붕 위의 병사 인형들이 건물을 지키는 청조 말기 그대로의 모습이다. 정문을 지나면 유머러스한 석수상이 열을 지어 능을 지키고 있다. 그런 사적과 대조적인 것이 시의 중심가인 시핑가四平街로 화려한 중국풍·서양풍의 백화점이나 상점이 있는 거리는 흥청거렸다. 중국인 거리 순양구瀋陽區와 일본인 거리 야마토구大和區의 중간 지역에 있던 서양인 거리는 원래 외국과의 교역지인 상부지商埠地로 영국, 미국, 독일, 프랑스의 영사관이나 상무관이 빈틈없이 들어서 유럽의 도시를 연상시켰다.

펑톈역을 중심으로 방사형으로 만들어진 야마토구의 나니와 통浪速通, 치요다통千代田通, 헤이안통平安通에는 일식 요릿집이나 여관이 많았다.

중국인 거리와 일본인 거리 양쪽에는 서양식 건물이 있었다. 건물 대부분은 러시아 스타일로, 붉은 벽돌로 만든 펑톈역과 천주교 교회당 등은 러시아 사람이 지었다. 또 만테츠가 직영했던 펑톈 야마토호텔은 미국 르네상스 양식의 화려한 호텔로 사람들의 눈을 끌었다. 펑톈 거리의 건물이나 경관뿐만이 아니라 생활이나 인간관계도 국제적이었다. 이

러한 분위기와 환경은 내 인생에 많은 영향을 주었다.

펑톈에는 아시아인뿐만이 아니라 제정 러시아가 공산화되었을 때 망명한 백계 러시아인, 아르메니아인 등의 외국인도 많이 살았다. 그래서 일상에서도 여러 나라 말을 썼다. 나는 학교나 집에서는 일본어를 썼지만 거리에서 물건을 살 때는 거의 중국어를 썼다. 특히 우리집은 중국인과 함께 살아서 일상생활에서 중국어를 쓰는 기회가 많았다.

우리와 함께 살던 중국인은 옆집에 사는 아버지 친구 리지에춘李際春 장군의 둘째 부인과 하인들이었다. 우리가 '리 장군'이라고 부르던 리지에춘 씨는 현역 장군은 아니었다. 그는 이전 산둥성 일대를 지키던 군벌 우두머리로 산동 지방 군사 정치의 중요한 인물로 당시에는 펑톈 심양은행 총재였다. 아버지와 그는 젊은 시절 베이징에서 만나 흉허물 없이 지내는 사이였다. 그런 리 장군이 푸순현 고문을 사임하고 우울해 하던 아버지를 펑톈으로 부른 것이다. 아버지는 펑톈을 거점으로 대동 탄광 고문 및 베이징 먼터우거우門頭溝탄광 고문으로 만주에서 일하게 된다.

우리가 살던 리 장군의 저택은 말하자면 작은집이었다. 넓은 삼층집의 한 쪽에는 장군의 제2부인이 살았지만 두 가족이 살아도 충분한 저택이었다. 집세는 무료. 대신 제2부인을 가족처럼 돌본다는 조건이었다. 집은 야마토구와 심양구의 경계에 있는 소서변문외에 있었다. 펑톈시 소서변문외 상부지 삼경로 111호奉天市 小西辺門外 商埠地 三經路里 一一一號. 나는 지금까지도 주소를 확실하게 기억한다. 주소를 봐도 알 수 있듯이 집이 있던 곳은 상부지로 각 나라 영사관과 외국인 거주지가 모인 유럽의 고급 주택가 같은 모습이었다.

장군은 일주일에 두 번 제2부인을 보러 왔다. 그리고 올 때마다 마작을 하거나 제2부인이 만든 안주로 술을 마시며 큰 소리로 노래를 부르고 시를 읊었다. 그런 모습은 당시 중국 상류층의 전형적인 모습이었다.

장군의 코 밑에 뒤집힌 八자 모양의 멋진 카이저 수염은 늘 팽팽하게 뻗어 있었다. 그는 6척 키에 넉넉한 풍채의 대장부로 성격은 호방하고 쾌활했다. 장군은 늘 싱글벙글 웃으면서 나를 딸처럼 귀여워했다. 반대로 제2부인은 5척도 되지 않는 키에 마른 체형이었다. 백자처럼 투명한 피부, 중국에서 예쁜 눈썹이라는 나비촉수蛾媚 같은 반달형 눈썹, 앳된 얼굴과 가느다란 허리. 전족을 한 발로 뒤뚱거리고 걷는 모습은 아이처럼 보였다. 남북조시대부터 중국 귀족 사이에는 유아 때부터 여자의 발을 비단 붕대로 양 발을 세게 묶어서 크지 못하게 하는 전족 풍습이 있었다. 당시는 이미 금지되었지만, 귀족이나 일부 지주 계급에서는 완전히 사라지지는 않았다. 어느 날 그녀가 아무도 없는 침실로 나를 불러 초승달처럼 휜 맨발을 보여준 적이 있다. 작게 쪼그라든 발 전체에 비해 길게 변형된 그녀의 발가락은 발아치에 밀어 넣은 형태로 구부러져 있었다. 그녀는 그런 발을 소중하게 양손으로 마사지했다.

그녀는 만족 출신이었지만, 명문가 출신답게 사투리가 섞이지 않은 베이징어를 노래하듯이 말했다. 제2부인은 같이 살며 자신을 돌봐주는 감사의 표현으로 나에게 베이징어를 가르쳐주었다. 푸순에 살 때 만테츠 연구소에서 어른들과 함께 아버지에게 베이징어를 배운 나는 리 장군 집에서는 종일 중국어 강습을 받는 셈이 되었다.

그 무렵 나에게 최고의 즐거움은 영화나 연극을 보는 일이었다. 영화관은 심양영화관, 극장은 동북대극장이 있었다. 두 곳에서는 주로 중국

영화와 경극을 했다. 그중에서도 중국 옛날 이야기를 소재로 한 영화 〈백사전白蛇傳〉이 기억에 남는다. (일본에서는 1958년 도에이 영화사의 명작으로 유명하다.) 나는 전후 하야시 후사오林房雄의 번안으로 이케베리 료池部良, 야치쿠사 가오루八千草薫 등과 함께 홍콩과 일본 합작 영화 〈백부인의 요애白婦人の妖愛〉(도요타 지로豊田四次郎 감독)에 출연했는데 그 원작이 〈백사전〉이었다. 나는 그 영화를 찍으면서 어릴 때 본 〈백사전〉을 떠올리곤 했다.

물론 일본 영화나 연극도 보러 갔는데 그럴 때는 아빠나 엄마와 함께였다. 대륙극장, 평안좌, 펑톈관, 은영극장…… 최근 아와야 노리코淡谷のり子가 쓴 『만주·어제, 오늘満州·昨日今日』(新潮社, 1985)을 읽고 장춘좌도 기억났다. 아와야 씨는 당시 이미 만주에서 유명한 '블루스의 여왕'으로 자주 장춘좌에서 열리는 영화 흥행회에서 노래를 불러 나도 부모님과 함께 그녀의 공연을 본 적이 있다.

당시 노래를 좋아하고 배우던 열세 살 여학생인 나는 우연한 기회에 아와야 씨와 만난 적이 있다. 그녀는 그 이야기를 「만주 블루스」라는 제목의 에세이로 썼다.

> 펑톈에는 잊지 못할 추억이 있습니다. 어느 날 혼자 성내城內 지나정支那町에 갔다가 길을 잃었습니다. 어쩔 줄 모르며 헤매다가 당시 그곳에 살던 야마구치 요시코를 만났습니다. 당시 그녀는 아직 무명의 어린 소녀였습니다. 나는 그녀의 집에서 좀 쉬다 그녀 집 승용차로 돌아갔습니다.

아와야 씨의 기억은 거의 정확하다. 그녀는 성내 부근에서 길을 잃고 소서변문외에 있는 우리집 근처에서 헤매다가 나와 만났다. 내 기억에 아와야 씨는 우리 집에 걸려있는 '야마구치 후미오'라는 문패로 일본인 집인 걸 알고 초인종을 눌렀다. 문을 연 내가 "안색이 좋지 않은데 무슨 일이신가요"라고 묻자 그녀가 처음 한 말은 "아아, 역시 일본인이었다. 살았다"였다. 안도의 한숨을 쉰 아와야 씨는 "실례합니다만 화장실을 쓰게 해주세요"라고 하면서 집으로 들어왔다. 이것이 아와야 씨와의 첫 만남이었다.

중국에서는 가족 사이가 친해지면 형식상 혈족 관계를 맺는 풍습이 있다. 그래서 많은 사람이 형식상 형제, 형식상의 부모 자식 관계를 맺었다. 리지에춘 장군과 아버지도 가족 간 친교를 위해 형식상 양녀 관계를 맺었다. 내가 양녀 의식을 하던 날은 마침 춘절이어서 처마 밑에는 등롱이 달렸고 기둥에는 행운의 문구를 쓴 춘련春聯이 제단 주위 벽에는 봉황, 기린, 청룡 같은 길한 동물의 채색 목판화인 연화年画가 붙어있었다. 밖에는 폭죽과 징銅鑼, 큰북, 호궁胡弓 소리가 들렸다. 나는 진한 주홍색 중국 옷에 꽃장식 비녀를 꽂고 제단 정면에 앉아있는 리 장군 앞으로 갔다. 장군과 정월 예복을 입은 제2부인도 다가왔다. 나는 양손을 소매 안에서 맞잡고 머리를 마루에 조아리면서 세 번 절했다. 삼배 후에는 새해 손님이 지켜보는 가운데 장군이 준 술잔을 비우고 돌려 드렸다.

의식을 마치고 나는 리지에춘 장군의 형식적인 양녀乾姑娘가 되었다. 하지만 양녀라고 해도 그 집에 살거나 국적이 달라지지는 않는다. 단순히 우정을 맹세하기 위한 형식상 가족 관계에 불과했다. 형식상 아버지가 된 장군은 연을 맺은 기념으로 나에게 중국 이름을 지어 주었다. 성은 '리李' 이름은 자신의 아호를 따른 '샹란香蘭'이었다. 중국 동북 지방은 난의 산지로 유명하다. 나의 중국 이름 '리샹란'은 이렇게 만들어졌다. 내 이름의 아름다운 중국어 발음과 한자 '香'과 '蘭'의 분위기는 중국인만이 이해할 수 있다.

이듬해 나는 '리샹란'이라는 이름으로 가수와 여배우로 데뷔한다. 그때 퍼진 내 이름이 일본인을 만주인으로 속이려고 만든 이름이라는 소문은 사실이 아니다. 나의 예명은 데뷔 전 해에 리 장군의 형식적 양녀가 될 때 지은 것이다. 이번에 조사해보니 리지에춘 장군은 산둥성에 세력을 가진 친일파 군벌로 펑톈 특무기관장인 도비하라 겐지土肥原賢二 대좌에 협조해서 만주국 건설과 관동군 화북공작에 적극적으로 참여한 인물이었다.

『일중전쟁日中戰争』(후루야 데츠오古屋哲夫, 岩波新書, 1985)이라는 책을 보면 리 장군은 1931년 청조의 마지막 황제 푸이溥儀를 톈진에서 몰래 데려오기 위한 교란 작전으로 폭동을 일으켰다. 리 장군은 1933년 리띵창李丁强이라는 이름으로 '구국 유격단'을 조직해서 관동군의 르허작전熱河作戰*에 협력했고 또 일본의 꼭두각시로 하북성에 보안단을 조직하기도 했다. 리지에춘 장군은 이런 활동으로 관동군에게 심양은행 총재라는 명예직을 받았다. 하지만 전후에는 동북 지방의 한간漢奸(일본에 협력한 자)의 우두머리로 체포되어 사형된다.

* 중일전쟁에서 일본군의 르허성 허베이성의 침공 작전.

하지만 우리 가족이 펑톈으로 간 무렵, 리 장군은 군벌 생활을 끝내고 재계 인물로 유유자적한 생활을 하고 있었다. 오랜 세월이 지난 후 옆집에 살던 마음씨 좋은 할아버지가 거물 한간이었다는 것을 알고 나는 매우 놀랐다.

나는 푸순 고녀高女에서 펑톈여학교로 전학을 하려 했지만, 자리가 없어서 펑톈여자상업학교에 다녔다. 그때까지도 수학, 부기, 주판, 봉재

과목을 싫어해 학교 생활은 고역이었다. 변함없이 잘하던 과목은 음악, 회화, 작문과 중국어였다. 특히 중국어는 같은 집에 사는 제2부인 덕에 점점 실력이 늘었다.

여자상업학교 2학년 때 전 학년 중국어 시험이 있었다. 앞에서도 언급했듯이 자격 시험은 총 5단계로 특급에는 총리대신 수석 통역관 자격을, 일등에는 모든 관청의 상급 통역관을 할 수 있는 자격이 주어졌다. 복도에 붙은 시험 결과에 내 이름이 없었다. 나중에 알게 되었지만 실수로 이름을 안 쓴 것이다. 이름 없는 답안지를 낸 나는 2등인 최우수상을 받았다. 아버지는 기쁨을 감추지 못하고 "잘했다, 잘했어" 하면서 좋아했다.

내가 중국어 2급 검정을 취득하자 비서로서의 경험이 필요하다고 생각한 아버지는 리 장군과 상의해, 나를 베이징에 있던 둘의 지인인 정치가 판유구이潘毓桂 씨에게 보내려고 했다. 아버지는 나에게 "일본 속담에 귀여운 아이는 여행을 보내라는 말이 있다"라고 했다.

하지만 나의 베이징 유학 계획은 연기된다. 원래 몸이 튼튼하지 않았던 내가 폐침윤*에 걸려 한 달간 입원했기 때문이다. 의사는 퇴원한 뒤에도 반년 정도의 휴학과 요양을 권했다.

* 폐에 결핵균이 들어가 희게 보이는 병.

요양 기간 중 나를 위로해 준 사람은 유대계 백계 러시아 소녀 류바 모노소파 그리네츠였다. 나와 동갑인 류바는 학교는 두 학년 아래로 일본인 학교인 치요다소학교 5학년생이었다. 집은 역 앞의 나니와통에서 빵집을 했는데, 아버지는 가게 뒤쪽에서 빵과 케이크를 굽고 엄마는 가게를 지켰다. 그녀의 오빠는 중국어가 유창했고 근처에는 류바의 사촌 피라 가족이 살았다. 펑톈에는 하얼빈 지방에서 이주

한 백계 러시아인이 많아서 나에게는 류바나 피라 주리에타, 백계 터키계 니나 같은 친구가 있었다.

내가 류바를 만난 건 푸순소학교 6학년 가을로 펑텐으로 소풍을 갈 때 우연히 기차 옆자리에 앉아서였다. 그녀는 일본어가 유창했고 중국어도 약간 할 수 있었다. 당시는 내가 아직 러시아어를 하지 못해서 둘은 일본어와 중국어로 이야기했다. 차창으로 들어오는 바람에 흔들리는 밤색 머리칼과 깊은 에메랄드색 눈동자, 투명한 흰색 피부. 귀여운 주근깨가 있었지만 미인 특유의 차가운 느낌이었다. 눈 아래서 귀 쪽으로 퍼져 있는 작은 주근깨가 가득한 웃는 얼굴은 정말 매력적이었다. 그녀는 "머리칼이 정말 검다!"라고 말하며 내 머리를 쓰다듬었다. 처음 만났지만 의기투합한 우리는 두 시간 반 정도 재미나게 이야기를 했다.

나중에 전개될 드라마를 생각하면, 그녀와 나의 만남은 신의 선물이었다. 어린 마음에서도 나는 그녀와 내가 특별한 친구가 될 것을 예감했다. 나중에 물으니 류바도 같은 느낌을 가졌다고 했다. 물론 둘 다 처음 만났을 때는 닥쳐올 운명은 상상하지 못했다. 푸순으로 돌아간 나와 펑텐에 살던 류바는 꽃무늬 편지지에 유치한 내용의 편지를 주고받으면서 우정을 키워갔다.

펑텐으로의 이사 소식을 알고 나는 바로 류바를 떠올렸다. 오랜 친구인 도시코짱이나 미츠코짱과의 이별은 괴로웠지만, 류바 곁으로 가게 된 일은 기뻤다. 나는 편지에 '만세'라고 써서 보냈고 그녀도 같은 답장을 했다. 펑텐으로 이사온 날 나는 이삿짐으로 어지러운 집을 빠져나와서 나니와통의 페토로프과자점으로 갔다. 류바와 나는 힘찬 악수와 포옹으로 재회를 기뻐했다. 류바 아버지는 빵집 주인답지 않게 엄격해 보였고, 중국어가 유창한 수재형의 오빠는 신경질적으로 보였다. 하지만 류바의 어머니는 통통한 볼에 늘 웃음을 짓는 친절한 사람이었다.

류바 엄마는 먼 곳에서 온 작은 손님을 환대해 주었다. 아줌마는 난로 위에서 러시아 주전자 사모와르에서 김을 내며 끓고 있는 차로 레몬티를 만들고 막 구운 폭신한 러시아식 고기빵을 주셨다. 류바는 "이 빵은 피로시키라고 해"라고 가르쳐주고 자기도 맛있게 먹으면서 나에게도 권했다. 그날 선물로 받은 과자 봉투에는 젤리, 초콜릿, 마시멜로, 누가 등의 색색가지 러시아 과자가 가득했다. 그녀는 나를 '요시코짱'이라고 불렀고 나도 그녀를 러시아식 애칭 '류바치카'로 불렀다.

집에서의 요양으로 폐침윤이 좋아지자 의사는 나에게 호흡기를 강화하라고 했다. 내가 운동을 싫어하는 것을 아는 아버지는 자신이 하고 있던 요곡謠曲*을 배워보자고 했다. 하지만 일본의 전통 문화를 모르는 나에게 요에 나오는 노래와 무용은 생소했다. 그때 도움을 준 것이 류바였다.

* 일본 전통 가면극인 요에 나오는 노래.

"요곡이 싫으면 클래식 가곡을 배우면 되잖아. 호흡법은 같지 않을까? 내가 아는 사람 중에 유명한 오페라 가수가 있어. 엄마도 친한 사람이니까 소개를 받자. 클래식 음악을 배우면서 함께 러시아어나 영어도 배우면 어때?"

아버지가 승낙하자 류바는 나를 마담 보드레소프에게 데리고 가서 제자로 받아 달라고 했다. 류바는 마담이 이탈리아 사람으로 밀라노 음악학교 교수의 딸이라고 했다. 또 러시아 귀족 보드레소프와 결혼해서 제정 러시아의 오페라좌에서도 활약한 유명 오페라 가수로 세계적 드라마티코 소프라노라고 했다. 소프라노 가창법에는 드라마티코 외에도 리리코, 콜로라투라 같은 가창법이 있다. 나는 작은 새가 지저귀는 것 같은 콜로라투라 소프라노였다. 마담 보드레소프는 당당한 체격에 깐깐해 보이는 표정의 사십 세 후반 여성으로 엄격한 지도법에서는 관록이 느껴졌다.

나는 그랜드 피아노가 있는 이층 교실로 가서 테스트를 받았다. 천천히 피아노를 치면서 "도, 미, 솔, 도, 솔, 미, 도"라고 발성 시범을 보인 마담은 나에게 "발성해 보세요"라고 했다. 마담의 멋진 발성에 기가 죽은 내가 우물쭈물하고 있으니 마담은 다시 한번 시범을 보이며 나를 재촉했다. 긴장한 나는 모기같이 작은 소리를 내는 것이 고작이었다. 발성을 들은 마담이 다음 코드를 불러보라고 했다. 러시아어 악센트가 섞인 마담의 영어는 위압적이었다. 다시 발성을 해봤지만 이번엔 목소리가 흔들렸다. 잠시 뒤 마담은 "그만 됐어!"라고 말하고 류바와 함께 방으로 들어갔다. 십 분 뒤 밖으로 나온 마담은 류바에게는 러시아어로 이야기하면서, 나에게는 영어로 "그럼 다음 주부터 토요일 오후 2시에 오세요"라고 했다.

테스트를 받고 레슨을 받기 시작한 나는 마담에게 소프라노의 기초를 배우게 된다. 하지만 사실 나는 그날의 테스트를 통과하지 못했다. 십수 년 뒤에 안 사실이지만, 마담은 테스트를 마치고 류바를 방으로 불러 "저 아이는 재능이 없으니 가르칠 수 없다"라고 레슨을 거절했다. 역시 나에게는 재능이 없었다. 하지만 류바는 끈질기게 레슨을 부탁했다. 방을 나와도 이어진 마담과 류바의 러시아어 대화는 나를 제자로 받아달라는 류바의 애원이었다. 결국 마담은 류바에게 져서 나를 제자로 받아주었다. 그러니 류바가 나를 제자로 받아달라고 부탁하지 않았다면, 나는 펑텐방송국에 가수로 스카우트될 수 없었고, 여배우 리샹란도 없었을 것이다.

일류 오페라 가수였던 마담의 레슨은 엄했다. 마담은 첫 날부터 나쁜 자세를 지적했다. 매번 레슨 전에는 "턱을 당기고 가슴을 펴고 크게 호흡을 하고. 좋아! 이번에는 흉곽 밑으로 크게 숨을 쉬고"라는 마담의 지도에 따라 준비 운동을 했다. 먼저 벽에 등을 딱 붙인 채 부동자세를 취한다. 그리고 머리 위에 책 대여섯 권 올리고, 선생님의 지시대로 발성한다. 책을 한 권이라도 떨어뜨리면 처음부터 다시 해야 했다. 마루에 누워 횡경막 위에 책을 올리고 배로 호흡하는 발성 연습도 책을 떨어뜨리면 다시.

교재는 처음에는 독일의 합창곡집 《코르위붕겐Chorübungen》을 배우다가 여러 나라의 대표 가곡을 연습했다. 내가 처음 배운 노래는 러시아 민요 〈붉은 사라반〉과 미하일 글린카의 가곡. 물론 가사는 러시아어였다. 독일 가곡은 베토벤의 〈이히리베디히〉나 슈베르트의 〈세레나데〉 등을 배웠다.

삼 개월 정도 지나자 실력이 느는 것이 느껴졌고 마담이 웃는 날도 많아졌다. 매주 토요일 오후 두 시 레슨에는 늘 류바가 따라왔다. 처음에는 러시아어는 물론 영어와 독일어도 하던 류바가 수업 내용을 통역해 주었다. 하지만 점점 나도 류바의 통역 없이 마담과의 대화가 가능하게 되었다. 사람에 따라 다르겠지만, 나는 노래로 외국어를 배우는 방법이 효과적이고 즐거운 방법이라고 생각한다.

마담의 남편은 하얼빈을 거쳐서 펑텐으로 온 제정 러시아의 귀족이었다. 부부는 기소정木曾町에 있던 서양식 집에서 하는 하숙과 음악 레슨으로 생활했다. 그들에게는 여덟 살 정도의 아들이 있었다. 토요일 레슨이 끝나면 류바와 선생님 가족과 함께 사모와르가 있는 응접실에서 차와 과자를 함께 했다. 마담이 피아노를 치고 남편은 바이올린을 연주하며 모두 러시아 민요를 합창하는 즐거운 시간이었다. 나는 반년을 휴학하면서 주로 집에서 지냈지만, 주 1회 레슨만은 꼭 참석했고 마담도 열심히 지도했다. 덕분에 몸도 건강해졌고 가창력도 꽤 늘었다. 어느 날 마담이 나에게 "내 리사이틀 개막전 공연을 해줘요"라고 했다. 마담 보드레소프는 매년 가을에 야마토호텔에서 발표회를 열었는데, 그 공연은 펑톈에서 매년 가을에 열리던 음악 행사 중에서 인기있는 공연이었다. 그런 공연의 개막전 공연을 맡는 일은 나에게는 흥분되고 불안한 경험이었다.

만테츠 직영 야마토호텔(현재 랴오닝 영빈관)은 역에서 북동쪽에 있는 나니와통과 후지미정이 교차하는 광장에 있는 펑톈 최고의 호텔이며 사교장이었다. 중국어로 찬팅餐庁이라고 부르는 넓은 홀 앞쪽 무대에서는 음악회나 댄스파티가 자주 열렸다. 넓은 마호가니 마루에는 앤틱 의자가 있었고, 벽에 나전 세공으로 만든 큰 거울이 걸려 있었다. 천장에는 화려한 샹들리에가 번쩍였고 실내는 골동품으로 장식되어 있었다. 일본인, 중국인, 러시아인 관객은 펑톈 각계의 명사들이었다. 마담은 "너는 일본인이니 일본 의상인 후리소데*를 입어라"라고 했지만 나는 후리소데가 없었다. 푸순에서 단짝 도시코짱, 미츠코짱과 시치고산七五三** 사진을 찍을 때는 후리소데가 있었지만 당시 가진 옷은 여학교 교복과 중국옷이 전부였다. 상황을 이야기하자 엄마는 공연 전 날 어디에선가 후리소데를 구해 왔

* 소매가 긴 예복용 기모노

** 아이가 3살, 5살, 7살 때 신사나 절을 방문해 건강을 기원한다.

다. 나는 자주색 바탕에 흰색 학이 그려진 멋진 후리소데로 멋을 낸 거울 속 자신의 모습이 아름다워 멍하니 쳐다보았다. 발표회가 끝나고 알았지만, 펑톈에 지인이 없었고 옷을 대여하는 곳도 없어 엄마는 전당포에 가서 다른 사람이 담보로 맡긴 후리소데를 빌려왔다.

엄마가 빌려온 예복을 입고 무대에 서서 처음으로 부른 노래가 〈황성의 달荒城の月〉이었다. 이 곡은 마담이 "첫 곡은 일본 노래를 불러라"라며 골라 준 곡이었다. 이렇게 〈황성의 달〉은 나에게 가 보지 못한 일본에 대한 향수를 느끼게 한 중요한 곡이 되었다. 나는 이후로 이 노래를 위문공연이나 해외공연에서도 자주 불렀다. 서양곡으로는 슈베르트의 〈세레나데〉와 베토벤의 〈이히리베디히〉, 그리그의 〈솔베이지의 노래〉를 불렀다. 모두 수없이 배우고 연습한 곡이었다.

침착한 첫 무대였지만 무대로 올라오는 마담의 숄 끝에 발이 걸려 당황한 일은 기억한다. 그녀는 이탈리아 오페라의 프리마돈나답게 검은 드레스에 검은 숄을 쓰고 붉은 장미 한 송이를 들고 무대로 올라왔다. 마담이 박수를 받으면서 무대로 등장할 때 무대를 내려가던 내가 그녀의 숄 끝에 달린 레이스를 밟은 것이다. 프랑스제의 섬세한 레이스였다. 그녀는 잠시 나를 돌아보았지만, 아무 일도 없었다는 듯이 왼손에 한 송이 장미를 들고 농염한 모습으로 카르멘을 부르기 시작했다.

이 공연은 내가 펑톈방송국에 스카우트되는 직접적 기회가 된다. 마담 보드레소프의 팬인 펑톈방송국 기획과장이 발표회를 보러온 것이다. 공연을 마친 다음 주 토요일 오후, 내가 마담 집에서 슈베르트의 곡을 연습할 때 손님이 왔다. 일본인 신사는 "펑톈방송국의 아즈마 게이조東敬三입니다"라고 자신을 소개하며 "저번 리사이틀도 좋았지만 지금

부른 슈베르트도 좋네요"라고 칭찬했다. 교복차림의 나는 잔뜩 긴장해서 아무 말도 못 하고 구두 끝만 보고 있었다. 그는 "라디오 방송에서 노래해 볼래요?"라고 제의했다. 내가 깜짝 놀라서 마담의 얼굴을 보니 평소에는 엄격한 마담이 밝게 웃고 있었다.

아즈마 과장의 제안은 새로 기획한 프로그램의 출연 의뢰였다. 펑텐 방송국은 1932년 만주국 건국과 동시에 모리시게 히사야森繁久彌 아나운서 같은 좋은 스탭을 모아 개국했다. 방송국은 중국인 청취자를 늘리기 위해 〈만주 신 가곡〉이라는 가요 프로그램을 기획하면서 전속 가수를 찾고 있었다. 프로그램은 중국 전래 민요나 유행가를 편곡한 신곡을 공모하면서 만주 국민 가요를 방송했다. 이른바 '일만친선日滿親善', '오족협화五族協和'를 선전하는 활동의 일환이었다. 하지만 악보를 읽을 수 있고 베이징어를 쓰는, 그리고 일본인 스탭과의 소통을 위해 일본어도 할 수 있는 중국인 가수 찾기는 쉽지 않았다. 그러던 중 아즈마 과장이 공연에서 내 노래를 들은 것이다. 그는 마담을 통해 내가 베이징어가 가능한 것을 알고 방송 출연을 권유했다.

마담은 적극적으로 권했고 류바도 대찬성이었지만, 나는 대답을 미루고 집으로 돌아가서 부모님과 상담했다. 아버지는 전부터 내가 어학을 익혀서 정치가의 통역관이나 비서관이 되기를 바랐고, 나도 막연하게 같은 꿈을 꾸었기 때문이다. 그래서 가수를 하겠다는 것에 난색을 표시한 아버지와는 달리 엄마는 "요시코는 노래 부르기를 좋아하니 방송 출연 정도는 좋을 거야. 나라를 위한 일이기도 하고"라며 조건부 찬성을 했다. 무대 출연이 아닌 음악 방송이라서 베이징에 유학하면서도 녹음 방송도 가능했다.

작곡가 가카기 바라榊原는 중국 민요와 유행가를 편곡해서 국민 가요에 적합한 십여 곡의 '만주 신 가곡'을 만들었다. 중국에는 〈소군원昭君怨〉처럼 호궁 소리에 어울리는 애가哀歌가 많았는데 내가 제일 좋아하던 〈어광곡漁光曲〉도 그중 하나였다. 노래는 같은 제목의 영화(차이츄성蔡楚生 감독, 왕런메이王人美 주연)의 주제가로 영화도 노래도 한 세대를 풍미했다.

가사는 "휙- 그물을 던져 힘차게 끌어 올린다. 아침 안개 속에서 고기를 기다리는 고단한 삶. 고기는 잡히지 않는데 세금은 무겁다"라고 사회 부패를 규탄하고 빈곤을 원망하는 내용의 노래지만, 당시 나는 가사의 의미나 시대 배경과 상관없이 애절한 멜로디가 좋아서 자주 불렀다.

프로그램 '만주 신 가곡'의 방송일이 다가오자 아즈마 씨가 우리 집에 와서 나에게 중국 예명을 만들자고 했다. 고민하던 어른들에게 나는 별 생각 없이 말했다. "저는 옆집 리 장군이 지어준 중국 이름이 있어요. 리샹란이에요." 내 말을 들은 아버지는 찬성하는 표정으로 나를 보면서 아즈마 씨에게 이름이 지어진 경위를 설명했다.

아즈마 씨는 "리샹란. 이 이름으로 하지요. 방송에서 이름의 유래까지 말할 필요는 없고 노래 제목, 작사가, 작곡가, 편곡가 다음에 노래는 리샹란이라고 소개하면 되겠네요"라고 했다. 이렇게 내 예명은 '리샹란'으로 정해졌다. 물론 당시는 이 예명이 나의 인생을 크게 바꾼다는 사실을 아버지도 아즈마 씨도 나도 알 수 없었다.

이듬해에 연기한 베이징 유학을 갔지만, 방학 때 집으로 돌아오면 방송국에서 녹음을 하여 프로그램은 꽤 오랫동안 방송되었다. 펑톈으로 돌아오면 나는 전처럼 마담 보드레소프의 레슨을 받았고, 베이징에서는 마담이 소개한 러시아 가수 마담 페도로프의 지도를 받으면서 노래 공부를 계속했다.

1931년은 일본이 계획한 만주사변이 일어났고, 1932년에는 괴뢰 만주국이 건국되었다. 1933년 만주국 국가 정책에 따라 만들어진 가수 리샹란이 데뷔했다. 그녀는 일본인 야마구치 요시코, 즉 나였다. 아무것도 모르고 역사의 흐름에 따라갔을 뿐이지만 나는 만주사변처럼 일본인이 만든 중국인이었다. 그 점을 생각하면 가슴이 아프다.

베이징에서 나는 판유구이 씨의 수양딸로 베이징 최고의 미션스쿨이자오翊教여학교를 다니게 됐다. 학교에서는 중국어와 일반 교양을 배웠고 집에서는 판 씨의 수습 비서로 일했다. 베이징으로 갈 준비를 끝내고 나니와통에 있는 달콤한 냄새가 나는 류바 집으로 갔다. 류바와는 여러 번 이별 인사를 했지만, 아직도 할 이야기는 많았다.

도착한 페토로프 빵집 앞은 소란스러웠고 가게 뒷편 류바네 집앞에는 긴 칼을 찬 일본인 헌병이 있었다. 현관과 창은 나무판으로 못질되어 있었다. 깨진 창문으로 엿보니 집안은 엉망진창으로 어질러져 있었다. 가게 앞에 모여있는 사람들에게 물어도 사정을 알 수 없었다. 어떤 사람은 가족 모두가 헌병에게 연행되었다고 했고, 어떤 사람은 헌병대가 들이닥쳤을 때는 이미 빈집이었다고 했다. 어느 쪽이 맞는 이야기인지는 몰랐지만, 류바 가족은 갑자기 사라졌다. 나는 그 자리에 서서 "류바치카, 류바치카" 하면서 울었다. 헌병들은 그런 나의 모습을 이상하게 보다가 개를 몰아내듯이 쫓아냈다.

책을 쓰면서 당시 일을 조사하다가, 일본은행 부총재 미에노 야스시三重野康에게 류바가 다니던 펑톈 치요다소학교의 동창회 명부를 빌릴 수 있었다. 미에노 씨는 작가 아베 고보安部公部와 같은 반으로 1936년 졸업생이다. 페이지를 넘겨보니 한 해 먼저인 1935년 졸업생 '소식 불명란'에 류바 이름이 있었다.

류바와 같은 해 졸업생으로는 에토우 신키치衛藤瀋一(아세아대학 학장), 히라야마 다케시平山雄(예방암학회 연구소장), 후쿠다 준福田純(도호 영화감독) 같은 유명 인사가 있었다. 나는 일단 같은 기수 동창회 간사 이카리 미야코伊狩京에게 편지를 보냈다. 다음은 그에게 온 답장의 요약이다.

알 만한 사람에게는 모두 전화했지만 류바 일이라면 제일 친한 친구였던 야마구치 요시코라면 알지 모른다고들 해서 이야기는 원점으로 돌아왔습니다. 그래도 참고로 여러 사람의 단편적 추억을 정리해 보았습니다.

소학교 시절 류바짱은 붙임성 좋은 성격으로 외국인이었지만 같은 반 모두와 친했습니다. 나이는 나보다 두세 살 많았다고 기억합니다. 일본어를 잘했고 마르고 키가 크고 흰 피부에 주근깨가 있는 모습을 저뿐만이 아니라 다른 사람도 잘 기억합니다. 당시 우리 모두는 바가지 머리였는데 류바짱만 길고 아름다운 갈색 머리를 땋고 있었습니다. 전신이 만주교육전문학교 부속 소학교인 치요다소학교는 선진 교육 실험장으로 매년 반 편성을 바꿨고 일본인 소학교였지만 러시아나 터키 아이들도 입학할 수 있었습니다. 4학년부터 이름을 한자로 썼는데, 류바짱은 서예 시간에 선생님에게 료마 모노소파龍馬物蘇波라는 한자 이름을 받고 좋아했습니다. 어떤 학생은 류바짱이 즐겨 부르던 노래를 기억하고 있었습니다. "갈 길은 멀구나 몽골로蒙古路는, 넘실거리는 구름 위 얼어붙은 달은 아직 녹지 않고 새싹 돋는 봄 양의 발걸음도 여유 있구나." 노래라면 야마구치 씨가 더 잘 기억하고 계시겠지요. 전화를 해 본 사람 중에는 류바짱의 집에 놀러 가 본 사람은 없었습니다. 거의 모든 사람이 류바가 야마구치 씨와 자주 놀았다고 기억했습니다. 졸업식에는 류바 부모님이 오셨습니다. 그러니 그녀가 치요다소학교를 졸업한 것은 확실한데, 갑자기 가족 모두가 펑텐에서 자취를 감췄고 그 뒷일은 아무도 모릅니다. 우리 동기생도 그녀의 소식을 알고 싶어 했고 종종 동창회에서도 야마구치 씨라면 알지 모른다고 이야기가 나왔습니다. 류바짱의 소개로 야마구치 씨가 러시아 오페라 가수에게 가곡 레슨을 받은 일도 모두 알고 있어서 같은 반 친구보다도 친했다고 짐작했습니다. 류바에 대해 뭔가 아시게 되면 저희에게도 알려주세요. 마침 제가 소학교 3학년 때 학급 사진을 한 장 가지고 있었습니다. 도움이 되길 바라며 동봉합니다.

사진에는 그리운 류바의 얼굴이 있었다. 오른쪽 가운뎃줄에 선 키가 훌쩍 큰 외국인 소녀는 바가지 머리 학생들 속에서 혼자만 땋은 머리를 늘어뜨리고 있었다. 시원한 이마와 볼, 웃음 띤 투명하고 흰 피부. 그녀를 생각하며 사진을 보니 귀여운 주근깨까지 보이는 것 같았다. 나는 그날 류바의 사진을 안고 잤다.

03 베이징에서

드디어 베이징으로 유학을 하러 가기로 한 봄이 왔다. 처음으로 혼자. 그것도 모르는 곳으로 가는 여행이었다. 당연히 아버지와 함께 간다고 생각했는데 아버지는 일 때문에 먼저 베이징으로 출발해서 나는 혼자 가게 되었다.

펑톈은 만주 제일의 도시였지만 고도古都 베이징에 비교하면 동북의 지방 도시에 불과했다. 그것만으로도 위축되는데 열네 살에 혼자 기차로 이국의 들판을 밤낮으로 달리는 여행이었다. 그래서 베이징을 향한 호기심과 흥분보다는 모르는 곳으로 간다는 불안이 더 컸다. 펑톈역을 출발하면서 들은 엄마의 주의는 들뜬 마음에 귀에 들어오지 않았다. 그래도 아버지에게 전달하라는 돈다발을 넣은 복대는 꽉 잡고 기차에 올랐다. 외국인이나 상류층 전용의 고급석軟座車까지 쓰레기투성이였고 냄새가 났다. 아버지는 "지금부터 중국인으로 생활하니 익숙해져야 한다"면서 일반석硬座車 표를 사주었다. 일반석 승객은 나만 빼고는 모두 중국인이었다. 사실 나도 중국인인 척하고 차를 탔다. 일본인임이 알려지면 신변이 위험할 수 있기 때문이었다.

1934년 5월은 중화민족무장자위위원회 준비회가 쑹칭링宋慶齡 등의 이름으로 대일 작전 기본 강령을 발표한 시기다. 그해 3월 청나라 마지막 황제 푸이는 만주국 황제가 되면서, 중국 각지에서는 반만反滿 항일 게릴라 사건이 일어났다. 이런 상황에서 일반인은 거의 장거리 기차 여행을 하지 않았다. 철도는 자주 항일 게릴라의 공격 목표가 되었고, 특히 만주와 중국의 경계 마을인 산하이관山海關에서는 전해인 1933년 1월 중국과 일본 군대가 무장 충돌해 철도가 끊긴 사건도 있었다. 그 후에도 국경 부근에서는 자주 게릴라 습격이 일어났다.

펑텐을 출발했을 때부터 내리던 비는 밤이 되자 점점 강해져서 산하이관 근처에서는 바람까지 강해지면서 폭풍우로 변했다. 야간 기차 안은 어둡고 무거운 분위기였다. 코를 찌르는 마늘 냄새로 일반석 승객이 노동자나 가난한 사람임을 알 수 있었다. 폭풍우는 차창을 요란스럽게 때리면서 열차 소리를 삼켰다. 암흑을 뚫고 달리는 기차는 괴로움에 꿈틀거리는 거대한 동물처럼 흔들렸고 나는 점점 더 무서워졌다. 갑자기 높은 금속 마찰음과 함께 기차가 멈추고, 급브레이크의 반동으로 모든 승객이 자리에서 튕겨 나갔다. 폭풍우 소리는 더 심해졌고 천둥까지 울렸다. 번쩍이는 번갯불 때문에 순간 차창 밖 황야가 보였다. 관목은 거칠게 흔들렸고 대지에는 탁류가 흘렀다. 천둥의 여운이 가라앉고 조용해지자 승객들은 웅성거렸다. "벼락이 떨어졌나?", "비적 습격인가?", "게릴라 습격인가?"

그때 차장이 객실을 돌아다니면서 설명을 했다. "호우로 산하이관 근처 강이 불어났습니다. 철도 교각까지 물에 차서 평소 속도로 지나가면 위험합니다. 지금부터 열차는 가장 느린 속도로 철교를 건너니 양해해

주십시오." 웅성거리던 승객들은 안도의 한숨을 쉬었지만, 이번에는 철교를 건너는 위험을 알고 동요하기 시작했다. 덜컹 하고 기차가 움직이기 시작하자 승객들은 무심결에 서로 얼굴을 보았다. 손을 맞잡거나 끌어안은 가족도 있었다. 나는 혼자서 꼼짝 못 하고 웅크리고 있었다.

열차는 기어가는 속도로 강을 건넜다. 거친 비바람을 맞으며 승객 한 사람이 창밖으로 얼굴을 내미니 모두 다투어 얼굴을 내밀었다. 나도 옆 사람을 따라 얼굴을 내밀고 창밖을 보았다. 그리고 바가지 머리가 흠뻑 젖는 것도 모르고 철교 아래로 흐르는 물을 보았다. 거세게 들이치는 비바람 소리, 강은 역류하면서 성난 파도 소리를 냈다. 시커멓게 흐르는 탁류는 열차를 삼킬 것 같았다. 나는 창밖으로 내민 몸이 빨려 들어갈 것 같아서 객차 안으로 들어왔다. 암흑과 덜컹거리는 소음 속 긴장은 이십 분 정도 이어졌다. 잠시 후 강을 건넌 기차는 한숨처럼 가느다란 기적을 울렸다. 그리고 원래 속도로 달리기 시작했을 때 사람들은 환성을 질렀다.

산하이관에 도착한 시간은 밤 11시 30분이었다. 그곳까지가 일본이 지배하는 '만주국'이었고, 그 앞은 '중화민국'의 화북 지방이었다. 도착 시각을 확실하게 기억하는 이유는 차장이 시각과 함께 기억에 남는 정보를 전했기 때문이다.

"잠시 뒤 오후 11시 30분에 삼십 분간 정차했다가 오전 0시에 출발하겠습니다. 30분 후 오전 0시부터는 화폐가 바뀝니다. 정차 중 화폐 교환을 실시하니 가지고 계신 통화는 모두 제시해 주십시오."

나는 방송의 의미를 완전히 이해하지는 못했지만 가지고 있는 돈을 전부 꺼내라는 말을 듣고 겁을 먹었다. 화폐 제도 변경은 큰 사건이다.

나는 중국에서 화폐 제도가 개혁된 바로 그날 그 순간에 국경 마을에 있었던 것일까?

책을 쓰면서 『속 현대사 자료 점령지 통화 공작편續現代史資料占領地通貨工作編』(多田井喜生 編, みすず書房, 1983)을 찾아보니 국민정부는 1935년 11월 화폐 개혁을 했다. 혼자 하는 첫 여행의 날짜까지 기억하지 못하지만 1934년 5월인 것은 확실하다. 그렇다면 자료와는 일 년 반의 차이가 생긴다. 금융 지식이 전혀 없던 내가 기억하는 사건은 산카이관을 지나면 중화민국이 되니 소지하고 있는 만주국 화폐를 중화민국 화폐로 바꾸라는 안내였을지도 모른다. 처음 많은 돈을 가지고 있던 나는 출발 전부터 긴장했다. 그래서 가끔 "잃어버리면 안 돼! 도둑맞지 않게 주의해!"라는 말을 주문처럼 중얼거리면서 손으로 복대를 확인했다. 돈을 여기서 빼앗기면 큰일이라고 생각한 나는 도망갈 결심을 하고 좌석에서 일어나서 혼란한 기차 속 인파를 헤치면서 살금살금 움직였다. 각자의 짐과 돈을 챙기기에 정신이 없는 승객들은 내 행동에 관심이 없었다.

세 번째 칸까지 갔을 때 나는 멈췄다. 남자 한 사람이 경관에게 잡혀서 열차 밖으로 끌려가고, 다른 한 사람의 경관은 몰수한 돈다발을 세고 있었다. 주위에서는 경관들이 승객의 짐을 조사하기 시작했다. 놀란 나는 앞에 있는 변소 문을 열고 들어가서 문을 잠갔다. 어둡고 좁은 공간 속의 기분 나쁜 구멍과 코를 찌르는 암모니아 냄새. 나는 그런 밀폐된 공간 속에서 숨을 참고 한참을 가만히 있었다. 때때로 통로를 지나는 사람들의 움직임이 느껴지고, 이야기 소리가 들렸지만 다행히 문을 열려는 사람은 없었다.

마침내 벨이 울리고 기차가 움직이기 시작했다. 나는 피곤한 몸을 변소 벽에 기대고 위기를 극복한 만족감에 젖어서 잠시 쉬었다. 원래 자리로 돌아오니 주위 승객은 모두 잠들어 있었다. 복대를 잡고 창밖으로 지나가는 역사의 모습을 보는 동안에 나도 깊은 잠에 빠졌다.

눈을 뜨자 차창 풍경은 변해있었다. 농촌 지역에서 도시 지역으로 들어간 것 같았다. 미루나무 가로수 사이로 드문드문 주택이 보였다. 투명할 정도로 환한 아침 해는 하늘에 금가루를 뿌리는 것 같았다. 눈이 아플 정도로 파란 하늘에 부드럽고 둥근 구름이 두둥실 떠 있는 베이징의 상쾌한 5월 아침이었다. 긴 회색 성벽이 보였고 열차는 그 벽을 따라 시가지로 들어갔다. 무너질 듯한 오래된 벽돌 성벽과 그 틈에서 핀 작은 노란 들꽃의 어우러짐은 태피스트리 문양 같았다. 나는 어젯밤 폭풍우 치던 암흑에서 나와 갑자기 동화 속으로 들어온 기분이었다. 역에는 아빠가 마중 나와 있었다. 아빠와 내가 탄 인력거가 아카시아 가로수 사이를 달렸고 봄 안개 속 재스민향이 우리를 감쌌다. 아버지는 "혼자서도 잘 왔구나" 하면서 내 바가지 머리를 쓰다듬어 주었다.

베이징의 아름다운 성곽은 세계적으로도 유명하다. 마르코폴로는 장대하고 화려한 원나라의 모습을 유럽에 전했다. 모든 위정자는 민족의 지혜를 모은 도시의 모습을 지키려고 노력해서 성벽은 보전되었다. 하지만 지금의 대도시 베이징에는 내가 기차 창문 너머로 본 선로를 따라 이어지던 긴 성벽은 없다. 물론 옛 건축물과 근대 도시의 교통 정책이 어울리지 않는 것은 이해한다. 하지만 내가 베이징에서 가장 그리운 풍경은 전쟁 전 성벽과 성문이 있는 고도의 모습으로 돌아가신 우메하라 류사부로梅原龍三郎 화백이 즐겨 그린 자금성이 보이는 풍경이었다.

우메하라 화백은 1986년 1월 97세의 나이로 서거했다. 나는 전쟁 전 베이징에 있을 때 화백 부부와 가까워져서 귀여움을 받았다. 화백은 베이징호텔에 장기체류하면서 그곳을 아틀리에 삼아 그림을 그렸다. 내가 모델이 된 시기가 몇 년 무렵인지는 확실하지 않지만, 나는 화백의 모델로 자주 베이징호텔의 아틀리에로 가서 화백이 준 치파오를 입고 의자에 앉아 창 아래로 보이는 자금성을 바라보는 자세를 취했다. 화백은 중국옷을 좋아했다. 단순한 디자인의 치파오는 세련된 옷이다. 화백은 중국옷의 높은 깃이 턱을 당긴 바른 자세를 만들고 그 긴장감은 다리까지 아름답게 보이게 한다며 치파오 입은 아가씨를 즐겨 그렸다.

화백은 모델의 마음속을 보는 눈을 가졌다. 나도 그 눈에 마음을 들킨 적이 있다. 그날 나는 의자에 앉아 자세를 잡고 가만히 있으면서도 마음속으로는 여러 가지를 생각했다. 그러자 화백은 여러 번 "가만히 있어. 움직이지 말고"라고 말했다. 내가 "움직이지 않았어요"라고 하니 "붓질을 한 번 하고 다시 너의 얼굴을 보면 표정이 달라져 있어"라면서 "자 오늘은 여기까지 하고 내일 하자!"라고 붓을 내려놓았다. 그날 화백은 놀러 가고 싶은 내 마음을 본 것이다. 화백의 말 중에서 "고양이의 얼굴에는 200종류의 표정이 있다는데 너에게는 고양이보다 많은 표정이 있어. 볼 때마다 변하는 이상한 얼굴이야" "너의 오른쪽 눈과 왼눈은 달라. 오른쪽 눈은 자유 분방하게 움직이고 있고 왼쪽 눈은 조용하고 수줍은 표정이야"라는 말이 기억에 남는다.

지금 우리집 거실에 걸린 내가 중국옷을 입은 20호짜리 그림은 피카소가 그린 초상화처럼 정말 오른쪽 눈과 왼눈이 다르다. 우메하라 화백이 중국 체재 시절에 그린 작품 중에서는 〈북경추천北京秋天〉이 가장 유명하다. 또 〈자금성〉과 〈운산천단雲山天壇〉 역시 군청색 하늘을 배경으로 베이징의 시가지를 당삼채唐三彩를 연상시키는 선명한 색으로 표현했다. 다른 그림이지만 구도가 비슷한 것은 아틀리에 위치 때문이라고 생각한다. 화백의 많은 그림은 베이징의 서쪽을 그린 풍경화다. 특히 그는 베이징의 서산西山을 원경으로 울창한 나무에 싸인 풍경을 많이 그렸다. 그림 속에 있는 나무 사이로 솟은 붉은 톈안먼과 그곳을 지나면 나오는 단문端門, 오문午門, 대화문大和門, 대화전大和殿과 본전本殿까지 이어지는 문과 궁전의 금색 기와는 정말 아름다웠다. 당시 시가지의 모습은 자금성을 중심으로 사방에 직사각형 성곽이 있었고 곳곳에 누문樓門과 패문牌門이 설계도 그대로 배치되어 있었다. 하지만 그것은 지도 위의 이야기이고 실제로 골목길 후통胡桐을 걷다 보면 늘 미아가 되었다.

지금의 베이징시는 톈안 광장을 중심으로 지도의 오른쪽 위 4분의 1의 직사각형 구획이 동청구東城區, 왼쪽 4분의 1 구획이 서청구西城區이다. 당시도 성안 주택은 동청구와 서청구 양 구에 집중되어 있었다. 서청구에는 중국 명문가의 저택과 국립대학, 중학교가 모여 있었고 일본인은 거의 살지 않았다.

내가 수양딸로 살던 판가의 저택은 그런 서청구의 피차이후통劈材胡同에 있었고 옆집은 유명한 화가 치바이스齊白石의 집이었다. '후통'은 골목길이란 뜻으로 베이징 동쪽에서 서쪽으로 셀 수 없이 있던 좁은 길이다. 오랜 역사를 가진 베이징에는 천팔백 개의 후통이 있었다.

아버지는 판가에 며칠 지내며 내 전학 절차를 마쳤고 이후 일을 판씨에게 맡기고 펑톈으로 돌아갔다. 베이징에 아는 일본인은 아무도 없었다. 베이징에서 나는 동북 지방에서 친척집 판가로 상경한 수양딸로 이자오여학교翊教女學校에서는 '판슈화'였다. 미션스쿨인 이자오여학교는 베이징의 다른 중국인 학교와 마찬가지로 항일 분위기가 강했다. 그래서 학교에서는 일본인임을 숨기고 철저하게 중국인으로 행동해야 했다.

판가에는 열 명의 자녀가 있었지만 장남은 대학생으로 도쿄에 유학 중이었고, 아홉 살짜리 막내아들과 같이 이자오여학교를 다녔던 위화月華 씨와 잉화英華 씨를 제외한 다른 형제들에 대해서는 전혀 기억이 없다. (책을 쓰면서 이미 사망한 장남 준치엔駿千 씨를 대신해 기요사토현에 사는 그의 부인을 만나 이야기를 듣고 처음 판가의 자녀가 열한 명임을 알았다.)

나에게 슈화라는 이름을 지어준 이유는 요시코淑子라는 원래 이름을 살리면서 일곱 명의 딸 모두의 이름에 들어간 '화華'를 붙여서 딸들과 자매처럼 지내게 하기 위해서였다고 한다.

판 씨는 리 장군처럼 아버지의 오랜 친구로 화북 지방 정계의 거물이었다. 그는 쑹저위안宋哲元 장군의 고문으로도 일한 적이 있다고 들었다. 조사해 보니 그는 1884년 허베이성河北省 옌산현塩山県 출생으로 일본 와세다대학 졸업 후 몽장원蒙蔵院 부총재, 국무원 참의 등을 지내고, 평진위수사령平津衛戍司令을 거쳐 기찰정무위원회冀察政務委員会* 정무처장, 나중에 톈진특별구 시장을 했다.(益井康一, 『漢奸裁判史』, みすず書房, 1977)

* 1935년 일본군의 화북 분리 공작으로 국민정부가 만든 친일적 지방 정권. 위원장은 쑹저위안.

끝없이 이어지는 후통을 면한 판가 저택의 남쪽 토담 중앙 제1문에는 총검을 든 보초 두 명이 있었고, 입장을 허가하는 사람과 들어온 사람을 집 안으로 안내하는 사환도 있었다. 중국 가옥의 구조는 일본의 헤이안 시대 침전寝殿 구조처럼 회랑과 방이 있는데, 회랑으로 싸인 중정은 중국어로 위엔즈院子라고 했다. 문으로 들어와 북쪽 제일 막다른 곳에는 주인 부부가 사는 주실인 정팡正房이 있다. 그리고 정팡의 동과 서에는 자녀들이 거주하는 샹팡廂房이 있었다. 판가는 하인과 개인 병사까지 총 100명이 생활하는 공동체로, 보통 저택보다 복잡한 구조였다. 제일 깊은 곳에 있는 정팡으로 가려면 여러 개의 문과 위엔즈를 지나야 해서 처음에는 미로처럼 복잡한 구조 때문에 위엔즈에서 길을 잃기도 했다.

백여 명의 공동체 안에서 나는 단 한 사람의 일본인이었다. 아무도 일본어를 하지 않는 세계에 던져진 것이다. 처음에는 외로웠지만, 다행히 나이가 비슷한 두 명의 의언니는 친절했다. 나는 동팡 안쪽에 있는 넓은 방에서 두 명의 의언니와 지냈다.

중국어만 쓰는 학교 생활이 시작되었다. 나는 베이징 관어 검정 자격 2급이었지만, 음악처럼 아름다운 베이징 토박이들의 말을 들은 첫날부터 완전히 열등감에 빠졌다. 급우들은 내가 말이 없는 이유가 동북 지방에서 와서 기가 죽어서라고 생각했다. 나는 질문을 받으면 답은 했지만 나서서 적극적으로 말을 하지는 않았다. 등교는 두 명의 의언니와 함께 했지만 하교는 혼자 했다. 하교할 때는 자주 베이하이공원北海公園에 들러서 공원 호수 안에 있는 아무도 없는 작은 섬에서 중국어 발음을 연습하고 사전을 찾았다. 멀리 있는 태묘太廟까지 간 적도 있다.

부잣집 자녀가 많은 미션스쿨 특유의 분위기였을까 아니면 중국 학교의 분위기인가는 알 수 없었지만, 나는 학생들의 자유로운 행동을 보고 놀랐다. 수업이 시작돼도 떠들며 선생님의 이야기를 듣지 않는 학생도 있었다. "세 척 떨어져 걸으며 스승의 그림자도 밟지 말아라"라는 말을 듣고 자란 일본인으로는 상상도 할 수 없는 일이었다. 심지어 선생님을 놀리는 학생까지 있었다. 급우들은 머리숱 없는 초라한 외모의 지리 선생을 '산마오얼三毛児'이라고 놀렸다. 그의 모습이 당시 상하이에서 유행하던 머리털이 세 가닥인 만화 주인공 얼굴과 닮아서라고 했다. 나는 그 만화도 몰랐고 조롱할 때 쓰는 중국어 표현도 몰라서 조용히 있었다. 하지만 학교 분위기에 익숙해지면서 학생들이 늘 멋대로 행동하지는 않는다는 것을 알았다. 잘생긴 영어 선생님은 인기가 있었는데 나는 그 선생님 덕분에 영어를 좋아하게 됐다. 학생들은 무능한 선생님이나 권위적인 선생님의 수업 시간만 거부했다. 일본인 여학교라면 있을 수 없는 일이었지만, 중국 학생의 자기 주장은 확실해서 수업을 거부하고 소규모의 정치 집회를 여는 학생도 있었다. 특히 만주에서 내려와 화북 지방까지 점령하려는 일본군에 대한 항의 집회가 활발했다. 집회에서 "공산당과 국민당이 싸울 때가 아니다. 나라가 일치단결해 동양을 침략하는 일본인을 몰아내야 한다"라는 말을 들을 때 나는 잠자코 머리를 숙일 뿐이었다.

아침에는 베이징 명물인 피자이후통의 비둘기 피리 소리를 들으며 일어났다. 매일 아침 동쪽 하늘이 밝아오면 집 앞을 지나는 피차이후통을 따라 엄청난 수의 비둘기가 한꺼번에 날아올랐다. 비둘기 다리에는 표주박이나 대나무로 만든 피리가 달려있어 몇백 마리의 비둘기가 동트는 하늘을 도는 순간 바람을 가르는 피리소리가 "피–" 하고 울렸다. 그 소리는 우리 세 자매의 자명종 소리였다. 피리 소리는 향수병에 걸린 쓸쓸한 아침에는 쓸쓸한 트레몰로tremolo로, 즐겁고 명랑한 아침에는 맑고 상쾌한 포르테로 매일 다르게 들렸다.

일어나면 세수를 해야 하는데 세면대는 있어도 물이 나오지 않아 세면기에 준비된 더운물로 셋이 얼굴을 씻어야 했다. 나는 다른 사람이 쓴 물에 얼굴을 씻기 싫어 제일 먼저 일어나 얼굴을 씻곤 했다. 급수 사정은 늘 좋지 않아 목욕은 좀처럼 할 수 없었다. 부잣집인 판가의 욕실에는 서양풍의 화려한 욕조가 있었지만 정작 중요한 물이 없었다. 목욕은 2주에 한 번 온 가족이 번화가에 있는 큰 목욕탕으로 가서 했다. 가족 모두는 목욕가는 날을 소풍처럼 기다리면서 즐거워했다. 커다란 로마식 욕조와 개인 욕실도 있는 큰 규모의 목욕탕에는 등을 닦아주는 사람, 마사지사, 이발사, 미용사가 있었다. 목욕을 끝내면 상쾌한 기분으로 가족 모두는 다른 건물에 있는 레스토랑에서 식사를 했다. 가족들은 호궁 악사가 연주하는 식당에서 마시고 노래하면서 하루를 즐겼다.

아침 세안을 끝내고 옷을 입으면 정광에 있는 판씨 부부에게 인사를 하러 갔다. 손으로 짠 옷감으로 만든 중국옷을 입은 판 씨의 풍모에서는 기품과 관록이 느껴졌다.

당시 관동군은 화북 오성(허베이성河北省, 산둥성山東省, 산시성山西省, 차하르성察哈爾省, 쑤이위안성綏遠省)을 만주국으로 편입시키려고 중국에게 협정을 강요했다. 그리고 1935년 11월 퉁저우通州에 기동방공자치위원회冀同防共自治委員会(위원장 잉루겅殷汝耕)를 만든다. 중국 국민정부는 일본군의 압력에 굴복해서 베이징에 중앙 정부와 분리된 기찰정무위원회冀察政務委員会(위원장 쑹저위안)를 만들어 허베이성과 차하르성, 베이징시와 톈진시의 정무를 맡겼다. 이 두 위원회는 잠시 만주국과 국민정부 사이에서 완충 역할을 했다.

판 씨는 베이징 기찰정무위원회 수상 쑹저위안을 돕는 정무처장을 맡아 매우 바빴다. 판 부인은 늘씬하고 아름다운 외모에 똑똑하고 위엄이 있는 사람이었다. 리 장군의 제2부인처럼 전족을 한 부인의 몸가짐은 우아했고 이마 선을 사각으로 정리하고 틀어 올린 머리에는 화려한 비취 장식을 했다. (그 보석들이 전부 가짜고 진짜는 금고에 넣어두는 것이 중국 부자의 습관인 것은 나중에 알았다.)

의자매들은 그녀를 동냥東娘(동쪽 엄마)이라고 불렀다. 또 다른 판 씨 부인인 시냥西娘과 구별하기 위해서였다. 제2부인인 시냥은 동냥보다 나이가 많고 좀 마른 체형에 역시 전족을 했다.

처음에는 부인이 둘인 것이 이상했지만 당시 중국의 풍속으로는 당연한 일이었다. 처음에 시집온 사람은 시냥이지만 아이를 못 낳아 새 부인 동냥을 들인 것이다. 동냥은 삼남칠녀를 낳고 격이 올라가 제1부인으로 집안 전체를 지휘하게 되었다. 아이들은 동냥의 허락이 없으면 식사도 외출도 하지 못했다. 그 정도로 집안에서 정실부인의 권한은 절대적이었다. 한편으로 시냥의 주된 일은 아이들의 의복을 준비하거나 식사 준비로, 말하자면 시녀 우두머리 같은 역할을 했다.

우리 세 자매는 매일 비둘기 피리소리에 눈을 뜨고 한 통의 물로 얼굴을 씻고 부모님께 인사를 하고 함께 승마 훈련을 하러 갔다. 우리는 말을 끌고 아침 안개 낀 후통을 빠져나가 아카시아 가로수가 있는 시청구西城區의 큰길을 빠르게 달렸다. 승마 훈련을 하고 베이하이공원에 들러 가벼운 아침을 먹는 일은 즐거웠다.

황성 서쪽에 있는 넓은 호수인 타이예치太液池는 난하이南海, 중하이中海, 베이하이北海 세 개로 나뉘어 있다. 그중 난하이 지역과 중하이 지역을 합쳐 중난하이공원中南海公園이라고 했다. 금나라, 원나라, 명나라, 청나라 역대 황제의 어원 베이하이공원 원내에 있는 푸른 물이 넘실거리는 호수 안에는 인공섬築山 중 하나인 충와다오瓊華島에 멋진 백탑과 우룽팅五竜亭, 융안사永安寺, 화팡자이画舫斎 등의 명소가 있다. 그곳의 수려한 풍경은 도시의 오아시스로 오랫동안 베이징 시민의 사랑을 받았다.

어느 날 아침 승마 수업을 마치고 베이하이 호수에 왔을 때 소나기를 만나 정자에서 비를 피한 적이 있다. 그때 조련사가 큰소리를 지르며 호수 쪽을 가리켰다. 그쪽을 보니 커다란 거북이가 튀어 올라 한 바퀴 돌고 물속으로 들어가는 모습이 보였다. 베이하이공원의 전설 속에 나오는 거대한 거북이를 본 나는 놀라 주저앉을 뻔했다. 집에서도 다음날 학교에서도 거북이 이야기를 했지만 모두 믿지 않았다. 그날 내가 본 거북이는 베이하이공원의 주인이었을까? 그 거북이는 아직 살아있을까?

하굣길에 공원에서 먹는 아이스크림은 정말 맛있었다. 적은 용돈으로 사 먹어서 더 맛있었는지도 모른다. 우리는 등교할 때 타는 인력거비를 깎아서 모은 돈으로 아이스크림을 사 먹었다.

우리는 동냥에게 왕복 교통비로 하루 이십 매의 동즈얼銅子兒* 을 받았다. 인력거 요금은 편도 동즈얼 10매였는데 우리는 그것을 7매나 8매로 깎았다. 판가는 부잣집이었지만 교육을 위해 용돈을 많이 주지 않았다. 그래서 교통비를 변통해야만 여유가 생겼다. 그래서 우리 세 자매는 가끔 판 씨가 학교까지 데려다 주겠다고 하면 조금도 기뻐하지 않았다. 그런 날은 인력거비를 받을 수 없었기 때문이다. 판 씨는 실망한 표정을 짓는 세 자매를 이상하다고 생각했을 것이다.

* 청나라 말에서 중일 전쟁까지 쓰던 화폐 단위 중에 가장 낮은 단위.

시국에 따라 판 씨의 신변이 위험해지면서 집 주변 수비는 점점 강화되었다. 일본군에 협력해서 친일정권을 수립한 판 씨는 항일파의 공격 대상이었다. (이것도 나중에 안 일이다. 또 판 씨가 종전 후에 재판을 받아 일본 군부에 협력한 죄로 복역한 것도 책을 쓰면서 처음 알았다.) 장남 준치엔 씨의 부인 테루미 씨에 따르면 판 씨는 처음에는 사형 선고를 받았다가 15년 금고형으로 감형되었다. 감형에는 그가 텐진시장을 할 때 홍수 이재민을 위하여 거액의 사재를 내놓은 일과 항일 게릴라의 신변을 보호한 등의 일이 참작되었다.

아직 정치나 군사에는 어두웠지만, 장래 정치가의 비서나 신문기자가 되고 싶던 나는 경험삼아 판 씨 일을 도왔다. 돕는다고 해도 내가 할 수 있는 일은 차를 내오는 일 정도였다. 또 수위가 쑹저위안 씨 같은 높은 사람이 왔다고 하면 경비실까지 나가서 몇 개의 위엔즈를 통해 정팡까지 안내를 했다. 그리고 대화가 끝나기를 기다려 손님을 마중했다. 판가에는 쑹 씨 외에 왕커민王克敏, 우하이후吳佩孚 장군 같은 쟁쟁한 인물들이 드나들었다. 저택 제일 안에 있는 정팡의 객실에는 하인들의 출입은 금지되어, 그곳 일은 거의 동냥과 우리 세 자매가 했다. 요인들과의 이야기가 외부로 나가지 않게 하려는 배려였다. 나는 판 씨와 손님들이 대화를 할 때 계속 차를 내왔고 경우에 따라서는 아편을 준비하기도 했다. 판 씨가 손님과 둘이서 옌타煙榻라고 하는 아편을 필 때 쓰는 침대에 옆으로 누워있으면 나는 흡연 도구를 올린 옌판煙盤을 찬장에서 꺼내서 가운데 테이블에 놓았다. 옌판 위에 있는 기하학적인 문양이 그려진 작은 항아리에는 갈색 물엿 같은 생 아편煙膏이 들어있었다.

아편을 피는 과정은 먼저 길이 5촌寸(약 15센티) 정도의 침 끝을 생아편에 담궈 램프불에 댄다. 파르스름한 램프불의 열로 침 끝의 액체가 굳으면 그것을 다시 생아편에 찍어서 불로 굳히는 일을 반복한다. 그러면 침 끝에 갈색 아편환煙泡子이 만들어진다. 이렇게 만든 아편환을 재털이에 굴리면서 태우면 나오는 연기를 흡입하는 것이다. 그 연기를 일본 피리尺八같이 생긴 엔치앙煙槍이라는 긴 담뱃대로 빨아들이는 판 씨와 손님은 몽롱한 눈으로 기분이 좋은 표정이 된다. 어른이 돼서 베이징 시절을 돌아보면 판 씨 같은 높은 사람도 아편 중독자-인준즈瘾君子였던 것이 놀라울 뿐이다. 이야기하다 보니 동냥이 아홉 살이던 막내아들에게 담뱃대로 빨아들인 아편 연기를 뿜어주던 모습도 기억난다. 판가와 아편의 관계는 아이러니하다. 장남인 준치엔 씨는 일본 게이오대학 의학부를 졸업하고 아버지가 시장이 된 텐진에 병원을 개업했다. 그런데 그 병원은 마약 중독자 치료 병원이었다.

학교 생활에도 익숙해졌고 베이징어에도 자신이 생겼지만 습관까지 고치지는 못했다. 어느 날 동냥東娘이 나를 정방으로 불러 "다른 사람이 말하면 바로 웃는 버릇이 있는데 왜 웃지? 일본인의 습관이라면 고치도록 해. 중국에서는 별 의미 없는 상냥한 웃음을 마이샤오賣笑라고 하며 경멸해"라고 충고했다. 일본인은 어릴 때부터 '남자는 담력 여자는 애교'라는 말을 들으며 커서 웃음 띤 얼굴을 여성스러움의 표현이라고 생각한다. 하지만 중국에서는 그런 행동을 자존심 없는 행동으로 보았다. 또 동냥은 "가볍게 머리를 숙이는 아이엔토우点頭는 좋지만 일본인처럼 깊숙이 인사하는 일은 그만둬요. 비굴하게 보여요"라고 했다. 나는 그런 동냥의 충고를 듣고 학교 친구가 말을 걸어 올 때 습관적으로 웃거나 길에서 스쳐 지나가도 멈춰서 고개를 숙이지 않게 되었다. 그러자 친구들은 "이제 도시 생활에 익숙해졌구나!"라고 했다.

나중에 생활한 유럽과 미국도 인사 관습은 중국과 같았다. 하지만 그런 태도는 일본인에게는 차갑게 보였다. 방학 때 펑텐 집으로 돌아가면 예의범절을 중요하게 생각하는 엄마는 "요시코는 대도시에 가서 건방져지고 예의가 없어졌다"라고 한탄을 했다. 인사 문제처럼 중국인이 되려고 하면 일본인다운 면을 잃고 일본인처럼 행동하면 중국인들에게 오해를 받는 상황은 이뿐만이 아니었다. 하지만 두 나라 사이에 살면서 가장 슬픈 일은 조국祖國 일본과 고국故國 중국의 대립이 점점 심해지는 일이었다. 반 친구들의 대화에서는 '반일', '배일', '항일' 같은 단어가 자주 나왔고 항일지하운동에 참가하는 친구도 있었다.

이런 고민을 아무에게도 털어놓지 못하는 것이 가장 힘들었다. 참을성이 한계에 이르면 나는 태묘太廟 고목 사이를 산책하면서 속이 시원해질 때까지 울었다. 태묘는 텐안먼天安門을 지나면 바로 오른쪽에 있는 청나라 역대 황제를 모시는 신성한 장소였다. 그 곳에는 중국 각지에서 온 거대한 암석으로 만든 웅장한 축산이 있고 수령 100년의 측백나무가 울창한 낮에도 조용한 공간이었다. 측백나무 아래 찻집에는 등나무 의자를 놓고 재스민티를 팔았다. 대추설탕절임과 데친 땅콩도 맛있었다. 태묘를 산책하면 마음이 편해졌다. 그곳은 나만의 쉼터였다. 나는 학교가 임시휴교가 되거나 수업이 휴강될 때도 태묘로 갔다. 항일 데모나 항의 집회 때문에 학교는 점점 쉬는 날이 많아졌다. 이자오여학교의 항일 분위기도 다른 학교 못지않게 강했다. 학교뿐만이 아니었다. 일상생활에서도 반일 감정이 거세졌다. 아이들이 부르는 동요도 그런 분위기를 반영했다. 나도 판가의 막내아들과 잡기놀이를 하면서 뜻도 모르고 〈봉양가鳳陽歌〉라는 노래를 불렀다. 가사 내용은 "봉양이라는 땅이 있다. 그 곳의 사람은 모두 아름다운 고향을 자랑스럽게 생각했다. 하지만 주황제朱皇帝 다음에 모든 것은 변했다. 옆마을에는 농토와 아이도 있다. 하지만 여기는 땅도 없고 팔 아이도 없다. 그러니 침낭을 가지고 옆마을로 가자"라는 내용이었다. 노래 속 주황제는 중국 전국시대에 출몰한 산적의 이름이다. 내가 이 노래를 흥얼거리고 있으니 반 친구인 웬귀화溫貴華는 "그 노래에 나오는 주황제는 일본인이야"라고 말해 주었다. 흰 바탕에 붉은 동그라미가 있는 일본국기를 주황제로 풍자한 것이다.

1935년이 되자 일본 화북 주둔군은 허베이에서 국민당 정부를 몰아내고 차하얼察哈爾로 손을 뻗었고 베이징을 비롯한 중국 각지에서의 항일운동은 한층 더 심해졌다. 그해 8월 중국 공산당은 항일민족운동 통일전선을 제창하는 8·1선언을 발표했다.

11월에는 기동방공자치위원회冀同防共自治委員会가, 12월에는 판 씨가 활동하는 기찰정무위원회가 생겼다. 이런 상황 속에서 베이징에서는 학생 삼만 명의 데모와 항일 집회가 열렸다. 이것이 '국공 내전 정지' '일치 항일'을 요구하는 12·9운동이다.

1935년에서 1938년까지 베이징의 여학교에서 중국인으로 학생 생활을 한 나에게는 크고 작은 항일 데모가 벌어지던 날이 잊히지 않는다. 항일 집회를 하러 같이 가자는 말을 들으면 나는 늘 핑계를 대며 거절했다. 데모에 참여하는 것은 조국 일본을 배반하는 행위였다. 그래서 데모가 있는 날은 종일 집에 틀어박혀 있었고, 만일 집을 나섰다가 항일 데모 행렬과 마주치면 후통으로 몸을 피해 집으로 돌아왔다.

그래도 예상치 못하게 항일 집회에 참여한 일이 있었다. 그날 친구 웬귀화는 나를 중하이공원에서 열리는 파티에 초대했다. 12·9운동이 일어난 다음 해인 1936년이었다. 지금은 덩샤오핑 같은 공산당 간부의 주거지가 된 중하이공원은 일반 서민에게 일부만 공개된 베이징의 유명 정원 중 하나로 호수에는 연꽃이 멋지게 피어 있었다. 파티 장소는 유명한 지네 다리가 놓인 섬에 있는 울창한 나무로 둘러싸인 정자였다. 다과 파티에 초대받은 나는 평소처럼 즐거운 오후를 기대했다. 하지만 분위기는 학생들의 비장한 표정으로 무거웠고, 모임에 참석한 학생들은 진지한 얼굴로 토론을 하고 있었다. 중앙에서 열변을 토하던 청년은 항일운동가 같았다. 그는 "우리 학교에서는 2월 29일 군경 삼천 명의 발포로 이십여 명의 학우가 체포되었고, 3월 31일에 희생자의 관을 메고 추도 데모에 참가했을 때도 많은 학우가 체포되었습니다"라고 했다. 청년은 최근의 화북 정세를 설명하고, 투옥된 학생의 생활을 전했다. 그리고 "체포된 전우의 귀환으로 우리 운동은 더 강화될 것이다"라고 힘차게 외쳤다. 그 뒤에 학생 전원은 일어서서 희생자를 위한 묵념을 했다.

자유 토론의 주제는 '우리는 어떻게 싸워야 하는가'였다. 라일락의 달콤한 향기가 가득 찬 낭만적인 주하이공원의 분위기는 뜨거웠고, 모든 참가자의 표정은 달아올랐다. 나만 동떨어진 표정으로 얼굴을 숙이고 있었다. 또 다른 청년은 "일본군은 괴뢰국 만주를 세워서 동북 지방에서 베이징으로 세력을 넓히고 있다. 만일 일본군이 베이징의 성벽을 넘어 침입한다면 제군은 어떻게 할 것인가"라고 물었다. 그의 물음에 학생들은 일어서서 의견을 말하기 시작했다. "성벽 안으로 단 한 명의 일본인도 들이지 않겠다", "죽을 때까지 싸우자" 등. 한편에서 "싸운다고 해도 학생에게는 총도 없고 탄환도 없다"라는 부정적인 이야기가 나오자 "난징으로 가서 국민정부군에 지원하겠다", "산베이陝北로 가서 공산군에 참가하겠다"는 학생도 있었다. 참가자 전원은 흥분한 얼굴로 결의를 말했다. 같은 반 친구 웬귀화는 지방에서 지하공작을 하는 옌징燕京대학에 다니는 남자친구와 행동을 함께하려는 듯 "빨치산에 참가하겠다"는 결의를 밝혔다.

내가 말할 차례가 왔다. 계속 답을 생각했지만, 생각은 정리되지 않았다. 정리될 턱이 없었다. 조국과 고국이 싸우고 있는데 두 나라와 그곳의 사람을 사랑하는 나는 어떻게 해야 할까? 사회자의 시선은 답을 원하고 있었다. "나는……" 머뭇거리다가 "베이징 성벽 위에 서 있겠습니다"라고 말했다. 별다른 의미 없이 순간적으로 생각난 말이었다. 당시의 심경으로는 그 말이 최선이었다. 성벽 위에 서있으면 밖에서 공격하는 일본인의 총탄이나 성벽 안에서 쏘는 중국의 총탄 어느 총탄이든 제일 먼저 맞아서 죽을 것이다. 나는 본능적으로 그것이 자신에게 가장 어울리는 선택임을 알았다.

이듬해인 1937년 7월 일본과 중국은 베이징 교외의 루커우차오蘆溝橋에서 충돌했다. 일본과 중국이 전면전을 시작한 것이다.

04 톈진에서

베이징에 유학한 지 어느덧 3년, 완전한 중국인이 된 나 '판슈화'는 펑톈의 부모님 집으로 돌아갈 때를 빼고는 거의 일본인을 접할 기회가 없었다. 어느 날 판가의 위엔즈院子에서 판 씨의 막내아들에게 중국 북춤打花鼓을 배우고 있는데 잉화 씨가 명함 한 장을 들고 달려와서 "아이자와愛沢 씨라는 사람이 왔어" 하고 전하며 "미남이야"라고 속삭였다. 아이자와 씨는 펑톈에서 아버지가 일하던 곳에 드나들던 특무기관 사람이었다.

"요시코 씨 많이 자랐네요." 오래간만에 듣는 일본어였다. 펑톈에 있는 아버지의 부탁으로 온 아이자와 씨는 판가로 나를 찾아온 첫 일본인이었다. 나는 동냥의 허락을 받고 아이자와 씨와 왕푸징王府井 거리에 있는 고급 중국 음식점에서 밥을 먹었다. 젊은 청년과 단둘이 하는 식사가 처음인 나는 음식을 못먹을 정도로 긴장했지만, 오랜만에 일본어를 쓸 수 있는 것이 기뻤다. 그는 항일운동이 거세지던 베이징에 있는 나의 안전을 확인하면서 몇 가지 결정에 대해 나의 의향을 물었다.

- 판가의 생활 거점이 톈진으로 옮겨졌는데 그대로 베이징 집에 머물 이유가 있는가?
- 아버님은 펑톈과 베이징을 왕래하면서 대동탄광 일을 하고 있는데 언젠가는 베이징에 정착할 예정이다. 가족 모두가 이사 오기 전까지 일본인 집에서 머무는 것은 어떤가.
- 베이징에서는 항일 데모가 심해지고 있다. 이런 상황에서 중국인인 척하면서 중국인 여학교에 다니고 중국인 가정에서 생활하는 것은 매우 위험하다. 일본인 여학교로 전학하고 판가에서 나와야 한다.

아이자와 씨는 이런 제안을 설명하면서 판가와 학교의 상황 그리고 내 의향을 알아보려고 했다. 단정한 얼굴이었지만 뭔가를 의심하는 듯한 눈매였다. 그는 어린아이에게 말하듯이 "아버지의 뜻입니다. 빨리 안전한 곳으로 옮기세요"라고 일방적으로 말했다. 나는 기분이 상해서 말했다. "판 아저씨는 새로운 일을 맡아 톈진에 계시지만 가족은 베이징에 있습니다. 위화 씨는 졸업했지만 잉화 씨와 나는 아직 학교에 다니고 있습니다. 저는 학교를 중퇴할 수 없습니다. 여기서 학교를 그만두면 지금까지의 고생은 뭐가 되나요? 언젠가 아버지와 가족이 베이징으로 온다면 더군다나 그래요. 가족이 베이징으로 올 때까지 그냥 판가에 있겠습니다. 저는 지금 중국인 판슈화입니다."

나는 언쟁을 할 때는 중국어가 편했다. 중국어가 능통한 아이자와 씨도 쓴웃음을 지으면서 중국어로 말했다. 역시 아이자와 씨 같은 군인은 십대 소녀가 중국인이 되려고 한 노력을 이해할 리 없었다. 게다가 그가 중국인을 괴롭히는 특무기관 사람이라는 사실은 나의 반항심을 부채질

했다. 무례한 행동을 했다고 후회는 했지만 후련했다. 아이자와 씨는 몇 주 있다가 다시 왔지만, 그가 온 이유를 아는 나는 더 이상 들뜨지는 않았다. 그는 여전히 단정한 표정과 조용한 목소리로 여러 가지 충고를 했다. 그의 이야기를 들으면서 먹는 고급 요리는 전혀 맛있지 않았다.

아이자와 씨는 "알겠지만 루커우차오에서는 일본과 중국이 군사 충돌해서 전쟁의 불길은 중국 전체로 번지고 있어. 항일 테러도 점점 격렬해지는 지금 판 씨 주위 사람은 공격의 대상이야. 그의 집에 일본인 여자애가 있는 것이 알려지면 집은 방화 습격을 받을지도 몰라"라고 하면서 빨리 중국인 거주지 시청西城을 나와 대사관이 밀집한 동청東城 지역의 동자오민샹東交民巷에 있는 일본 대사관으로 피하라고 반 명령조로 말했다. 하지만 나는 "지금 와서 일본인 생활로 돌아가기는 싫습니다. 나에게는 중국인의 생활 방식이 맞습니다. 학교도 일본인 여학교보다는 중국인 여학교가 훨씬 자유롭고 즐거워요"라고 반발했다. 아이자와 씨는 "이런 비상 시국에 중국인 학교에 다닌다니 말도 안 되는군. 일본과 중국은 전쟁 중이야. 너는 일본인이잖아! 아버님이 베이징으로 와서 직접 말하지 않으면 방법이 없겠군"이라고 말하며 한숨을 쉬었다.

결국 나는 계속 판가에 머물게 되었다. 위화 씨는 여학교를 졸업했지만 잉화 씨와 한방에서 자고 매일 아침 인력거를 불러 학교에 가고 하굣길에는 베이하이공원에 들러서 인력거비를 깎아서 모은 돈으로 아이스크림을 사 먹는 일상은 계속되었다.

그 무렵 아이자와 씨 말고도 또 한 사람의 일본인이 나를 만나러 왔다. 아이자와 씨처럼 펑톈에서 아버지가 일하던 곳에 드나들던 야마가 토오루山家亨였다. 그의 직책은 '북중국 파견군사령부 보도부 선무 담당

육군 소좌北支派遣 軍司令部報道部 宣撫擔當中國班長陸軍少佐'라는 긴 이름이었지만, 사람들은 그를 '왕얼예王二爺'라고 불렀다. 그가 펑톈에서 아버지와 일을 하던 무렵 나는 아직 여학교 일학년이었다. 당시 야마가 씨는 대위였지만 베이징으로 나를 찾아왔을 때는 소좌, 그 뒤 얼마 안 되어 중좌로 진급했고 나중에 상하이의 나이트클럽에서 만났을 때는 대좌로 진급했다. 보통 군인은 지위가 바뀌면 소속 부대나 담당 직무가 변하지만, 야마가 씨는 계속 보도 선무 담당이었다. 그는 문화, 예능, 보도 분야의 교육 선전 공작을 하던 '야마가 기관'의 책임자였다. 일 관계상 그는 연예계 관계자와 친하게 지내면서 화려한 생활을 했고 주위에는 늘 중국인 여배우가 있었다.

야마가 씨는 펑톈방송국 개설에도 참여했다. 그래서 내가 아즈마 게이조 과장에게 스카우트되어 리샹란으로 데뷔한 과정도 잘 알았다. 만주영화협회滿州映画協会(이하 만영)를 만든 뒤에 문화 교선 활동의 거점을 베이징으로 옮긴 그의 중국어 명함에는 '베이징 무덕보武德報신문 공사 총리 왕자샹王嘉享'이라고 써 있었다.

그의 베이징어는 나보다 유창했다. 야마가 씨 역시 펑톈에 있는 아빠의 부탁으로 나의 베이징의 생활의 상황을 보러 왔다. 아이자와 씨와 야마가 씨가 나를 찾은 목적은 같았지만, 사태의 인식과 대처의 방식은 전혀 달랐다. 두 사람은 모두 머리 회전이 빠르고 중국어가 유창했다. 하지만 아이자와 씨가 중국어가 유창한 일본군 특무기관원에 머물렀다면, 중국옷이 잘 어울리는 야마가 씨는 중국어뿐만 아니라 중국인의 정서까지 잘 아는 사람이었다. 아이자와 씨는 이십 대, 야마가 씨는 사십 대라는 나이 차이에도 원인이 있었겠지만, 나이에 상관없이 야마가 씨는 인간미 있는 사람이었다.

야마가 씨도 나를 만날 때마다 왕푸징 거리로 가서 맛있는 음식을 사주었다. 하지만 야마가 씨가 좋아하는 음식점은 고급 레스토랑이 아닌 중국인 미식가가 가는 숨겨진 음식점이 많았다. 그는 충고할 때도 내 입장도 많이 이해해 주었다. 왕푸징에는 사진관, 안경원, 도장가게, 문구점, 이발소, 카페, 당구홀, 극장, 점집뿐만 아니라 아편굴까지 있었다. 시장 안은 아프리카 항구 도시 카스파같이 복잡한 미로가 있어 미아가 되기 쉬웠다. 시장 안에는 꽤 넓은 공터가 있었는데 그곳에서는 서커스단이 곡예와 요술을 했다.

야마가 씨가 나를 자주 데려간 식당은 동안시장 북쪽 진위金魚후통 쪽에 있던 동라이순식당東來順飯莊으로, 파란 간판과 빨간 등이 가게 앞에 걸려있는 회족이 하는 양고기 전문식당이었다. 식당은 맛있고 싸서 늘 붐볐다. 가게로 들어오면 "어잇– 어서와" 하는 명랑한 베이징어가 들려왔다. 가게의 대표 음식은 솬양로우涮羊肉라는 양고기 샤부샤부였다. 일본인에게는 유명한 베이징 요리는 오리 구이인 카오야烤鴨지만 나에게는 최고의 베이징 요리는 솬양로우이다. 얇게 자른 양고기는 장자커우張家口산 고급육으로 부드럽고 기름이 없었다. 끓는 물에 고기를 살짝 넣었다가 간장, 식초, 후추, 참깨 소스에 파, 샹차이 등 열 개 정도의 양념을 섞은 소스에 찍어 먹고, 고기 외에도 중국 배추, 버섯, 면도 같은 방법으로 먹는 솬양로우는 일본 샤부샤부의 원조이다.

처음 만났을 때 나는 야마가 씨가 유명한 남장미인 가와시마 요시코(청나라 숙친왕肅親王의 황녀)의 첫사랑인지는 몰랐다. 아이가 알 만한 일은 아니라서 그가 펑톈 집에 드나들 때도 아빠도 엄마도 말해주지 않았다.

내가 가와시마 요시코를 처음 만난 것은 1937년으로 그녀는 나를 귀여워해서 몇 번 만났다. 가와시마 씨와 야마가 씨의 관계를 모르던 나에게 둘은 서로 관계없는 지인이었다. 나중에 가와시마 씨가 야마가 씨와 내 사이를 오해해서 문제가 생기기도 했지만 그것도 한참 뒤의 일이다. 나보다 23살 위로 어렸을 때부터 나를 "요시코짱"이라고 부르면서 귀여워해 준 그는 나에게는 끝까지 '야마가 아저씨'였다.

내가 가와시마 요시코를 처음 만난 것은 톈진의 일본인 조계 마츠시마가에 있던 가와시마 씨가 경영하는 둥싱루東興樓에서 열린 파티에서 였다.

판 씨가 톈진 특별구 시장에 취임하자 동냥은 톈진 공관으로 갔지만 시냥과 위와, 잉화와 나는 베이징 집에서 학교를 다니며 여름방학 때만 톈진에 있는 시장 공관에서 지냈다. 톈진은 베이징에서 가장 가까운 대도시로 탕구항塘沽港이 있는 외교와 군사의 요지이다. 서양 주요국과 일본의 조계 구역인 톈진 특별구역은 걷고 있으면 유럽 거리를 걷고 있는 착각이 드는 일반 중국 사회와는 격리된 별세계였다. 하지만 바로 옆에 있는 중국인 거주지역은 중국의 다른 지역처럼 빈곤했고, 이름과 달리 검고 탁한 물이 흐르는 바이허白河에는 개나 고양이 가끔은 사람 시체까지 떠 있었다.

1985년 10월 나는 도쿄 니혼바시의 미츠코시극장에서 〈못 가본 바다見果て滄海〉라는 연극을 보았다. 이 연극은 『비록 가와시마 요시코 그 생애와 비밀秘錄 川島芳子その生涯の眞相と謎』(와타나베 류사쿠渡辺龍策, 番町書房, 1972)을 에노모토 시게타미榎本滋民가 각본과 연출을 맡아 제작했다.

주연 가와시마 요시코는 다카라즈카* 출신인 마츠 아키라松あきら, 양아버지 가와시마 나니와川島浪速역은 니시다 쇼이치西田昭

* 일본의 여성 가극단

市 씨였다. 메구로 유우키目黒祐樹 씨가 연기한 만주 비적 고히가타 아츠오鯉形篤男는 가공 인물. 나마이 다케오生井健夫 씨가 연기한 아타가 유安宅優는 가와시마 요시코의 애인이던 참모본부 다나카 류키치田中隆吉 소좌. 니시키 아키라にしきあきら 씨가 연기한 아야나 노보리綾名登는 야마가 토오루였다.

연극은 청나라 숙친왕의 왕녀로 태어나 일본인 가와시마 나니와의 양녀가 된 요시코가 중국을 무대로 화제를 뿌리며 기구한 운명을 걷다가 형장의 이슬로 사라지기까지의 파란만장한 인생을 그린다. 그중에서 내게 흥미 있던 장면은 2막 2장에 나온 톈진 동흥루東興樓 장면이었다. 동흥루를 표현한 무대 장치는 기억과는 달랐지만, 연회 장면은 내가 참석했던 파티 분위기와 비슷했다. 고급 요릿집 동흥루는 중국식의 큰 저택이었다. 여름방학을 시장 공저에서 보낸 나는 마침 톈진에 있던 아버지와 함께 동흥루에서 열리는 파티에 초대받았다. 그곳의 화려한 중정에는 한껏 꾸민 중국 상류 사회 영애들이 담소를 즐기고 있었다.

한 무리의 인파 속에서는 눈에 띄는 오뚝한 코, 희고 갸름한 얼굴에 기품 있는 미소를 띤 사람이 보였다. 키는 크지 않았지만 균형 잡힌 몸매에 검은색 남자 치파오를 입은 농염한 남장 여자였다. 7대 3 가르마에 가볍게 빗어 넘긴 부드럽고 짧은 머리칼. 사람들의 시선을 좇아 움직이는 눈동자나 약간 두꺼운 입술에는 장난기 많은 애교가 넘쳤다. 사람들 사이에서는 '진비후이金璧輝* 사령이다', '둥전東珍 님이다', '셴위顯玗 공주다' 같은 수근거림이 들려왔다. 그 사람이 청나라 10대 숙친왕 산치善耆의 열네 번째 딸로 만주 이름은 아이신줴루 셴위愛新覺羅顯玗, 자는 둥전東珍, 당시 러허 안국군 총사령熱河安國

* 아이신줴루 셴위의 중국 이름.

軍總司令이던 가와시마 요시코였다.

중국에는 일본의 가부키처럼 남자 배우가 여장하는 경극은 있지만, 일본의 다카라즈카宝塚나 쇼치쿠松竹 소녀 가극처럼 여성이 남자 배우역을 대신하는 남장 연극은 없었다. 그녀가 남장한 이유까지는 모르던 나에게도 그 요염함은 느껴져서 살아 있는 인형을 보듯이 바라보았다. 소년처럼 어려 보였지만 당시 가와시마 씨는 이미 서른 살이 넘은 나이었다.

아버지는 자기 소개를 마치고 "장녀 요시코입니다" 하고 나를 소개했다. 가와시마 씨는 약간 미간을 찡그리면서 중국옷을 입은 나를 머리끝에서 발끝까지 훑어보고 중국어로 "일본인이었어?"라고 중얼거렸다. 나는 중국어로 "베이징 이자오여학교에 다니고 있습니다"라고 하고 일본인이지만 아직 일본에 간 적이 없어 일본에 대해서는 잘 모른다는 등의 이야기를 했다. 내 중국어를 듣던 가와시마 씨는 "요시코淑子? 내 이름도 요시코芳子로 읽는데 이상한 인연이네. 잘 부탁해"라고 했다. 나는 그녀가 남자 말투의 일본어를 써서 놀랐다. 가와시마 씨는 "사람들은 꼬마 때 나를 '요시코짱'이라고 불렀어. 그러니 나도 너를 '요시코짱'이라고 부르지. 너는 나를 '오빠'라고 불러"라고 했다.

그녀는 사람과 이야기를 할 때 상대의 눈을 응시하면서 왼쪽 볼이 어깨에 닿을 정도로 고개를 갸웃하는 버릇이 있었다. 나는 나중에야 그 매력적인 동작이 게릴라 전투에서 다친 오른쪽 귀의 난청 때문에 생긴 습관임을 알았다.

파티에서 인사를 한 뒤 가와시마 씨에게는 자주 연락이 왔다. 늘 곁에 있던 류사오지에劉小姐는 유명 경극배우나 호궁연주자, 아니면 일본군 영웅이 오는 파티에 나를 불렀다. 처음에는 동냥도 너그럽게 허락했다. 여름방학이었고 '왕녀'의 초대였기 때문이다. 판 씨와 동냥은 왕녀이며 깅헤키키 사령으로 만주군 정부 최고 고문 다다 하야오多田駿 중장에게 인정을 받은 '동양의 잔 다르크'를 믿었다.

마침 나도 어른의 세계에 흥미를 가지기 시작할 무렵이었다. 나는 매일 푸른색 면 제복을 입고 공부만 하는 생활에 싫증나 있었다. 예쁜 차이나 드레스를 입고 춤을 추는 화려한 분위기를 동경하던 17세의 여름이었다. 가와시마 요시코는 엄격한 베이징 생활에서는 맛보지 못한 자유로운 분위기와 해방감을 느낄 기회를 주었다. 하지만 사실 그녀를 감싸는 분위기는 자유보다는 자포자기에 가까운 퇴폐감이었다. 가와시마 씨는 깅헤키키 사령으로 출석하는 파티나 정시 회합 때는 군복과 군모를 입었다. 하지만 평상시에는 검은 공단으로 만든 치파오와 같은 감으로 만든 둥근 모자를 썼다. 남장에 가벼운 화장으로 볼은 발그스름했고 눈썹도 입술도 그렸지만 얼굴과 몸에서는 창백하고 병적인 느낌이 들었다.

주변에서 일을 돕던 사람은 비서 치즈코 씨로 늘 15~16명의 소녀를 친위대처럼 데리고 있었다. 소녀들의 리더는 류사오지에로 절세 미녀라는 말이 부족함 없는 미인이었다. 물론 그룹 리더는 가와시마 씨로 그녀의 생활은 낮과 밤이 완전히 반대였다. 가와시마 씨가 집 2층의 제일 깊숙한 방에 있는 베일이 드리워진 침대에서 유령처럼 일어나는 것이 오후 두 시 무렵. 오후 서너 시 무렵 가벼운 아침을 먹기 시작하면 하나둘씩 무리가 모이거나, 아니면 류샤오지에가 전화를 해서 소집을 했다. 파티는 밤 11시가 지날 무렵 시작된다. 경극 배우나 악사가 오고 그녀의 추종자도 늘어난다. 밤이 깊을수록 흥겨워지는 파티에는 술과 노래, 춤, 연극이나 공연, 마작과 트럼프판이 벌어졌고 모두 함께 나이트클럽이나 댄스홀, 당구장, 카바레로 몰려가기도 했다. 놀이에 지치고 아침이 밝아올 무렵에는 야식을 먹었다. 가와시마 씨는 사람들이 깨어 움직이기 시작하는 아침 7시 무렵이 되면 유령처럼 침실로 돌아갔다. 그녀의 생활은 현실을 외면하고 순간을 즐기는 행동처럼 보였다.

차츰 알게 된 그녀의 생활에서 깅헤키키 사령 시절의 용맹한 모습은 찾아볼 수 없었다. '동양의 잔다르크'와 '동양의 마타하리'라는 신비감도 사라진 그녀는 일본군에게도 만주군 우익에게도 외면당한 존재였다. 삼천 명에서 육천 명까지 있었다는 부하도 백 명 이하로 줄어있었다. 그녀는 부하들을 위해 무엇을 해서라도 생계를 유지해야 했다. 그래서 그녀는 다다 중장에게 부탁해서 동흥루를 시작했다. 이런 상황에서도 가와시마 씨는 동흥루가 만주 안국군安國軍政府의 톈진 아지트라고 허세를 부렸다. 여름 밤 광란의 파티에 몇 번 가서 슬슬 그녀의 행동에 질릴 무렵 나는 판 씨에게 불려가서 꾸중을 들었다. 처음 판 씨는 일본군 실력자 다다 중위의 소개를 믿고 가와시마 씨를 믿었지만, 점점 그녀의 거짓말과 자기 과시를 의심해 탐정을 고용해 그녀의 행동을 조사했다. 탐정의 보고로 내가 가와시마 씨의 식당에 드나든 것을 알게 된 판 씨는 감시를 소홀히 한 동냥을 꾸짖고 나에게 '베이징으로 돌아오라'라는 엄명을 내렸다.

이렇게 나의 화려한 여름은 끝났다. 베이징으로 돌아가니 항일 데모는 여전히 계속되고 있었다. 학교 친구들이 항일운동으로 열심히 땀을 흘리던 여름 동안 나는 정신없이 논 셈이었다. 나와 가와시마 씨의 관계를 걱정한 것은 판 씨만이 아니었다. 베이징에 돌아오자마자 야마가 씨는 나에게 "그 사람은 가까이하지 않는 편이 좋다"라고 내가 잘 알아듣게 말했다. 야마가 씨는 내가 이미 자신과 가와시마 씨의 이전 관계를 알고 있다고 생각한 것 같았지만 그때까지도 나는 두 사람 사이의 관계를 몰랐다.

베이징으로 돌아와 아버지와 판 씨, 여러 사람에게 들은 이야기로 역사의 격랑에 휩쓸린 청나라 왕녀의 비극은 완성되었다. 마츠모토 연단기수松本連隊旗手, 야마가 소위와의 첫사랑. 자살 미수. 양아버지의 성폭력, 절망. 청나라 재건의 꿈, 몽골 왕자 건주얼차부甘珠爾扎布와의 결혼과 파국, 상하이로의 도피, 간첩 양성원 다나카 유키치 소좌와의 동거, 상하이 사건 모략, 톈진에 있던 만주국 황제 푸이溥儀의 황비 치우홍 비秋鴻妃를 경호하는 만주 제국 궁정여관장. 몽골 후룬베이얼 원정, 다다 하야오 만주국 정부 최고 고문에게 접근해서 만주국 안국군 사령부에 취임. 깅헤키키라는 이름으로 르허 토벌 작전 종군. 외상성 척추염의 악화로 마약에 탐닉. 일본군 만주군에게 버림받고 동흥루에 은둔…….

야마가 씨는 "그 사람에게 뭔가 혜택을 받거나 신세를 진 일은 없겠지"라고 물으며 "어쨌든 가까이하지 않는 편이 좋아. 독침을 가진 사람이니"라고 했다. 생각해 보니 나는 그녀에게 프랑스산 실크 레이스로 만든 중국옷 두 벌을 받았다. 그녀가 "내 차이나 드레스를 입어봐"라고 했고, 잘 맞으니 준 세트 무늬 두 벌이었다. 그 일로 나는 내 키와 치수가 가와시마 씨와 같다는 것을 알았다.

그해 여름 이후로 나는 톈진에 가지 않았지만, 베이징에도 집이 있는 가와시마 씨는 두 곳을 오가며 살았다. 그녀가 베이징의 나이트클럽에서 유명한 경극 배우에게 시비를 걸었다거나, 눈 밖에 난 사람을 애인인 헌병대 중좌에게 밀고했다는 등의 소문이 들려왔다. 나는 베이징 시내에서 두 번 가와시마 씨와 마주친 적이 있다. 어느 날 동생 에츠코와 나는 동청의 진광영화관真光電映館이라는 큰 영화관에 갔다. 우리 자리는 귀빈석 구역 바로 뒤였다. 그런데 영화가 시작되기 직전 병사 두 명과 함께 남장을 하고 어깨에 작은 원숭이를 올린 가와시마 씨가 들어와서 귀빈석에 앉았다. 그녀가 자리에 앉자 병사 두 명은 경례하고 극장을 나갔다. 가와시마 씨는 주위를 두리번거리다가 다리를 꼬았다. 나와 에츠코는 그녀의 눈을 피해 영화 프로그램으로 얼굴을 가리고 웅크렸다. 중국 영화관은 중간에 차를 마시는 휴식 시간이 있다. 휴식 시간에 조명이 켜지자 우리는 무의식적으로 어깨를 웅크렸다. 그때 가와시마 씨는 벌떡 일어나 큰 소리의 중국어로 "뭐야! 이 영화 정말 시시하군!"이라고 했다. 나갔던 병사들이 뛰어 들어왔고 그녀는 다시 원숭이와 함께 군인들을 따라 나갔다. 두 명의 병사는 안국군에 소속된 병사가 아니라, 그녀가 군복을 입혀 데리고 다니는 하인이란 것은 나중에 알았다.

두 번째 만남은 내가 왕푸징대로를 걸을 때였다. 조용히 다가와 멈춘 포드 승용차 안에서 "요시코짱" 하고 부르는 가와시마 씨의 목소리가 들렸다. 나는 당황했지만 침착한 척을 하며 "오래간만이네요"라고 했다. 가와시마 씨는 "타! 집에 가서 밥 먹자. 손님이 두세 사람 있지만 편한 사람들이야"라고 했다. 변함없이 단발머리에 남자 치파오를 입고 포드차 뒷좌석에서 다리를 꼬고 있는 가와시마 씨의 어깨에는 그날도 작은 원숭이가 앉아 있었다. 나는 혼란스러웠다. 판 씨나 야마가 씨의 충고가 떠올랐지만 거절은 쉽지 않았고, 또 오래간만에 보는 가와시마 씨가 반갑기도 해서 그녀의 말대로 차에 탔다.

그녀의 저택은 동청의 동스파이루東四牌樓 구조九條 후통에 있었다. 인즈가 두세 개 있는 넓은 저택 문 앞에는 보초가 서 있었다. 집으로 들어가니 넓은 원탁에서 몇 명의 손님이 밥을 먹고 있었다. 그날 그녀의 집에서 본 이상한 광경은 잊을 수 없다. 밥을 먹던 중에 가와시마 씨는 돌연 치파오 자락을 걷어 허벅지를 내놓고 옆에 있던 서랍에서 하얀 액체가 담긴 주사기를 꺼내 재빠르게 주사를 놓았다.

"나는 이거 때문에 물을 마시면 안 돼"라는 가와시마 씨의 말이 묘하게 지금까지도 귓전에 남아 있다. 가와시마 씨는 나중에 일본에서 만났을 때도 같은 주사를 놓았다. 가와시마 씨는 오빠 중에 아편 중독자가 있어서 아편은 피우지 않았지만 마약을 한다는 소문이었다. 지병인 외상성 척추염의 통증을 멈추는 후스카민 주사였다는 설도 있지만 가와시마 씨의 막내동생이며 숙친왕의 17번째 딸인 아이신줴루 셴기愛新覺羅顯琦 씨는 "언니는 자주 모르핀 주사를 맞았다"고 증언했다.(『清朝の王女に生まれ』, 中央公論社, 1966)

이자오여학교를 졸업하기 2개월 전쯤 학교 건물은 누군가 설치한 다이너마이트로 폭파되었다. 점점 혼란스러워지는 치안 상황에서 건물의 복구 예정과 복학 예정은 알 수 없었다. 수업 과정은 끝나서 졸업은 확정되었지만, 졸업식은 열리지 못했다.

진로에 대해 고민하던 어느 날 나는 오래간만에 반 친구 웬귀화와 기분 전환을 하러 베이징 교외의 이허위엔頤和園과 완셔우산萬壽山으로 소풍을 갔다. 베이징으로 간 애인 때문에 쓸쓸해하는 웬을 위한 소풍이기도 했다. 둘이 자주 가던 이허위엔공원 안에 있는 쿤밍호昆明湖에서 백발노인이 젓는 작은 배를 타면 기분이 좋아졌다. 수면에 드리워진 완셔우산의 그림자는 아름다웠다.

서태후는 청나라 말기의 혼란 속에서도 여름 궁을 만들기 위해 많을 돈을 썼다. 절, 탑, 높은 누각高樓, 다리, 산문, 정자, 호숫가의 긴 복도는 같은 건축물은 완셔우산과 아름다운 조화를 이루었고, 쿤밍호에는 푸른 물이 가득 차 넘실대고 있었다. 우리는 스치공교十七孔橋를 건너서 난후도南湖島에서 배를 탔다. 호수에는 나와 웬귀화의 비밀 친구가 있었다. 그는 은색 머리를 뒤로 묶고 호수에서 작은 배를 젓는 신선처럼 생긴 할아버지였다. 곧 90세가 되는 건강한 노인은 옛날에는 서태후를 모셨다고 했다. 우리는 노인이 천천히 젓는 배를 타고 완셔우산 그림자가 드리우는 쿤밍호를 가로질러 이허위엔의 파운먼루排雲門樓까지 갔다. 노인은 조각배 안에서 평소처럼 옛날 이야기를 했다. 나는 노인이 말하는 베이징어를 못 알아들을 때도 많았다. 우리는 수면을 바라보며 서로 다른 생각에 잠겨 노인의 이야기를 들었다. 이허위엔은 격렬해지는 전쟁과 졸업 뒤 진로 때문에 불안한 나를 변함없이 위로해 주었다. 배가 호숫가로 다가갈 무렵 커다란 태양이 완셔우산, 위취안산玉泉山, 단투오산潭拓山으로 이어진 시산西山의 연봉으로 넘어갔다. 석양 속의 사원과 탑, 회랑, 누문의 황색과 녹색 기와, 붉은 벽의 색채는 만화경 속 풍경처럼 아름다웠다. 내가 그날의 완셔우산 풍경을 잊지 못하는 이유는 그날이 내 인생의 새로운 출발과 깊은 관계가 있어서였다. 그날 웬과 나는 불향각佛香閣에서 소원을 빌었다. 그녀는 아마 연인과의 재회를 빌었을 것이다. 나는 두 손을 모아 전쟁이 빨리 끝날 것과 졸업 후의 진로를 보여 달라고 빌었다.

집에 돌아오니 야마가 씨가 나를 기다리고 있었다. 만에이의 야마나시 미노루山梨稔라는 사람과 함께였다. 야마가 씨는 나를 데리고 평소처럼 왕푸징 거리로 차를 몰아 동안시장 옆 진위 후통에 있는 동래순식당으로 갔다.

이유는 알 수 없지만, 야마가 씨는 야마나시 씨와 이야기할 때는 일본어를 쓰고 나에게는 중국어로 말했다. 그래서 야마나시 씨는 내가 중국인 판슈화로 리샹란이라는 예명을 쓰는 신인 가수라고 생각하는 것 같았다. 야마가 씨는 야마나시 씨를 소개하고 설명을 시작했다.

그의 설명을 간추리자면, 작년(1937년) 여름 만주국과 만테츠는 반씩 출자해서 신징新京(지금의 창춘長春)에 '만주영화협회'(이하 만에이)를 만들었다. 만주인이 보는 영화를 만들어 만주인이(실제로는 일본인이) 배급하는 것이 목적이었다. 그들은 나에게 국책 회사의 '오족협화五族協和', '일만친선日滿親善' 같은 문화 정책에 참가를 요청하러 왔다. 몇 편의 극영화를 만든 만에이가 이번에 기획한 영화는 주연배우가 노래하는 장면이 자주 나오는 음악영화였다. 하지만 주연으로 내정한 중국인 여배우는 노래를 못했다. 작년에 모집을 끝낸 배우 중에서도 노래를 잘 부르는 배우는 없어 더빙도 할 수 없는 상황이다. 이런 상황에 〈만주 신 가곡〉을 들은 만에이의 제작부장 마키노 미츠오가 자신을 찾아와 리샹란에게 목소리 출연을 부탁해 달라고 했다. (야마가 씨는 여기까지 중국어로 설명하고 씩 웃었다.)

그리고 야마가 씨는 다음 이야기를 야마나시 씨도 이해할 수 있게 일본어로 했다. "내가 마키노에게 '리샹란이 우리가 잘 아는 야마구치 후미오의 장녀'라고 하자 그가 간곡하게 부탁했어. 뭐 이런 흐름인데 요시코짱! 영화를 찍는 게 아니라 노래만 더빙하면 돼. 국책에 협력해 주지 않겠나"라고 했다.

야마나시 씨는 야마가 씨의 이야기가 끝나자 내 얼굴을 뚫어지게 보면서 "일본인이셨어요? 그렇다면 더욱 협력을 부탁합니다"라고 했다. 노래 녹음이라면 펑톈방송국에서의 경험도 있었고, 야마나시 씨는 계속 "몇 곡만 부르면 돼요"라며 설득했다.

나는 '신징이라는 신도시를 가보고 녹음하고 돌아오는 길에는 펑톈에 들러 엄마와 여동생을 만나고 마담 보드레소프에게 레슨을 받자. 리장군과 제2부인과도 만나 내 베이징어가 얼마나 좋아졌는지도 물어봐야지'라고 생각했다. 잠시 뒤 야마가 씨는 마치 내 생각을 읽은 듯이 "그래 잠깐 다녀오면 돼"라고 했다. 이렇게 나는 만에이의 제안을 받아들였다.

열네 살 때의 산카이관을 지나던 베이징행은 '공포의 여행'이었지만, 같은 일반석을 타고 지나는 산카이관은 더이상 무섭지 않았고 돈을 빼앗길 걱정도 없었다.

신징역에 도착한 나는 더빙가수 한 사람을 위해 많은 사람이 마중을 나온 것에 놀랐다. 야마나시 씨는 이번 영화의 책임자인 마키노 제작부장을 소개했다. 마키노 씨는 "잘 왔어. 활동사진은 정말 재미지지. 마음 놓고 나만 팍 믿어"라고 했다. 나는 그의 활기찬 일본어를 잘 이해할 수 없었다. 마키노 씨가 간사이 사투리를 썼기 때문이다. 나는 베이징어, 광둥어, 상하이어를 구별할 수 있었지만 일본어에도 여러 지방의 말이 있는 것은 그날 처음 알았다.

05 리샹란의 탄생

1985년 6월 오래간만에 도쿄 오기쿠보荻窪에 있는 야마나시 미노루 씨 집에서 만에이 시절의 앨범을 보면서 옛이야기를 할 때, 야마나시 씨가 "50년 전 일이지만 생생하게 기억나. 처음에 야마가 소좌와 당신이 중국어로 이야기를 하다가 도중에 일본어로 이야기를 했지. 베이징어와 일본어를 하고 노래도 부를 수 있는 만주 아가씨! 당신은 우리가 찾던 만주 스타였어. 그런데 사실 당신이 일본인이고, 리샹란이라는 예명의 중국인 가수로 유명하다는 거야. 만에이 본사 네기시 간이치根岸寛一와 마키노 씨에게 그걸 알리니 꼭 데려오라고 했지"라며 나를 스카우트할 때의 상황을 이야기해 주었다.

야마나시 씨는 PCL(도호東宝영화사의 전신)을 거쳐 만에이로 왔다. 그는 전쟁이 끝난 후에는 신도호 전무를 거쳐 도에이東映CM 사장을 지낸 일본 영화계의 거물이다.

"신징 관동군 보도부의 시바노柴野 소좌는 야마가 소좌가 중국영화계를 잘 알고 부친과도 친하다는 정보를 주면서, 북지北那 파견군 보도부에서 너를 설득할 사람은 야마가밖에 없다고 했어. 당신이 승낙을 해서 얼마나 안심을 했던지. 당신에게는 더빙만 하자고 했지만, 사실 처음부터 연기를 시킬 생각이었고 계획을 들키지 않으려고 야마가 소좌와 입을 맞춘 거야."

나만 모르던 이런 계획 때문에 만에이의 높은 사람까지 나 같은 신인을 위해 신쿄역까지 마중을 나왔던 것이었다. "신쿄역 홈에서 정말 당황했어. 고급차가 멈추는 위치에서 기다리고 있는데 리샹란 같은 여성이 내리지 않는 거야. 무슨 일이 생겼나 걱정을 하고 있는데 좀 떨어진 홈에 혼자 서 있는 작은 아가씨가 보였어. 바가지 머리에 파란 목면으로 만든 중국옷을 입은 소박한 모습이었지. 너는 일반석 창문으로 몸을 내민 중국인들에게 손을 흔들면서 인사를 하고 있었어. 네가 일본인이 타는 고급차를 타지 않고 심지어 중국인들과 섞여서 이야기를 하는 모습을 보고 우리는 감동했지. 바로 중국 서민에게 사랑받는 만에이의 리샹란. 일만친선, 오족협화의 국책이 실현된 스타 탄생이라고." 내가 중국인과 함께 덜컹거리는 기차의 보통석을 타고 온 것을 보고 만영 관계자들은 놀랐다고 했지만, 나에게는 당연한 일이었다. 나는 빨리 더빙을 끝내고 펑톈의 부모님 집으로 갈 생각만 하고 있었다.

다음날 아침 차가 와서 나를 촬영소로 데리고 갔다. 도착하자마자 나는 커다란 거울 앞에 앉혀졌고 분장을 담당하는 아저씨는 내 얼굴에 분장용 분을 두껍게 발랐다. 나의 첫 화장이었다. 눈썹과 입술을 두껍게 그리니 원래 큰 눈이 더 커 보이면서 경극 배우처럼 보였다. 분장이 끝난 나는 큰 카메라 앞에 섰다. 드디어 더빙할 노래를 부르는구나. 어떤 노래일까라고 생각하는데 "이쪽을 보고 아니 여기 여기! 그래! 좋아! 이번에는 반대쪽. 몸도 함께 돌리고 턱을 올려서 시선은 옆을 보고"라는 지시가 들렸다. 아무것도 모르던 나는 영화 더빙은 감정을 잡기 위해 연기도 필요하다고 생각해서 지시대로 움직였다. 하지만 지적이 이어지니 너무 창피해서 중간에 울고 싶은 기분이 됐다.

요구를 끝낸 감독은 이번에는 "좋아! 다음에는 웃어봐. 활짝 웃는 거야. 정말 즐거운 듯이. 다음은 이는 보이지 않게 수줍은 미소! 눈은 감지 말고. 좋아! 이번에는 농염 아니 요염하게, 최대한 섹시하게 웃어봐!"라고 지시했다. 여러 사람이 보는 앞에서 일부러 웃는 표정이라니…… 창피한 나머지 얼굴은 굳어져 울상이 되었다. 그러자 감독은 "좋아! 울상짓다가 우는 표정!"이라고 했다. 당황스러운 상황 때문에 우는 표정은 자연스러웠다. 감독은 내 기분은 아랑곳하지 않고 계속 지시를 했다. 여러 가지 주문을 끝낸 감독은 "아직 정리 안 된 얼굴이지만 뭐 이만하면 좋네. 노래도 하고. 주인공은 이 아이로 하자고. 자! 모두 수고가 많았네"라고 했다. 그때 내가 한 것은 카메라 테스트였다. 속은 것을 알아차렸지만 때는 이미 늦었다. 나는 목소리 대역이 아닌 영화배우를 하러 신징으로 온 것이었다.

이틀 후 나는 많은 스탭과 함께 베이징행 열차를 탔다. 열차가 움직이자 차 안에서는 촬영이 시작되었다. 첫 장면은 파자마 차림의 새신부인 내가 역시 파자마 차림의 남편인 신인배우 스한싱社寒星의 어깨에 기대면서 달콤한 목소리로 "자기야"라고 속삭이면 남편은 "왜?"라고 대답하는 장면이었다. 그제야 뭔가 잘못되었다는 생각이 든 나는 "노래만 부르면 된다고 하지 않으셨나요? 이렇게 낯뜨거운 연기는 할 수 없어요"라고 마키노 씨에게 강하게 항의했다. 하지만 아무리 항의를 해도 마키노 씨는 "미안, 미안해. 내가 알아서 할게. 잘 되고 있어! 믿으라니까"라는 말을 반복할 뿐이었다.

마키노 씨의 일단 넘기고 보는 대응은 이후에도 많은 사건을 일으켰다. 하지만 그의 호쾌한 웃음과 빠른 간사이 사투리를 듣고 있으면 어느새 그의 말에 넘어갔다. 마키노 미츠오マキノ光雄* 는 일본 영화 초창기의 명프로듀서이자 감독인 마키노 소조우牧野省三의 차남이다. 그는 닛가츠日活의 제작부장을 하다가 상사였던 기시다 간이치岸田寛一가 닛가츠의 다마가와 촬영소多摩川撮影所 소장에서 만에이 이사로 전출되자 그를 따라 만에이로 왔다. 기시다 씨는 당시 일본 영화계에서도 가장 양심적인 프로듀서로 많은 명작을 만들었다. 그가 만든 작품으로는 우치다 토무内田吐夢 감독의 〈인생극장〉, 〈나신의 마을〉, 다사카 도모사카田坂具隆 감독의 〈진실의 한 길로真実一路〉, 〈길가의 돌路傍の石〉, 구마가이 히사토라熊谷久虎 감독의 〈정열의 시인 다쿠보구情熱の詩人啄木〉, 〈창망蒼茫〉 등이 있다.

* マキノ光雄(마키노 미츠오)는 예명으로 가타카나를 사용했다. 본명은 어머니의 성을 따라 多田光次郎이다.

마키노 씨의 말에 넘어가서 찍은 나의 영화 데뷔작은 〈밀월특급蜜月特急〉이라는 오락영화였다. 나는 새신부 슈칭淑琴 역을 맡았고 감독은 처음에 나를 카메라 테스트했던 신쿄新興키네마 출신 우에노 신지上野真嗣, 각본은 시게미츠 기요시重松周 씨, 카메라는 이케다 센타로池田専太郎 씨가 맡았다. 이 영화는 마키노 씨가 닛가츠 다마가와 촬영소에서 만든 오타니 토시오大谷俊夫 감독의 〈신부 엿보기のぞかれた花嫁〉(1935)라는 일본 흥행작을 중국어로 각색한 영화다. 이 영화는 마키노 씨에게는 자신을 주연 여배우 호시 레이코星玲子와 맺어준 행운의 작품으로 그는 영화의 중국 흥행을 자신했다. 하지만 중국어로 번안된 시나리오로 찍은 작품은 시시한 코미디였다.

"당신이라 부르면 당신이라 답하는~ 메아리를 들으면 기뻐요. 당신! 왜? 하늘은 푸르고 두 사람은 젊어라."(〈두 사람은 젊다〉, 사도우 하치로 작사, 고가 마사오 작곡)

어색하게 번역된 중국어 연가를 열차 안에서 부르던 일이 지금도 기억난다.

열차가 베이징역에 도착하고 겨우 촬영을 끝낸 나는 안심하고 판가로 뛰어갔다. 하지만 이게 끝이 아니었다. 다음날 영화 스탭은 판 씨의 집에 와서 "야외 촬영은 끝났지만 신징 스튜디오에서의 촬영이 남아있습니다"라고 했다. 나는 마지못해 신징으로 돌아가야 했다.

첫 작품 〈밀월특급〉을 하면서 느꼈던 괴로움과 분함은 지금도 기억난다. 성격이 급한 우에노 감독이 "뭐야! 지금 연기. 다시!"라고 하면 자존심이 상한 나는 "알겠습니다" 하고 호텔로 돌아와서 혼자 울었다. 그리고 이 영화만 끝나면 해방이라고 중얼거리며 이를 악물고 참았다. 하지만 만에이의 부탁을 받은 야마가 씨는 내가 영화를 촬영하는 중에 내가 만에이의 배우가 되는 것이 '나라를 위한 일'이라고 부모님을 설득해서 전속계약을 했다.

결국 자신도 모르는 상태에서 나의 일 년 출연 스케줄은 정해졌다. 마키노 씨의 "잘되고 있다고. 탁! 믿으라니까"라는 말과 '일만친선'이라는 구호의 만남으로 나의 영화 출연은 계속되었다.

두 번째 작품은 만에이가 제작한 첫 옴니버스영화 〈부귀춘몽富貴春夢〉으로 백만 엔이 생긴 몇 사람의 다른 운명을 그린 내용이다. 영화의 마지막 장면은 빈곤의 신과 부귀의 신이 세상을 내려다 보며 인간의 행복은 무엇인가라고 고민하는 풍자 희극이었다.

세 번째 작품은 만에이의 첫 공포영화 〈원혼의 복수寃魂復仇〉로 오타니 도시오大谷俊夫 감독, 다카야나기 하루오高柳春雄 각본으로 오싹한 복수와 권선징악이 내용이다.

첫 음악영화, 첫 옴니버스영화, 첫 귀신영화. 새로 만든 영화사에서는 모든 것이 첫 시도였다. 내가 만에이에 입사한 것은 1938년으로 당시 만에이 사무실은 다이도대가大同大街에 있는 일본모직日本毛織 빌딩인 닛케빌딩 2층에 있었다. 그 건물은 당시로는 첨단 건물로 건물 앞 가로수 길에는 분위기 좋은 카페가 있었다. 신징 제일의 번화가인 다이도대가 남쪽으로는 다이신쿄大新京일보사, 만주통신사, 고다마児玉공원 등이 있었고 닛케빌딩 앞에는 중앙은행, 다이신쿄방송국, 수도경찰청, 협화회協和會 본부 등이 모인 다이도大同광장이 있다. 이 광장을 지나면 나오는 중앙공원 근처에는 관청이 모여 있었다.

만에이 사무소는 훌륭했지만, 정작 우리가 일하는 촬영소는 허름한 임시 건물이었다. 면적이 오만 평인 동양 최대의 스튜디오가 신징 남쪽 교외인 홍시가洪熙街에 건설 중이어서, 교외인 콴청즈寬城子에 있는 구 북만주철도가 쓰던 차고를 고쳐서 임시 스튜디오로 썼기 때문이다. 포플러 숲에 둘러싸인 러시아인 마을 옆에 덩그러니 있던 폐건물은 방음 장치도 엉성했고 문도 잘 닫히지 않았다. 겨울에는 석탄 난로가 있어도 영하 20도까지 내려가서 한 컷을 찍을 때마다 몸을 난로로 덥혀야 했다.

처음에는 감독, 카메라맨 같은 스탭 대부분은 일본인이었고 배우는 전원 중국인이었다. 일본인 스탭은 업계 특성상 저녁에도 "오하요우고자이마스おはようございます"라는 아침 인삿말을 썼는데,* 친한 사이에서는 '오스オッス'라고 짧게 인

* 밤에 일을 많이 하는 업계에서는 일을 시작하는 시간이 오후인 경우에도 아침 인사를 쓴다.

사했다. 그런데 일본어를 모르는 중국인 배우들은 이 말을 호칭이라고 착각해서 프로듀서나 감독을 '오스'라고 불렀다. 하지만 이런 상황에서도 중국인인 척하던 나는 웃을 수 없었다.

촬영이 없을 때 배우들은 매일 아침 소학교 학생처럼 배우 연수소에서 연기론 강의와 실기 지도를 받았다. 연수소장 곤도 이요키라近藤伊与吉 선생은 원래 신극 배우로 1919년에 일본 최초의 예술 영화인 〈빛나는 생生の輝き〉(가에리야마 노리마사帰山教正 감독)에 출연했던 원로 미남 배우이다. 또 감독, 각본가, 카메라맨, 음악가 등의 일본인 스탭이 지도했다. 그런데 일본인 강사는 중국어를 못했고 중국인 배우는 일본어를 못해서 서로 충분한 의사소통이 되지 않아 연습은 우스운 상황에 빠지곤 했다. 중국인 배우들은 중간에 통역이 강의 내용을 전달하기 전까지 일본어 강의를 따분하게 듣고 있었다. 선생님은 강의에 열중하면 때로는 거친 목소리로 때로는 꿈을 꾸는 표정으로 속삭이면서, 얼굴에 희로애락을 표현했다. 하지만 그렇게 열성적인 강의도 일본어를 모르는 중국인 배우들에게는 판토마임에 불과했다.

더구나 중국인 통역은 그런 내용을 통역할 때도 가만히 서서 천천히 말했다. 그러니 강의 내용은 통역되어도 선생님의 열정적인 연기지도의 느낌은 전달되지 않아서 교실 분위기는 늘 썰렁했다. 일본어와 중국어 아는 나는 통역을 사이에 둔 엇박자 소통에 웃음이 나왔지만, 필사적으로 웃음을 참아야 했다.

한번은 곤도 선생의 화가 폭발한 적이 있다. 연기가 아니라 진짜 화를 낸 것이다. "어이! 통역! 내가 화를 내면 당신도 화를 내면서 통역을 해!" 하지만 통역은 선생님이 표현하는 말과 몸짓을 어떻게 통역을 해야 좋을지 몰라 당황할 뿐이었다.

나의 첫 출연작인 〈밀월쾌차蜜月快車〉에서 함께 출연한 장민張敏은 '결막염' 에피소드를 기억하고 있었다. 통역이 결막염에 걸린 맹인 소녀 이야기를 "여자아이는 호랑이로 변신했습니다"라고 통역한 일이다.*

베이징어 강좌도 필수였다. 대사는 표준어로 발음해야 했기 때문에 사투리인 동북(만주) 지방 출신자의 경우는 발음 교정이 필요했다. 중국 고전이나 시는 각본가이며 시인인 리핑李鵬 씨가 훌륭한 강의를 했다. 동기생 정샤오준鄭曉君은 무술, 호궁, 고전 무용의 명인으로 감독이나 음악 스탭도 그녀에게 도움을 받았다. 나는 그녀와 함께 중국과 일본에서도 자주 공연했다.

* '결막염Trachom에 걸리다'를 일본어로는 '도라호무니 나루'라고 하고 '호랑이가 되다'는 '도라니 나루'이다.

발레 지도는 당시 신징에 있던 이시이 바쿠石井漠 씨가 맡았다. 선생님을 따라 딸 칸나도 스튜디오에 자주 드나들었다. 또 이시이 선생의 제자 요시무라 부부도 와서 발레 시범을 보이곤 했다. 나는 발레시간에 피아노 반주를 맡았다.

오늘날 창춘시인 신징新京은 일본군이 만주국의 수도로 만든 새로운 도시이다. 도시의 기원은 한족이 몽골사람들의 방목지이던 곳을 개간하며 만든 '창춘보長春堡'에서 기원한 '창춘청長春廳'에 있다. 이 일대에서 먼저 발전한 지역은 1898년 러시아가 철도를 놓은 동쪽 관청즈寬城子 일대였다. 이후 러일강화조약으로 러시아가 일본에게 창춘을 기점으로 남쪽 철도를 할애하자 만테츠는 관청즈 남쪽의 대초원을 매수한다.

1932년 일본은 국제연맹이 인정하지 않은 괴뢰 만주국을 세우며 이 지역의 이름을 신징으로 바꾸고 수도로 삼는다. 제정 러시아가 만든 하얼빈, 펑톈, 다이렌 같은 대부분의 만주 대도시에 유럽풍 시가지의 모습이 남아 있는 것과 달리, 신징은 만테츠가 나라, 교토 같은 일본 고도의 모습을 대륙풍으로 각색해서 만든 도시였다.

신징역 앞의 북쪽 광장에서는 다이도大同대로, 니혼바시통日本橋通り, 시키시마통敷島通り 세 개의 대로가 남쪽으로 뻗어 동쪽 광장과 남쪽 광장을 이어준다. 그 세 대로와 이어진 가로 구획이 도시 설계의 기본 구도였다. 세로 길에는 교토처럼 니치조一条, 니조二条, 산조三条 같은 이름이 붙었고 가로 길은 일본 시가의 첫 구절인 이로하, 히후미, 아이우에오 순을 따라 이즈미정和泉町, 로츠키정露月町, 히로데정日出町, 후지정富士町, 아케보노정曙町, 이리후네정入船町 같은 이름이 붙었다.

내가 막 만에이에 입사했을 때는 신징 전체는 공원 같았고 교외는 아직 들판이었다. 하지만 국도 건설 1기 5개년 계획이 종료된 무렵, 다이도광장(현 런민광장) 주위에는 주요 정부 기관 건물이 모여 수도다운 거리가 되었다. 지금 당시의 국무원은 기츠린성吉林省 베순白求恩의과대학, 운수성은 교통부, 법무성은 사법부, 대장성은 경제부, 국방성은 군사부가 되었다. 당시의 만주 중앙은행은 중국 인민은행 창춘지점분행이 되었고, 관동군 사령부는 중국공산당 길림위원회가 되었다. 그리고 종전까지 완성되지 못해 황제는 살아보지 못한 왕궁은 지질학원이 되었다. 이렇게 용도는 달라졌지만 당시 건물이 그대로 남아있는 다이도광장 화단에는 이곳의 명화인 군자란이 천리향 관목에 싸여 고고하게 피어 있었다.

1939년 봄, 남쪽 교외에 있는 '난후南湖공원' 근처의 홍시가洪熙街에는 동양 제일의 스튜디오가 완성되어 닛케빌딩에 있던 만에이 사무소도 이전했다. 첨단 기기와 시설이 갖추어진 스튜디오에서 스탭과 배우는 의욕적으로 일했고 만에이와 리샹란의 이름도 유명해지기 시작했다.

1978년 중국을 방문했을 때, 나는 40년 만에 창춘長春영화제작소를 찾았다. 지금도 그곳의 규모는 동양 최대라고 한다. 제1촬영소, 제2촬영소, 녹음기계실, 현상실, 특수촬영실, 녹음실, 무대장치 보관장, 소품 보관소 그리고 배우 연수소 등 많은 공간이 당시의 모습 그대로였다. '열렬환영熱烈歡迎'이라고 쓰인 현수막 옆에는 낯익은 얼굴들이 웃음 띤 모습으로 서 있었다. 고락을 함께했던 동료인 고전 미인 정샤오준鄭曉君, 요염 미인 바이메이白玫, 활발 미인 시아페이지夏佩傑, 영원 청년 푸케浦克, 희극 청년 왕치민王啓民과 금붕어 미인金魚美人 나 리샹란의 사십 년 만의 해후였다.

열일곱, 열여덟 살에 데뷔했던 우리는 60세에 가까운 나이가 되어 있었다. 일본 관동군이 지배하던 신징은 1945년 8월 일본의 패전과 함께 소련에 점령되었다. 중국인 스탭과 배우 대부분은 공산 팔로군의 문화 정책에 따라 '동북영화공사'를 설립했다가 국민당 정부군이 들어오자 장춘을 탈출해 하얼빈과 사무스桂木斯를 거쳐 허강鶴岡에서 '동북영화제작소東北電影片廠'를 만들어 근근히 영화를 만들었다. 거장 우치다 토무, 기무라 소토지木村莊十二(화가 기무라 소하치의 동생), 일본의 첫 여류 감독 사카네 다츠코坂根田鶴子 같은 일본인 스탭도 허강까지 함께 했다. 그 뒤 중국인 배우들은 장춘으로 돌아갔지만, 만영 시대 배우들은 문화대혁명 때 괴뢰국 만주의 국책에 협력한 이유로 체포되거나 투옥되는 고초를 겪는다.

자신이 연기한 배역보다 더 극적인 인생을 살고 재회한 우리는 촬영소 근처 남호반점에서 식사를 하면서 추억을 나누었다. 샤페이지는 내가 틈틈이 3층에 있는 리허설실에서 피아노를 치면서 발성 연습을 했다고 한다. 나는 옛 동료들에게 '내가 일본인인 것을 알았는가'라는 전부터 묻고 싶던 질문을 했다.

"일을 돕던 아츠미 씨와 일본어로 이야기해서 소문대로 부모 중 한 명이 일본인"이라고 생각했다는 정샤오준. "그래도 베이징어를 해서 역시 태어나서 자란 곳은 중국이고 한쪽 부모가 일본인"이라고 생각했다는 시아페이지. 동료들은 나를 중국인 혼혈로 생각한 것이다.

당시 나는 월급 250엔을 받으며 기숙사가 아닌 호텔에서 살며 승용차의 배웅과 마중을 받는 등 다른 중국인 배우와는 다른 대우를 받았다. 중국인 배우의 월급은 20엔에서 40엔이었다. 당시 일본 대졸 남자의 첫 임금이 60엔으로 만주에 있는 일본 회사라면 외지 수당이 더해져 합계 150엔 정도였다. 물론 이런 파격적인 대우 때문에 내가 일본인일지도 모른다는 의심은 있었다. 그래서 푸케를 비롯한 남자 배우들은 나를 시험했다. 중국인만 알 수 있는 농담으로 내 반응을 보려고 한 것이다. 예를 들면 "리샹란! 조감독 왕 씨가 기관염氣管炎이라서 말이야. 불쌍한 사람"이라는 말을 한다. 중국어로 기관지염의 발음은 공처가와 같아서 내가 조감독의 병을 걱정하면 일본인, 웃으면 중국인이라는 시험이었다. 결과적으로 나는 웃었고, 중국인 배우들은 내가 일본 국적의 중국인 혼혈이라고 생각했다고 한다.

특별 대우를 받았지만 훈련과 식사는 함께해서 거북했던 기억은 없다. 동료들은 모두 "리샹란을 특별하게는 생각했지만 모두와 사이가 좋아서 보통 중국인으로 대했다"라고 했다. 동료들은 내가 일본인이라고 생각하지 않았고 나도 일본인으로서의 특권 의식을 드러낸 적이 없었다. 리지에춘의 딸 리샹란과 판유구이의 딸 판슈화로 생활하고 학교에 다니는 동안 나는 자신이 일본인임을 의식하지 않았다. 그래서 항일 데모가 벌어질 때를 제외하고 자신이 일본인임을 잊고 있었다. 당시 나는 생각하거나 꿈을 꾸고 잠꼬대를 할 때도 중국어로 했다. '오족협화'이라는 일본 군부의 구호에 동화되었기 때문이기도 했지만, 사실 그때까지 나는 일본에 간 적이 없었다. 그래서 중국 이름으로 중국인과 함께 중국어 영화에 출연하는 일에 위화감을 느끼지 않았다. 광대한 만주에 살면서 자연스럽게 중국인이든 조선인이든 러시아인이든 함께 사는 동료라고 생각하게 된 것이다.

하지만 만주에 사는 보통 일본인은 여러 면에서 중국인을 차별했다. 어느 날 영화사 연회에서 같은 원탁에 앉아 같은 요리와 같은 술을 마시는데 중국인에게는 수수밥이 나에게는 쌀밥이 나왔다. 나는 아침부터 밤까지 함께 생활하는 사람들을 차별하는 감각을 이해할 수 없었다. 그래서 사환에게 물으니 나에게 쌀밥을 주라는 것은 만에이 사무소의 지시라고 했다. 그 뒤부터 나는 연회 때 쌀밥을 거절했다.

이런 사건으로 동료들은 나를 일본인이라고 의심하면서도 변함없이 연애 상담에서 가정 상황까지 털어놓았다. 주말에는 집으로 불렀고 집안 제사에도 초대했다. 동료들은 나에게 솔직한 이야기를 하다가도 중간에 다른 일본인이 오면 대화를 바꾸거나 중단했다. 그럴 때는 내가 신뢰를 받는다는 기쁨과 일본인이 신뢰받지 못한다는 슬픔이 섞여서 복잡한 기분이 들었다.

중국인 배우들은 모두 멋진 사람들이었다. 우리는 청춘을 공유했다.

1940년 무렵부터 나는 일본과 중국의 합작영화에 출연하는 기회가 늘면서 두 나라에서 일 년의 반씩 살게 되었다. 내가 만에이에 들어갈 무렵 부모님 집은 펑톈에서 베이징으로 이사했다. 그래서 신징에서 보내는 시간은 짧아졌지만, 홍시가에 있는 촬영소로 촬영을 하러 올 때면 꼭 동료들과 만났다. 그것은 도회로 나간 학생이 방학 때 고향으로 돌아와서 소꿉친구들과 만나는 느낌이었다. 당시 나는 촬영이나 공연으로 일본을 여행할 때는 "간다"라고 했고 일본에서 베이징이나 신징으로 올 때는 "돌아온다"라고 했다. (나중에 작가 니와 후미오丹羽文雄 씨의 지적으로 알았다.)

창춘 영화 제작소 동료 중에 대해 기억에 남는 사람은 히로사와 도라죠広沢虎造의 나니와부시浪花節*를 부를 정도로 일본어가 능숙했던 미남 주웬슌朱文順과 조연 배우 왕후춘王福春이 있다. (그는 나중에 왕치민王啓民으로 개명하고 카메라맨이 되었다.) 뚱뚱한 희극 배우 류은지아劉恩甲(그 상대역인 키다리 장슈다長書達는 만에이의 '로렐과 하디Laurel and Hardy'라고 불리던 키다리 난쟁이 콤비였다), 호궁의 명수로 관록이 느껴지는 다이엔츄戴剣秋와 미남 배우로 내 상대역을 자주 한 푸케(시아페이지의 남편으로 아직까지 현역 배우이면서 창춘 촬영소장. 섬세한 눈 연기로 유명)와 성격 좋던 수인푸隋尹輔도 기억난다.

* 일본 관서지방에서 유행하던 사미센을 치며 옛 이야기를 노래처럼 부르던 예능

여자 배우로는 '활발 미인' 시아페이지와 하얼빈의 여왕 왕단王丹, 첫 영화 〈밀월쾌차〉에서 같이 연기한 장민張敏(지금은 베이징에서 링위엔陵元이라는 예명으로 활약), 중국 무술과 전통 음악이 뛰어났던 '고전 미인' 정샤오준, 나의 첫 일본행을 함께했던 밝고 귀여운 소녀 멍홍孟虹(지금은 결혼해서 타이베이에 산다), 덧니가 사랑스럽던 예링葉苓(일본에서 활동할 때 나의

데이트를 숨겨 주었다), 백목단처럼 요염하던 '요염 미인' 바이메이白玫, 베이징에서 스카우트된 늘씬한 미인 리밍李明(나중에 야마가 도오루의 정부가 됨)이 기억난다. 그중 몇 명은 앞서 말한 나의 1978년 창춘 촬영소 방문 때 만나 우정을 확인했다.

1985년 6월에는 류 단장을 비롯한 창춘 촬영소 시찰단이 이십일 간의 여정으로 일본을 찾았다. 교토 도에이 영화촌東映映画村과 우라야스浦安 디즈니랜드를 참고로 창춘에 영화촌을 만들기 위해서였는데, 일행 중에는 그리운 기술 스탭도 있었다.

또 1986년 도쿄국립필름센터 라이브러리가 주최한 중국영화 회고전에서 창춘영화제작소 작품 〈송화강상松花江上〉(감독 김산金山, 1946)을 보면서는 저우티아오周调, 푸케, 저우웬슌, 시에페이지 등 같이 창춘촬영소에서 청춘을 함께 보냈던 동료들을 그리워했다.

만에이의 영화 제작이 궤도에 오르자 내 생활도 바빠졌다. 처음에는 창피해서 울고 싶던 연기도 차츰 재미있어져 적극적으로 연기를 연구하게 되었다. 연기에 눈을 뜨면서 일을 하는 자세도 바뀌었다.

오타니 도시오 감독의 만에이와 도호東宝영화사가 합작으로 만든 〈동유기東遊記〉는 벽촌에 살던 두 명의 농민이 도쿄에서 출세한 친구를 믿고 도쿄 구경을 온다는 이야기로 만주에 사는 중국인에게 일본을 소개하는 영화였다. 만에이에서는 뚱뚱이 류은지아와 키다리 장슈다와 나(타이피스트 역), 도호영화사에서는 하라 세츠코原節子, 기리다치 노보루霧立のぼる, 다카미네 히데코高峰秀子, 사와무라 사다코沢村貞子, 후지와라 가마타리藤原釜足 같은 유명 배우가 출연했다.

다음 영화인 야마우치 에이조山内英三 감독의 〈철심혜심鐵血慧心〉은 밀

수업자를 적발하는 경찰단의 활약을 그린 영화로 마적에 대항하는 기마 경관대의 초원 추적신은 안산鞍山에서 촬영했다. 승마 장면은 안산 경마장의 말을 빌려서 찍었는데, 낙마로 NG를 많이 내던 남자 배우들은 판가에서 배운 내 승마 실력을 보고 놀랐다.

일본에서 만주 시찰을 온 각계 요인은 꼭 신징에 들렀다. 며칠간 촬영소를 찾은 일본문학가 그룹이 견학한 일도 있었는데, 그들은 대륙 개척 문예 간담회 척무성拓務省 펜 부대의 멤버였다. 만주에 개척민을 보내는 국책 사업을 위해 만든 이 문학 단체의 회장은 기시다 구니오岸田国士 씨였다. 사무스桂木斯 개척 마을을 시찰하고 돌아가는 길에 신징에 들른 사람은 이토우 세이伊藤整, 다무라 다이지로田村泰次郎, 후쿠다 기요토福田清人, 곤도 하루오近藤春雄 일행이었다. 마침 도쿄『니치니치신문』(현재『마이니치신문』)에 연재 예정인「백란의 노래百欄の歌」취재를 온 구메 마사오久米正雄 일행도 신징에 있어서 만에이는 중화 요리점에서 합동 환영 만찬회를 열었고, 나는 기시다 이사장과 아키노 제작부장과 함께 자리에 참석했다.「백란의 노래」는 연재가 끝나면 도호에서 영화로 만들 예정이었는데, 도호에서 만에이로 자리를 옮긴 야마나시 미노루 총무부장의 중재로 두 회사는 합작하기로 했고 주인공으로는 내가 내정되었다.

일본인 작가들과의 만남은 처음이었다. 나는 긴장했지만 작가들의 이야기를 들으니 지금까지 경험하지 못한 분위기에 마음이 정화되는 기분이 들었다. 음악이나 영화의 세계는 알았지만, 나의 일본문학에 대한 지식은 소학교나 여학교 때 읽은 동화나 소녀소설이 전부였다. 그래서 작가들과의 대화를 통해 지금까지 내가 알던 세계에는 맛보지 못한 신선함을 느꼈다. 작가들의 감각 있는 화술과 재치 있는 응대, 정교

한 유머와 재치 있는 대화에서는 일본어의 아름다움이 느껴졌다. 그 느낌은 가보지 못한 조국을 향한 동경으로 이어져 나는 일본에 가보고 싶다는 생각에 사로잡혔다. 그날 밤 나는 들떠서 두서없는 이야기를 떠들어댔다. 내 이야기를 듣던 다무라 다이지로는 "그렇게 도쿄에 흥미가 있다면 한번 오세요. 회사에 이야기를 해두지요. 대환영이에요. 어디라도 안내하겠습니다"라고 했다. 예리함과 반항기가 느껴지던 일행 중에 제일 어린 다무라 씨지만, 행동은 어눌하고 수줍은 문학 청년이었다. "정말요?"라고 묻자 "그럼요. 리샹란 씨가 도쿄에 오면 제가 먼저 파티에 초대하겠습니다"라고 했다. 옆에 있던 구메 마사오는 계속 웃으면서 일본을 모르는 아가씨의 이야기에 맞장구를 쳐 주었다. 그는 도호에서 「백란의 노래」의 주인공인 건축 기사로는 하세가와 가즈오長谷川一夫를, 여주인공 중국인 소녀로는 나를 기용한다는 계획을 듣고 둘의 이미지로 글을 쓰고 있다고 했다. 지방 호족의 딸인 여주인공의 이름은 리쉐샹李雪香으로 펑톈에서 음악 공부를 하는 아가씨로 이름도 살던 곳도 나와 비슷했다.

술은 한 방울도 마시지 못하던 나는 취한 사람처럼 "지금부터 열심히 공부해서 훌륭한 배우가 되겠습니다"라고 선언하고 구메 씨에게 "선생님 저와 경쟁해요"라고 당돌하게 말했다고 한다. (나는 그렇게 당돌한 말을 한 기억이 없지만, 나중에 다무라 씨에서 전해 듣고 얼굴이 달아올랐다.)

그날 밤은 모두 늦게까지 이야기에 빠져서 다음 날 이른 아침 출발인데도 오전 영시를 넘을 때까지 이야기에 열중했다. 구메 씨가 "기념으로 한 곡을"이라고 노래를 청했다. 나는 열심히 〈하일군재래何日君再来〉를 불렀다. 다무라 씨는 "저도 언젠가 다시 만주로 오겠지만, 리샹란 씨도 가까운 장래에 꼭 일본으로 온다고 약속해 달라. 중국어의 쟈이지엔再見이라는 이별의 인사는 다시再 만나자見라는 약속의 인사이니까"라고 했다. 나는 소학생처럼 "네!" 하고 크게 답하며 "내일 아침 역까지 배웅을 가겠습니다"라고 했다. 다무라 씨는 좀 있으면 아침이니 무리하지 말라고 했지만, 나는 약속대로 아침 다섯 시 영하 15도의 눈 내리는 새벽 러시아 여자처럼 머플러로 얼굴을 싸고 러시아 모피 코트 슈바를 입고 역으로 나갔다.

다무라 씨는 내가 일본에 갔을 때 약속대로 거의 매일 여러 곳을 데리고 다니면서 많은 사람을 소개했다. '와세다문학' 선배로 스승 격인 니와 후미오도 그중 한 사람이었다. 첫 만남에서 그는 옆에 있던 희극 배우인 후루가와 로츠바古川録波에게 "이 아이는 일본인이라고 하지만 사실은 중국인이야"라고 했다.

나는 작년 다무라 다이지로의 장례식에서 니와 씨를 만나 추억을 이야기를 했는데, 그는 나를 중국인이라고 한 말을 기억하지 못했다. 하지만 내 첫 일본 여행을 추억하면서 "너와 다무라의 우정은 아름다웠지"라고 했다.

니와 씨의 말처럼 다무라 씨와 나의 관계는 '아름다운 우정'이었다. 독신 남녀로 서로 호감은 있었지만 연애 감정까지는 발전하지 않았다. 만에이가 우리 관계를 탐탁지 않게 생각했기 때문이기도 했지만, 얼마 안 되어 다무라 씨가 징집되었기 때문이다.

니와 씨는 나중에 잡지 『문예』(1941.4)에 나와 다무라 씨의 '우정'에 대해 따듯한 에세이를 썼다.

레인보우 그릴에서 열린 다무라 다이지로의 『대학』과 『소녀』의 출판 기념회에는 리샹란이 참석했다. 그 자리에서 나는 그녀에게 〈하일군재래何日君再来〉를 신청했다. 그녀는 니치게키공연장日本劇場에서 잠깐 나와 자리에 참석했다. 그날 밤 2차는 가구라자가神楽坂에서 열렸는데, 그녀는 그 자리에도 참석했다. 우리는 내심 다무라에 대한 리샹란의 특별한 호의에 놀랐다. 그 뒤에도 다무라와 나는 종종 리샹란을 만났고 함께 신주쿠 골목을 함께 걷기도 했다. 우리와 친해져서 만주로 돌아간 그녀는 가끔 편지도 보냈다. 하지만 만에이는 그녀가 도쿄에 있는 동안 우리와 함께 다닌 일로 그녀에게 주의를 준 것 같았다. 그 때문인지 리샹란은 두 번째 도쿄행에서는 우리와 만나려고 하지 않았다. 영화배우의 입장을 생각하면 그녀의 행동변화는 어쩔 수 없고 불쌍하기까지 했다. 하지만 다무라 다이지로는 꽤 마음이 상한 것 같았다. 그렇게 친해졌는데 모르는 사람처럼 대했기 때문이다. 만일 그녀가 더 강하고 약은 배우였다면 다무라 씨나 내 기분이 상하지 않도록 친분을 정리했을 것이다.

이렇게 니와 씨는 당시 나의 사정을 호의적으로 해석해 주었다. 하지만 징집으로 중단되었던 다무라 씨와 나의 인연은 이것으로 끝나지 않고 전후까지 계속된다.

06 신징 시대

만주 건국 박람회에 만에이를 대표하는 여배우로 나와 멍홍이 뽑혔을 때 나는 뛸 듯이 기뻤다. 동경하던 일본! 나는 미지의 조국 일본을 문화와 교양의 선진국으로 생각하고 있었다. 우리가 배우 양성소 소장 곤도 이요키라와 야마나시 미노루의 인솔로 만주와 조선의 국경 마을 안동安東(현 단둥丹東)에서 압록강을 건너 부산에 도착했다가, 관부關釜연락선으로 시모노세키에 입항한 것은 출발 4일째였다.

긴 여행으로 피곤했지만 시모노세키에 입항하기 전날 나는 흥분해서 한잠도 잘 수 없었다. 다음날 아침 흐릿한 초록색 섬 그림자는 점점 커지면서 태어나서 처음 보는 일본이 눈앞에 있었다. 수상 경찰이 배 위로 올라와 여권 검사를 시작했다. 절차는 순조롭게 진행되어 일본인 승객이 먼저 하선하고 다음은 외국인순으로 한 명씩 내렸다. 나와 멍홍은 경찰관 앞에 섰다. 멍홍은 여권을 보여주고 바로 하선 허가를 받았다. 다음으로 내가 여권을 보여주고 경관의 가라는 신호를 보고 지나가려니, 경관은 "어이! 잠깐 너 돌아와 봐"라며 여권을 다시 보여달라고 했다. 내가 여권을 다시 보이자 경관은 사진과 내 얼굴을 비교하고 고함을 질렀다. 그는 '야마구치 요시코 예명 : 리샹란'이라고 적힌 여권을 보면서 "너! 이런 꼴을 해도 좋은 거야?"라며 내가 입은 중국옷을 가리키고 혀를 차면서 "일본인은 일등 국민이다. 삼등 국민인 중국놈 옷을 입고 지나말을 하다니 부끄럽지 않은가"라며 고함을 쳤다.

먼저 배에서 내린 일본인들도 무슨 일인가 궁금해서 갑판을 돌아보았다. 외국인 줄에 서 있었던 나는 멍해지고 울컥하는 기분이 들면서 눈앞이 깜깜해졌다. 일본어를 모르는 멍홍은 이상한 분위기에 떨면서 불안한 표정으로 내 얼굴을 보고 있었다. 그 상황이 너무 부끄러워 그녀에게 설명할 수 없었다. 그녀는 나를 중국인이라고 생각했다. 그래서 중국 이름을 쓰고, 중국옷을 입고, 중국어를 한다고 일본 경관이 나를 비난하는 상황을 이해하지 못했다. 내가 중국어로 "아무 일도 아니야沒什么"라고 속삭이자 경관은 내가 중국어를 쓰는 것을 보고 다시 화를 내면서 "이런 한심한 녀석! 일본 제국 신민이라면 일본어를 사용하라고! 일본어를!"라고 했다. 나는 경관이 기세등등하게 중국인을 멸시하는 이유를 몰라 아무 말도 못 하고 멍홍의 손을 끌고 배에서 내렸다. 이것이 꿈에 그리던 일본과의 첫 만남이었다.

일본인의 중국인에 대한 차별 의식을 강렬하게 맛보고 충격 속에 탄 도쿄행 특급열차에서 나는 다시 기분 나쁜 경험을 했다. 이번은 현기증이었다. 기차가 빨라서가 아니었다. 속도라면 세계 제일을 자랑하는 만테츠 특급 아시아호에 익숙했다. 만주 초원을 달리던 아시아호 창밖 풍경은 거의 변화가 없었고, 창밖으로 보이는 중국의 해는 지평선 너머로 슬로 모션처럼 천천히 가라앉았다. 하지만 일본의 오밀조밀한 경치는 영화 필름처럼 정신없이 바뀌었다. 선로 옆 전신주는 휙 하고 눈 앞으로 날아갔고, 촘촘하게 들어선 집과 굴뚝, 공장, 터널이 계속 날아왔고, 반대 방향으로 스쳐 가는 열차는 귀청을 찢을 듯한 금속음을 남기고 사라졌다. 열차가 레일 이음새를 지날 때는 빠른 리듬으로 덜컹거리는 소리가 들렸다. 그런 낯선 경험에 현기증이 나고 메스꺼워진 멍홍과 나는 도쿄에 도착할 때까지 좌석에 누워있었다.

그날 밤 여관에 도착했을 때도 놀라기는 마찬가지였다. 만주의 집은 추위와 도둑을 막기 위해 두꺼운 벽돌로 지었고 창도 문도 이중이었다. 그런데 일본집 골조는 나무와 대나무였고 후스마襖와 쇼지障子*는 종이가 발라져 있는 것이 전부였다. 방을 안내받은 우리는 깜짝 놀랐다. 방에는 침대도 없고 페치카도 온돌도 없었다. 창호 문에 바른 종이 한 장 너머는 바로 복도와 정원이었다. 나는 어처구니없어 여자 종업원에게 "여기서 자나요?"라고 하고는 비적의 습격을 걱정했다.

* 일본 가옥의 칸막이와 창호문

멍홍은 도쿄의 다카시마야에서 열린 만주 건국 박람회와 니치게키 어트렉션에서 중국옷을 입고 인형처럼 귀여운 몸짓으로 만주를 선전했다. 멍홍은 중국 노래를 불렀고 나는 일본어를 잘하는 중국 소녀가 되어 〈황성의 달荒城の月〉, 〈물새떼浜千鳥〉 같은 일본 가곡을 불렀다. 나는 일본어를 잘한다는 칭찬을 들으며 슬펐다. 일본인은 '중국인'이 일본어로 말하고 일본 노래를 부르는 것을 보며 우월감에 젖었다. 그들은 다카시마야 매장에서나 전차 안에서 내가 입은 중국옷을 호기심이 아닌 경멸의 시선을 받았다. 사람들은 아무렇지도 않게 "떼놈이네"라고 했다.

나는 〈밀월쾌차〉를 시작으로 연속으로 네 편의 영화를 찍었는데 〈황하黄河〉(1942), 〈만세유방萬世流芳〉(1943)을 빼고는 모두 일본 영화사의 작품이라고 볼 수 있었다. 즉 만에이와 합작이나 제휴를 한 영화라고 해도 실질적으로는 도호와 쇼치쿠松竹 같은 일본 영화사의 작품이었다. 그런 영화의 세트 촬영은 거의 일본에서 해서 일본으로 '갈' 기회가 많아졌다. 나는 중국으로 '돌아올' 때는 부모님이 살던 베이징이나 만에이가 있는 신징으로 갔다. 일본에 있을 때는 주로 산오山王호텔에 머물렀지만 만에이 이사 겸 도쿄 지사장인 모기 규헤이茂木久平 씨가 노기사카乃木坂에 있는 제국아파트 두 채를 빌려준 뒤로는 그곳이 나와 나를 돕던 아츠미 씨의 도쿄 '별채'가 되었다. 제국아파트는 당시로서는 드물던 모던한 서양식 건물로 유명했다. 아파트가 있던 근처인 노기신사에서 아오야마 1정목까지 서양식 집이 이어졌고, 끝에는 경찰서가 있었다. 맞은편에는 앞에 말한 화가 우메하라 류사부로의 저택이 있었다.

아츠미 마사코厚見雅子는 모기 지사장이 나를 위해 고용한 사람으로 아토미跡見여학교를 졸업했다. 나보다 일곱, 여덟 살 많았으니 당시는 스물일곱이나 스물여덟 살이었다. 똑똑하고 품위 있는 여성으로 좋은 언니였던 그녀는 지금은 치바千葉에 살고 있다. 만에이는 내 비서 역뿐만 아니라 감시 역을 겸해 그녀를 고용했지만, 아토미 씨는 내 사생활을 만에이에 고자질할 사람은 아니었다. 그녀는 책을 많이 읽는 지적인 여성으로 중국에서 태어나 자란 나에게는 좋은 일본인 가정교사였다.

노기사카의 제국아파트에 머물 무렵에는 도쿄 생활도 익숙해졌지만, 그전까지는 모든 일이 중국과 달라서 당혹스러운 일이 많았다. 특히 늘 몸 상태가 좋지 않았다. 두통, 구토감, 복통 …… 몸의 여러 곳이 아픈 증세는 가라앉지 않아서 큰 병이 걸린 것이 아닌가 걱정했다. 하지만 그런 증상은 중국으로 돌아가면 바로 나았다. 환경과 풍토의 차이

때문에 생긴 병으로, 엄마는 "일본에는 '물갈이를 한다'는 말이 있어 익숙하지 않은 곳으로 가면 몸 상태가 나빠지는데 역시 요시코에게는 중국이 고향이구나"라고 했다.

만에이는 일본에서 나의 인기를 높이기 위해 미야자와 다다오 씨에게 〈백란의 노래〉 홍보를 맡기고 이만 엔의 예산을 배정했다. 나는 미야자와 씨를 따라 도쿄의 신문사와 잡지사를 찾아다니면서 인사와 인터뷰를 했다.

만에이는 "일본어로 리코란이라고 발음하는 이름의 만주어 발음은 리샹란, 민국 8년, 즉 다이쇼 9년생으로 방년 21세. 세련되고 이국적인 분위기의 그녀는 여러 번 일본을 찾아 일본인 사이에서도 많은 팬을 가진 이색적인 존재다"(민국 8년 = 1919년 = 다이쇼 8년. 선전문의 민국 9년은 틀린 표기이다)라고 나를 홍보했다.

이런 만에이의 홍보를 기본으로 "펑톈 시장의 귀여운 딸로 베이징에서 태어나고 자라며 일본인 학교를 다녀서 일본어가 유창한 그녀는 일본, 만주, 지나 삼 개 국어를 자유자재로 구사하는 아시아 융성興亞을 대표하는 중국 아가씨다", "그녀의 미모와 음악적인 재능은 펑톈 라디오 방송에서 인정을 받았고 만주영화협회로 옮겨 배우로 화려하게 데뷔했다. 이 혜성의 출현은 시작한 지 얼마 안 된 만에이에게는 상상을 뛰어넘는 사건이다" 등등의 기사가 여러 신문에 실렸다. 하지만 아무리 만에이가 나의 허위 내력을 유포해도 중국과 일본에는 내가 일본인 야마구치 후미오와 아이의 장녀라는 사실을 아는 사람은 있었다.

『키네마 순보キネマ旬報』(1939.9.1)에는 영화 평론가 스즈키 시게사부로鈴木重三郎가 다음과 같은 기사를 실었다.

원래 팬들은 소문을 좋아해서, 만주에서도 만에이의 스타 리샹란의 내력에 대해서는 소문이 많다. 나는 그녀가 일본어와 만주어 모두에 능숙한지는 알 수 없지만 그녀는 양국어를 경우에 따라서 자유롭게 쓰는 중국 아가씨다. 언젠가 내가 그녀에게 "개인적인 이야기를 물어보고 보고 싶은데"라고 하자 그녀는 큰 눈동자를 움직이면서 "개인적인 이야기라면 어떻게 이야기할까요? 거짓말? 아니면 진실?"이라고 했다.

이 기사는 거짓으로 당시 나에게 그런 여유는 없었다. 거짓말도 진실도 말할 수 없는 상황에서 앞뒤가 맞지 않는 답을 하는 것이 고작이었다.

〈백란의 노래〉로 나를 알리려는 만에이와 영화를 합작한 도호의 이해는 비슷했다. 쌍방의 대의명분은 '일만친선', '오족화합'이었지만 도호는 이 영화를 하세가와 가즈오의 현대극을 선전할 기회로 삼으려고 했다. 만주의 신인 여배우와 일본의 시대극 미남 대스타는 격이 달랐지만 대륙 붐을 이용해 둘의 조합을 시험한 것이다.

하세가와 가즈오가 데뷔할 때부터 쓰던 예명은 '하야시 초지로林長二郎'였지만, 소치쿠와의 계약이 전 해에 끝나서 도호로 이적을 한 뒤 초심으로 돌아간다는 의미에서 본명인 하세가와 가즈오를 썼다. 도호에서 초심으로 돌아가 활동을 하겠다는 그의 이적 때문에 생긴 쇼치쿠와 도호 사이의 갈등은 폭력배가 개입한 사건으로 발전해 세간을 시끄럽게 했다. 그때 그는 보복성 습격으로 왼쪽 볼에 면도칼 상처를 입었다.

도호는 하세가와 씨의 이전 후 첫 작품인 〈백란의 노래〉를 꼭 성공시키려 했고 나에게도 관심이 있었다. 만에이로 자리를 옮긴 야마나시 미노루 씨가 니치게키와 도호에 내 이야기를 해 두었기 때문이다.

〈백란의 노래〉는 대륙 진출의 꿈을 달콤한 로맨스로 만든 멜로 드라마였다. 스토리는 단순했다. 만데츠 기사 마쓰무라 고키츠松村康吉(하세가와 가즈오)는 상사에게 사위로 낙점된 유능한 인재. 하지만 그에게는 르허성熱河省 호족의 딸로 음악을 공부하는 애인 리쉐린李雪香(나)이 있어 국경을 넘은 사랑을 키워간다. 하지만 둘의 연애는 고키츠의 가정 문제나 그를 좋아하는 일본인 아가씨들이 얽혀 오해가 생겨난다. 일시적으로 리쉐린도 백부가 이끄는 항일 비적에 가담하여 고키치가 일하는 만데츠의 철도 건설을 방해한다. 하지만 결국 오해는 풀리고 비적 일당은 소탕되면서 둘의 사랑은 맺어진다.

제작은 모리다 신기森田信義, 감독은 와타나베 구니오渡辺邦男로 그는 빠른 촬영으로 유명했다. 영화는 7월에서 8월에 걸쳐 베이징과 러허성 청더承德에서 현지 촬영을, 10월에는 도쿄의 스튜디오에서 세트 촬영을 끝내 11월 중순에는 완성, 11월 말 니치게키에서 상연했다. 처음 상대역이 하세가와 가즈오라는 소식을 듣고 엄청난 대스타와 함께 일을 한다는 실감이 들지 않았고, 내가 폐가 될까봐 걱정했다. 하지만 막상 촬영에 들어가니 하세가와 씨의 지도에 따라 연기를 하면 됐다. 긴장으로 덜덜 떨던 나는 어느새 하세가와 씨와 여유 있게 연기를 하고 있었다. 대스타 하세가와 씨는 교만하지 않았고 누구에게나 친절한 예의 바른 사람이었다.

한편 와타나베 감독은 거의 연기 지도를 하지 않고 지시만 했다. 그것이 와타나베 감독의 빠른 촬영의 비결이었다. 감독은 다음에 찍을 장면에 대해 간단한 요령을 설명하고, 내가 메이크업을 마치면 "이미 카메라는 돌고 있어. 언덕 너머로 달려. 액션!" 하고 말에게 채찍을 내리치듯이 내 엉덩이를 때렸다. 나는 당황해서 달리면서도 웃어야 하는지 울어야 하는지도 알 수 없었지만, 그 장면은 원경으로 처리되어 표정은 보이지 않았다. 그의 촬영은 늘 그런 식이었다.

하세가와 씨의 특별 강의는 '색기를 표현하는 방법'이었다. 그는 중국인의 '여자다움'이 일본인의 여자다움과는 다르다고 했다. 하지만 평소에도 여성스러움과는 거리가 있는 내가 하세가와 씨가 말하는 '여자의 성적 매력色氣'를 표현하기는 어려웠다. 하세가와 씨는 "여성의 성적 매력에는 틀이 있어. 나라면 이런 분위기로 연기할 거야"라면서 교태를 부리는 동작을 보여주었다. 그는 배우가 되기 전에 가부키의 여자역 배우인 온나가타女方였다. 하세가와 씨가 보여준 눈동자의 위치와 몸의 움직임, 그리고 손으로 표현한 교태는 나보다 여성스러워서 창피함으로 얼굴이 붉어질 정도였다. "눈은 반 정도만 뜨고 고개는 약간 옆으로 기울여. 눈을 흘기듯이 천천히 시선을 아래로 움직여 볼래"라고 했다. 그의 지도를 들으면 나는 몸이 오그라드는 것 같았다.

하세가와 씨는 맡은 배역의 연기나 표정을 열심히 연구했다. 특히 일 년 전 상처 입은 왼쪽 볼을 꼼꼼히 분장했고 촬영할 때는 카메라 앵글이나 조명에 대해서도 감독 이상으로 세세한 요구를 했다.

우리는 자주 촬영지 근처에 주둔하는 일본군 부대를 위문했는데, 병사들에게는 나보다는 하세가와 씨가 인기였다. 그가 여자 역할을 하는 가부키의 한 장면인 '유키노조의 복수雪之丞變化'를 시작하면 공연장은 물을 끼얹은 것처럼 조용해지고, 병사들의 시선은 그의 농염한 일거수일투족에 쏠렸다. 하세가와 씨가 병풍 뒤에 몸을 감추고 얼굴을 약간 내밀어 부끄러운 듯이 눈을 깜빡이는 연기를 하면 공연장에는 한숨이

울려 퍼졌다. 나는 나중에서야 하세가와 씨가 손짓, 발짓으로 한 동작씩 연기를 지도한 이유가 나를 중국인으로 생각했기 때문임을 알았다. 그는 40년 뒤의 『선데이 마니니치』(1979.3.4)에서 중국인 소녀에게 '남녀의 성적인 연기濡れ場'를 어떻게 가르쳐줄까 고심했다고 털어놓았다.

야마구치 씨, 나는 당신이 중국 사람이라고 생각했어. 그래서 재미난 일이 있었지. 내가 〈백란의 노래〉의 원작자인 구메 마사오에게 "마지막 장면은 어떻게 끝나지요?"라고 묻자 "두 연인이 함께 죽는 신주心中로 결말을 짓는 게 좋겠네"라는 거야. "하지만 리샹란이 신주가 뭔지 알까(웃음)"라고 하자 그 말을 들은 구메 씨는 "신주는 일본 특유의 문화니 리샹란 씨는 모를지도 모르지"라고 했어. 근데 나중에 당신이 "저 신주가 뭔지 알아요"라고 해서 깜짝 놀랐지.(웃음)

하세가와 씨와의 인연은 한동안 이어져서 1940년 여름의 〈지나의 밤支那の夜〉과 겨울의 〈열사의 맹세烈砂の誓い〉에도 같이 출현했다. 〈백란의 노래〉와 함께 이 세 작품은 하세가와·리샹란의 대륙 삼부작이라고 불렸다. 당시는 일본인의 중국을 향한 열기가 절정에 달한 시기였다.

나는 영화에서 하세가와 씨가 연기하는 일본 청년을 좋아하는 중국 아가씨 역할을 맡았다. 대륙 삼부작은 전부 통속적인 멜로 드라마로 일본의 중국 선전 영화였다. 나는 감독의 주문대로 '건설의 거친 숨으로 타오르는 광야', '버드나무 푸르고 맑은 호수에 비추는 낙토樂土는 청명하다', '건설의 고난과 그늘에 핀 일만 양국을 맺어주는 꽃' 같은 선전 문구로 꿈과 로망이 있는 이상향 중국을 선전했다.

이 전기를 쓰면서 다시 삼부작을 감상했는데, 내 형편없는 연기가 부끄러 얼굴을 들 수 없었다. 또 항일 게릴라를 그린 방식에 대해 깊은 반성을 했다. 하지만 당시에는 이런 영화가 히트하는 시대적 '분위기'가 지배했고 나도 그 분위기에 휩쓸렸다.

영화 평론가 기요미즈 아키라清水晶는 "당시 일본의 청년들은 중국에 가는 일을 지금으로 말하면 유럽과 미국으로 가는 일처럼 동경했다. 그런 분위기 속에서 리샹란은 일본과 중국을 잇는 '무지개다리'를 놓는 꿈속의 여왕이었다……. 그런 그녀가 일본인이었다는 사실은 그야말로 역사의 아이러니다"라고 했다.(『日本映画俳優全集 – 女優篇』, キネマ旬報社, 1980)

역시 영화 평론가인 사토 다다오左藤忠雄는 『키네마와 포성キネマと砲声』(リブロポート, 1986)에서 〈백란의 노래〉를 통해 보는 당시 일본인의 중국인관을 다음과 같이 분석한다.

하세가와 가즈오 역은 일본을 대표하고 리샹란 역은 중국을 대표한다. 일본인이 일방적으로 주장하는 영화 속 인물들처럼 중국이 일본을 믿고 의지하면 일본은 중국을 사랑하리라는 영화를 통해 표현되는 메시지는 가짜 만주의 이미지이며 굴욕적인 사상이었다. 하지만 이 영화는 중국 침략 현실을 모르는 일본인에게 달콤한 자부심을 만족시키는 감미로운 환상이었다. 일본 영화 팬은 환상에 취했고 영화는 히트했다. 리샹란은 진심으로 일본 남자를 사모하는 청순가련한 중국 아가씨였다. 영화는 중국인은 일본을 좋아하기 때문에 일본은 중국을 지도하는 것이지 침략한 것이 아니라고 선전했다.

〈백란의 노래〉는 내가 처음으로 주연을 맡은 일본 영화였고 대스타와 함께 연기한 경험과 많은 추억을 준 영화였다. 그리고 나는 이 영화에서 많은 사람과 알게 되어 당시 느끼던 열등감도 약간은 극복할 수 있었었다.

촬영 전 도호와 만에이는 대대적인 선전 캠페인을 했다. 기자 발표회는 도쿄 도라노몬虎ノ門에 있는 만데츠 도쿄 지사에서 열렸고, 나는 그때 이와사키 아키라岩崎昶를 만났다. 그는 프롤레타리아 영화 동맹 위원장으로 활동하다가 치안유지법으로 체포되어 조사를 받고 며칠 전 유치장에서 나온 상태였다. 그는 출소하고 바로 만에이 도쿄 지사에 근무하면서 독일 영화 수입 업무를 했다. 진보 논객인 이와사키 씨는 유치장 생활로 피곤한 표정이었지만, 희고 깔끔한 모습의 호남으로 밖에서도 하오리羽織*를 걸치지 않고 편하게 기모노를 입은 모습에서는 허무함이 느껴졌다. 나는 그 멋진 평론가에게 인정을 받는 여배우가 되고 싶었지만, 부끄러워서 별로 말을 한 적은 없다. 아마도 이와사키 씨는 일본의 중국 진출의 선봉에 선 괴뢰 여배우에게 비판적이었을 것이다.

* 일본식 외투.

일본으로 촬영을 갈 기회는 점점 많아졌지만, 중국과 일본의 풍속과 관습의 차이는 좀처럼 익숙해지지 않았다.

나는 1939년 12월 7일 자 『호치신문報知新聞』에 '도쿄 생활의 인상'을 다음과 같이 말한 적이 있다.

> 산오호텔은 조용하지만 아침 7시쯤에는 전화 때문에 눈을 뜹니다. '목소리를 듣고 싶어서'라든가 '만주에 가면 들를 테니 잘 부탁합니다'라는 모르는 사람의 전화에 당황했고 도쿄 사람의 대담함에 놀랐습니다.

늘 중국옷을 입고 외출을 해요. 그래서 눈에 띄는 것 같습니다. 그래서 취객이 많은 긴자 같은 곳에 가는 일이 두렵습니다. 취객의 괴롭힘은 정말 싫어요. 도쿄 사모님들은 화장을 잘하고 화려해서 놀랐습니다.

도쿄는 모든 것이 편리하지만 자동차가 너무 불편해서 놀랐습니다. 만주는 마차가 매우 편리합니다. 10전 20전으로 꽤 멀리까지 갈 수 있습니다. 방금도 인력거를 타려다가 올림머리를 한 예쁜 게이샤가 가로채서 타지 못했습니다. '도쿄에서 살기 힘드네' 하고 혼잣말하니 친구들이 웃었습니다.

지금 읽어보아도 도쿄 생활에 대한 생소함과 놀라움이 느껴지는 감상이다. 신경이 곤두서는 도쿄에 비교하면 계속 살던 중국은 안정되고 몸도 편한 곳이었다. 나는 중국에 가면 베이징의 부모님 집으로 가거나 펑톈에서 열리는 음악회 출연으로 바빴지만 역시 중국에 있는 것이 편했다.

그 무렵 만에이 여배우들은 급여가 거의 배가 되어 기뻐하고 있었다. 새로 취임한 아마카즈 마사히코甘粕正彦 이사장은 배우의 급여를 인상하고 처우를 개선했으며, 인사 이동과 기구 개정을 통해 새로운 정책을 내놓았다.

아마카즈 마사히코 전 헌병대장이 만에이의 제2대 이사장으로 취임한 것은 1939년 11월 11일이었다. 그해 나는 〈백란의 노래〉 촬영을 끝내고 니치게키에서의 공연을 해서 계속 도쿄에 있었다. 그래서 이사장을 둘러싼 만에이 본사의 분위기에 영향을 받지는 않았다. 하지만 나를 만에이로 스카우트한 도호의 야마나시 미노루 총본부장이 새 이사장의 역린을 건드려서 사임한 일을 듣고는 놀랐다.

아마카즈 전 헌병 대위는 관동대지진 중에 무정부주의자인 오스기 사카에大杉栄와 애인 이토우 노에伊藤野枝, 그녀의 조카로 당시 7살인 다치바나 소우이치橘宗一 소년을 학살한 인물이다.

초대 만에이 이사장은 청나라 왕조 숙친왕의 왕자로 가와시마 요시코의 오빠인 깅헤키토우金碧潼였지만, 다롄에 머물던 형식적인 이사로 처음부터 운영이 비능률적이라는 평판이 있었다. 만주국 총무청 홍보처장 무토우 도미오武藤富男는 발족 2년이 되던 만에이의 관료적 분위기를 개혁하기 위해 기시 노부스케岸信介 총무청 차장과 협의해서 협화회協和會 총무부장을 사임한 아마카즈 전 헌병 대위를 새 이사장으로 선택했다. 아마카즈 씨를 이사장으로 내정했다는 소문이 돌자 만에이는 벌집을 쑤신 듯한 분위기였다고 한다. 그가 사람을 셋이나 죽인 테러리스트라는 것을 모르는 사람은 없었다.

군법 회의는 그 암살이 상사의 명령 때문이었는지, 그가 다치바나 소년의 학살에 직접 관여했는지 등의 의문을 남기고 1923년 12월 그에게 징역 10년을 선고했다. 하지만 그는 2년 10개월 만에 석방되어 프랑스 유학을 간다. 유학 후 그는 만주로 와서 민간인 신분으로 일본군에 협력해서 만주국 건설의 숨은 공신으로 활약한다.

청나라 마지막 황제 푸이를 만주국 황제로 앉히기 위해 천진에서 탕강즈湯崗子까지 세탁물 바구니에 숨기거나 노동자로 변장시켜 극비리에 데려온 사람도 그이다. 아마카즈 씨는 그런 활동 때문에 만주 건국 공로자로 협화회 총무부장이 된다.

그런 인물의 이사장 기용은 영화 분야까지 우익 군국주의자들이 장악한 것으로 보여 '군부의 독재적 전횡 인사', '살인자 밑에서 일하는 것은 사양한다', '가장 비문화적인 인간이 만주의 문화기관을 지배한다니' 같은 반대 여론이 들끓었다.

츠보이 아타에坪井与(전 만에이오민娯民영화 처장)의 『만주영화협회의 회상満州映画協会の回想』(映画史研究19号, 1984)에 따르면 새로운 이사장으로 발령받은 아마카즈 씨는 아무도 출근을 하지 않은 오전 9시 5분에 차로 홍시가洪熙街에 있는 만에이 본사 현관에 도착했다. 그는 늦게 출근하는 중역들을 맞으며 내일부터는 꼭 9시 5분 전에 회사로 출근하라고 했다.

그리고 바로 이사장실 옆의 경리부 방을 정리시키고 주임 이상의 직원을 그 방에 모아서 인사를 했다. 인사말은 "이번에 이사장으로 취임한 아마카즈입니다. 잘 부탁합니다"가 전부였다. 한편 야마나시 미노루 총무부장은 직원 일동을 대표해서 "만주 건국 공로자 아마카즈 선생을 이사장으로 맞이해서 영광입니다. 저희는 분골쇄신으로 회사에 봉사하고 뼈를 만주에 묻을 각오입니다"라고 인사했다. 하지만 아마카즈 씨는 "나는 건국 공로자가 아닙니다. 그리고 일본인은 죽으면 일본에 뼈를 묻습니다"라고 말해서 분위기는 어색해졌다고 한다.

츠보이 씨는 "총무부장의 답사는 의례적인 말로 많은 회사의 총무부장이 그런 식의 인사를 한다"라고 했다. 하지만 그 답사로 야마나시 미노루 부장은 바로 격하되고 다음 해 귀국했다.

츠보이 씨는 아마카즈 씨가 격노한 이유를 "총무부장이 자신의 이사장 취임을 반대한 것을 알았는데 부장이 아첨해서 화를 냈다", "건국의 공로자라고 불리는 것을 특별히 싫어해서 기분이 상했다", "만에이가 가지고 있던 독일 올림픽 영화 〈민족의 제전〉과 〈미의 제전〉의 독점 수

입권을 도와東和상사의 가와키다 나가마사川喜長政에게 뺏긴 총무부장의 무능력에 분노했다" 등으로 들었다.

새 이사장은 취임 2주 사이에 인사를 쇄신하고 직원의 대우를 다른 국책 회사 수준으로 개선하도록 명령했다. 급여도 "리샹란의 급여는 250엔인데 리밍의 급여는 45엔이면 너무 차이가 난다. 리밍은 200엔 정도로 해라. 무명 배우들의 급여가 18엔이라면 생활이 되겠어요? 적어도 45엔 선으로 올리세요. 급여가 올라가면 제대로 일을 하게 돼 있어요"라며 인상했다.

나는 동료들의 급여 인상에 대찬성이었다. 이것으로 매일 인사처럼 듣던 "샹란, 월급은 얼마야?"라는 질문에 망설이지 않고 대답할 수 있었다. 아마카즈 이사장은 각본가 하세가와 슌長谷川濬의 누더기 구두를 보고 인사과장에게 바로 새 구두를 사 주게 했다. 또 신징시장 공관에서 일본과 만주의 요인이 모인 연회가 열릴 때 만에이의 여배우들을 불러 술을 따르게 한 일에 격분해서 시장에게 "여배우는 게이샤가 아니다. 예술가야. 그러니 여배우를 주빈으로 한 연회를 열어서 노고를 위로하라"라고 하고 연회를 열기도 했다. 나도 그 연회에 초대되어 '만에이가 자랑하는 여배우'로 소개되었다.

가끔 이사장은 사비로 만에이 배우 전원을 호텔로 초대해서 연회를 열었다. 그럴 때 아마카즈 이사장은 평상시의 무표정과 다른 부드러운 표정으로 맞아주었다. 그는 여배우들을 외투를 벗겨주면서 이사나 부·과장들에게 "어이 제군들 뭘 하고 있나! 빨리 손님들 외투를 벗겨드려!"라고 했다.

이런 그의 행동 덕분에 아마카즈 이사장이 가진 '테러리스트' 이미지는 약해졌고 과묵하고 작은 체구의 전 군인을 신뢰하는 사원도 늘어났다. 심지어 오스키 사카에를 살해한 것은 다른 사람이고, 아마카즈 대위는 그 죄를 혼자서 뒤집어썼다는 소문까지 돌았다.

이사장은 신징 정재계 요인들이 만든 '리샹란을 지키는 모임' 멤버였다. 모임의 회장은 황제 푸이의 궁연 어용계宮延御用系였던 요시오카 야스나오吉岡安直 관동군 중장이었다. 나는 회원들의 이름은 기억하지 못하지만 요시오카 중장의 장녀인 수기코悠紀子 씨의 기억에 따르면 호시노 나오키星野直樹 총무관장, 후루미 다다유키古海忠之, 기시다 노부스케 총무청 차관, 오카다 노부岡田信 만주흥업은행 총재, 정계인으로는 다카스키 다카노스케高碕達之助, 아유카와 요시스케鮎川義介 씨 등이 멤버였다고 한다.

어느 날 밤 요정에서 열린 모임에서 모두 노래하면서 즐기고 있는데, 아마카즈 이사장이 찾아왔다. 그는 조용히 술을 마시다가 모임이 끝날 때쯤 "나도 팬클럽에 들어왔으니 잘 부탁하네!"라며 쑥스러운 표정으로 웃었다.

이사장은 신징역 앞의 야마토호텔 스위트룸에 살았는데, 어느 해 겨울 감기에 걸려 일주일 정도 앓아누운 적이 있었다. 그 무렵 요시오카 씨의 집에 머물던 나는 매일 아침 수키코 씨와 죽을 만들어서 호텔로 가지고 갔다. 아마카즈 이사장은 침대에서 일어나면서 "이거 폐가 많네"라고 평상시처럼 쑥스러운 표정으로 머리를 긁적였다. 이사장을 생각하면 그 쑥스러워하는 웃음이 떠오를 정도로 그는 수줍음이 많았다.

이사장은 엄청난 주당으로 하루 한 병의 위스키를 비웠다. 스카치 위스키는 난팡南方에 있는 기관이 계속 공수했다. 그는 하루 일을 마치고 위스키를 단숨에 털어 마시며, 그날의 일과 과거의 일을 잊으려는 것 같았다. 나는 이사장이 만취로 인생의 균형을 유지했다고 생각한다. 언제부터인가 그는 '오스기 사카에 학살 사건의 흑막'과 '대륙의 모략가'라는 테러리스트의 이미지를 벗고 '만에이의 아버지'가 된다.

국책 회사 만에이는 '일만친선'과 '오족협화'를 선전하기 위해 만든 영화 회사였다. 하지만 실상은 민간 회사 도호의 대륙 삼부작이 만에이의 작품보다 더 국책 영화 같았다. 적어도 만에이가 만든 영화에서는 중국과 중국인에 대한 배려가 느껴졌다. 하지만 도호 영화가 그리는 중국과 중국인에 대한 시각은 내가 시모노세키항에서 만난 경찰의 태도와 닮아 있었다.

만에이는 국책 선전의 냄새가 강한 영화도 만들었지만, 중국인이 좋아할 만한 영화도 만들려고 노력했다. 그래서 〈용쟁호투〉, 〈연지胭脂〉 같은 중국 대중이 좋아할 만한 시대물과 또 〈옥단춘玉堂春〉, 〈소방우小放牛〉 같은 경극을 영화로 만들려고 시도했다.

이런 시도들은 "지금 국가가 원하는 것은 영화를 통해 대중에게 오락을 주는 것입니다. 그런 목적을 달성하려면 만주 사람이 재미있어 하는 영화를 만들어야 합니다"(『에이가순보映画旬報』, 1942.8)라는 아마카즈 이사장의 방침에 따른 것이었다.

아마카즈 이사장은 검열을 없애고 만에이가 자주적으로 영화 기획과 제작을 할 수 있도록 제도를 바꾸고 관련 사업을 확대했다. 그의 업적은 다음과 같다.

- 일본에서 가부키, 연극, 예능, 음악을 들여와서 만주 전역을 순회했다.
- 만주의 신극 발전을 위해 같은 계열에 있는 '다이도극단大同劇團'을 지원했다.

- '신징음악단'을 만들어서 각지에서 정기 공연을 하고 지휘자 아사히나 다카시朝比奈隆, 바이올리니스트 츠지 히사코辻久子, 성악가 사이다 아이코齋田愛子 등을 초청해서 특별 공연도 자주 열었다. (나도 몇 번 출연했다.)
- 만에이의 자본으로 베이징에 허베이 영화사華北電影를 만들었다. 또 상하이에 난징 정부, 만에이, 일본 영화계가 공동 출자한 중화영화사中華電影를 만들어 부이사장(실질적 사장)으로 도와상사東和商社의 가와키다 나가마사川喜多長政 씨를 기용했다. 중화영화사는 국책 영화가 아닌 중국인을 대상으로 한 영화를 만들었다. 나는 그 영화 중 하나인 〈만세유방〉에 출연했다.
- 본격적인 영화 연구를 위해 기무라 소토지木村荘十二 감독을 소장으로 한 영화과학연구소를 만들었다.
- 그 밖에 영화 총사, 만주 공음, 만주 한화공업, 만주 음반배급, 만주 잡지 등을 만들어 사업을 확장했다. 아마카즈 씨가 꿈꾸던 장래는 만주 기업연합Konzern 같은 조직이었다.

아마카즈 이사장은 인재 기용에도 탁월했다. 진보파 명감독인 스즈키 시케요시鈴木重吉, 우치다 무토内田吐夢, 과학 영화 전문가 가토 다이加藤泰, 시나리오 작가 야기 야스타로八木保太郎와 마츠우라 겐타로松浦健太郎, 전후 수많은 상을 받은 세계적인 카메라맨 스즈키 고헤이鈴木公平. 그중 이색적인 사람은 게이오대학의 명투수 하마자키 신지浜崎真二(나중에 한큐阪急 야구팀 감독)가 있었다. 하마자키 씨는 만에이 사원에게 스포츠를 장려하기 위해 기용되었다. 중국은 아마카즈 씨 같이 우익 군국주의에 순응하지 못하는 '만주 방랑자満州浪人'를 받아주는 신천지였고 만데츠도 만에이도 이데올로기를 넘은 개방적 분위기로 좌익 진영의 예술가를 우대했다.

각본가 하라 켄이치로原健一郎와 순회 영화를 담당한 오츠카 유쇼大塚有章도 함께했다. 오츠카 씨는 공산당 은행 습격 사건에 가담해 10년의 실형을 산 뒤 아마카즈 씨에게 기용되었다.

또 진보적 영화평론가 이와사키 아키라岩崎昶는 기시다 간이치 이사의 추천으로 만에이 도쿄 지사로 와서 지사장 시게키 규헤이茂木久平 씨를 돕다가 차장으로 승격했다. 그는 영화를 제작하려는 열정을 버리지 못하고 만에이에서 〈앙춘화迎春花〉(1942), 〈나의 꾀꼬리私の鶯〉(1943)를 만들었고 나는 두 작품 모두에 출연했다.

처음 우려와는 다르게 아마카즈 씨의 경영은 순조로웠고 '만에이의 아버지'라고 불릴 정도로 사원의 신망도 모았지만, 나는 그런 성과가 기시다 간이치 이사의 덕이라고 들었다. 테러리스트이며 군사주의자인 아마카즈 씨가 오다 노부나가 같은 거친 성격이라면, 기시다 씨는 휴머니스트며 자유주의자로 노부나가의 부하였던 도요토미 히데요시 같은 존재였다.*

기시다 씨가 인재 기용, 기구 개혁, 영화 정책 같은 기획의 방향을 만들어내면, 아마카즈 씨는 정치력을 발휘해 그 기획을 실행했다. 이런 두 사람의 협업으로 만에이는 원활하게 운영될 수 있었다. 이것은 나만의 느낌이 아니라 최근에 만난 당시 만에이 관계자와 추억을 이야기하면서 얻은 결론이다.

하지만 그런 '만에의 아버지' 아마카즈 씨도 '만에이의 어머니' 기시

* 일본에는 새가 울지 않으면 칼을 들어 울게 하는 노부나가, 새 앞에서 춤을 추어 노래하게 하는 히데요시, 말로 설득하여 울게 하는 이에야스라는 비유가 있다.

다 간이치 씨가 병 때문에 1945년 봄에 만에이를 떠나고는 힘이 빠져 보였다. 어쩌면 그는 특유의 분석력과 정보력으로 태평양전쟁 상황이 일본에 불리해지던 상황을 느꼈는지도 모른다. 떠난 기시다 씨의 후임 대표 이사로는 와다 히데키치和田日出吉 이사가 승진했다.

07 <소주야곡>을 부르면서

〈백란의 노래〉로 대성공을 한 도호는 〈지나의 밤〉 전후편(후시미즈 오사무伏水修 감독, 1940.6), 〈열사의 맹세〉 전후편(와타나베 구니오渡辺邦男 감독, 1940.12)을 연달아 제작했다. 나는 그 두 영화 사이에 제작된 에노모토 겐이치榎本健一 주연의 〈손오공〉 전후편(1940.11)에도 출연하며 완전히 만에이의 고정 배우가 되었다.

상하이가 무대인 〈지나의 밤〉에서 내 배역은 하세가와 가즈오 씨가 연기한 선원의 도움을 받는 중국인 전쟁 고아 아가씨였다. 또 〈열사의 맹세〉에서는 베이징을 무대로 일본인 토목 기사와 사랑에 빠진 일본에서 음악을 공부하는 중국 아가씨 역할을 맡았다. 두 작품 모두 국경을 넘은 사랑 이야기로 하세가와 씨의 상대역으로 출연한 대륙 삼부작은 모두 일본 청년과 만주 여자의 사랑, 항일운동가가 얽히는 파란만장한 대활극 끝에 남녀가 맺어진다는 내용이었다. 일본의 중국 진출을 정당화하는 뻔한 멜로 드라마였지만 일본에서의 흥행은 대성공이었다.

흥행작 〈지나의 밤〉은 나를 한간漢奸* 으로 만든 작품으로 시대 상황에 무지했던 자신을 확인하는 수치스러

* 일본이 중국을 강점했을 때 일본에 협력한 중국인.

운 작품이지만, 추억이 어린 작품이기도 하다. 이 영화를 촬영하던 무렵 내무성에서는 영어를 적성 용어로 금지해서 바이올린을 제금提琴, 클라리넷을 피리竪笛, 핸들을 운전 손잡이徒行転把, 골프선수를 공치기 선수打球専士라고 불렀다. 방송인이며 가수 딕 미네ディックミネ도 미네 고이치三根耕一로 이름을 바꿨다.

〈지나의 밤〉**은 중국에서는 〈상하이의 밤〉이라는 제목으로 공개되었다. 하지만 제목 교체 정도로 평판이 좋아질 리는 없었고, 오히려 그런 작위적인 행동이 반발을 샀다.

** 차이나의 음역으로 중국인은 자국을 비하하는 이름으로 생각한다.

이 영화에서 내가 연기한 소녀 게이란桂蘭이 일본인 선원 하세가와 데츠오(하세가와 가즈오)에게 맞는 장면은 기억에 남는다. 사람에게 맞는 것은 처음이라서 놀랐다. 양친을 전쟁으로 잃고 집도 불에 탄 게이란은 일본인을 원망한다. 어느 날 갈 곳 없는 그녀가 상하이 거리에서 취객에게 괴롭힘을 당할 때 하세가와는 그녀를 구해 호텔 여주인에게 돌봐달라고 부탁하고 갈아입을 옷과 함께 억지로 목욕탕으로 밀어 넣는다. 목욕을 끝내고 헐렁한 남자 파자마를 입은 게이란의 얼굴은 몰라볼 정도로 깨끗해졌지만, 눈은 날카롭게 하세가와 씨를 노려보면서 화를 낸다. 게이란은 여주인과 동거인들이 따듯하게 대해주려고 해도 거부하며 중국어로 난동을 피운다. 그런 일이 반복되자 화가 난 하세가와는 "눈을 떠! 언제까지 고집을 부릴 거야!"라며 게이란의 따귀를 힘껏 때린다. 그의 따귀는 너무 아팠다. 나는 그때 눈에서 불꽃이 일어난다는 말이 진짜인 걸 알았다. 귀는 멍해지고 아무것도 들리지 않아 잊은 대사는 대충 넘기면서 촬영을 계속했다. 촬영이 끝나고 하세가와 씨는 "미안 미안. 정말로 때려서"라고 여러 번 사과했다.

나는 40여 년 전의 경험을 통증 때문에 기억하는 것은 아니다. 이 장면은 한간 재판에서 문제가 된 장면으로 일본과 중국의 관습의 차이를 보여주었기 때문이다. 전쟁 전 일본에서는 남자가 여자를 때리는 것을 일종의 애정 표현으로 생각해서, 맞은 여자가 남자의 깊은 생각이나 박력 때문에 다시 사랑에 눈을 뜨는 장면을 연극이나 영화에서 자주 볼 수 있었다. 하지만 그것은 일본인에게나 통하는 표현이었다. 하세가와 씨가 일본인 여성을 때리는 장면을 보는 관객이 일본인이었다면 문제는 없었겠지만, 영화에서 일본인 남성에게 맞는 사람은 중국 아가씨였고 중국인은 그것을 문제로 생각했다. 즉 이 장면을 일본과 중국의 문제로 보고 맞고도 상대방을 좋아하게 되는 이야기를 굴욕으로 생각한 것이다. 그래서 이 영화는 교육과 선전의 목적과는 정반대로 중국인의 일본인을 향한 일상적 증오와 항일 의식을 자극했다.

〈지나의 밤〉은 상하이 일본인 거리 홍커우虹口에서는 바꾼 제목인 〈상하이의 밤〉으로 상연했지만, 뉴욕의 브로드웨이에 필적하던 일류 극장가 징안스로静安寺路에서는 상연되지 못했다. 상하이에서 난징로 다음가는 번화로인 징안스로에 있는 유일한 일본 영화 전문 상영관 록시다와ロキシー大華극장에서는 〈지나의 밤〉이나 대륙 삼부작과 비슷한 종류의 일본 영화는 한 편도 상연되지 못했다.

당시 상하이군 보도부에서 영화 검역을 하던 영화 평론가 츠지 히사카즈辻久一(전후에는 다이에에大映에 입사하여 미조구치 겐이치로溝口健二郎 감독과 세계적인 명작을 여러 편 제작하여 영화사에 이름을 남겼다)는 영화를 선택하는 검열 담당관의 눈으로 본 당시의 상황을 『중화전영사화中華電影史話』(『映畵研究史』 4~15号)에서 다음과 같이 말한다.

영화 속 중국인 남녀의 캐릭터는 일본인 입장에 맞춰져 있었다. 극단적으로 말하자면 인형이었다. 중국인에게 모욕을 줄 의도는 아니라고 해도, 중국인의 생활과 마음을 표현하지 못해 결과적으로는 중국인에게 불쾌한 인상이나 모욕감을 주었다.

대륙 삼부작이 일본에서 히트한 것은 마침 높아지던 중국 붐 때문이기도 했지만, 주제가의 히트와도 관계가 있다고 생각한다. 스토리는 진부했지만, 영화 속 음악은 중국의 명승지와 낭만적으로 어울렸다.

〈백란의 노래〉의 주제가는 같은 제목의 〈백란의 노래〉(구메 마사오 작사, 다케오카 노부유키竹岡信幸 작곡, 이토우 히사오伊藤久男 · 후타바二葉あき子 노래)와 〈가엾은 저 별いとしあの星〉(사토우 하치로サトウハチロー 작사, 핫토리로이치服部良一, 와타나베 하마코渡辺はま子 노래) 두 곡이었다. 영화 음악은 핫토리 료이치服部良一가 맡았는데, 일본 유행가와 다르게 세련되고 고급스러운 멜로디에서는 중국 정서가 느껴졌다. 〈가엾은 저 별〉의 레코드 녹음은 와카나베 하마코 씨가 했지만, 영화 속에서는 내가 노래했다. 나는 〈밀월쾌차〉를 시작으로 대부분의 영화 속에서 주제가를 불렀지만, 레코드는 다른 가수가 녹음하는 경우가 많았다.

예를 들면 도호는 하마코 씨 노래 〈지나의 밤〉이 히트를 한 뒤에 영화를 기획했다. 영화가 나오자 레코드는 더 잘 팔렸다. 영화와 음반의 관계가 혼란스러워서 어떤 사람은 〈지나의 밤〉을 와타나베 하마코 씨의 노래로 생각하고 어떤 사람은 리샹란의 노래로 생각했다. 하지만 여러 번의 위문 공연을 하는 동안 〈지나의 밤〉은 나의 레퍼토리가 된다.

두 영화를 통해 나는 하세가와 가즈오 씨 같은 대스타에게 지도를 받는 행운과 함께 주제가를 불러 인정을 받았다. 이것은 핫토리 료이치服部良一라는 좋은 작곡가를 만난 덕이다.

핫토리 씨는 교토대학 교향악단의 러시아인 지도자 엠마누엘 메텔에게 화성학과 작곡학을 배웠고, 오사카중앙방송국 교향악단에서 색소폰을 불면서 조지 거슈윈풍의 재즈를 시험하고 있었다. 그는 나에게 당시로서는 세련되고 고급스런 가창법을 가르쳐준 은인으로 레코드 〈백란의 노래〉 B면에 실린 〈가엾은 저 별〉의 작곡자였다.

"마차는 간다. 저녁 바람 속으로. 푸른 버드나무에게 속삭이면서. 처량한 이 몸도 언제까지나. 한 번 정한 마음은 변함없네."

이 노래는 경쾌한 멜로디와 특유의 중국 분위기로 A면에 실린 곡을 누르고 크게 히트했다.

영화 〈지나의 밤〉의 주제곡은 〈지나의 밤〉과 〈상형보想兄譜〉(사이조 야소四条八十 작사, 다케오카 노부유키竹岡信幸 작곡), 〈소주야곡蘇州夜曲〉(사이조 야소 작사, 핫토리 료이치 작곡)으로 모두 영화 속에서는 내가 불렀고, 레코드는 와타나베 하마코가 녹음했다.

내 세 번째 영화 〈열사의 맹세〉 주제가는 〈건설의 노래〉와 〈붉은 수련〉 두 곡으로 모두 사이조 야소 작사에 고가 마사오古賀政男 작곡이다. 〈건설의 노래〉는 이토 히사오伊藤久男가 불렀지만 〈붉은 수련〉은 영화 속에서도 내가 불렀고 레코드도 취입했다. 내가 영화 속에서 부른 노래를 레코드까지 녹음한 것은 이 곡이 처음이었다.

꽃 피는 베이징에 등불이 켜질 무렵, 나는 꿈꾸는 중국 아가씨

부용화는 떨어지고 나는 창가에서 당신을 기다리네
염원을 이뤄주는 꽃잎은 아홉 개 소원은 하나

라는 노랫말은 〈건설의 노래〉 가사에서 느껴지는 남성적 분위기와는 다르게 중국적 분위기와 정서로 일본과 만주의 친선을 노래했다. 그러나 중국 아가씨의 일편단심을 노래하는 노랫말은 중국인에게 반감을 샀다.

노래 〈열사의 맹세〉가 그리는 무대는 베이징이었지만 사실 작곡가 고가 마사오는 이 노래를 1935년 무렵 방문한 항저우의 아름다운 시후西湖의 이미지를 떠올리며 작곡했다고 한다. 사이조 야소의 가사가 완성된 것은 1940년 8월 8일이었고, 내가 이 노래를 레코드로 취입한 것은 8월 21일이었다. 즉 고가 씨는 단 2주 만에 오 년 전 여행에서 본 이미지를 떠올리며 작곡과 편곡을 끝냈다. 그 스피드는 영화 감독 와타나베 구니오의 '빨리 찍기'와 함께 화제가 되었다.

나의 음반 녹음은 데뷔는 1939년 테이치쿠*의 〈안녕 상하이さらば上海〉(시구레 오토하時雨音羽 작사, 고가 마사오 작곡)였다. 이 노래는 영화 〈상하이〉(오코우치 덴지로大河内伝二郎, 하나이 란코花井蘭子 주연)의 주제가로 1932년에 만들어져서, 처음에는 세키 다네코関種子 씨의 노래로 콜롬비아레코드에서 나왔다. 데이치쿠는 이 노래를 내 녹음으로 재발매했다. 이런 재발매는 〈가든 브릿지의 달〉, 〈상하이 소식上海だより〉, 〈상하이의 꽃 파는 소녀上海の花売娘〉, 〈상하이 블루스上海ブルース〉, 〈상하이 거리에서上海の街角で〉, 〈상하이 운하上海リル〉 같은 노래처럼 당시의 상하이 붐을 노린 시도였지만, 음반 판매는 신통치 않았다.

* 제국 축음기 상회의 약자로 일본 최초의 레코드 회사.

나는 그 뒤에도 몇 곡의 노래를 데이치쿠에서 발표했지만 좀처럼 빛을 보지 못했다. 내 첫 히트곡은 영화에서 부르고 콜롬비아레코드에서 취입한 〈붉은 수련〉이다. 하지만 역시 내가 부른 노래 중에서 가장 인기가 있던 노래는 〈하일군재래何日君再来〉와 〈소주야곡〉이다.

이 두 곡은 와타나베 하마코 씨와 나의 대표 레퍼토리가 되었고 〈야래향夜來香〉이 그 뒤를 잇는다. 〈하일군재래〉(주리具林 작사, 예루晏如 작곡)는 당시 중국의 인기 여배우 저우슈안周璇이 불러 히트한 노래였다. 일본에서 "언제 당신은 오나요いつのひ君くるや"라는 제목으로 일본 시인 오사다 츠네오長田垣雄가 노랫말을 만들고 니키 타키오仁木他喜雄가 편곡을 한 이 곡을 처음 부른 사람은 마츠다이라 아키라松平晃였다. 하지만 여성에게 잘 어울리는 가사와 멜로디여서 히트한 곡은 1939년 8월에 발표된 와타나베 하마코의 노래였다. 테이치쿠는 와타나베 씨의 녹음이 히트한 다음 해 내가 녹음한 중국어 노래를 발표했다.

아름다운 꽃은 늘 피어있지 못하고 好花不常開
좋은 경치도 늘 머물러 있지 못하네 好景不常在。
시름이 쌓이니 눈썹의 웃음이 사라지고 愁堆解笑眉,
눈물이 흐르니 그리움이 다가오네 淚洒相思带
오늘 밤 떠나고 나면 今宵離別後,
언제 그대 다시 오려나? 何日君再来?
이 잔 다 비우고 喝完了這杯
안주 좀 드세요 請進点小菜
살면서 몇 번 취하기 어려우니 人生難得幾回醉,

지금 즐거워 하지 않고 또 무엇을 기다리나 不歡更何待

어서 어서 어서 来来来,

이 잔 비우고 다시 이야기나 합시다! 喝完這杯再說吧

오늘 밤 떠나고 나면 今宵離別後

언제 그대 다시 오려나? 何日君再来?

하지만 이 노래는 연약한 연애를 칭송하는 노래로 국기를 문란케 한다는 이유로 검열에 걸려 히트를 하자마자 일본어판도 중국어판도 모두 발매 금지되었다. 이 무렵부터 검열은 엄격해졌다.

검열과 판매 금지 이야기를 하자면 핫토리 료이치 작곡의 〈이별의 블루스〉가 유명한데, "퇴폐적이며 전의를 상실시키는 적성적敵性的 음악"이라는 것이 금지 이유였다. 핫토리 씨는 〈이별의 블루스〉를 작곡할 때의 에피소드를 이야기해 주었다. 이 노래는 시부야 노리코 씨의 히트곡으로 특히 중국에 있던 일본 병사들에게 인기가 있어 나도 위문 공연에서 자주 부르던 노래다.

핫토리 씨는 일본인의 심금을 울리는 곡을 쓰기 위해 작사가 후지 우라 고藤浦洸에게 요코하마 혼모쿠本牧에 있는 서양식 유곽 차부야ちゃぶ屋의 취재를 부탁했다. 며칠 후 후지우라 씨는 '창을 열면 항구가 보인다'라는 가사 한 줄을 보이며 머리를 긁적거리면서 '너라면 이 뒤를 어떻게 하겠나'라고 물었다. 핫토리 씨는 "'창을 열면 항구가 보인다'는 좀 진부하군"라면서 '메리켄 방파제에는 등불이 보인다'라고 썼다. 핫토리 씨는 '블루스가 아닌 블루스', '유행가가 아닌 블루스'를 주문처럼 중얼거리면서 흐느끼는 듯한 저음의 전주를 다듬었다고 한다.

이 곡이 나온 것은 1937년 7월로 그 직전에 루거우차오蘆溝橋 사건이 일어나 전쟁 분위기는 중국 전역으로 번지고 있었다. 그래서 콜롬비아레코드사는 이 곡을 적극적으로 선전하지 못했지만, 어느새 중국으로 출병한 병사들 사이에 망향의 노래로 불리기 시작했다.

> 창을 열면 항구가 보인다. 메리켄 방파제에 등불이 보인다. 밤 바람과 바닷바람, 사랑 바람을 타고 배는 어디로 가는가! 갑갑한 마음이여. 덧없는 사랑이여. 블루스를 추는 슬픔이여

이 노래 〈이별의 블루스〉는 중국의 전선에서 마을로, 항구로 그리고 바다를 건너 일본으로 역상륙했다. 그리고 시모노세키, 고베, 오사카, 나고야 등의 일본 각지에서 유행해서 하루 오만 매의 기세로 팔렸다. 〈이별의 블루스〉의 첫 방송은 한커우漢口 전선에서 부르는 병대의 합창이 NHK의 전파를 탄 것이다.

하지만 이 노래 역시 〈하일군재래〉와 함께 발매 금지당한다. 하지만 시부야 노리코淡谷のりこ에 따르면 이 노래는 중국 위문공연에서 인기가 있던 곡으로 병사들의 요구를 거절할 수 없어 헌병대의 체포를 각오하면서 불렀다고 한다. 그녀가 노래를 시작하면 감시하던 헌병대는 일부러 졸든가 일이 있는 척하며 공연장에서 나갔다. 그러면 병사들은 아와야 씨가 열창하는 노래를 꼼짝하지 않고 경청했다. 노래를 끝내고 그녀가 눈물을 참아 빨개진 눈으로 무대를 내려오면 방금 전에 사라진 장교들도 복도에 모여 노래를 들으면서 눈물을 글썽이고 있었다고 한다.

1985년 나는 핫토리 씨를 만나 당시 이야기를 들었다. 그는 〈이별의

블루스〉, 〈호반의 숙소〉 등의 자신이 만든 많은 명작 중에서 "내가 제일 좋아하는 곡은 당신을 위해 만든 소주야곡이다"라고 했다. 나는 그가 〈소주야곡〉을 나를 위해 만들었다는 말을 듣고 감격했다. 이렇게 영화 〈지나의 밤〉은 나에게 '침략영화'로 이용된 나쁜 추억과 함께 멋진 음악이라는 좋은 추억을 함께 준 잊을 수 없는 영화이다.

후시미즈 감독은 〈노래하는 야지키타歌う弥次喜多〉, 〈노래 속 세상唄の世の中〉, 〈도쿄 랩소디東京ラプソデー〉(1936), 〈풍류 연가단風流演歌隊〉(1937), 『세기의 합창世紀の合唱〉(1938) 같은 밝은 음악영화에 특별한 재능을 보인 감독이었다. 피아노를 칠 수 있던 감독은 일본 영화에서는 어렵다던 뮤지컬 영화 분야에서 기대되는 청년 감독이었다.

레코드 〈지나의 밤〉의 히트를 주목한 도호는 주제가와 같은 제목의 영화를 기획하면서 음악적 재능이 있는 후시미즈 감독을 선택했다. 그리고 영화 〈백란의 노래〉로 호평을 받은 하세가와 가즈오와 나를 주연으로 기용했다. 후시미즈 감독은 하세가와 감독에게 작곡을 의뢰했고 그는 "상하이 여행 때 떠오른 좋은 곡이 있어!"라며 바로 승낙했다.

상하이는 핫토리 씨의 첫 해외여행지였다. 그는 도쿄 니치니치신문 황군 위문단 일원으로 당시 인기있던 마츠다이라 아키라松平晃, 이토우 히사오伊藤久男, 가미야마 소우진上山草人, 아카사카 고우메赤坂小梅, 와타나베 하마코渡辺はま子 같은 가수와 함께 상하이로 와서 약 사 개월간 중국 각지를 순회했다. 가수도 배우도 아닌 핫토리 씨는 색소폰을 연주한 경험을 살려 악단 섹소폰 주자로 위문단과 함께했다.

핫토리 씨는 미국과 유럽 음악에 관심이 있었지만, 전쟁 중 적국을 방문할 기회는 없었다. 그래서 위문단의 상하이행 이야기를 듣고 색소폰 연주자로 지원한 것이다.

1930년대의 상하이는 유럽과 미국의 재즈가 꽃피던 중심지이며, 여러 장르의 동서양 문화와 유행이 다채롭게 어울리던 국제도시였다. 공동 조계나 프랑스 조계에서는 건축물뿐만이 아니라 언어, 생활 양식, 풍속 관습, 복장, 음악 모든 것이 '서양' 그대로였다. 특히 재즈 음악은 역사의 새 시대를 연 1930년대 영화 〈상하이의 가불쟁이 악사上海バンスキング〉를 보면 알 수 있듯이 일본 재즈 음악가들이 동경하던 재즈의 본고장이었다.

핫토리 씨는 "처음으로 유럽이나 미국의 음악을 접했지. 지금까지 전혀 모르던 중국 전통음악의 장점도 배울 수 있었어"라며 50년 전을 회상하며 그리운 듯이 한숨을 쉬었다. "상하이에서 돌아와서 후시미즈 감독 의뢰를 받았어. 사실 나는 전부터 당신의 재능이 돋보이는 음악을 만들고 싶었어. 그래서 상하이 여행 중에 떠오른 '중국 음악'의 악상을 기본으로 감미로운 미국 스타일의 멜로디를 오선지에 적었지." 코넷과 바이올린, 그리고 호궁을 감각적으로 배치해서 중국적인 분위기를 살린 〈소주야곡〉은 호평을 받아 구미에서도 〈내 품 속의 중국 아가씨China baby in my arms〉라는 제목으로 발표되었다.

"〈소주야곡〉은 사실은 시후西湖의 이미지로 만든 노래야. 그래도 한 번은 진짜 쑤저우를 봐야겠다고 생각해서 두 번째 상해 여행 때 쑤저우를 갔지만 한산사寒山寺는 이름 그대로 추웠고 풍경은 아름다웠지만 쓸쓸했고 미인은 없었어. 전쟁으로 쑤저우 미인도 산속으로 피난을 갔을까." 핫토리 씨뿐만이 아니라 고가 마사오 씨도 〈붉은 수련〉 노랫말 속 베이징 풍경은 시후를 떠올리며 작곡했을 정도로 시후의 풍경은 아름답다. 나도 시후 중산공원에는 몇 번 간 적이 있는데 삼면이 녹색의 작은 섬에 싸이고 물가에는 꽃이 흐드러진 아름다운 호수였다. 시후西湖라는 이름은 항저우성의 서쪽에 있는 호수라는 뜻이다. 호수는 바이티白提와 슈티蘇提라는 긴 제방으로 세 구역으로 나뉜다. 가장 아름다운 장소는 바이티 중심에 있는 구산孤山과 호수 가운데 있는 산탄인에三潭印月였다. 그 풍경의 아름다움에 대해서는 바이주이白居易 슈동포蘇東坡같은 중국의 양대 시인이 이곳의 지방관으로 왔을 때 남긴 시를 보면 알 수 있다. 바이티와 슈티라는 제방도 이 두 시인의 성을 딴 것이다.

> 당신의 가슴에 안겨서 들어요. 꿈속의 뱃노래 새들의 노래.
> 물의 도시 쑤저우의 꽃잎 날리는 봄을.
> 아쉬워하는 버드나무가 흐느껴우네.

핫토리 씨는 전후에 "새들의 노래"라는 가사가 "사랑의 노래"로 개사된 것을 두고 "말도 안되는 일이다"라고 하면서 "자화자찬일지도 모르지만 이 노래의 곡조는 중국 멜로디도 아니고 일본 멜로디도 아니야. 좀 서양 냄새가 나지만 그래도 동양적이지? 일본, 미국, 중국 삼국의 분위기를 짬뽕한 맛이 이 곡의 매력이지"라고 했다.

후시미즈 감독은 〈소주야곡〉이 마음에 들었는지 러브신으로 영화가 끝나며 자막이 올라오기 전 10분 이상 이 곡을 여러 편곡으로 쓴다.

마지막 장면은 나와 하세가와 씨가 팔짱을 끼고 산책하는 장면이다. 우리는 가끔 손가락을 걸고 미소짓고, 부끄러운 표정으로 감독의 신호에 따라 공원 안 다리를 돌아다녔다.

〈소주야곡〉의 레코드는 기리시마 노보루霧島昇 씨와 와타나베 하마코 씨의 녹음으로 영화 공개와 함께 발매되어 순식간에 매진되었다.

전후 내가 가마쿠라에 있는 가와키다 나가마사川喜多長政 씨 집에 머물때, 미주둔군 정보 장교들이 방문한 적이 있다. 그중 한 사람이 내 얼굴을 보고 "헤이! 미스 게이란"이라고 하면서 악수를 청했다. 게이란은 〈지나의 밤〉에서 내가 연기한 중국 아가씨 이름이다. 그 정보 장교들은 하버드나 콜롬비아 같은 대학을 졸업한 인재들로 국방성이나 국무성의 간부였다. 국무성 일본부는 적국 일본의 사정을 알기 위해 간부 후보생을 모아서 어학 교육을 했다.

강좌에서는 일본인의 관습이나 생각을 알려면 루스 베네딕트의 〈국화와 칼〉보다 일본 영화가 효과적이라고 생각하여 일본 영화를 교재로 썼다. 〈지나의 밤〉도 교재로 쓰인 영화 중 하나였다. 히트작이라는 이유뿐만이 아니라 하세가와 가즈오 씨가 나를 때리는 장면처럼, 일본인 특유의 문화나 행동을 배울 수 있어 교재로 선택된 것이다.

청년 장교들은 일본어 시나리오를 암기하고 여러 번 영화를 보면서 일본어와 일본인에 대해 공부했다. 같은 시기에 베이스볼 같은 용어까지 '적성용어'라며 금지한 일본 정부의 발상과는 큰 차이가 있었다.

하버드 출신 한 장교는 "영화 속에서 불에 탄 건물 잔해로 뒤덮인 벌판을 하이힐을 신고 용케도 넘어지지 않고 달리더군요"라고 했다. 또 콜롬비아대학을 졸업한 장교는 "마지막 장면에서 쑤저우의 운하로 걸어 들어가 자살하는 장면은 정말 찍기 힘들었겠어요" 등등 영화 장면을 세세하게 기억해서 놀랐다.

사실 자살을 하러 물에 들어가는 장면은 쑤저우에서가 아니라 치바현 인바누마印旛沼에서 찍었다. 도쿄에서 가깝고 쑤저우와 비슷한 늪지형이었기 때문이다. 인바누마는 갈대가 많고 물도 맑아 풍경은 쑤저우와 비슷했지만, 물에 들어가 보니 달랐다. 물가에서 늪으로 걸어 들어가 발이 조금씩 빠지는 동안 정강이와 장딴지에는 거머리가 들러붙었다. 거머리에게 피를 빨리면서 느껴지는 간지러움과 통증을 참는 표정이 자살자의 고뇌처럼 보였다면 그것은 인바누마 거머리 덕이다.

물에 빠져 죽기 전에 하세가와 씨가 달려와 나를 구하고 드라마는 해피엔딩으로 끝나는 장면은 쑤저우에서 찍었다. 〈소주야곡〉의 감미로운 멜로디가 흐르고 사라지는 두 사람의 모습을 보고 어딘가 이상하다고 생각한 관객도 있었을 것이다. 전 장면에서 물에 들어갔던 내가 입은 망토는 물이 떨어지기는커녕 조금도 젖지 않았기 때문이다.

핫토리 씨는 후시미즈 감독과 호흡이 맞아서 다음 작품인 〈청춘의 기류青春の気流〉 같은 작품에서 음악을 담당했다. 하지만 순진하고 병약하던 음악 청년 후시미즈 씨는 1942년 7월 폐결핵으로 타계한다.

그의 고별식은 도호의 기누다 촬영소의 녹음 스튜디오에서 열렸다. 음악을 사랑한 감독의 마지막 파티에 어울리게 그가 일하던 곳에서 열린 추도식이었다. 고별 음악도 핫토리 씨가 맡은 현악 합주였다. 곡목은 고인이 좋아하던 〈소주야곡〉이었다.

이와사키 아키라 씨는 『일본영화사사日本映画私史』(朝日新聞社, 1977)에 〈소주야곡〉을 처음 들었을 때의 첫인상을 남겼다. 내가 그를 처음 만난 때는 이와사키 씨가 '영화법' 반대 운동으로 체포되었다가 유치장에서 나온 무렵이다. 그는 다음 해는 유물론 연구회 사건으로 체포되어 약 8개월간 감옥 생활을 한다. 다음 에세이는 그가 그 기간을 회상하면서 쓴 일종의 옥중 일기이다.

초저녁, 어느 집에서 틀어놓은 라디오 소리가 감방 안까지 들렸다. (…중략…) 원래도 느린 박자의 음악을 젊은 여자가 최대한 느리게 부르는 처음 듣는 노래였다. 감방에 있던 사람은 모두 조용해졌고 나는 노래에 집중했다. 중국 억양이 있는 달콤한 목소리는 길게 늘어지며 이어졌고, 무서운 수염투성이의 얼굴들은 모두 눈을 감고 음악을 들었다. 눈물을 흘리는 사람도 있었다. (…중략…) 험상궂은 남자들이 모두 이상해졌다. 노래가 불러온 머나먼 세계를 향한 동경과 옛 추억은 모두의 마음을 달콤씁쓸하게 만들었고, 아무도 노래가 끝날 때까지 말을 하지 않았다.

나는 그때 처음 감옥에서 〈소주야곡〉을 들었다. 그 노래는 반년 이상 내가 세상을 떠나있는 동안 일어난 여러 가지 일 중 하나였다. 감옥에 들어온 지 얼마 안 된 남자가 그 노래가 리샹란의 노래라고 가르쳐 주었다. 나는 전에 리샹란의 영화를 한 편 본 적이 있지만, 당시에는 그 사실을 기억하지 못했다 (…중략…) 나는 나중에 일이나 개인적으로도 리샹란과 일을 함께했고 개인적으로도 친구가 되었다.

그가 말하는 '영화'는 〈백란의 노래〉였고 사실 우리는 잠깐 영화 기자 발표장에서도 마주친 일이 있다. '일이나 개인적으로 친구가 된 일'은 내가 그의 영화 〈나의 꾀꼬리私の鶯〉, 〈앙춘화迎春花〉에서 주연을 맡은 일과, 수감 생활 중 그의 부인과 아이가 면회를 갈 때 나와 지인들이 도움을 준 것을 말한다. 한편 나는 전후 이와사키 씨에게 많은 신세를 졌다.

하지만 이와사키 씨는 이데올로기와 우정을 엄격히 구분하는 진보적인 문화인이었다. 그래서 위의 책에서 "하지만 리샹란은 전후 일본인 야마구치 요시코로 돌아와 사회당이 아닌 자민당에서 국회의원이 되어 나를 실망시켰다"라고 자신의 감정을 밝혔다.

한번은 어떤 사람이 〈백란의 노래〉 주제가 이야기를 하면서 "그 노래를 만주 황제 푸이 앞에서 부른 적이 있나요?"라고 물어본 적이 있다. 나는 전혀 기억이 없는 일이지만, 그 사람은 나에게 『황제 푸이』라는 책의 첫 페이지에 그런 내용이 있다고 했다. 책에 신징에 있는 궁전에서 황제 푸이가 전속 피아니스트와 리샹란을 동생인 푸제 부부에게 소개하는 이야기가 나오는데, 그 계기가 영화 〈백란의 노래〉라고 쓰여있다는 것이다.

그의 말을 듣고 논픽션을 바탕으로 쓰인 소설 『황제 푸이』(山本清三郎, くろしお, 1960)를 읽어보니, 4장 「푸이 황제와 히로 부인」에 다음과 같은 기술이 있다.

> 히로 부인은 황제 푸이의 동생인 아이신줴루 푸제溥傑의 처이다. 푸제는 일본 육군사관학교에서 우수 졸업생에게 주는 은사의 군도恩師の軍刀를 받고 졸업한 뒤 신징의 만주국 금위대禁衛隊에 근무했다. 히로 부인은 일본 귀족華族 사가 사네토우嵯峨実勝 후작의 딸로 가쿠슈인 고등과를 다닌 엘리트였다. 둘은 중매로 1937년 결혼했다.

형인 황제 푸이에게는 아이가 없었다. 동생 푸제는 관동군이 자신과 히로 씨의 결혼을 추진한 것은 일본인의 피를 만주국에 넣으려는 책모라고 생각했다. 하지만 히로 부인이 자신을 진심으로 사랑하고 중국인

이 되려고 노력한다는 것을 알고 차츰 히로 부인에게 마음을 허락한다. 히로 부인은 『유전의 왕비流転の王妃』(文芸春秋, 1959)라는 자서전에서 황제가 자신을 관동군 첩자라고 의심했었다고 한다. 또 황제 푸이의 자서전 『나의 반생わが半生』에도 같은 이야기가 나온다.

소설 『황제 푸이』에서도 황제는 처음에는 히로 부인을 의심하지만, 나중에 의심을 풀고 뭔가 보상을 해주려고 했다. 그래서 황제는 히로 부인이 영화 〈백란의 노래〉를 본 것을 알고 우연을 가장해서 리샹란을 푸제 부부와 만나게 해서 기쁘게 해주려는 계획을 세웠다. 황제는 신징 시립 음악단의 젊은 피아니스트에게 피아노를 배웠는데 리샹란도 그 피아니스트의 제자였다. 황제는 피아니스트와 리샹란을 궁정으로 불러 히로 부인에게 소개하고 실내 음악회를 열어 푸제 부부를 놀래 주려고 했다. 여배우를 궁전으로 부르는 일은 황제에게 '금지된 장난'이기 때문이다. 소설은 등장 인물을 실명으로 쓰며 생생한 묘사를 하지만, 내가 등장하는 장면은 확실히 픽션이다.

이 소설에서 황실 어용계로 관동군 참모인 요시오카 야스나오吉岡安直 중장(요시오카 씨의 정식 직함은 관동군 사령부 참모 겸 만주국 황제부로 1938년에는 대좌, 1939년에는 소좌, 1942년에는 중장이었다. 책에서는 중장으로 통일)은 만주 황실을 감시하는 역할로 그려진다. 하지만 중장은 나에게 책에서처럼 '심술궂은 얼굴의 노인'이 아니었다. 나는 내가 황제 앞에서 노래한 것이 픽션인 것처럼 요시오카 중장의 악역도 픽션이라고 믿고 싶다. 역사 속에서 인물의 평가는 시대와 역할에 따라 달라진다고 생각하기 때문이다.

08 니치게키를 일곱 바퀴 반 늘어선 인파

요 몇 년 사이 중국영화와 문화계에서는 '가짜' 만주 황제 푸이가 화제가 되면서 일종의 푸이 붐이 일어나고 있다고 한다.

아이신줴루 푸이(1906~1967)는 중국 마지막 왕조인 청나라의 황제로 일본군이 만든 만주국 황제로 보낸 파란 많은 인생을 그린 자서전 『나의 전반생我的前半生』(北京 : 群衆出版社)은 1964년에 출판되어 세계적인 반향을 일으켰다(일본어판은 『나의 반생』).

『나의 반생』은 푸이 황제와 동생 푸제 씨가 1958~1959년 푸순 감옥에서 있을 때 쓴 몇 권의 노트를 군중출판사 편집자 징웬다金文達 씨가 정리하고 보충해서 책으로 낸 것으로 중국에서는 거의 매년 증쇄되는 스테디셀러이다.

나는 그 책과 푸제 부인 히로 씨의 수기를 읽었다. 둘 다 본인들이 당시를 회상하며 쓴 책으로 사실에 가깝다고 생각한다. 책을 보면 황실어용계의 요시오카 야스나오 중장은 황실을 감시하는 노회한 '악의 앞잡이'로 그려진다. 기록대로 야스오카 중장은 관동군 참모였고 일본군의 뜻대로 푸이 황제를 조종했는지 모른다. 특히 전후 보통 사람이 된 푸이와 푸제 씨 입장에서 당시를 돌아보면 더욱 그럴 것이다.

나는 여기서 요시오카 중위를 변호할 생각은 아니다. 나 역시 만에이의 여배우로 일본의 중국 정책을 도와서 한간 재판을 받은 인간으로 깊이 반성하고 있다. 하지만 나처럼 국가 정책에 허망하게 휘둘린 인간이라도, 악몽에서 깨어나 당시를 반성하고 사정을 설명할 수 있는 사람은 행복하다.

하지만 요시오카 중위는 그럴 수 없다. 종전 후 소련에 억류된 요시오카 중장은 오랫동안 소식 불명 상태였다가 1962년에야 1947년 10월 13일 모스크바 병원에서 사망한 사실이 알려진다(1949년 사망설도 있다).

여러 회고록에서 악인으로 그려진 요시오카 중장이지만, 내가 아는 요시오카 중장은 전형적인 메이지 시대의 무인이며 인자한 할아버지였다. 일본과 중국의 여러 지방으로 촬영이나 공연을 갔다가 신징으로 왔을 때 자주 요시오카 중장 집에서 지내며 가족처럼 지낸 나는 중장의 인간적인 면을 볼 수 있었다.

중장은 리샹란을 지키는 팬클럽 회장이었고, 사모님도 나를 귀여워했다. 특히 장녀인 수키코悠紀子 씨와는 동년배로 사이가 좋았고 7살 연하의 와코和子 씨와도 자매처럼 지냈다.

어릴 때부터 철새처럼 여러 곳을 돌아다니며서 살던 나는 가정적인 분위기에 굶주려 있었다. 중장도 아버지처럼 규슈 사람으로, 아버지는 민간인이었고 중장은 뼛속까지 군인이었다는 점은 달랐지만 둘은 메이지 시대에 태어난 일본인으로 중국에 꿈을 걸었다.

당시 바쁜 일정으로 베이징에 있는 부모님 집에는 자주 가지 못했던 나는 만에이 본사가 있는 신징에 오면 야마토호텔보다는 가족 같은 분위기를 느낄 수 있는 요시오카 중장 집에 머물기를 좋아했다.

요시오카 저택의 파티에는 만주 황제의 동생 푸제 부부나 황제의 둘째 여동생, 황후의 남동생 룬린潤麟과 부인, 셋째 다섯째 비, 총리대신 장징회張景惠의 젊은 제7부인 등이 자주 모였다. 당시까지 중국 상류 가정 일부에는 일부다처제가 남아있었는데 총리는 여덟 번째 부인까지 있었다.

황족이나 각료가 출석하는 파티날 하츠코初子 부인은 요리를 요리사에게 맡기지 않고 직접 부엌에 들어갔고, 나도 수키코 와코와 함께 요리 재료인 바다제비의 둥지에서 핀셋으로 깃털을 뽑는 일을 도왔다. 요시오카 중장 집에서 바다제비 둥지가 떨어지는 일은 없었다. 중국 남방에서 관동군 야마시다 도모유키山下奉文 장군이 군무 탁송으로 제비집을 보냈기 때문이다. 가마니 두 개로 나뉘어 도착한 바다제비 둥지 한 가마니는 왕궁으로 진상되었고 하나는 요시오카 중장 집으로 왔다.

중국인 비서가 "궁내부에서 전화가 왔습니다"라고 하는 전화는 거의 황제에게 온 것이었다. 전화를 받으면 요시오카 중장은 파티 중에도 "종놈 팔자구나. 종놈 팔자"라고 농담을 하면서 비단으로 만든 중국 옷으로 갈아입고 서둘러 나갔다. 그 옷은 황제가 "밤늦게 궁에 들어올 때는 이 옷이 편하다"라며 하사한 옷이었다. 중장은 궁전에서 돌아와서 "사실은 전하가 시를 읊으라고 하셔서 한 수 올리고 왔네. 한번 해볼까?"라고 말한 기억이 있다.

요시오카 중장이 자주 부르는 노래는 〈남자라면男なら〉이었다. 지금 엔카집에 실려 있는 〈남자라면〉(니시오카 미즈로西岡水郎 작사, 구사부시 게이

조草笛圭三 작곡, 미즈하라 히로水原弘 노래)의 가사는 "남자라면 남자라면 무엇을 언제까지 미련을 가질까 힘차게 가슴을 두드린다. 눈물이라면 날려버리고 남자라면 해보자"이다.

하지만 사실 이 노래는 출정하는 특공대를 배웅하는 노래이다. 나는 일본 촬영에서 돌아오던 도중 시모노세키의 특공대 기지로 위문을 갔을 때 젊은 특공대원들이 출정 전에 이 노래를 부르던 것을 보았다.

원래 가사는 "남자라면 남자라면 세상의 일에는 미련을 남기지 마라. 꽃은 질 때가 멋지고 남자는 용기가 멋이다. 가슴에 히노마루를 안고 가라. 남자라면 그렇게 져라"이다.

요시오카 중장은 내가 이 노래를 부르면 좋아하면서 자꾸 다시 불러달라고 하면서 자신도 열심히 불렀다. 하지만 좀처럼 노래를 외우지 못해서 나와 수키코 씨는 피아노를 치면서 악보를 만들어 드렸다. 중장은 내가 부모님 집으로 돌아간 뒤에는 수키코 씨의 피아노로 매일 노래를 연습해서 사람이 올 때마다 노래를 들려주었다고 한다. 지금도 일본에서 널리 불리는 이 노래를 들을 때마다 나는 복잡한 기분이 든다.

요시오카 중장의 다른 특기는 수묵화였다. 다다미 한 장 크기의 화선지 앞에서 눈을 가늘게 뜨고 천천히 붓을 놀리면 그림은 금방 완성되었다. 중장은 늘 "어때, 괜찮지?"라고 자찬을 했지만, 나는 아무리 봐도 뭘 그렸는지는 알 수 없었다. 내가 칭찬을 하지 않으면 섭섭해해서 무슨 이야기를 할까 생각하고 있으면, 중장은 그틈을 기다리지 않고 "청류가 바위에 부닥치며 중천에 흩어지는 풍경이잖아. 파파팍! 화심画心은 무념무상, 붓은 신의 마음이지"라고 했다. 말을 듣고 보면 그렇게 보이기도 했다.

중장은 그림도 그렸지만, 감식안도 있어서 만주를 방문한 많은 화가 가와바타 류지川端龍子, 고바야시 고케이小林古径, 후쿠다 헤이하치로福田平八郎, 야스이 소타로安井曾太郎, 후지시마 다케시藤島武二 등과 친했는데, 특히 가와바타 류지 화백과의 친분은 각별했다.

언젠가 중장이 따뜻한 목소리로 "황제 전하는 훌륭한 분이다. 황후가 아편으로 제정신이 아닌 것은 불쌍해. 전하는 쓸쓸할 거야"라고 했다. 중장은 허약한 황제에게 일광욕과 스케이트 같은 운동을 하자고 했지만, 소심한 황제는 스케이트 링크에 나가는 것조차 무서워했다. 하지만 테니스는 잘해서 요시오카 중장은 "전하의 테니스 솜씨는 대단해. 우리는 좋은 적수다"라고 했다.

나는 요시오카 중장이 진심으로 푸이 황제와 동생 푸제를 걱정했다고 생각한다. 물론 물론 관동군 참모로서 군의 방침도 따라야 했지만, 군과 황실 사이에서 고민도 많았던 것 같다. 중장은 부인이나 수키코 씨에게는 종종 "전하가 불쌍하다"고 했고, 밤에는 혼자서 깊은 한숨을 쉬곤 했다고 한다.

중장은 1929년 톈진에 부임했을 때 일본인 조계 징위静園에는 폐위 후 망명 중인 황제 선통제宣統帝 푸이를 만난 중장은 모든 일을 일기에 쓰면서 "언젠가 이 기록을 요시가와 에이지吉川英治*에게 주고 만주국 정사를 쓰게 하겠다"라고 했다고 한다. 중장은 작가 요시가와 에이지와 편지를 주고 받는 친밀한 사이였다.

* 일본의 역사 소설가

푸이 황제는 자서전 속에서 요시오카 중장의 죄목을 몇 가지 들었는데 그중 첫 번째가 동생 푸제 씨와 히로 씨의 결혼이다. 물론 동생이 베이징 상류 가정 딸과의 결혼을 원한 황제가 본다면, 동생의 결혼은 정략 결혼이다.

하지만 푸제 씨는 육군사관학교를 다닐 때부터 요시오카 중장과 친해서 그를 "아저씨"라고 부를 정도로 중장을 신뢰했다. 또 히로 부인의 기억에 따르면 푸제 씨는 "황제에게 직접 말을 하지는 못했지만, 사정이 허락한다면 일본인과 결혼하고 싶다"라고 했다고 한다. 둘의 결혼이 행복했고 히로 씨가 부인으로 최선을 다한 것은 푸제 씨도 인정하는 사실이다.

1945년 8월 9일 소련이 공격을 시작해 황제 일가가 신징을 탈출하기 전날 푸제 부부는 요시오카 저택을 찾아왔다. 그때 푸제 씨는 욕실에서 권총 자살을 시도했다. 하츠코 부인의 증언에 따르면 그런 기미를 알아차리고 뛰어들어 자살을 막은 사람이 요시오카 중장이었다. 푸제 부부는 장녀 회이셩慧生이 중일 우호의 다리 역할을 할 인물이 되기를 기대했다. 하지만 그녀는 가쿠슈인대학에 재학 중이던 1953년 권총으로 위협하는 남자 친구에게 이즈 아마자산天城山으로 끌려가서 19세의 젊은 나이로 죽는다. 전후 감옥에 갇힌 푸제 씨를 두고 두 딸과 함께 일본으로 돌아왔던 히로 부인은 1971년에야 특별 사면된 푸제 씨와 재회해서 베이징에서 평혼한 생활을 보내다가 1987년 6월 20일 파란 많은 73년의 생을 마쳤다.

푸이 황제가 중장에게 품은 두 번째 의심은 타타라 귀인他他拉貴人의 사인에 관한 것이다. 푸이 황제와 완룽婉容 황후는 어려서 결혼을 했지만, 황후의 심한 아편 중독 때문에 정상적인 부부 생활은 할 수 없었다. 황제의 남색 취미 때문에 황후가 아편을 탐닉했다는 설도 있다. 청나라 황실은 황제의 제1부인을 '황후', 제2부인을 '황귀비', 제3부인을 '귀비', '빈', '귀인' 등으로 부인의 순위에 따라 다른 이름으로 부른다. 황제는 1922년 16세에 결혼하면서 완룽을 왕후로, 원슈文繡라는 여성을 비로 맞았지만 22세 때 원슈와는 이혼, 아니 그녀를 황실에서 쫓아낸다. 그리고 측근의 권유로 1937년에는 17살의 타타라 탄위링他他拉譚玉齡을 귀인으로 맞이한다.

자서전에서 푸이 씨는 "그녀는 이름뿐인 아내였다. 나는 1942년 그녀가 죽기 전까지 새를 키우듯이 궁전에서 키웠다"라고 썼다. 그리고 "나에게 그녀의 사인은 아직도 의문이다. 장티푸스에 걸려 요시오카의 권유로 일본 의사가 탄위링을 치료했지만 치료한 다음날 죽었다"라고 중장을 의심한다. 그런 의심은 황제의 도쿄 재판 증인대에서도 이어진다.

45년 전 중국에서 일어난 사망 사건을 증명하기는 어렵다. 하지만 중장의 유족은 푸이 황제가 '완전한 오해'를 하고 있다고 주장한다.

황제는 부부관계는 갖지 않았지만 타타라 귀인을 매우 아꼈다. 그런데 병에 걸려도 주문과 기도를 올리며 한방에 의존하며 근대 의학은 받아들이지 않는 궁중의 관습 때문에 치료 시기를 놓친 귀인에게 1942년 신징의과대학 의사 야마구치 신페이山口新平는 폐결핵 3기를 선고한다. 귀인의 상태에 차도가 없자 황제는 안절부절했다. 그 상황을 본 요시오카 중장은 신징 제1병원장 오노데라小野寺 박사에게 궁전으로의 왕진을 부탁한다. 하지만 이미 귀인의 병세는 최악의 상태였다. 규슈대학 명예교수로 만주 제일의 명의인 오노데라 박사가 진찰한 귀인의 병은 황실 한방의가 진단한 장티푸스가 아닌 뇌막염을 동반한 속립성 결핵이었다. 박사는 손을 쓸 수가 없게 나쁜 상태의 귀인을 응급 처치하고 돌아왔다고 한다.

또 푸이 황제는 중장이 죽은 타타라 귀인을 대신하는 새 귀인을 정하는 일에 관여했다고 의심했지만, 유족은 이 혐의도 부정한다. 중장은 처음에는 황제에게 만주의 명문가 자녀가 다니는 스타오師導大學 학생이나 졸업생을 귀인 후보로 추천했지만, 황제는 "나이가 많은 여성은 싫다. 학식도 집안도 상관없다. 궁 안에서 교육할 테니 어린 여자가 좋다"라고 했다.

그래서 중장은 만주 전역의 소학교에서 천 장에 가까운 후보자 사진을 모아 제출했고, 그중에서 푸이 황제가 직접 14살의 리위친李玉琴을 선택했다. 황제의 여동생인 둘째 공주는 그녀를 집으로 데리고 가서 몸단장을 시킨 다음에 궁으로 데리고 가서 '푸 귀인福貴人'이라는 이름을 붙였다.

1941년부터 나는 공연이 늘어 신징의 요시오카 씨 집이나 베이징의 부모님 집에 거의 가지 못했다. 나는 중국뿐만 아니라 일본 각 도시를 돌며 공연을 했다. 일 하나가 끝나면 다음 일이 기다렸다. 한 공연이 끝나면 숨고를 시간도 없이, 기차나 비행기 표를 들고 '일본을 위해', '만주를 위해'라는 말을 따라 동분서주. 어디서 무슨 연기를 하고 어떤 노래를 부르는지 모르고 현지로 가는 생활이 이어졌다.

1941년 초 나는 도쿄로 갔다. 지금은 건국 기념일인 2월 21일은, 당시는 진무神武 천황이 일본 고대왕국인 야마토국 통일을 기리는 기원절로, 일주일간 도쿄 마루노우치에 있던 니치게키에서 열리는 기원절 축하 공연 '노래하는 리샹란'에 출연하기 위해서였다.

나는 전에 두 번 니치게키 무대에 섰지만, 두 번 다 찬조 출연이었고 단독 공연은 처음이었다. 나는 '노래하는 여배우'로 일본 활동을 하면서 도쿄에서는 미우라 다마키三浦環 씨에게 오페라와 가곡 레슨을 받았다. 이런 상황에서 만에이 본사는 '일만친선을 위한' 노래 공연을 명령했다.

그 전해 일본에서는 기원 이천육백 년 기념대식전이 열렸는데, 푸이 황제도 두 차례 방일해 일만 양국의 번영을 기원했다. 이런 분위기 속에서 '병사의 상처에 감사를 올리자! 건국제를 기념한 일만친선 노래의 사절 리샹란' 공연의 첫 곡은 만주국 국가였다.

나는 만에이 본사 지시로 2월 초반 도쿄에 도착해서 제국호텔에 체크인하고, 니치게키를 운영하는 도호에 사전 회의를 갔다. 그런데 만에이 도쿄 지사장 시게키 규헤이 씨가 "만에이 도쿄 지사를 들르지 않고 도호에 먼저 간 것은 말이 안 된다. 아마카즈 이사장에게 보고를 해서 공연을 취소하겠어!"라고 화를 냈다. 시게키 씨는 와세다대학을 졸업하고 20대에 도쿄시 의원이 되고 『만조보万朝報』 신문 편집장을 지낸 저널리스트로, 아마카즈 이사의 사상에 동조해 만에이 이사 겸 도쿄 지사장으로 스카우트되었다. 그는 당시에는 흔한 호방한 국수주의자였다. 스타일이 다른 아마카즈와 그가 함께 일을 한 것은 지금 생각해도 믿기 어렵지만, 이것도 아마카즈 이사장과 네기시 이사의 명콤비가 만들어낸 인맥의 장점이었다.

시게키 씨의 무용담 중 하나가 혼자 소련으로 잠입해서 레닌에게 거액의 우익 혁명 자금을 받은 일이다. 스릴과 유머 넘치는 그의 이야기는 재미있었다. 시게키 씨는 오자키 시로尾崎士郎의 소설 『인생극장人生劇場』에서 나츠무라 오쿠로夏村大蔵로 나오는 별난 인물로 작은 몸을 흔들며 버럭 화를 내면서 "폭력단을 시켜서라도 리샹란이 니치게키에 출현하지 못하게 하라"고 테이블을 두드렸다.

하타 도요키치秦豊吉 전무, 미가미 료조三神良三配 지배인 같은 니치게키 간부는 그의 험악한 표정에 떨었지만, 나는 용기를 내서 "만에이 본사의 명령은 아마카즈 이사장의 명령입니다. 이미 결정이 난 공연이니 아무리 화를 내셔도 출연하겠습니다"라고 했다.

그러자 시게키 씨는 내 얼굴을 잠시 보다가 빙그레 웃으면서 "허~ 재미난 아가씨군. 좋아 출연해. 도호는 싫지만 리샹란은 용서하겠어"라고 이야기를 마무리했다.

이 사건은 일본에서 나와의 계약을 독점한 도호에 대한 만에이의 반발이 배경이었다. 도호에게 일본 활동 계약을 알선한 것은 도호에 있다가 만에이의 총무부장으로 온 야마나시 미노루山梨稔 씨였다. 하지만 그 계약은 아마카즈 이사장이나 시케키 씨가 만에이에 오기 전에 맺은 것으로, 야마나시 씨는 이 일로 아마카즈 이사장의 미움을 사서 만에이에서 쫓겨났다. 시게키 씨의 반발은 그런 만에이와 도호 사이의, 갈등의 표현이있다.

그 무렵 만에이 도쿄 지사는 히비야공원의 대각선 방향인 지금의 프레스센터 빌딩 근처에 있었다. 건물은 철도대신 오가와 헤이키치小川平吉의 사택으로 지은 현대적인 2층 건물이었다. 지사에는 도야마 히데죠頭山秀三 같은 우익 인물이 드나들었다. 시게케 씨는 신징의 아마카즈 씨의 뜻에 따라 만주에서 오는 정치 자금을 관리했다고 한다.

시게키 지사장이 내 니치게키 출연을 허가했지만 만에이와 도호의 갈등은 여전해서 도호는 예민한 상태였다. 나에게 전속 경호원을 붙인 일도 시게키 씨의 폭력단 동원을 우려한 도호의 조치였다. 공연 시작 일주일 전, 나는 우치사이와이초内幸町 콜롬비아 본사에서 레코드 녹음을 하면서 니치게키 공연 리허설을 했다. 그날 니치게키의 지배인 미가미 씨는 나에게 전화해서 "만일을 대비해 공연이 끝날 때까지 경호원을 한 명 붙이겠소. 그 남자가 레코드 회사로 마중을 갈 테니 리허설이 끝나도 호텔로 가지 말고 기다려요. 그리고 이제부터는 어디를 가더라도 그와 함께 행동하도록"이라고 했다.

일을 끝낸 나는 텅 빈 방에서 기다렸지만, 경호원 같은 사람은 좀처럼 오지 않았다. 둘러보니 대기실에는 나 말고도 청년 한 사람이 등을 돌린 채로 창가에 서 있었다. 아무리 기다려도 데리러 오는 사람이 없어서, 나는 혼자 호텔로 돌아가려고 하다가 니치게키로 전화를 걸어 미가미 지배인을 찾았다. 내가 좀 신경질적으로 "아무도 오지 않는데요"라고 하자 미가미 지배인은 "이상하네, 키 큰 고다마라는 남자가 갔을 텐데"라고 했다. 내가 전화에다가 "이름이 고다마인가요?"라고 되묻자 창가에 앉아있던 청년이 "나를 기다린 것은 당신인가요? 저도 기다리고 있었습니다"라며 다가왔다. 미카미 씨 말처럼 키가 크고 피부가 검은 호남이었다.

기다림에 지친 나는 계속 같은 방에 있으면서도 말을 걸지 않은 것에 화가 나서 불쾌한 표정을 지었다. 그는 미소도 없이 "당신이……"라고 중얼거렸다. 내가 "그래요. 리샹란입니다"라고 했지만, 그는 고개를 끄덕일 뿐 사과도 없었다.

이 말 없는 청년은 다음날부터 매일 아침 9시에 호텔로 나를 데리러 왔다. 나는 아침에는 일단 제국호텔에서 콜롬비아사 연습실로 가서 리허설과 녹음을 했다. 그는 내가 일을 끝낼 때까지 대기실 창가에서 밖을 보면서 기다렸다. 연습실로 견학을 온 적이 있었는데, 그를 본 고가 마사오 씨는 "멋진 청년이군. 도호의 배우? 아니면 애인?"이라고 물었다. 고가 씨는 늘 "고다마 군은 남자가 반할 스타일의 나이스 가이야"라고 칭찬했다.

콜롬비아레코드에서 일이 끝나면, 나는 공연 연습을 하러 니치게키로 갔다. 고다마 씨는 내가 연습하는 모습을 보면서 기다렸다. 점심 식사도 함께, 저녁 식사도 함께. 쇼핑도, 모임도…… 그는 내가 가는 곳은 어느 곳이나 따라와서 기다렸고 밤에는 제국호텔의 객실까지 데려다 주었다.

본 공연까지의 며칠간 매일을 함께 하면서, 나는 차츰 이 무뚝뚝하고 건방진 청년의 매력을 알게 되었다. 그는 말은 없었지만, 남자답고 깔끔한 성격이었고, 사려 깊은 배려심이 있었다. 그는 나를 스타로 대하지 않았다. 당시 나의 행동 반경은 호텔에서 콜롬비아 본사, 니치게키, 아니면 히비야의 만에이 도쿄 지사였다. 좀 벗어난다면 차를 타고 미우라 다마키 선생님 집에 레슨을 가는 정도였다. 고다마 씨는 아침부터 밤까지 어디를 가도 내 발성 연습을 들어야 했으니 틀림없이 지겨웠을 것이다. 이런 일상을 함께 하면서, 우리는 말을 하기 시작했고, 처음 만났을 때 그가 나에게 무뚝뚝했던 이유를 알았다.

고다마 씨는 1940년 도호 문예부에 입사해 처음 쓴 각본인 뮤지컬 〈양달日向〉로 실력을 인정받아 공연을 준비 중이었다. 작품은 고다마 씨의 고향인 미야자키宮崎 디카라호 고원高千穗高原에서 천손강림 신화를 소재로 니치게키 무용단이 춤추는, 음악과 춤이 있는 희극이었다. 간무천황을 주인공으로 한 뮤지컬은 기원절에 상연할 계획이었다. 하지만 오랫동안 준비해온 그의 기획은 갑자기 내 공연으로 교체되었고 하필이면 그에게 경호 업무가 맡겨진 것이다. 그런 사정을 들으니 처음 콜롬비아 본사의 대기실에서 만난 날 고다마 씨의 태도와 화난 얼굴도 이해가 되었다. 우리는 서로 처음 만난 날의 무례를 사과했다. 그리고 사과를 기회로 친해졌다.

지금은 유락쿠초 마리온有楽町マリオン이 된 니치게키의 원통형 무대는 당시 아사히신문사 사옥, 스기야바시 다리数寄屋橋와 함께 유락쿠초의 명물이었다. 니치게키에서는 영화와 공연을 동시에 볼 수 있었다. 내가 공연을 할 때는 〈네덜란드령 인도 탐방기蘭印探訪記〉라는 장편 기록 영화와 〈아침 안개 속의 섬島は朝やけ〉이라는 중편 극영화를 공연 전에 상영했다. 내 공연 〈기원절 기념, 일만친선, 노래의 사절 노래하는 리샹란〉은 입장료 18전으로 하루 세 번 공연했다.

공연 당일인 2월 11일은 만주에서 자란 나에게도 추운 날이었다. 고다마는 평소처럼 오전 9시쯤 제국호텔로 나를 데리러 왔다. 영화가 먼저 상영되고 내 공연은 오전 11시부터라서 시간은 충분했다. 그래서 머리 손질도 화장도 하지 않은 나는 추위를 피해 큰 마스크를 쓰고 모피 외투의 깃을 세운 채로 고다마 씨와 함께 유락쿠초 거리를 걸었다.

니치게키에 가까워지자 엄청난 인파가 몰려있었다. 그 날은 화요일이었지만 기원절 공휴일이라서 관객이 많으리라는 예상은 했다. 하지만 1번 매표소도 2번 매표소도 그리고 3번 매표소도 엄청난 인파가 몰려 있였다. 분장실 입구는 유라쿠초역 쪽에 있었다. 원통형 건물을 돌아 분장실로 가려고 했지만 빽빽하게 몰린 사람들 때문에 움직일 수 없었다. 나는 휴일 나들이로 전차를 타러 온 인파라고 생각해서 "도쿄에는 사람이 많구나"라고 중얼거렸지만 고다마 씨는 긴장한 표정으로 군중을 보면서 팔로 나를 감싼 채로 아무 말도 하지 않았다.

간신히 분장실 문 앞에 도착했지만, 빈틈없이 서 있는 인파 때문에 들어갈 수 없었다. "부탁합니다. 비켜주세요. 들어갑니다"라고 소리쳤지만 겹겹이 줄을 선 사람들은 화를 내며 "이 줄은 표를 산 사람이다. 표를 사려는 사람은 저쪽이다. 뒤로 줄을 서라!", "새치기 하지 마. 밀지 마", "빨리 들어가게 해줘. 아침 7시부터 서 있었다고. 빨리 문열어"라고 소리질렀다. 군중이 폭도로 변할 것 같은 살벌한 분위기였다.

고다마 씨가 한두 번 "이 사람이 들어가지 않으면 공연은 시작되지 않아"라고 말했지만 아무도 돌아보지 않았다. 고다마 씨는 "근데 우리 정체가 알려지는 것도 걱정이군"이라고 중얼거리면서 계속 몸싸움을 했지만, 인파는 꼼짝도 하지 않았다.

그러자 고다마 씨는 "정신 차려. 움직이면 안 돼. 여기 있는 거야"라고 귓속말을 하고 어디론가 사라졌다. 잠시 뒤 극장의 수위 네다섯 명을 데리고 돌아온 그와 수위들은 나를 릴레이로 들쳐메어 분장실로 넣어 주었다.

분장실에는 관계자들이 "엄청난데! 벌써 줄이 세 바퀴 반이래"라며 웅성였다. 그제야 나도 극장을 에워싸고 있는 인파가 나를 보러 온 관객이라는 것을 알았다.

하지만 나는 어느 정도의 관객이 들었는지는 알 수 없었다. 나는 "무대에 서면 객석은 어두워서 보이지 않으니 관객은 신경 쓰지 말고 리허설대로 편하게 노래해요"라는 아라이 데츠조 선생의 어드바이스만 생각했다. "노래를 잘 불러서 기대에 답하자"라고 마음을 다잡았지만, 인파를 헤치고 온 흥분이 좀처럼 가라앉지 않았다. 나는 분장실에서 거울을 보면서 표정 연기를 연습하면서 가사나 대사를 잊어버릴까봐 걱정했다.

오전 11시 첫 무대가 시작했다. 분장실 아래서 차례를 기다리던 나는 고다마 씨에게 무대로 나가는 신호로 등을 두드려 달라고 했다. 나는 공연 때는 고다마 씨에게 늘 같은 부탁을 했다. 그러면 이상하게 긴장이 풀렸다.

막이 아직 오르지 않은 상태에서 우에노 가츠노리上野勝教 씨가 지휘하는 도호관현악단은 서곡 〈가엾은 저 별〉을 연주했고, 나는 자주색 비로드천의 중국옷 위에 흰 망토를 두르고 무대 중앙에 있는 은색 마차에 올랐다. 전주가 끝날 무렵 막은 올라가고 한 줄기 조명이 나에게 쏟아졌다. 조명은 점점 퍼지면서 어둠 속에서 마차에 탄 내 모습이 떠올랐다. "와!" 하고 극장을 흔드는 환성이 들렸다. 나는 방울 소리에 맞춰 웃으면서 "마차는 달린다 저녁 바람속으로"라고 노래를 시작했다. 지나치게 열광적인 반응에 머리는 멍했다. 간주 부분에 마차에서 내려와 무대 앞쪽으로 걸어갈 때도, 방울 소리가 끝나는 지점에서도, 인사를 할 때도 박수가 터져 나왔다.

정신없이 첫 곡을 끝내자 무대가 어두워지면서 막이 내려왔고 조용해졌다. 빨리 의상을 갈아입은 나는 무대 중앙 파초잎 아래서 큰 깃털부채로 얼굴을 가리고 어둠 속에 서 있었다. 흐느끼던 호궁 소리가 점점 커졌고 오케스트라 반주가 더해지면서 〈소주야곡〉의 전주가 시작되었다. 잠시 후 조명을 받은 나는 부채에서 얼굴을 내밀면서 "당신의 가슴에 안겨서 듣는……" 하고 노래를 시작했다. 관객석의 박수는 노래가 시작되자 바로 조용해졌다. 박수는 내가 동작을 바꿀 때마다 다시 터져 나왔다.

공연의 모든 안무는 아라이 데츠조가 만들어 나는 그의 지시대로 움직이며 노래를 불렀다. 〈소주야곡〉이 끝나며 무대 구석으로 들어오자 고다마 씨가 걱정스러운 얼굴로 기다리고 있었다.

관객의 흥분은 끝까지 이어졌다. 〈지나의 밤〉을 부를 때는 영화 장면 그대로 누더기를 입은 중국 소녀(나)가 떠밀려 무대로 쓰러지면서 등장한다. 나는 보이지 않는 일본인에게 중국어로 욕을 하다가, 일어서서 고개를 숙이고 노래를 부르기 시작한다. 이어서 긴 바이올린 전주 중에 무대는 바뀌고 방금 누더기를 입었던 내가 화려한 중국옷으로 등장하는 연출이었다. 〈붉은 수련〉을 부를 때 나는 붉은 꽃무늬 차이나 드레스를 입고 짧은 중국 무용도 선보였다. 감미로운 샹송 〈빠를레 무아 다므르〉를 부를 때는 하얀 이브닝드레스를 입고 검은 그랜드피아노에 기대 노래를 불렀다.

마지막 노래는 공연 전날까지 레슨을 받은 오페라 〈춘희〉 속에 나오는 〈축배의 노래〉였다. 이때 의상은 와인색 이브닝드레스였다. 독창에는 도호성악단이 코러스를 넣었는데, 갑자기 관객 모두가 일어서서 손을 잡고 노래를 부르자 극장을 뒤흔드는 대합창이 되었다. 히트한 디나 더빈Deanna Durbin의 〈오케스트라의 소녀〉에 이 곡이 나와서 모두 알고 있었던 것이다.

이 노래가 끝나자 미우라 선생님의 제자가 꽃다발을 들고 무대로 올라왔고 공연은 끝났다. 내가 고다마 씨의 보호를 받으며 분장실로 돌아오니 실내는 관계자와 경찰관으로 발 디딜 곳이 없었다.

분장실 안에는 "소방차가 출동했다"든가 "기마경찰이 군중을 해산시키고 있다" 같은 이야기가 들려왔지만 나는 아무것도 알 수 없었다. 극장 밖은 혼잡해서 밖으로 나가지 않고 지하 분장실에 있으면서 세 번의 무대에 올랐기 때문이다.

세 번째 무대가 끝난 것은 오후 7시였다. 긴 하루였다. 나는 너무 피곤해서 저녁 식사보다는 호텔로 돌아가서 눕고 싶었다. 다행히 제국호텔은 걸어서 10분 정도의 거리였다. 외투를 걸치고 대기실에서 나가려고 하니 고다마 씨가 얼굴색을 바꾸면서 "말도 안 돼! 그렇게 나가면 팬이나 신문 기자에게 잡혀 곤란해집니다"라며 앞을 막았다.

특히 니치게키 옆에 있던 아사히신문사는 군중 때문에 몇 대의 차가 부서진 피해를 입고 '리샹란 일본인설'을 폭로하기 위해 인터뷰를 신청한 상태였다. 도호는 사실이 알려질 것을 두려워해서 나를 신문 기자와 만나지 않게 하려고 했다. 그날 고다마 씨의 일은 나를 신문 기자의 눈에 띄게 하지 않는 것이었다.

고다마 씨는 의상함 속에 있는 외투를 꺼내서 내 머리에 씌우고, 마치 형사가 범인을 호송하듯이 나를 무대 아래로 끌고 갔다. 그곳에는 위로 통한 비상 계단이 있었다. 고다마 씨는 나를 옆구리에 끼고 수직으로 놓인 철사다리를 끝까지 올라간 뒤에 발판을 밟고 반대편 사다리로 내려갔다. 고소공포증이 있는 나는 "싫어요. 무서워"라고 소리질렀다.

비상구로 탈출해서 보니 밤이었지만 니치게키의 주위에는 아직 많은 사람이 모여있었고 경관이 교통 정리를 하고 있었다. 우리는 제국호텔까지 무사히 '도피'했고, 고다마 씨는 뒷문으로 미리 준비한 다른 방으로 들어갔다.

내가 이 '사건'의 전모를 안 것은 다음날 아침 신문을 폈을 때였다. 모든 신문들이 어제 공연의 소동에 대해 보도하고 있었다. 특히 니치게키에 인접해서 피해를 본 아사히신문은 복수라도 하듯이 '국경일을 모욕한 광대'라는 제목으로 신랄한 비판 기사를 실었다. "11일 기원절 아침 제도帝都 마루노우치의 모 영화 극장 앞에서 벌어진 관중의 혼잡과 혼란, 시민 도덕의 부족과 규율의 결함을 보여준 사건은 유감이다. 소식을 전하는 일은 슬프지만 이런 혼잡을 끝내자는 의미에서 읽어달라!"라는 기사를 실었다.

> 오전 9시 반에 영화를 보러 8시 무렵부터 몰려든 군중은 순식간에 극장 앞 광장과 주위의 도로를 메웠다. 줄은 엉망이었다. 몇천 명의 사람이 두세 개의 매표소를 향해 몰려들면서 혼잡은 난투가 되어 머리가 깨진 여자의 비명이 들렸고, 피를 본 학생들이 몰려왔다. 광장에 있던 자동차 몇 대는 군중 틈에서 흔들렸고 지붕으로는 여자나 아이가 혼잡을 피해 기어 올라갔다.

고다마 씨의 친구로 당시 니치게키 지하 극장 지배인이던 사토우 쇼자쿠左藤正省 씨는 전날 숙직을 해서 그날 사건의 전모를 잘 기억하고 있었다.

> 아침 6시에 수위가 숙직 중인 나를 깨워서 밖의 상황이 이상하다고 했다. 옥상으로 올라가 아래를 보니 영화 시작은 9시 반인데 5백 명 정도가 매표소에 모여있었다. 니치게키의 정원은 삼천 명이니, 지금부터 이 상황이라면 상당히 혼잡해지겠다고 생각했다. 8시가 되자 극장을 둘러싼 줄은 이삼중이 되었다. 옥상에서 보니 멀리 미야시로마에광장宮城前広場 쪽에서 인파가 몰려오는 것이 보였다. 황궁 참배객이 그대로 니치게키로 흘러든 것이다. 기원절과 리

상란이라니 이상한 조합이다. 작년에는 만주국 황제가 기원 2600년 행사 참석을 위해 방일했고, 그해 몽골의 덕왕德王이 방문한 것과 관계가 있을까? 9시가 되자 인파는 아사히신문사에서 스기야바시, 요미우리신문사와 방향과 유라초역 건너에 있는 도쿄 니치니치신문사 양방향에서 무너진 제방의 물처럼 흘러들었다. 인파에 밀린 아사히신문사의 자동차는 옆으로 쓰러지고 있었다.

1985년 내가 도쿄 미타카에서 강의를 하고 가진 다과회에서 만난 한 여성이 "저도 그날 니치케기 앞에서 물을 뒤집어쓰고 기모노가 찢어지고 신발을 잃어버렸어요"라고 했다. 내가 사과를 하자 그녀는 "아뇨, 그날의 리샹란쇼에 감사하고 있어요"라고 웃었다. 인파에 밀려서 쓰러진 그녀를 한 젊은이가 도와서 둘은 신문사 앞에 주차된 자동차 안으로 들어가서, 경관이 도와줄 때까지 함께 차 안에서 몸을 피했고, 그날의 만남으로 결혼했다고 한다.

오전 10시 마루노우치 경찰서에서 20여 명의 경찰이 기마 경찰과 함께 상황을 정리하기 시작했지만 소동은 가라앉지 않았다.

『마이니치』의 기사는 "경찰이 소리를 질러도 전혀 효과는 없음. 소화용 호스를 꺼내도 위협용으로 생각해 효과가 없음. 결국 마루노우치 경찰서는 극장 앞에 '오늘 공연 중지' 안내문을 걸고, 그래도 해산하지 않는 관중을 극장에서 한 골목 떨어진 쪽으로 몰았다. 사람들이 흩어진 거리에는 셀 수 없이 많은 주인을 잃은 게다와 조리, 여성의 목도리 등이 흩어져 있었다"라고 전했다.

경관의 위협에 약간 조용해진 군중은 매표소 앞에 줄을 섰지만 모두 입장할 수 없자, 남은 사람들은 화를 내며 다시 웅성거리기 시작했다.

이 무슨 추태며 무분별한 행동인가! 군중은 대충 남성이 7할 여성이 3할. 남성의 반은 학생복 차림, 여자는 모두 20대 전후…… 밀고 소리 지르는 사람들 때문에 마루노우치 경찰서는 오후 1시 다시 경관 50여 명을 투입했다.

하룻밤이 지나니 유명해졌다는 시인 바이런처럼, 나도 하룻밤만에 모든 신문에 '일만친선, 노래하는 대사'로 유명해져 있었다. 룸서비스 식사를 가져 온 호텔 보이가 "오늘도 7시 전부터 행렬이 길다고 하네요"라고 들뜬 표정으로 알려주었지만 변한 것은 아무것도 없었다. '인기인'이 되어도 사람의 눈을 피해 혼자 방에서 포크와 나이프를 움직이고 있을 뿐이었다. 그때 "좋은 아침" 하면서 고다마 씨가 들어왔다. 그는 여러 신문을 대충 보고 "대단한 인기군요"라고 중얼거리다가 "공연 성공을 축하해. 아! 공연보다는 생일을"이라고 했다. 그날은 나의 스물한 살 생일이었다. 공연의 긴장감에 나는 생일조차 잊고 있었다.

그 후로 생일은 더욱 잊을 수 없는 날이 되었다. 2월 11일. 지금은 건국 기념일이 된 기원절. 니치게키 일곱 바퀴 반 사건, 고다마 씨의 '대탈출'. 다음날 신문 기사가 연상 게임처럼 떠올랐기 때문이다.

니치게키 일곱 바퀴 반 사건은 일본 정부가 모든 에너지를 전쟁 준비에 쏟던 상황에 대중이 얼마나 밝은 오락을 원했는지를 증명한 사건이었다. 이미 사탕과 성냥, 쌀은 배급제였다. 극단은 해산 명령을 받았고 댄스홀은 폐쇄되었다. 다른 오락이 없는 상황에서 대중의 관심이 내 공연에 집중된 것이다.

그해 12월 8일 일본은 진주만 공격으로 미국과 영국에게 선전 포고를 하면서 태평양전쟁에 돌입한다.

09 나의 청춘 이야기

10만 명이 몰린 니치게키 일곱 바퀴 반 사건은 소와 연구자에게도 분석의 대상이 된다.

- '만주제국'을 만든 정부가 만몽(만주·몽골) 개척단을 시작으로 '대륙으로!'라는 미지의 광야로의 꿈과 로망을 선동하는 활동이 성공했다.
- 전쟁 전 오락이 엄격하게 제한된 상황에서 대중은 화려함에 굶주려 있었다.
- 공연 첫날은 기원절로 황궁에 참배를 끝낸 시민이 휴일에 긴자로 향했는데, 니치게키는 그 중간에 있었다.

이런 분석을 보면 역시 그날의 사건은 여러 조건이 겹쳤다고 생각한다. 하지만 이런 분석은 한참 뒤에 나온 것이다. 당시 신문에 실린 기사는 모두 기원절이라는 '좋은 날'에 일어난 소동을 둘러싸고 "망측하다", "괘씸하다"라는 의견이 대부분이었다.

특히 니치게키 옆에 있어 피해를 본 『아사히신문』은 거의 매일 그날의 소동을 부정적으로 보는 기사를 실었고, 여론의 비난은 점점 거세졌다.

아사히에 처음 소개된 글은 당일 군중을 정리한 경찰인 가네자와 서장의 글이었다. 니치게키극장의 정면 난간에서 "제군! 지금 우리나라는 동아시아 신질서 완성을 위해 혼신의 노력 중에 있습니다. 충성스럽고 용맹스러운 장병들은 지금 대륙의 광야에서 싸우고 있습니다. 그것을 생각하면 제군! 지금의 이 모습은……" 제복에 칼을 찬 가네자와 서장의 5분 연설은 "경찰의 지시에 따라 즉각 해산하시오! 그리고 남은 기원절을 의미있게 보내길 바랍니다"로 끝을 맺었다.

공연 이틀째인 2월 12일은 수요일로 평일이었지만, 휴일과 다름없이 아침부터 많은 관중이 몰려와서 입장을 못 한 사람이 속출했다.

『아사히신문』은 목요일 "이 사건은 휴일에 일어난 거리 풍경으로 놓칠 수 없는 광경이 되었다"며 '관객의 광적 상태를 이렇게 본다'라는 제목의 특집 기사를 실었다.

먼저 소개할 기사는 다이쇼익찬회大正翼贊會의 기다喜田 국민생활지도부원의 설교였다.

> 한심한 꼴이라니. 첫째는 무질서한 모습이었다. 간만의 휴일로 근로자가 하루의 오락을 원해서 영화관으로 몰려드는 일은 나쁘지 않다. 하지만 일부만 들어갈 수 있다면 못 들어간 사람은 돌아오면 되지 않는가? 소란을 피우면서 게다는 날아가고 이 무슨 꼴인가. 국민 훈련의 결함이다. 우리는 이 사건에 대해 좀 더 생각해봐야 한다. (…중략…) 마지막으로 그 인파 속에 중학생이 많은 점에서 깊은 반성을 촉구하고 싶다. 어제 밤도 현장에서 학생들을 꾸짖었지만, 학생들은 간만의 휴일에 오락을 즐길 것이 아니라 집에서 책을 읽어야 한다. 학생에게 주어진 역사적 사명을 생각하라!

반대 의견으로는 니치게키 사건을 계기로 오락을 원하는 대중의 심리를 이해하고 건전한 오락까지 금지하면 안 된다는 작가 노가미 야에코野上弥生子 대담이 실렸다.

이탈리아와 독일은 전쟁 때도 연극과 영화 활동이 평소처럼 활발했다. 아무리 비상시라고 해도 오락을 빼앗으면 안 된다. 하나의 구멍을 막으면 다른 구멍이 필요하다. 이번 사건에서 보인 관객의 광폭성도 그런 면에서 복잡한 이유가 있는 것은 아닐까? 극장이나 교통 기관 앞의 무질서는 불만과 군중 심리의 표현이다. 그런 행동에서는 자제심이나 배려심을 느낄 수 없다. 전쟁이 끝나고 조국으로 돌아온 일본인들은 그 모습을 보고 개탄한다. 극장이나 교통 수단에서 질서를 유지할 방법이 필요하다. '좌측통행', '일렬정렬'을 쓴 나무판 따위에는 아무 의미가 없다.

이렇게 '니치게키 일곱바퀴 반 사건'은 잠시 동안 비상시의 도덕 교재처럼 쓰였다. 도쿄제국대학의 와타누키 데츠오綿貫哲夫 교수(사회심리학)은 기말 시험에 '니치게키 일곱 바퀴 반 사건에 관해 기술하시오'라는 문제를 냈다. 당시 법학부 3학년이던 미야자와 기이치宮沢喜一는 '자유를 원하는 군중의 심리를 여실히 보여주는 통쾌한 사건이다'라는 답으로 '우優'를 받았다고 한다.

『아사히신문』을 시작으로 매스컴의 취재 경쟁이 심해지자 도호와 만에이는 엄중한 보도 경계 하며 공연 중에는 고다마 씨가 종일 나를 보호하게 했다.

하지만 비밀은 언젠가 들키게 되는 법. 결국은 문예나 예능 분야가 강한 『미야코신문都新聞』(현재 『도쿄신문』)이 사회면에 '리샹란은 예명. 만주인이 아니라 사가현 사람'이라는 작은 기사를 실은 것이다.

극장 앞에서 철없는 남녀가 대소동을 일으키게 한 만에이의 스타 리샹란에게 연예인 허가증이 없는 것이 알려지자 경시청은 그녀와 관계자를 소환했다. 리샹란은 주의를 받고 경위서를 쓴 뒤에 오모테정表町 경찰서에서 연예인 허가증을 발급받았다. 이 일로 리샹란은 만주인이 아니며 이름도 예명임이 밝혀졌다. 리샹란의 본명의 야마구치 도시코山口俊子, 다이쇼 9년 2월생으로 22세다. 베이징에서 태어났지만, 본적은 사가현 기시마杵島였다. 담당자는 깜짝 놀라면서 "그래서 일본어가 능숙했군"라고 했다.

도호도 만에이도 나도 충격을 받았다. 이름이 '도시코'라는 것과 출생지가 '베이징'이라는 점은 틀렸지만, 재조사가 무서워 정정을 요구하지도 못했다.

나는 같은 일을 전 해 〈지나의 밤〉 촬영을 위해 나가사키에서 상하이로 올 때도 겪었다. 『후쿠오카 니치니치신문』이 여권에 쓴 국적과 본명을 조사해 '리샹란은 중국에서 태어난 일본인!'이라는 기사를 낸 것이다.

그때는 도호와 만에이가 광고를 조건으로 보도를 막아 뉴스는 중앙지까지 퍼지지 않았지만, 이번 상대는 지방 신문이 아닌 도쿄의 신문이었다. 특히 문예와 예능란이 충실한 신문이라 그 영향력은 무시할 수 없었다. 다음날 '거짓말 구락부'라는 유머 칼럼에는 '원인을 밝힌다'라는 제목으로 일본인 야마구치 도시코가 만주인 리샹란의 유창한 일본어에 놀란다는 내용의 만담이 실렸다.

결국 나는 도호와 만에이의 결정으로 『미야코신문』에 내가 리샹란으로 활동하게 된 '진상'을 인터뷰하게 된다. 다른 신문들의 보도로 사태가 악화되기 전에 움직이는 편이 피해를 줄인다는 판단에서 였다.

> 내가 리샹란이라는 이름으로 활동하며 지금까지 일본인임을 고의로 숨겼다는 오해를 받고, 극장 앞 소동의 원흉이 된 지난 일주일은 일생 동안 일어날 사건이 한 번에 일어난 기간입니다.

다행히 대부분의 전국지는 내 인터뷰에 주목하지 않았다. 지금과 달리 옛날 언론들은 여배우의 사생활에 관심이 없었고, 스포츠나 연예 신문도 없었다. 게다가 당시는 신문사 스스로가 시국을 반영해서 지면을 줄이고 있었고 정부의 보도 규제도 엄해지는 상황이었다.

내가 순수한 일본인임은 아는 사람은 아는 사실이었지만 아직 전국적으로는 알려지지는 않아서 지방 도시뿐만이 아니라 도쿄에서도 아직 리샹란을 중국인이라고 생각하는 사람이 많았다.

나는 니치게키 공연을 끝내고 좀 뒤에 한 통의 팬레터를 받았다. 나는 그때까지 펜레터를 받은 적이 없었다. 그림 엽서나 짧은 문장의 편지는 받은 적은 있지만, 장문의 편지는 처음이었다. 아마 사람들은 내가 일본어를 읽지 못한다고 생각한 것 같았다. 처음 받은 팬레터는 편지지 다섯 장에 달필의 일본어와 뛰어난 문장으로 쓰여있었다. 그 문장을 떠올리면 지금도 처음 읽은 감동이 되살아난다. 편지는 "예상하지 못한 대소동에 휘말리신 것을 유감이라고 생각합니다"로 시작했다. 이어서 "하지만 인간의 가치는 유명세로 잴 수 없고, 겉으로도 드러나지 않습니다"라는 말은 내가 폭발적인 인기에 안심하고 성장을 멈출 것을 경고하는 말 같았다. 편지 내용은 마치 나를 아는 사람이 쓴 것 같았다. "나는 만테츠 옥상에서 열린 〈백란의 노래〉 촬영회에 참석한 적이 있는 대학생입니다. 당신은 신문 인터뷰에서 우연히 리샹란이라는 이름을 쓰게 되었다고 했는데 당신 탓이 아닙니다. 국책에 이용된 것입니다"라고 위로하면서 "어쨌든 자신을 소중하게 생각하십시오. 지금은 국가가 개인의 가치를 이용하는 세상입니다. 그래서 정신차리지 않으면 국가와 시국에 놀아날 뿐입니다. 당신은 마음속에 빛나는 그 무엇을 가진 사람입니다. 언제까지나 그것을 소중하게 생각하세요. 대학생 마츠오카 겐이치로松岡謙一郎"라고 자기 이름을 밝혔다.

나는 모르는 사람이 일개 여배우에게 친절하고 따듯한 충고를 준 것이 고맙고 기뻤다. 그래서 다른 팬레터와는 다르게 감격해서 고다마 씨에게도 보여주었고 답장도 썼다.

편지를 쓴 마츠오카 씨는 당시 도쿄제국대학 법학부 학생으로 마츠오카 요스케松岡洋右 외상外相의 장남이었다. 마츠오카 외상은 전 해인 1940년 일본, 독일, 이탈리아 간 삼국 조약을 맺고, 나와 겐이치 씨가 팬레터를 계기로 만나게 된 무렵에는 스탈린과 일소 동맹을 맺기 위해 유럽에 있었다. 그런데 그 아들이 국가와 시국을 비판하며 나에게 '자신을 귀중하게 생각하라'라고 말한 것이다.

1986년 2월 나는 오래간만에 마츠오카 씨와 만났다. 그는 아버지 모습과 많이 닮아있었다. 마츠오카 씨는 1914년 6월 아버지가 주미 대사관 서기관으로 주재할 때, 미국 워싱턴주에서 태어났으니 나보다 6살

위이다. 그는 교세이曉星중학을 졸업하고 도쿄고교를 거쳐 도쿄제대 법학과로 진학했다. 마츠오카 씨는 "나는 "당신의 마음에는 빛나는 그 무엇이 있어" 같은 말을 쓴 것은 기억이 없는데"라고 쑥스러운 웃음을 지었다. 그리고 "만일 내가 그런 말을 썼다면 촬영회 다음에 잇시키一色 군이 당신을 데리고 세타가야에 있는 우리 집에 들렀을 때 당신의 눈을 보고 그런 생각을 한 것 같군요. 특히 눈이 인상적이었고 순수한 사람이구나 라고 생각했습니다. 아직 일본에 익숙하지 않아서였을까요?"라고 했다. 하지만 나는 그때 마츠오카 씨 집에 간 기억이 없다. (내 기억으로 그의 집에 처음 간 것은 전후였다.)

"나도 니치게키 무대를 보았지만, 열심히 노래하는 당신이 소동의 원인으로 비난을 받는 상황이 불쌍했어요. 그런 당신에 대한 동정과 사회를 향한 분노의 기분으로 편지를 쓴 것 같습니다. 당시 무정부주의에 공감하던 내 눈에는 당신이 중국 이름으로 정부가 만든 일만친선이라는 무대에 끌려 나와 호기심 눈길을 받으며 공허한 인기에 놀아나는 딱한 소녀로 보였습니다."

국가주의자 마츠오카 요스케 외상의 아들이 무정부주의에 공감했다는 것은 놀랄 일이다. 교세이중학교 때부터 대학교까지 배운 프랑스어는 마츠오카 청년에게 자유로운 사상을 심어준다. 나는 그의 사상을 이해하지 못했지만, 그와 친해지고 싶다는 생각 때문에 그가 하는 어려운 이야기를 열심히 들었다.

"아버지는 만테츠 총재로 식민지 '만주'를 운영하면서 일본, 독일, 이탈리아 사이의 삼국 동맹을 맺은 정치가였어요. 사람들은 아버지의 생각과 계획을 오해했어요."

젊을 때부터 마츠오카 씨의 말솜씨는 차분했고 설득력이 있었다. "아버지와 상관없이 저는 학생 때 독서와 음악, 사진을 좋아했고, 정치에는 관심이 없었어요. 심지어 '인간에게 국가, 정부, 법률은 악이다'라고 믿었어요. 하지만 현실적으로 정부와 법률은 필요하니, 그 '악'은 '필요악'이라고 생각했습니다. 그래서 국가에게 조종당하는 당신을 보고 분노했어요. 당시에 본 샤를르 보와이에 주연의 〈잠시의 행복〉이라는 영화의 영향도 있었던 것 같아요."

마츠오카 씨는 쓴웃음을 지으며 이야기를 이어갔다. "그 영화는 샤를르 보와이에Charles Boyer가 연기하는 아나키스트가 가비 몰레이Gaby Morlay가 연기하는 여배우에게 경고하려 돌을 던진 일로 서로 사랑하게 되지만, 맺어지지 못하는 줄거리입니다. 나는 당신을 가비몰리로 자신을 샤를르 보와이에 라고 생각한 것 같아요."

마츠오카 겐이치로 씨는 1941년 대학을 졸업하고 그해 4월 동맹통신사(현재 시사통신사와 공동통신사의 전신)에 입사했다가, 재직 상태로 해군에 입대해 회계 장군을 목표로 경리학교에 다녔다. 그리고 태평양전쟁이 시작되자 바로 인도차이나(지금의 베트남)의 사이공 사령부로 파견되었다. 1942년 말에는 일본으로 돌아와서 치바현 기사라즈木更津의 해군항공창航空廠에 근무하다가 1943년 말에 도쿄 해군성에서 보도부원으로 근무했다.

둘이 만날 수 있는 시간은 그와 내가 도쿄에 있을 때뿐이었다. 하지만 나도 일본과 중국을 왕복했고 일본에 있을 때도 여러 곳을 오가는 상황이라 좀처럼 만날 기회가 없었다. 그래서 우리 관계는 편지로 이어졌다. 그 무렵 나는 어디를 가도 팬에게 둘러싸여 밖에서 '데이트'는 못했지만, 벚꽃이 떨어질 무렵 아오야마 묘지를 걷던 밤은 생생하게 기억한다.

자주 식사를 하던 곳은 아카사카 '효테이瓢停'였다. 마츠오카 씨가 미리 전화를 하면 여지배인 오토키お時 씨가 사람들의 눈을 피할 수 있는 식당 제일 안쪽 방을 내어 주었다. 대개는 마츠오카 씨의 친구인 마츠시로松代 씨와 이토 씨와 함께 만났다. 주로 마츠오카 씨는 해군 이야기를 했고, 나는 촬영장이나 새 영화의 이야기를 하다가, 식사를 마치면 따로 뒷문으로 나갔다.

그가 내 아파트에 오는 날도 있었다. 그런 날 나와 아츠미 씨는 정성껏 음식을 준비했다. 마츠오카 씨는 응접실로 들어오면 자기 집처럼 축음기에 레코드를 걸었다. 듣는 곡은 늘 베토벤의 바이올린 콘체르토였다. 그 음악을 들으며 우리는 변함없이 해군과 촬영장 이야기를 했다.

시시한 데이트였지만 남의 눈을 피하는 데는 신경을 썼다. 나는 몇 년 동안 그와 만나면서, 가끔 청혼을 받을지도 모른다는 희망을 품기도 했지만 집안의 차이를 생각하며 희망을 버렸다. 마츠오카 씨 역시 우리 관계를 어떻게 해야 할지 몰랐던 것 같다. 그래서 친구에게 비난을 받기도 했다고 한다. 그의 친구는 "내 친구 중에 만주국 외교부에서 일하는 이토 군이 리샹란과의 결혼을 생각하고 있어. 그는 플레이 보이지만 상남자지. 나는 지금 그를 데리고 리샹란의 아파트에 갔다가 오는 길이야"라면서 그의 멱살을 잡고, 아나키스트라 하면서 아버지와 집안 핑계를 댄다고 몰아붙였다는 것이다.

당시 그의 아버지 마츠오카 외상은 제2차 근위내각近衛內閣에서 고노에 후미마로近衛文麿 수상과 대미 외교 문제로 충돌해서 1941년 7월 사퇴한 뒤, 지병인 폐결핵의 악화로 요양 중이었다. 또 학교를 다니면서 여러 근무지를 옮겨다니고 있던 겐이치로 씨도 전쟁의 패색이 짙어지는 당시 결혼을 생각할 상황은 아니었다.

나는 마음 한구석으로는 그의 구혼을 기대했지만, 마츠오카 씨는 끝내 그런 기색을 보이지 않았다. 게다가 그가 다른 여자와의 결혼을 생각한다는 의심은 나를 괴롭혔다. 겉으로는 친절했지만 마음속으로는 여배우를 무시하는 것 같다는 열등감도 있었다. 사실 그는 좋은 집안의 아가씨들을 세타가야千駄谷에 있는 집으로 초대하면서도 나는 초대하지 않았다. 친분 있는 여작가들에게 "어제 마츠오카 씨가 집으로 초대를 해서 식사를 했어. 사이공으로 출발하기 전에 송별회를 겸해 응접실 벽난로 앞에서 둘이 이야기도 하고"라는 말을 들었을 때는 분한 마음에 남몰래 울기도 했다.

어느 날 선을 보고 온 마츠오카 씨는 "아! 피곤해"라고 했다. 나는 "어머 그래요?"라고 웃으면서 말했지만, 마음속으로는 괴로웠다. 마츠오카 씨의 미소는 아름다웠지만, 그가 웃는 만큼 나는 괴로웠다. 일본에는 이런 사정을 터놓고 이야기할 친구도 없어서 신징의 요시오카 씨 집으로 돌아갔을 때, 밤새도록 수기코 씨에게 솔직한 심정을 말하면서 실컷 울었다.

여작가들이 초대를 받았다는 마츠오카 씨의 저택은 1945년 5월 공습으로 전소되었고 큰 창고만 남았다. 마츠오카 씨가 나를 집에 초대한 것은 종전 후인 1948년으로 가족 모두가 창고에 살고 있을 때였다. 그때 그는 처음 나를 어머니와 여동생에게 소개했다.

외상 자리를 물러난 그의 아버지 마츠오카 요스케 씨는 종전 후 폐결핵으로 잠시 신슈信州에서 요양을 하다가 11월 연합군 사령부의 체포령을 받고 집으로 돌아왔다. 겐이치로 씨는 비서인 하세가와 신이치長谷川進一 씨와 함께 아버지를 돌보고 있었다.

1945년 12월 6일 연합군이 근위 수상을 비롯한 9명에게 오모리 수용소로 들어가라는 명령을 내리자 고노에 수상은 자살했다. 하지만 마츠오카 외상은 "나는 자살하지 않는다. 자살은 비겁한 일이다. 법정에서 내 외교 활동이 잘못된 일이 아님을 말하겠다"라며 아픈 아버지가 미군에게 체포되어 처형되는 일을 참을 수 없어 겐이치로 씨가 건네준 청산가리를 돌려주었다고 한다.

사람들은 자살한 고노에 수상이 남긴 『고노에 수기近衛手記』 때문에 마츠오카 외상을 고노에 수상의 평화주의에 반대한 침략주의자라고 생각했다. 마츠오카 외상은 그런 세간의 오해를 풀기 위해 창고 안 흙 침대에 누워 「고노에 수기에 대한 설명」을 영어로 구술해서 아들에게 쓰게 했다.

그 작업이 끝난 1946년 1월 말 미군 군의는 집으로 와서 병원에 입원해서 치료를 받으라고 했지만, 그것은 자살을 막기 위한 구실에 불과했다. 결국 마츠오카 전 외상은 병자의 몸으로 스가모巣鴨 구치소에 수용된다. 그는 5월 극동군사재판에서 받음 A급 전범 혐의를 부인하면서 중환자답지 않은 강한 목소리로 "아임 낫 길티"라고 주장했다. 이 말은 마츠오카 외상이 공석인 자리에서 한 마지막 말로 5월 10일 병세가 악화된 그는 미군 병원에 입원한다. 그러나 6월이 되자마자 겐이치로 씨는 아버지를 데려가라는 연락을 받는다. 군 병원을 나와 도다이 사카구치東大坂口 내과에 입원한 마츠오카 요스케 전 외상은 6월 27일 66세로 사망한다.

겐이치로 씨는 아버지의 유체를 센다가야의 집으로 옮겼다. 그때 변호를 맡았던 미국인 워런 법무관은 집으로 찾아와 "당신은 무죄다"라고 말하며 유체를 잡고 울었다고 한다. 그는 앞에 말한 「고노에 수기에 대한 설명」을 근거로 마츠오카 외상이 태평양전쟁을 시작하는 의사 결정에 참가하지 않았음을 입증하려고 했다. 워런 씨는 요스케 씨가 사망한 뒤에도 기소장에서 그의 이름을 지우기 위해 연합군사령부(이하 GHQ) 내부에서 움직였지만 극동재판소 판결은 변하지 않았다.

마츠오카 겐이치로 씨가 다니던 동맹통신사는 전후 GHQ의 명령으로 시사통신사와 공동통신사로 분할되었다. 회사 사람들은 두 회사 중 하나를 선택했지만 마츠오카 씨는 선배인 오카무라 니이치岡村二一 씨가 새로 만든 '선sun 사진신문사'로 갔고 전후 마츠오카 씨와 재회했을 때 그는 회사를 이끄는 유능한 경영자였다. 전후 만남에서 우리는 더이상 사람의 눈을 피할 필요가 없었다. 마츠오카 씨는 갑작스럽게 "지금부터 세상의 풍파를 넘으려면 당신 같은 반려자가 필요하다"라며 구혼을 했다. 나는 그 말을 듣고 기뻤다. 처음 받은 그의 편지도 사진도 여전히 소중하게 간직하고 있었고 그를 향한 존경의 마음도 변함없었다. 하지만 중국에서 사형을 면하고 일본으로 돌아온 나는 전과는 달라져 있었다.

만일 전쟁 전에 청혼을 받았다면, 나는 기쁘게 받아들였을 것이다. 하지만 당시 나는 인생을 고민하면서 영화배우로의 새로운 출발을 결심하고 있었다. 게다가 내 어깨에는 뒤늦게 베이징에서 일본으로 돌아온 가족의 생활도 달려 있었다. 당시 마츠오카 씨의 청혼은 나에게는 '결혼'과 '일' 사이의 결단을 요구하는 선택이었다.

나는 '일'을 선택했다.

마츠오카 씨는 선 사진신문사에서 TV방송국으로 자리를 옮겨 오랫동안 TV아사히의 부사장을 지내다가 1985년 일본 케이블 TV의 사장이 되어 지금은 미디어계의 선두에서 활약하고 있다.

나는 다른 한 사람의 청춘의 남자인 니치게키의 고다마 히데미 씨의 소식을 알고 싶었다. 그러던 중 나는 1986년 전 도호 직원의 모임이 있는 것을 알았다. 사토 세이쇼佐藤正省, 사이토 이치로斉藤一郎, 스가노 노리오菅野紀雄, 세 사람은 고다마 씨의 술친구였다. 나는 이 세 사람 덕분에 그에 대해 모르던 사실을 알 수 있었다.

고다마 씨는 미야자키현의 유복한 집의 장남이었다. 그는 1939년 호세이法政대학을 졸업하고 바로 군대에 소집되어 노모한 전투에 참가했다가 그해 말 구사일생으로 살아 돌아온다.

대학 시절 연극 청년이던 고다마 씨는 1940년 니치게키에 입사한다. 동료들은 그를 큰 키에 잘 생긴 외모, 까무잡잡한 피부의 남자다운 규슈 남자로 기억한다. 그리고 그의 과묵함에서 느껴지는 허무의 그림자를 노모한 전투의 영향으로 생각했다. 사토 씨에 따르면 고다마 씨는 육군 군조軍曹*로 전장에서는 돌격대의 분대장으로 어떤 언덕을 사수하라는 명령을 받았지만, 소련 전차군단의 공격으로 부하 전원을 잃고 본인은 다쳐서 풀숲에서 기절한 상태로 위생병에게 구조되었다고 한다. 그는 나에게는 전쟁에서의 일을 이야기하지 않았지만 "나는 한 번 죽은 사람입니다. 정말 전쟁은 지옥입니다"라고 중얼거리던 일은 기억난다.

* 일본 계급, 중사에 해당.

노모한 사건은 1939년 5월에서 9월 중순까지 일본과 소련연방이 후룬베얼 노모한(현재 중국 내몽골 자치구 신바얼후 좌기新巴爾虎左旗)의 국경 분쟁으로 시작된 국지전으로, 청나라와 러시아를 이긴 자신감에 취한 일본이 철저하게 패배한 전투였다.

일본군(제23사단을 중심으로 한 관동군과 만주군)은 소련연방(소련, 외몽골 연합군)의 근대적 전차군단에 압도되어 9월 15일에 정전 협정을 했다. 일본의 완전한 패배였다. 전사, 부상, 행방불명자 수는 만칠천사백오십 명(방위청 전사실防衛庁戦史室, 「관동군関東軍 I」) 소련측 기록에 따르면 일본군 사망자는 만구천 명, 부상자는 이만육천 명, 소연방군의 사상자 합계는 구천팔백 명이었다.

일본군은 전쟁 참패를 숨기기 위해 생환자 일부를 남방으로 이송했고, 귀환 병사에게는 입단속을 했지만, 전쟁의 비참한 상황은 입에서 입으로 전해졌다. 고다마 씨도 그 지옥을 본 한 사람이었다.

고다마 씨나 사토 씨 같은 니치게키 주당들은 유락조 니치게키 근처의 뉴도쿄에서 술을 마셨다. 지금 니치게키의 원통형 백색 건물은 없어졌지만, 앞에 있던 뉴도쿄는 아직 같은 자리에 있고 옥상의 비어 가든은 여전히 여름 긴자의 명물이다.

고다마 주당 그룹에는 유도 선수이며 만담가인 이시구로 게이이치石黒敬七, 바리톤 가수 마키 츠군도牧嗣人(소와 초기 유럽에서 활약했고 귀국 후에는 아키노 오페라단을 만들었다) 같은 사람도 합류해서 매일 흥청거렸다. 뉴도쿄의 여자 종업원들은 고다마 일행에게 전표 한 장으로 맥주와 일본술을 무제한으로 마시게 해 주었다.

사토 씨가 "그건 여급들이 고다마 히데미에게 반해서 특별 서비스를 한 거라고" 하자 스가노 씨는 "아냐 그건 우리가 늘 니치게키 표를 선물해서야. 옆에 있는 초밥집에서는 외상 술을 마실 수 있었고. 전쟁 중이었지만 좋은 시절이었어"라고 했다.

니키게키 사무소에 미가미 료조 지배인부터 문예부원, 서무계까지 모두 일곱 명이 좁고 긴 사무실에 의자 일곱 개를 놓고 앉아있었다. 사이토 이치로 씨의 기억에 따르면, 미가미 지배인은 내가 사무실로 고다마 씨를 찾아가면 문 앞 의자에서 일어나 "어이! 우리 차 마시러 가자"라고 했다. 둘이 있게 해주려는 배려였다. 하지만 정작 나는 이런 배려를 눈치채지 못했다. 남자다운 고다마 씨는 여자들에게 인기가 있어서 나는 그에게 애인이 있다고 생각했다. 하지만 사토 씨는 "확실히 고다마 씨는 여자들에게 인기가 많았어. 하지만 수줍음이 많은 성격으로 바람기는커녕 여자 피하는 부끄럼쟁이였어. 특히 일의 맺고 끊음이 확실했지. 예를 들면 숙취에 힘들어도 출근 시간 10분 전에는 "좋은 아침!" 하고 나타났지. 여자 관계도 깨끗해서 소문도 없었어"라고 했다.

당시 시바우라芝浦에는 목단이라는 니치게키 관계자가 자주 가는 요정이 있었다. 그곳의 미녀 게이샤는 고다마 씨에게 반해 사토 씨와 동료들에게 부탁해서 고다마 씨를 취하게 했다고 한다. 하지만 다음날 아침 고사마는 이불 속에 없었고 술의 힘을 빌어 그를 유혹하려고 한 미녀 게이샤는 발을 구르면서 분해했다고 한다.

나에게 고다마 씨는 무엇이든 안심하고 이야기할 수 있고, 반년 만에 만나도 어제까지 함께 있던 것 같은 사람이었다. 고다마 씨가 베이징 부모님 집으로 보낸 엽서에는 "당신을 보면 지켜줘야 할 것 같습니다. 언제든지 경호 업무를 맡겠습니다. 호위관 고다마"라고 쓰여있었다. 그래서 나는 일본에 머물 때는 꼭 니치게키 사무실로 고다마 씨를 찾아가서 '데이트'를 했다. 고다마 씨도 종종 나와 나를 돕던 후시미 씨가 살던 노기자카의 제국아파트로 놀러 왔다.

심지어 아버지가 일로 도쿄에 오고 내가 상하이 촬영을 가서 둘이 엇갈렸을 때도, 그는 일주일 동안 야스쿠니 신사, 긴자, 아사쿠사 등을 돌면서 아버지의 관광 안내를 해주었다.

"고다마는 남자 눈에도 괜찮은 녀석이야." 아버지는 고가 마사오 씨와 같은 말을 하면서 "너는 어떠냐?"고 물었다. 매우 좋은 사람이라고 답은 했지만, 당시 그에 대한 내 감정은 거기까지였다. 그래서 고다마 씨에게 마츠오카 씨를 향한 첫사랑의 괴로움을 털어놓거나, 그가 사이공에서 보낸 편지를 보여주었다. 당시 마츠오카 씨에 빠져있던 나는 고다마 씨의 마음을 살필 여유가 없었다.

어느 날 밤 큰 키의 고다마 씨가 휘청거리며 불쑥 노기자카의 아파트로 찾아왔다. 내가 무슨 일이냐고 묻자 그는 차렷 자세를 하고 오른손으로 경례을 하면서 "고다마 히데미 결혼합니다"라고 했다. 내가 "어머 축하해요"라고 하자 평소와 다른 표정으로 "당신에게는 꼭 축하받고 싶었습니다. 그래서 왔습니다"라고 했다.

"나는 멋진 결혼을 꿈꾸었어요. 하지만 장남이라 부모의 뜻에 따라 결혼하게 되었습니다. 혼담이 성사되어 혼자서 술을 한잔 하고 오는 길입니다"라고 밝게 말했다.

후토미 씨가 집에 있던 맥주를 가져와서 셋은 건배를 했다. 고다마 씨는 평소와는 달리 들뜨고 흥분해서 한두 모금 핀 담배가 재떨이에 있는데도, 새 담배에 불을 붙였다. 그리고 다시 몇 모금 핀 담배를 재털이에 비벼 끄고 새 담배를 꺼냈다. 그럴 때마다 후토미 씨와 나는 서로를 쳐다보았다. 이야기를 하다가 시간이 늦어 고다마 씨는 우리집에서 잤다. 다음날 아침 비지 된장국을 맛있게 먹던 그는 숙취 때문인지 우울해 보였다. 이삼 일 뒤 고다마 씨의 편지가 도착했다.

"저는 변명을 싫어하는 남자입니다. 하지만 이번만은 변명을 하겠습니다. 지난밤의 추태에 용서를 빕니다. 그리고 소생 육군정보부원으로 필리핀으로 갑니다. 그래서 그날 말한 혼담은 거절했습니다. 사랑하지도 않으면서 사진만 보고 결혼하는 것은 역시 자기 기만이고 상대에게도 실례라고 생각합니다. 맛있는 비지 된장국을 대접받고 돌아온 날 밤, 미야자기에 있는 아버지에게 혼담을 거절하는 편지를 썼습니다. 장남이라고 가문이라는 봉건제에 묶여 사는 것은 나쁜 인습입니다. 더구나 사랑 없는 결혼까지 한다면 죄악이라고 생각합니다. 그러나 한번 받아들인 혼담을 뒤집는 일도 남자로서 부끄러운 일로, 이 일은 아버지와 당신만 아는 일입니다. 이제 니치게키 일곱 바퀴 사건을 계기로 당신의 호위를 맡아온 고다마 히데미는 국가의 명령으로 나라를 지키기 위해 필리핀으로 갑니다. 저는 지금 만요슈万葉集에서 '오늘부터 홀로 선 천황의 방패'를 노래한 병사와 같은 마음입니다. 무사히 돌아오면 다시 당신을 지키고 싶습니다. 출발하기 전에 인사하러 들르겠습니다."

며칠 뒤 등화관제로 어둡던 밤에 고다마 씨가 찾아왔고, 달빛이 비치는 방에서 고다마 씨와 나는 마주 보고 앉았다. 그는 "필리핀에서 편지를 보내겠다"고 하며 자리를 일어섰다.

나는 그와 헤어지기 싫어서 록폰기 근처까지 배웅했다. 고다마 씨는 사양했지만 달도 아름다운 밤이라 배웅하고 싶었다. 고다마 씨는 "방에 있는 책장을 아직 정리하지 않았는데 읽고 싶은 책이 있으면 가져가세요"라고 했다. 나는 그의 방에서 책장 정리를 돕고 기념 삼아 스무 권

정도의 책을 골랐다. 고다마 씨는 책을 열 권씩 새끼줄로 묶어서 어깨에 걸고 나와 함께 노기자카까지 왔다. 우리 둘은 등화관제 때문에 깜깜한 마미狸穴에서 노기자카까지를 아무 말 없이 걸었다.

많이 걸어 피곤한 내가 비틀거리면서 넘어지려고 할 때 고다마 씨는 손을 잡아 부축해 주었다. 그와 손을 잡은 것은 니치게키 공연 때 몸을 피하던 날에 이어 두 번째였다. 따뜻하고 큰 손이 내 손을 감싸는 느낌이었다. 우리는 분위기에 젖어 손을 잡고 걷기 시작했다. 그때 경찰서에서 순경이 뛰어나와 "이 시국에 남녀가 손을 잡고 걷다니!"라고 주의를 주었다. 다음날 고다마 씨를 배웅하려고 역으로 갔을 때도 순사에게 주의를 받았다. 나는 혼자 도쿄역까지 배웅을 갔다. 전시戰時에 배웅객은 역 안까지 들어갈 수 없었지만, 나는 몰래 도카이도 선의 홈으로 들어갔다가 순사에게 걸렸다. 하지만 나는 친한 사람이 출정해서 배웅하고 싶다고 애원을 했고, 순사는 기둥 뒤에서 못 본 척해 주었다. 움직이는 시모노세키행 기차에서 천장에 부닥치지 않게 머리를 숙인 고다마 씨 오른손에는 보라색 주머니에 넣은 군도軍刀가 들려 있었다.

1945년 초여름 상하이 화에이華影 본사 앞으로 한 통의 편지가 도착했다. 고다마 씨에게 온 것이었다. 발신지는 마닐라. 2차대전에서 일본의 패색이 짙어지던 당시 통신이 기의 끊긴 남쪽 전선에서 온 편지였다.

"지금 이곳에서 가장 인기가 있는 사람은 라우렐 대통령이고 다음이 리샹란입니다. 필리핀에 오시지 않겠습니까? 오신다면 내가 호위하겠습니다. 먼 곳에서 당신의 명성을 듣는 일은 즐겁습니다. 내가 공연을 기획할 테니 꼭 마닐라에 와 주세요."

편지에는 지프를 탄 큰 키의 고다마 씨가 사파리 옷을 입고 찍은 사진이 들어있었다. 나는 마닐라에 가고 싶었다. 하지만 전쟁 상황은 그럴 때가 아니었다. 마닐라는 이미 미군의 공격으로 함락돼 있었다.

전쟁이 끝나고 일본으로 돌아와서 나는 백방으로 고다마 씨 소식을 수소문했지만 아무 정보도 들을 수 없었다. 그러던 중 나는 요시무라 고자부로吉村公三郎 감독의 〈우리 생의 빛나는 날我が生涯の輝ける日〉에 관해 작가 곤 히데미今日出海와 대담을 했다. 곤 씨와는 베이징에서 히사고메 마사오와 함께 만났고, 신징에서도 아마카즈 이사장과 식사한 적이 있다. 대담 도중에 갑자기 곤 씨가 고다마 히데미를 아느냐고 물었다. 곤 씨는 "그는 일본인들의 생명의 은인이고, 남자다운 좋은 사람이죠. 저도 1944년 보도반원으로 마닐라에 가서 고다마 씨에게 큰 신세를 졌어요. 고다마 씨와 이야기하다가 내가 리샹란과 아는 사이라는 것을 알게 되자, 그는 매일 밤 위스키와 맥주를 가지고 숙소로 왔어요. 우리는 매일 밤 당신 이야기를 하면서 술을 마셨지요"라고 했다.

1945년 맥아더 원수는 '나는 돌아온다I shall return'라는 말대로 연합군 서남 태평양 방면 사령관으로 필리핀 루손섬의 링가엔만에 상륙해서 수도 마닐라를 향했다. 마닐라시 중심인 로하스 거리에는 스페인이 만든 성벽 도시로 '성벽 안'이라는 의미의 인트라무로스Intramuros가 있는데, 그곳이 마닐라 공격전에서 일본군 최후의 거점이 되었다. 1945년 2월 3일 미국군은 마닐라 시가로 들어왔다. 해군 특별 근거지 부대 사령관 이와부치岩淵 소장은 육군에서 내린 마닐라 퇴각 권고를 무시하고 육전대陸戰隊를 이끌고 인트라무로스를 지키다가 2월 26일 자결했고 나머지 병사들은 3월 초순 전멸했다. 고다마 씨는 그 육상 전력과 운명을 함께한 것 같았다. 그렇다면 고다마 씨는 내가 상하이에서 편지를 받기 몇 달 전에 전사한 셈이다. 야마시타 도모유키山下泰文 대장이 루손섬의 14군 사령관으로 마닐라에 도착한 것은 1944년 10월로 그는 미군이 근접한 마닐라에 아직 일본인이 있는 것에 놀라며 마닐라 시내의 일본인 전원에게 퇴각을 명령했다. 고다마 씨는 퇴각하는 일본인을 호송하는 임무를 맡았다. 전원 퇴각이 결정 나자 곤 씨는 "함께 일본으로 돌아가자"고 했다고 한다. 하지만 고다마씨는 "돌격대를 편성해서 이와부치 소장과 마지막까지 운명을 함께 하겠다"라고 했다. 곤 씨는 끝까지 설득했지만 고다마 씨는 규슈 남자 특유의 고집으로 "마지막까지 마닐라에서 싸우다가 살아남으면 일본으로 돌아가겠습니다"라며 목에 걸고 있던 펜던트 속 사진을 보여주었다고 한다. 곤 히데미 씨는 눈을 감고 당시 모습을 떠올리면서 말했다. "남자 중의 남자라고 생각한 고다마 군이 펜던트 같은 것을 걸고 있어 놀랐지. 펜던트에 들어있는 것은 당신의 사진이었어. 그는 히노마루 머리띠를 하고 그 펜던트를 걸고는 불타는 마닐라 시내로 진격한거야."

10 두 명의 요시코

만에이의 전속이었지만, 1941년 이후 내가 출연한 영화는 거의 일본 영화로 신징에 있는 만에이 촬영소에서의 촬영은 드문 일이 되었다. 그래서 현지 촬영이나 위문 공연이 끝나면 신징으로는 돌아가지 않고 베이징 부모님 집으로 돌아가는 경우가 많았다.

당시 야마가 토오루 씨는 북지군北支軍 보도부에 있어서 자주 우리 집에 왔다. 하지만 그는 더 이상 나의 '키다리 아저씨'가 아니었다. 나의 고민을 들어주고 상담을 해 주던 둘의 관계는 당시 정반대가 되어 내가 그의 연애 상담을 들어주는 관계가 되었다.

야마가 씨는 미남은 아니었지만 남자다운 풍모에 매력적이었고, 부드럽게 웃는 모습은 신분 높은 중국인 같았다. 그가 군복을 입은 모습은 거의 기억나지 않는다. 정보 장교였기 때문인지, 그는 늘 맞춤 양복이나 고급스러운 중국옷을 입었다. 군인처럼 짧지 않은 머리는 늘 7대 3 가르마로 단정했고, 장티푸스의 후유증으로 거동이 불편한 다리를 숨기기 위해 지팡이를 가지고 다녔다.

그는 다른 일본 군인처럼 거들먹거리거나 무리한 요구를 하는 일은 없었다. 그런 점 때문에 여자들에게 인기가 있었고, 나와 만날 때마다 늘 자신의 여성 문제를 상담했다. 그가 왜 자기보다 어리고 연애 경험도 별로 없는 나에게 연애 상담을 했는지는 모르겠지만, 아마 야마가 씨의 여성 문제의 배경에 공통 지인인 가와시마 씨가 있어서라고 생각한다.

야마가 씨는 육군 위탁생으로 도쿄외국어학교(지금의 도쿄외국어대학)와 일본군 50연대에서 가와시마 요시코 씨에게 중국어를 배우기 시작했다. 베이징에서 유학하면서 익힌 그의 중국어 실력은 일본인이라고는 생각하지 못할 정도로 뛰어났다. 나와 야마가 씨는 보통은 일본어와 중국어를 섞어서 대화했지만, 연애 상담을 할 때는 중국어로만 이야기했다. 그는 입버릇처럼 "일본 여자는 정말 속을 모르겠어. 우물쭈물하기만 하고 뭘 생각하는지 전혀 알 수가 없어"라고 했다. 그래서였을까 야마가 씨의 염문 상대는 모두 중국인이었다. 연애뿐만이 아니라 공적으로도 사적으로도 그의 교우 관계는 일본인보다 중국인이 많았고 오히려 일본인을 피하는 분위기였다.

야마가 씨는 결혼해서 딸이 한 명 있었지만, 일찍 부인을 잃었다. 재혼할 생각은 없는 듯이 많은 중국 미인과 소문을 뿌렸다. 중국인과만 사귄 이유는 확실하지 않지만, 첫사랑이 중국인 가와시마 요시코였던 것과도 관계있다고 생각한다. 두 사람의 애증 관계는 그 뒤에도 끈질기게 계속되었다. "요시코는 무슨 일을 저지를지 모르는 여자야. 사령부에서 관사로 돌아오니 방 안이 텅 빈 거야. 내가 없을 때 와서 물건을 자동차로 쓸어간 것 같아."

자랑하던 콘탁스나 라이카 같은 고급 카메라뿐만이 아니라 양복에서 속옷까지 훔쳐 갔지만, 그는 "다시 사면 되니까 뭐. 덕분에 이 양복도 구두도 다시 맞춘 거야"라고 쓴웃음을 지었다. 여러 번 같은 사건은 있었던 것 같다. 가와시마 씨의 계획은 야마가 씨가 물건을 찾으러 그를 찾아오게 하는 것이었다.

나는 베이징 집으로 돌아가면 여학교 친구를 만나고 여동생들과 쇼핑을 하러 왕푸징이나 몬치엔 대로門前大街에는 갔지만, 나이트클럽이나 댄스홀에는 가지 않았다. 가와시마 씨와 마주치는 일이 거북해 지역 유력자가 주최하는 파티에도 별로 참석하지 않았다. 어느 날 나에게 그녀가 나와 야마가 씨의 관계를 오해해서, 나이트클럽이나 파티에서 거짓 소문을 퍼트린다는 이야기가 들려왔다. "리샹란 그 아이는 내가 잘해주고 귀여워했는데 나를 배신했다고. 내가 집과 피아노도 사줬는데 스타가 되자 나를 거들떠 보지도 않는 거야. 내가 야마가에게 부탁해서 배우를 만들어 준 건데 배은망덕한 놈이야. 심지어 나와 야마가의 관계를 알면서도 그를 가로챘지. 키우던 개에게 물린 셈이야"라는 내용이었다.

가와시마 씨가 다다 하야오多田駿 중장을 비롯한 육군 수뇌부와의 옛 관계를 이용해 사기를 치며 위기를 모면하기 위해 여러 거짓말을 한다는 소문도 무성했다. 내가 여름방학을 톈진에서 보낼 때 그녀가 나를 "요시코짱"이라고 부르며 귀여워한 것은 사실이지만, 내가 받은 물건은 앞에 말한 두 벌의 중국옷이 전부였다. 또 야마가 씨와의 관계도 내가 야마가 씨의 연애 고민을 들어주면서 생긴 오해였다. 당시 야마가 씨는 만에이 배우 리밍李明과 깊은 관계였는데, 가와시마 씨는 야마가 씨의 애인이 "만에이의 리모李某"라는 소문을 듣고 나와 혼동한 것이다.

도호의 전신 도와상사東和商事의 가와가타 마사오川喜多長政 씨는 1937년 〈동양 평화의 길東洋平和の道〉(스즈키 시게요시鈴木重吉 각본·감독)을 만들

때, 베이징에서 배우를 공모해 약 이백 명의 지원자 가운데 여섯 명을 선택했다. 그중에 여배우 리밍과 바이광白光이 있었다.

베이징어를 쓰던 리밍은 만에이의 스카우트로 신징으로 왔다. 그녀는 180cm에 가까운 키와 육감적인 몸매, 투명한 피부를 가진 차가운 느낌의 미인이었다.

리밍과 바이광 모두 베이징에 살아서 베이징의 신문과 영화 등을 통한 보도 문화 공작을 담당하는 야마가 씨 공관에 자주 드나들었다. 그러던 동안 리밍은 야마가 씨와 사랑에 빠졌고 그 소문이 가와시마 씨의 귀에 들어간 것이다.

다혈질인 가와시마 씨는 사실을 확인하지도 않고 "야마가 소좌와 리샹란은 깊은 관계이다"라고 헌병대에 신고했다. 어느 날 우리집에 온 야마가 씨는 아버지와 이야기를 하다가 나에게 왕푸징으로 가자고 했다. 평소라면 연애 이야기를 하면서 술을 홀짝이던 야마가 씨는 그날은 좀 우울해 보였다.

"실은 오늘 헌병대에 불려갔어. 가보니 말도 안 되는 밀고가 들어온 거야. 야마가와 깊은 관계가 된 리샹란이 일본군의 기밀 정보를 빼서 중국에 넘긴다는 내용이었어. 헌병대도 모함이라고 생각했지만, 여러 가지 소문이 도니 조심하라고 했어. 투서의 글씨를 보니 요시코가 쓴 편지더군."

헌병대도 야마가 씨와 동거하는 사람은 리밍이며, 투서가 잘못된 것임을 알았다. 또 쓴 사람이 가와시마 요시코인 사실도 조사가 끝난 것 같았다. 이 사건은 북지파견방면北支派遣方面 군사령관 다다 하야오 중장 귀에도 들어갔다. 다다 중장은 가와시마 요시코를 안국군 사령으로 임명했고, 톈진에 동흥루라는 음식점을 차려준 그녀의 정부였다. 가와시마 씨가 파파라고 하면서 중장의 이름을 팔고 다닌다는 소문도 있었다. 당시 이미 다다 중장에게 가와시마 요시코는 남녀 관계나 전략적 차원에서도 짐스러운 존재였다. 그래서 중장은 야마가 씨에게 가와시마 씨를 없애라는 비밀 명령을 내린다.

1940년 무렵부터 가와시마 요시코는 톈진 동흥루와 베이징 자택, 하카타의 호텔 세이류장清流莊 세 곳을 오가면서 우울한 나날을 보내고 있었다. 평상시 그녀는 동흥루를 다른 사람에게 맡기고 베이징의 자택에 틀어박혀 있었지만, 가끔 일본의 거물 우익인 겐요사玄洋社의 도야마 미츠루頭山滿를 만나기 위해서 후쿠오카로 갔다.

가와시마 씨와 국수대중당大日本国粋大衆党 총재 사사가와 요이치笹川良一의 친분이 시작된 것은 이 무렵 같다. 가와시마는 세류장에서 나를 만났을 때 "나 사사가와 형과 새로운 정치 단체를 만들거야. 요시코짱도 참가해"라고 권했다. 사사가와 씨의 극적인 인생을 그린 『파천황 – 인간 사사가와 요이치破天荒-人間笹川良』(山岡莊八, 有朋社, 1978. 이하 파천황으로 표기함)에는 가와시마 씨가 다다 중장의 암살 명령에서 그녀를 구해준 사사가와 씨를 흠모해 규슈까지 쫓아온 이야기가 나온다.

하지만 내가 야마가 씨에 들은 사정은 약간 다르다. "요시코는 일본군의 중국에서의 행동을 비판한 문서를 도조 히데키, 마츠오카 요스케松岡洋右, 도야마 미즈루 같은 일본 정계와 군부의 거물에게 보냈어. 동시에 장제스蔣介石와 화평 공작을 하면서 다다 중장을 비난했지. 일본군에 대한 실망과 자신을 무시한 중장에 대한 감정을 표현한 거지. 결국 중장은 요시코를 이대로 두면 곤란하다고 생각해 나에게는 그녀를 없애라고 했어. 나와 그녀의 옛날 관계를 알면서 그런 명령을 내리다니, 나를 괴롭히려는 속셈인거지."

다다 중장과 헤어진 후 가와시마 씨는 다지마田島라는 참모와 염문을 뿌렸다. 또 이중 스파이의 혐의를 받으며 북지군에게는 두통거리가 되었다. 특히 다다 중장은 그녀가 자기 이야기를 군부에 하면 입을 피해 때문에 그녀를 '처분'하려 했다.

야마가 씨는 "그녀는 군을 심하게 휘저었어. 나도 꽤 피해를 입었지. 하지만 그렇다고 그녀를 죽일 수는 없었어. 오래 알고 지냈고 허울뿐이라도 청나라 숙친왕의 왕녀이며 만주 황제의 친족이야. 그래서 내가 책임을 지고 일시 국외 퇴거를 시켜 일본으로 보냈지. 지금은 규슈 운젠雲仙에서 요양을 하고 있을 거야"라고 했다.

불편한 관계가 된 정부를 그녀의 첫사랑인 남자에게 암살을 명령했다니, 정말 소설보다 이상한 이야기였다.

그러나 앞에 소개한 책 『파천황』을 보면 암살 명령은 베이징 헌병대 유리由利 소장에게 내려졌고, (그런 이름의 소장은 없었다. 소설 형식으로 쓰인 책이라서 가명을 쓴 것 같다) 어느 쪽이 진실인지는 알 수 없다. 어쨌든 다다 중장은 가와시마 요시코를 암살하려 했다. 그의 목표는 방해꾼을 없애는 것이었다. 책에서는 1940년 6월 베이징에 있던 사사가와 씨를 헌병단 사령 유리가 찾아와서 "다다 하야오 사령관에게 가와시마 요시코를 암살하라는 명령을 받았습니다. 하지만 군이 이용할 만큼 이용하고 제거하다니. 저는 양심상 명령에 따를 수 없습니다. 무슨 방법이 없을까요?"라고 상담한다. 이 말을 듣고 가와시마 씨를 동정한 사사가와 씨는 연금 상태이던 그녀를 만나 탈출 의사를 확인하고, 다롄大連

의 호시가우라星が浦호텔로 데리고 간다. 이후 가와시마 씨는 사사가와 씨에게 집착해 '형'이라고 부르면서 규슈, 오사카, 도쿄…… 그가 가는 곳이라면 모두 따라다녔다고 한다. 사사가와 씨가 바빠서 상대 하지 않으면 급한 일이 있다고 전보를 쳐서 불렀고, 돌아가려고 하면 울고 불며 못가게 하며 잠도 못 자게 귀찮게 굴었다고 한다.

그 무렵 나는 도쿄 촬영을 끝내고 하카다로 가서 배를 타고 상하이로 가던 길에 호텔 세류장에서 가와시마 씨와 만난 적이 있다. 호텔 현관 앞에는 사람들이 모여 있었는데, 그중 한 사람이 "요시코짱 니가 온다고 해서 기다렸어"라고 말을 걸었다. 삼베 기모노를 입은 짧은 머리에 머리띠를 한 가와시마 씨였다. 나는 깜짝 놀랐지만 태연한 척했다. 그때 그녀가 갑자기 기모노 단을 걷어서 깊은 상처와 주사기 자국이 있는 허벅지를 보여주며 "일본군을 위해 싸우고 끔찍한 보답을 받았지. 이 상처가 그 증거야"라고 했다.

의외의 만남으로 당황스러운 상황에 여러 사람 앞에서 기모노까지 걷는 모습에 나는 그저 멍해 있었다. 다행히 아츠미 씨와 스탭이 같이 있어서 나중에 보자고 일단 자리를 피했다. 저녁 식사 전에 그녀는 내 방으로 왔다. 지역 신문에서 내가 하카타를 거쳐 상하이로 간다는 소식을 읽고 일부러 하카타까지 와서 같은 호텔에 방을 잡았다는 것이다. "양아버지의 엄마가 머리가 약간 이상해져서 운젠에서 요양하고 있어. 나는 그들을 돌보러왔고." 그녀는 내가 자신이 베이징에서 국외 퇴거 명령을 받고 운젠에 숨어있는 사정을 모른다고 생각하고 거짓말을 했다. 그녀는 "너 완전 인기 스타가 됐네. 나 말이야, 내 이야기를 영화로 찍으려는데 니가 주인공으로 나를 연기해주면 좋겠어"라고 했다. 그리고 "나는 지금 후세에 남을 만한 국가적 대사업을 계획하고 있어. 장제스와 손을 잡고 사사가와 씨와 새로운 정치 단체를 만들 거야. 마츠오카 요스케, 도야마 미즈루도 함께야. 너도 입회해"라고 했다. 하지만 나는 바쁘다고 거절했다. 또 야마가와의 사이를 의심한 일에 대해서는 "요코짱에게는 미안하게 됐어. 야마가와 사귄 건 리밍이지? 그건 그렇고 야마가란 놈은 무례한 놈이야. 야마가도 다다도, 다나카 다카요시田中隆吉도 일본 군인은 모두 무례한 놈들"이라며 나를 중상비방한 사과를 끝냈다. 그때 아츠미 씨가 스탭과의 사전 미팅을 알려왔다. 가와시마 씨는 자기가 말하고 싶은 것만 말하고 돌아갔다. 그것이 그녀와의 마지막 만남이었다.

밤 세시 무렵이었다. 모기장 밖에서 부스럭거리는 소리가 나서 눈을 떴는데, 모기장이 흔들리고 있었다. 벌떡 일어나 주위를 둘러봤지만 사람의 모습은 보이지 않았고 머리맡에는 두툼한 편지 봉투가 놓여있었다. 봉투 안에는 자주색 잉크로 빼곡하게 쓰인 세 장의 편지지가 들어있었다. 달필이었지만 남자 어투의 일본어로 쓰인 편지였다.

편지의 내용은 담담했다. "요시코짱, 오래간만에 만나서 반가웠어. 나는 앞으로 어떻게 될지 모르는 몸. 너와 만나는 것도 이번이 마지막일지도. 돌이켜 생각하면 덧없는 인생이지. 환호를 받을 때는 행복해. 하지만 그럴 때 이용하려는 놈들은 몰려들지. 그런 놈들에게 끌려다니면 안 돼. 너는 너의 신념을 지켜. 인기 있는 지금은 마음대로 말을 할 수 있을 때야. 그러니 정말 하고 싶은 일을 해. 이용당하고 찌꺼기처럼 버려진 좋은 예가 나야. 괴로운 경험에서 너에게 충고한다. 지금 나는 막막한 광야에서 지는 해를 보는 것처럼 고독해. 혼자서 어디로 가야 좋을까?" 나는 마음이 찌르는 듯이 아팠다. 동양의 마타하리, 만주의 잔 다르크라고 불리던 가와시마 씨. 그녀에게 인간다운 면을 본 것은 처음이었다. "너와 나는 다른 나라에서 태어났지만, 공통점이 많고 이름도 같아서 늘 신경을 쓰고 있어. 자주 너의 레코드를 듣고 있어. 특히 〈지나의 밤〉은 몇백 번을 들어서 레코드판이 닳았어."

하지만 레코드를 녹음한 사람은 와타나베 하마코 씨로 나는 영화 속에서만 노래를 불렀다. 마음을 털어놓으면서도 이야기를 지어내다니 과연 그녀다웠다.

가와시마 요시코 씨는 종전을 자택에서 맞았다. 그녀가 도죠 히데키가 뒤를 봐주면 다다 중장이 자신을 암살하지 못하리라 생각하고, 규슈에서 베이징으로 돌아와 도죠 히데키 부인에게 접근했다는 설도 있다. 전후 잠시 그녀는 베이징 집에서 애완 원숭이와 평화로운 시간을 보내다가 1945년 10월 10일에는 자택에서 체포되어 베이징 제1감옥에서 한간 재판을 받는다. 그리고 1947년 10월 22일 사형 판결을 받고 1948년 3월 25일 처형장에서 총살된다. 이런 그녀의 생애는 『가와시마 요시코 – 그 생애와 진상川島芳子–その生涯の真相の謎』이나 『남장미인 가와시마 요시코전男装の麗人・川島芳子伝』(上坂冬子, 文芸春秋, 1984) 같은 책이 자세하게 다룬다.

임제종臨濟宗 묘심사妙心寺의 후루가와 다이후네古川大船 선사는 가와시마 씨의 유체를 화장해서 3월 31일 베이징시 둥단東単에 있는 관음사에 안치했다. 관음사에서는 일본인 14명이 참석한 간소한 장례식도 열렸다. 마침 장례 직후 관음사에 간 동생 에츠코와 세츠코는 스님에게 장례 이야기를 들었다.

애신벽대묘방대사愛新壁臺妙芳大師라고 쓴 위패 앞에는 가와시마 씨가 감옥에서 입던 중국옷과 쓰던 보온병이 있었다. 특히 눈에 띄는 물건은 입은 흔적이 없는 새하얀 일본 혼례복이었다. 사형 전날 가와시마 씨는 "수의가 아니라 일본옷을 입고 죽고 싶다"라는 소원을 말했지만 받아들여지지 않았다. 유체는 총상으로 엉망이 되어 본인 식별이 안 될 정도였다. 그래서 "사체는 소매치기 여죄수이고 가와시마는 간수를 매수해 탈출해서 살아있다"는 소문도 돌았다. 또 베이징 그녀의 집 부근에는 밤마다 하얀 일본 혼례복을 입은 여성이 출몰한다는 괴담도 들려왔다.

1906년 9월 24일생인 가와시마 씨가 사형당한 시점은 만 41세였다. 일부 외신이 30~31세로 보도한 것은 그녀가 자신이 나이를 열 살 정도 속였기 때문이다. 남자들에게 나이를 속인 것은 여자의 흔한 거짓말로 봐줄 수 있지만, 재판소에서 나이를 속여 신고한 것은 무죄나 감형을 노린 궁여지책이었다. 만일 그녀가 1916년생이라면 1931년 만주사변 당시는 16세로 미성년자가 된다. 가와시마 씨는 나이를 속임으로써 자신의 한간 행동을 미성년자가 한 일로 용서받으려고 했다. 또 그녀는 자신이 양아버지 가와시마 나니와의 호적에 올라 일본인임이 증명되면 죄는 면할 수 있다고 생각했다. 한간은 중국인이 조국을 배반한 범죄이므로, 일본인에게는 적용되지 않기 때문이다.

그래서 그녀는 자신이 일본인임을 증명해 줄 호적 등본을 양아버지 가와시마 나니와의 본적지 나가노현 마츠모토 근교의 마을 사무소에서 가져오려고 한다. 그리고 재판 중에 양아버지에게 나이를 열 살 정도 어리게 기재한 사본을 보내달라고 여러 번 부탁한다.

하지만 일본에서 도착한 것은 나니와의 진술서로 호적은 관동대지진 때 소실되었으며, "가와시마 요시코는 청나라 숙친왕의 제14대 왕녀로 1922년 아이가 없던 나의 양녀가 되었습니다. 따라서 일본인입니다"라는 진술 뒤에는 '상기와 다름없음'이라는 촌장 날인이 있었다.

모두가 가와시마 나니와의 양녀가 되면서 일본인이 되었다고 생각한 가와시마 요시코는 가와시마가의 호적에는 올라있지 않았다. 즉 그녀는 법률상으로도 계속 중국인이었고 그녀의 조국은 중국이었다. 하지만 그녀는 이 사실을 죽을 때까지 몰랐다. 그래서 자신이 일본인임을 입증하려 했다.

한편 야마가 토오루 씨는 1950년 1월 말 야마나시현의 산 속에서 스스로 목숨을 끊었다. 중국을 무대로 첩보 공작을 한 애증의 관계 속에 있던 두 사람 중 한 명은 사형, 한 명은 자살이란 비참한 최후를 맞았다. 야마가 씨의 고향은 시즈오카시이다. 시즈오카시 교육위원회에 근무하는 조카 야마가 치카山家知嘉 씨에 따르면 야마가 집안은 도쿠가와 바쿠후 직할幕府直 지역인 고부甲府에 있다가 시즈오카로 옮겨온 하다모토旗本* 집안이었다. 아버지인 겐지로謙二郎는 시즈오카 명물인 차를 생산해서 수출하는 일을 했다. 미국 거주의 경험도 있어서 당시로는 시대를 앞서간 '외국물 먹은' 사람이었다. 그는 일본으로 돌아와서는 시즈오카중등학교에서 영어를 가르치면서 교회 목사를 했다.

* 가신 중 곡식 생산량 만석 미만으로 장군이 출석하는 자리에 출석할 수 있는 가문의 총칭.

야마가 씨는 장남으로 남동생과 여동생이 한 명씩 있었다. 그는 시즈오카중학교를 졸업하고 육군사관학교에 입학해 33기로 졸업한 몇 년 뒤에는 도쿄외국어학교에 군위탁생으로 입학해 중국어와 몽골어를 배우면서 활동 장소를 중국으로 정했다. 야마가 씨가 마츠모토 제50연대

기관총 부대 중사였을 때, 만주와 몽골에서 로비스트로 활동하던 가와시마 요시코가 접근한다.

마츠모토 연대에서 근무를 끝낸 야마가 씨는 1927년 어학 연구생으로 베이징으로 간다. 그는 2년 만에 베이징어를 완벽하게 익히고 '왕지형王嘉亨'이라는 중국 이름의 보도부원으로 정보와 선무 공작 활동을 한다.

그리고 1930년 베이징에서 알게 된 신문 기자의 외동딸 세이코淸子 씨와의 열렬한 연애 끝에 결혼해 1933년에는 딸 히로코博子 씨가 태어난다. 그는 처자를 시즈오카의 고향 집에 남겨두고 펑톈에서 혼자 근무했다. 야마가 씨가 펑톈 우리집에 드나들기 시작한 것은 그 무렵부터였다. 그러나 1938년 몸이 약한 부인이 세상을 떠났고, 중국과 일본에 떨어져 살아서 부부가 함께 산 기간은 몇 개월에 지나지 않았다.

야마가 씨의 홀아비 생활은 내가 만에이로 스카우트된 해부터 시작되었다. 그 뒤의 복잡한 여성 관계, 술과 아편 탐닉은 부인의 죽음 뒤에 시작된 가와시마 씨와의 관계와도 무관하지 않을 것이다.

펑톈의 만주국 보도부에서 베이징의 북지군 보도부로 자리를 옮긴 야마가 씨는 난즈쯔南池子 공관을 거점으로 화북 지방 문화 공작 활동을 했다. 그의 주요 임무는 중국어 신문『무덕보武德報』발행과 극단을 만들어 영화의 제작과 배급 상영을 총괄하는 것이었다. 소좌로 부임한 그는 바로 중좌로 진급했다.

그는 일의 성격상 중국인 저널리스트, 문화인, 연극영화인과의 교제가 많았고 생활도 화려했다. 주위에 늘 미녀와 술 그리고 마약이 함께했다. 화려한 여성 관계는 그가 여배우들을 정보 활동에 이용하기 위해서였을까? 아니면 여배우들이 명성이나 배역을 원해 그에게 접근했기 때문일까? 아마 두 가지 이유 모두가 작용했다고 생각한다.

"야마가 토오루가 주도해서 만든 중국인 극단 신민회 여배우 중에는 그가 손을 대지 않은 여배우가 없다."

"모 중국어 신문은 인쇄 용지를 받기 위해 첸먼대로前門大路(왕푸징대로와 어깨를 나란히 하는 베이징 번화가)에서 미인 대회를 열어서 미스 첸먼대로로 뽑힌 아가씨를 야마가에게 바쳤다."

"적군 진지에 뿌리는 '항복하면 이렇게 즐거운 생활이 기다린다' 전단에 실린 주지육림의 잔치 그림은 야마가 공관의 밤 풍경이다."

"베이징 출신의 여배우 리밍을 첩으로 삼고 그녀를 주연으로 한 영화를 제작하라고 프로듀서에게 압력을 넣으면서 동시에 라이벌인 바이광과도 사귀면서 둘을 경쟁시킨다."

이런 소문들은 많이 과장되기는 했지만 완전히 근거가 없는 소문은 아니었다. 야마가 씨가 리밍과 바이광을 둘 다 사귄 것은 사실이었다.

1942년 야마가 씨는 난징 보도부로 자리를 옮긴다. 그러자 리밍도 난징으로 가서 야마가의 힘으로 상하이 영화계로 진출하려고 한다는 소문이 들렸다. 당시 나는 〈만세유방〉 촬영을 위해 베이징에서 상하이로 가던 길에 난징에 내려 야마가 씨를 만났다. 오래간만에 만난 야마가 씨는 좀 초췌해 보였다. 그는 난징 교외의 중산루中山陸로 향하는 길을 운전하면서 "바이광이라는 배우 알지?"라고 말을 시작했다. 나는 또 연애 상담인가? 하는 기분으로 그가 하는 말을 듣고 있었다. 야마가 씨는 "바이광이 리밍에게는 중국인 애인이 있다고 말해 주었어. 리밍이 내 첩이 된 것은 보도부의 힘을 이용해 상하이 영화계에 데뷔하려 한 거지. 나는 이용당한 거야. 리밍은 매달 나에게 받은 돈 전부를 젊은 제비족에게 바친다는 거야. 요시코짱은 어떻게 생각해?"라고 물었다.

야마가 씨의 질문에 나는 아무 대답도 할 수 없었다. 나는 관능적인 외모의 바이광을 잘 알았다. 소문대로 그녀는 리밍을 밀어내고 야마가 씨를 차지하려 했지만, 리밍의 애인 이야기도 사실 같았다. 내가 "아저씨는 바이광을 어떻게 생각하세요?"라고 묻자 "리밍보다야 성실한 느낌이라고 할까. 바이광은 리밍의 행동을 보고 나를 안타깝게 생각하면서 많이 분개했어. 둘은 데뷔 시기가 같은 친구인데 지금은 서로 말도 하지 않아. 여자란 알 수 없는 존재야"라고 했다. 예상대로 또 한가한 연애 타령이었다. 나는 그 말을 듣고 그가 리밍을 버리고 바이광을 사귀려고 한다는 것을 알았다.

야마가 씨는 난징 근무 몇 개월 만에 다시 상하이로 근무지를 옮겼고, 나는 계속 그의 연애 이야기를 들어줘야 했다. 상하이의 내 아파트에 나타난 눈부시게 하얀 모직 양복을 입은 야마가 씨는 난징에서 만났을 때와는 다르게 활기가 있었다. 그는 변함없이 만나자마자 연애 이야기를 시작했다. "리밍과는 엄청난 소동 끝에 겨우 헤어졌어. 울고 소리를 지르고, 화를 내다가 애원을 하더군. 나중에는 바이광을 죽인다고 씩씩거리면서 화를 냈어"라며 자기 이야기를 남의 이야기처럼 했다. 예상대로 야마가 씨는 바이광과 살고 있었다.

그날 밤 나는 케세이호텔에서 야마가 씨가 연 파티에 초대받았다. 중국 신극 관계자와 영화계 사람이 많이 온다는 명목이었지만, 실은 나에게 바이광을 '인정'을 받으려는 것이 목적이었다. 바이광은 변함없이 요염했다. 그녀가 야마가 씨를 좋아한다는 것은 행동을 보면 알 수 있었다. 바이광은 리밍보다 좋은 사람이었고 솔직하고 밝은 성격이었다.

항일 테러가 쉴새 없이 일어나는 상황에서 중국인만 모인 파티는 성대했다. 연극인 중에서는 급진적 사상을 가진 사람이 많아서 대화는 항일에 대한 주제가 많았는데, 아무도 일본인 경관을 신경쓰지 않고 당당하게 일본을 비판하는 모습은 놀라웠다. 중국옷이 잘 어울리는 일본군 보도부 책임자인 호스트는 웃음 띤 얼굴로 지팡이를 짚고 걸어 다니다가 대화에 끼어들었다.

젊은 연출자 차오曹 씨는 야마가 씨에게 "일본인이 상하이를 점령해서 단 한 가지 좋은 점은 군사 경찰이 생겨 치안이 좋아진 거죠"라고 했다. 상하이 주민이라면 실감하는 일본인에 대한 비난이었지만, 야마가 씨는 "칭찬해 주시다니 영광입니다"라며 가볍게 받아넘겼다.

파티가 끝나자 야마가 씨는 나를 프랑스 조계 변두리에 있는 유명한 도박장에 데리고 갔다. 총을 손에 든 경비원이 있는 현관으로 들어가자 달콤한 냄새가 났다. 판가에서 아편 시중을 들어본 경험이 있는 나는 도박장 안쪽에 아편굴이 있음을 바로 알아차렸다. 아편 중독인 야마가 씨 집에서도 비슷한 냄새가 났다. 반짝이는 샹들리에가 달린 천장 높은 홀에서 사람들은 룰렛판의 회전과 주사위의 움직임을 번득이는 눈으로 쫓고 있었다. 모던한 마도魔都 국제 도시 상하이에 있는 백인도 흑인도 황인종도 섞인 도박장은 인종 전시장 같았다.

내가 놀란 것은 이 도박장에서 야마가 씨가 상당한 영향력을 가졌다는 점이다. 만나는 사람과 스치는 사람 모두가 그에게 인사를 했다. 보드카 칵테일을 든 야마가 씨는 창가에서 배가 들어오는 밤 풍경을 보면서 혼잣말처럼 중얼거렸다.

"딱딱한 군인 말투로 화를 내는 일본인을 중국 사람이 얼마나 싫어하는지 일본인은 몰라. 일본에게 점령당한 중국인은 일단은 일본인의 말을 듣지만 아무도 군부가 말하는 일만친선이나 일화친선 따위는 믿지 않지. 나는 점점 일본인이 싫어져"라고 했다.

야마가 씨는 1943년 어느 날 갑자기 일본으로 소환된다. 그것은 단순한 소환이나 일시 귀국이 아니었다. 그는 도쿄의 이치가야 사령부로 소환되어 구속되고 군법 회의에 붙여진다. 야마가 씨가 소환된 이유는 가와시마 요시코 씨가 도조 히데키 부부에게 직접 밀고했기 때문이라는 설이 제일 유력하다.

야마가 씨의 조카 치카 씨는 "삼촌은 아무 말도 안 했지만, 할머니는 가와시마 요시코가 밀고했다고 하셨어요"라고 했다. 야마가 씨의 행동은 이미 상하이 보도부 안에서 문제가 되어 뒤에는 사복 헌병이 그의 공적·사적 언동을 캐고 있었다. 그런 상황에 가와시마 씨까지 바이광과의 관계를 문제 삼아 그를 중국 스파이라고 밀고한 것이다. 이번에도 현지 헌병대가 아니라 도조 히데키에게 직접 한 밀고였다.

가와시마 씨는 야마가 씨가 다다 중장의 암살 명령에서 자신을 구해준 사실을 알았을까? 그 무렵 나는 촬영 때문에 도쿄에 있었는데 어느 날 노기자카의 제국아파트로 바이광이 찾아왔다. 그녀는 "요시코짱! 내게 무슨 일이 생기면 바이광을 부탁한다"라는 야마가 씨의 편지를 가지고 왔다. 그녀는 야마가 씨가 상하이에서 일본으로 소환되었을 때 함께 일본으로 와서 시즈오카에 있는 야마가 씨의 고향 집에 있었다며, 야마가 중좌의 무죄를 증언하기 위해 증언대에 서고 싶다고 했다. 나도 몇 번 바이광을 따라서 육군 구치소에 사식을 넣으러 갔지만, 면회는 할 수 없었다. 야마가 씨는 10년 금고형을 받았다. 판결을 들은 바이광은 내 아파트에서 몸을 떨면서 울부짖었다. 그녀는 야마가 씨가 도쿄로 소환되어 군법 회의에 부쳐진 것이 리밍의 밀고 때문이라고 생각했다. 야마가 씨는 가와시마 씨와 리밍, 두 사람 모두에게 보복을 당한 것 같았다. 바이광은 뭐에 씌인 사람처럼 무서운 얼굴로 이를 갈면서 리밍을 저주했다. "리밍이라는 년, 죽여버릴 테야. 죽이고 말겠어. 아니 그냥 죽여서는 이 한이 풀리지 않아. 갈기갈기 찢어서 볼 수 없을 정도로 끔찍하게 괴롭히다 죽일 거야. 그래! 먼저 철도 레일에 눕혀서 양 발을 자를 거야. 다음으로 양 팔을. 그 상태로도 죽이지 않고 애벌레 같은 모습으로 살려두겠어." 그녀가 미친 사람처럼 저주를 내뱉는 모습을 보니, 서태후가 라이벌 후궁을 산 채로 물동이에 넣어 사육했다는 일화가 떠올랐다. 아직도 그녀의 집념에서 느껴지던 전율이 기억난다.

판결을 받은 야마가 씨는 나고야 육군 교도소에 수용되었다. 바이광은 그의 고향 집에 머물면서 딸 히로코, 조카 치카 씨와 함께 가끔 나고야로 갔지만, 면회는 가족만 할 수 있었다. 결국 그녀는 쓸쓸히 상하이로 돌아갔다.

종전 뒤인 1949년 11월 어느 날 야마가 씨는 불쑥 도쿄 아사가야阿佐ヶ谷에 있는 우리집에 나타났다. 중국에서 마지막 만난 것이 1943년이었으니 6년 만의 만남이었다. 마침 집에 있던 내가 문을 열었지만, 처음에는 누군지 알아보지 못했다. 푹 꺼진 볼은 처져서 마치 얼굴의 윤곽이 없어진 느낌이었다. 깔끔하게 길러 가르마를 타던 머리는 짧았고, 앞 머리는 빠져 있었다. 수염을 지저분하게 기르고 꾀죄죄한 양복을 입은 초라한 모습이었다.

그는 "여러 가지 일이 있었지. 내 행동도 나쁘기는 했지만 중국 여자의 복수심은 무섭더군. 군 입장에서는 내가 너무 중국인과 가까워지자 중국 로비스트들을 향한 본보기로 무거운 형을 내린 것 같아. 군법 회의에 부쳐져 나고야 육군 교도소에 들어갔다가, 공습으로 교도소가 무너진 틈을 이용해 도망쳐서 전쟁이 끝날 때까지 숨어있었어"라고 그동안 일어난 일들을 말했다. 그는 일본 육군뿐만이 아니라 중국 정부로부터도 숨어야 했다. 중국으로 송환되어 전범 재판을 받을 위험도 있었기 때문이다. 야마가 씨는 한동안 증발한 사람처럼 살아야 했다.

그는 "지금은 출판일을 하는데 사업이 실패해서 아주 힘든 상태야. 미안하지만 이백만 엔 정도 빌려주지 않겠나? 모래까지 해결되지 않으면 다시 수갑을 차야 해"라고 했다. 총리 대신의 월급이 오만 엔인 시절의 이백만 엔이었다. 야마가 씨가 출판 사업에 실패하고 탈진하여 자살하기 전까지의 상황을 『주간 아사히』(1950년 2월 26일)는 다음과 같이 전한다.

> 고향 시즈오카에서 요양하던 야마가는 1946년 옛 보도부 부하를 모아서 도쿄 마루빌딩 지하실에 출판사를 만들고 『막시즈』란 이름의 노동조합운동 잡지와 『스크린 다이제스트』를 발행했지만 모두 실패한다. 다음으로 가야바조茅場町에서 오호사大鳳社라는 인쇄소를 시작했지만, 부도 어음을 받아 순식간에 수백만 엔의 빚을 진다. 친척과 동기생에게 돈을 빌린 그는 이제는 어디서도 얼굴을 들 수 없는 상태이다. (…중략…) 궁지에 몰린 야마가는 일본 노수물자労需物資라는 유령 회사를 만들어 이번에는 자신이 부도 어음을 발행했다. 결국 노가타野方경찰서는 사기 용의자로 야마가를 쫓기 시작했다. 옛 무사처럼 허술하게 사업을 한 그에게 부하들은 옛날처럼 모든 것을 바치지 않았고,

전쟁 뒤 인심에서 '부하의 충성'은 기대할 수 없었다. 그는 모든 시도에 실패하고 희망을 잃었다.

중국옷을 멋지게 입은 대인같던 야마가 씨, 맞춤한 모직 양복을 입고 고급 나이트클럽을 드나들던 야마가 씨가 초라한 모습으로 돈을 빌려달라고 내 앞에서 머리를 숙이고 있었다. 당시 나는 일본 영화계에서 다시 활동을 시작하면서 〈내 인생의 빛나는 날〉, 〈정열의 인어情熱の人魚〉, 〈유성流星〉, 〈인간의 모습人間模様〉, 〈귀국帰国〉 같은 영화에 연달아 출연하고 있었다. 그는 내가 나온 영화 포스터를 보고 돈을 빌리러 왔다고 했다.

그에게 진 신세를 생각하면 빌려주고 싶었지만, 돈을 빌려 집을 사고 형제 자매를 학교에 보내기도 빠듯했던 당시의 우리집은 생활비도 떨어지기 일쑤였다. 나는 부모님을 포함 가족 여덟 명의 생활을 책임지고 있었다. 그에게 솔직하게 내가 처한 상황을 설명하자 야마가 씨는 "알겠습니다. 대신 미안하지만 딸 히로코를 잠시 맡아주시겠습니까? 먼 곳으로 갈 일이 있어서……"라고 했다. 내가 "그러고는 싶지만, 한창 때의 아가씨이니 책임도 따르고 우리 식구만으로도 빠듯한 생활이라서"라고 거절을 하니 "성격이 강한 아이라서 새엄마 말을 들으려고 하지 않네. 어릴 때부터 당신을 좋아했으니 맡아주면 좋을 텐데……"라고 했다.

야마가 씨는 전쟁이 끝나고 알던 여성과 재혼했지만 히로코는 16살의 민감한 시기라서 계모와의 사이가 별로 좋지 않았다. 야마가 씨는 말없이 돌아갔다. 어깨를 축 늘어뜨린 쓸쓸한 뒷모습이었다.

이삼일 뒤 집에 돌아오니 집 앞에는 서랍장과 이불이 실린 손수레가서 있고 거실에는 세일러복을 입은 소녀가 앉아 있었다. 동그랗고 귀여운 얼굴이지만 쓸쓸한 느낌이 드는 소녀였다. 소녀는 "야마가 히로코입니다. 잘 부탁드립니다"라고 씩씩하게 인사했다.

우리집에서 살게 된다고 믿는 히로코의 기쁜 표정을 본 나는 거절할 수는 없었다. 16살, 같은 나이에 부모님을 떠나 베이징의 판가에서 지냈던 일이 생각났다. 다행히 동생 세이코와 동갑에 성격도 맞았다. 결국 히로코는 세이코와 한 침대에서 자면서 우리집에서 생활하게 되었다. 히로코는 아사가야의 우리집에서 록폰기에 있는 도요에이와東洋英和 여학교에 다녔다.

2개월 후인 1950년 1월 28일 나는 쇼치쿠 오후네大船 촬영소에서 미후네 도시로三船敏郎와 함께 〈스캔들〉이라는 구로자와 아키라 감독의 작품을 찍고 있었다. 밤 10시가 지나서 오후네역 앞 다이부츠 여관大仏旅館에 있는데 마이니치 신문사 사회부에서 전화가 왔다.

기자는 이유도 설명하지 않고 "야마가 도오루라는 남자를 아나요?"라고 갑작스러운 질문을 했다. 내가 안다고 하자 "야마나시현 산속에서 부부가 동반 자살했습니다. 둘 다 소나무에 몸을 묶고 수면제를 넣은 주스를 마신 것 같습니다. 여섯 통의 유서는 경찰과 채권자에게 남기는 사과문이었고, 한 통은 당신 앞으로 히로코를 잘 부탁한다고 쓰여 있었습니다"라고 했다. 그리고 이어 "당신과 야마가는 어떤 관계입니까?"라고 물었다. "어떤 관계라니…… 중국에 있을 때 신세 진 지인입니다"라고 하니 기자는 "어떤 종류의 신세지요?"라고 물었고 내가 "아버지의 부탁으로 여러 가지 신변을 돌봐주었어요"라고 하자 다시 "여러 가지 신세라…… 어떤 관계인지 좀 자세히 설명해주세요"라고 꼬치꼬치 물었다.

그제서야 나는 그가 나와 야마가 씨의 사이를 남녀 관계로 생각한다는 것을 알아차렸다. 잠시 뒤 찾아온 기자는 중국에서의 나와 야마가 씨의 관계를 오해해서 히로코가 나의 숨겨둔 아이라고 의심했다. 내가 야마가 씨의 관계를 자세히 설명하자 기자는 "실례가 많았습니다. 하긴 제 오해대로라면 13살에 출산한 것이 되네요"라면서 신문사로 전화해서 "아침판 머리기사 '야마구치 요시코에게 아이를 부탁하고 자살'은 취소!"라고 큰 소리로 말했다.

다음날 신문에는 '야마구치 요시코의 미담'이라는 작은 기사가 실렸다. 하지만 본기사의 내용은 꽤 충격적인 내용이었다. 그래서 나는 며칠 동안 히로코가 신문을 보지 못하게 애썼다.

앞에 말한 『주간조선』에 실린 그날의 소동을 요약하자면, "큰일 났어요. 개가 사람 목을 먹고 있어요"라며 옆집의 미사짱(14살)이 새파랗게 질려서 뛰어들어 왔다. 목탄 검사원 온센 에이난 씨가 집을 나가려고 하던 아침 8시 무렵이었다.(1월 25일) 깜짝 놀란 온센 씨가 미사짱을 따라가니 들개가 오두막 앞 퇴비 속에서 남자의 머리를 물고 있었다.

머리에는 후두부에 드문드문 머리카락이 남아있을 뿐, 얼굴이나 목 부분은 개가 먹어서 거의 살점이 남아있지 않았다. 이 일은 조용한 산촌인 야마나시현 미나미코마군南巨摩郡에서 일어난 대사건이었다. 주민들은 목 주인을 찾기 시작했지만 좀처럼 찾을 수 없었다. 삼 일이 지난 아침 마을 용수로 입구 소나무에서 삼끈으로 묶인 목 없는 백골이 발견되었다. 그곳은 하야가와早川 절벽 위로 보통은 아무도 들어가지 않는 곳이었다. 사체 주변에는 검은색 가방과 핸드백이 있었고 그 안에는 여섯 통의 유서와 수면제, 서류 등이 들어 있었다. 유서를 통해 남자는 도쿄도 시부야구 요요기 혼초 836에 사는 야마가 도오루(53세)임을 알 수 있었다. 삼끈 한 쪽이 벼랑 아래로 늘어져 있는 것으로 보아, 유서에 있는 부인 가에즈一枝(44세) 씨는 수면제를 마시고 괴로워하다가 강으로 떨어졌고, 작년 12월 말 그 지점에서 십 리 떨어진 하류에서 발견된 여자의 사체가 그녀로 추정되었다.

1950년 미국에 간 나는 조각가 이사무 노구치를 만나 다음 해 결혼했다. 그리고 일본으로 돌아와 오후네에 있는 기타오지 로산진北大路魯山人의 차실에 살아서 아사가야 집에 갈 일은 거의 없었다. 나는 히로코가 여학교를 졸업하고 직장 생활을 시작했다는 이야기를 듣고 기뻐했다.

내가 20세기폭스사의 〈대나무집〉을 찍으러 미국에 갔다가 집으로 돌아갔을 때 히로코는 독립해 있었다. 그녀는 록폰기에 있는 미국 장교를 상대로 하는 만다린클럽의 호스테스로 일하고 있었다. 그 고급 클럽의 경영자는 야마가 씨의 마지막 애인 바이광이었다. 바이광은 전쟁이 끝난 뒤에 홍콩으로 가서 미국인 장교와 결혼했고 나이트클럽 경영에 성공해 도쿄로도 진출했다. 둘이 어떤 계기로 만났는지는 알 수 없지만 물론 접점은 야마가 씨였다.

바이광은 1943년 야마가 씨가 도쿄로 소환되었을 때 함께 왔지만, 일본에는 아무도 아는 사람이 없어 야마가 씨의 고향 집에 머물렀다. 그 무렵 그의 고향 집에는 야마가 씨의 어머니 야마가 씨, 동생 다다 씨의 미망인 스에 씨와 자녀 치카와 고이치, 그리고 히로코 이렇게 다섯 명이 살고 있었다. 야마가 가문은 남자가 요절하고 여자가 집안을 이어가는 모계 가족이었다. 여기에 바이광이 들어와 중국어와 몇 마디 일본어로 소통하는 여섯 명의 생활이 시작되었다. 야마가 집안의 사람들은 그녀를 '핫꼬 씨'라고 부르면서 좋아했다고 한다. 히로코는 그 무렵 아버지의 애인과 알게 되었을 것이다.

이렇게 히로코는 만다린클럽의 호스티스가 되었다. 그녀는 영어를 해서 미국 장교들에게도 인기가 있었지만, 사소한 일로 그곳을 그만두고 긴자의 바 오뎃드로 옮겨갔다. 전쟁 직후 일본은 아직 가난했지만, 긴자의 미국인 장교나 회사들이 접대를 위해 드나드는 고급 클럽은 일반 시민의 생활과는 전혀 다른 별세계였다. 그녀는 그곳에서 재즈 밴드 드럼 연주자와 사랑에 빠져 결혼을 했다. 아니 정확하게 말하자면 결혼식은 했지만, 남자의 전처가 이혼을 해주지 않아서 결혼 신고는 하지 못했다. 그러던 중에 둘은 헤어졌고 계속 다른 남자를 만나다가 잠시 신용금고 이사장의 첩살이도 했다. 그러다가 라디오 간토의 방송 기자와 사랑에 빠져 첩살이도 정리하고 결혼을 약속한다.

그 무렵 나는 미국에 살고 있었다. 히로코는 같은 나이로 아사가야 집에서 같은 방을 쓰던 동생 세이코에게 "이제는 안정된 보통 생활을 하고 싶다"라고 기쁜 얼굴로 오팔 약혼 반지를 보여주었다고 한다.

하지만 히로코는 세이코와 만나고 며칠 뒤, 아오야마青山 다카기초高木町아파트에서 자살했다. 결혼을 약속한 기자에게 어린 시절부터 결혼을 약속한 사람이 있었던 것이다. 세이코에게 그녀의 먼 친척이라는 사람이 전화를 걸어 집으로 달려가니 유체 주위에는 긴자의 호스티스들이 모여 울고 슬퍼하는 술을 마시고 있었다고 한다.

지금까지 바 오뎃트의 마담으로 일하는 미노 후미코美濃文子 씨는 "미인이고 상냥한 성격이라서 인기 넘버 원이었지만 외로움을 타는 사람이었어"라고 히로코를 회상했다. 특히 어릴 때부터 키워 준 할머니가 돌아가신 다음부터는 툭하면 죽고 싶다고 했고, 남자들에게 배신을 당할 때마다 자살을 기도했어. 네 번째 정말 간 거지"라고 했다. 히로코는 밀폐된 방에 가스를 틀고 자살하기 전에 정제 수면제 한 병을 가루로 만들어 주스에 타서 마셨다. 그것은 아버지가 야마나시현의 산속에서 목을 매기 전에 약을 마신 방법과 같았다.

11 신기루 속 영화

1942년 여름, 나와 촬영팀을 태운 열차는 베이징에서 남쪽의 허난성河南省 카이펑開封으로 가는 긴 여행 중이었다. 카이펑은 쉬저우徐州 서쪽으로 오래된 성이 있는 도시였다. 촬영 장소는 카이펑 교외로 황하강 근처의 류엔커우柳園口 전투 지역에서 세미다큐멘터리 영화 〈황하〉를 찍을 계획이었다.

당시 나는 선전물에 가까운 연예 영화를 찍으면서 중국의 현실이나 실정과는 먼 허황한 영화를 찍는 것에 죄책감을 느끼고 있었다. 앞서 찍은 〈지나의 밤〉도 중국인 친구들에게도 비판을 받으면서, 나는 '일만친선'을 영화로 선전하려던 일본의 생각이 실패라고 느꼈다.

〈황하〉는 저우사오보周曉波 감독이 3년의 구상을 거쳐 직접 시나리오를 쓴 작품이다. 스탭은 카메라를 맡은 다니모토 세이시谷本精史을 빼고는 모두 중국인이었고, 연기자도 나를 빼고는 모두 중국인이었다(사실 중국에서 내가 일본인인 것을 아는 사람은 거의 없었다).

나는 대대로 황하강변에 살았지만, 가세가 기울어 지주에게 보리밭을 저당잡힌 농민의 외동딸로 마지막에는 일본군에게 협력하는 배역을 맡았다. 이 영화는 드라마가 아니라 중일전쟁의 전쟁터가 된 농민의 참상과 대홍수로 범람한 황하와 싸우는 농민의 모습을 그린 세미다큐멘터리였다. 저우사오보 감독은 악조건에서 전쟁과 자연의 맹위에 휩쓸리는 인간의 절박함을 사실적으로 묘사하려는 의욕으로 가득 차 있었다.

황하는 문자 그대로 '누런 강'으로 구불거리는 흐름은 옛사람의 비유처럼 중국을 싸고 도는 거대한 용이다. 황하에는 중국의 유구한 역사와 운명이 흐른다. 나는 종전 이 년 전 상하이에 살아서 양츠강에는 익숙했지만, 중국을 동서로 흐르는 두 강은 매우 대조적이었다.

양츠강은 녹음 사이를 두둥실 돛단배가 떠가는 남화라면, 황하는 누런 격류가 성나게 흘러가는 모습을 그린 수묵화였다. 특히 카이펑開封 유역은 홍수가 나면 숲과 민가를 쓸어가며 생긴 살풍경한 황무지였다. 황하는 여러 번 대범람했다. 그때마다 그 유역에 사는 농민은 용신이 노했다고 두려워했지만 사실 홍수는 천재만은 아니었다.

세미다큐멘터리 〈황하〉는 인재로 일어난 홍수의 비극을 그린 영화다. 중일전쟁이 시작된 다음 해 1938년 류엔커우 상류인 화위엔커우花園口 제방이 무너져 황하가 범람한다. 중국 국민당 정부군이 서쪽 쑤저우徐州에서 진격해 오는 일본군의 공격을 막기 위해, 남쪽 세 군데의 제방을 폭파한 것이다. 마침 우기로 물이 불어있어 탁류는 엄청난 기세로 평야를 삼키고, 허난河南, 장쑤安徽, 안후이江蘇 3성省을 물바다로 만들었다. 수몰 면적은 약 오만사천 제곱킬로미터, 수몰 마을은 삼천오백 개, 피해자는 천이백만 명, 사망자는 구십만 명이었다. 성난 강물은 홍수와 함께 남쪽으로 흘러 화이허淮河강과 이어졌다.

촬영이 시작했을 때는 홍수가 일어난 지 4년 뒤라 제방은 수리되었고, 익은 보리가 황하의 물빛과 어울리는 전원 풍경은 아름다웠다. 하지만 그곳은 중일전쟁 이후 중일 양군의 전쟁터로 쌍방은 황하강을 사이에 두고 사 년간 점령과 후퇴를 반복하고 있었다. 촬영 때도 언제 어디서 탄환이 날아올지 몰랐다.

태평양전쟁이 시작되고 일본 주력군은 남쪽으로 이동했고 중국 전선은 각지에서 일진일퇴一進一退를 반복하고 있었다. 당시 카이펑 부근은 장제스의 국민당이 물러나면서 공산당이 출몰해 일본군은 여러 곳에서 강한 공격을 받고 있었다.

촬영팀을 태운 기차는 바오딩保定을 지나 정저우鄭州로 가고 있었다. 남쪽으로 향하면서 숨막히는 열기는 심해졌고, 이글거리는 태양이 피부를 찔렀다. 나와 아츠미 씨는 심한 더위 때문에 기차 객실에 늘어져서 헐떡였다. 창밖으로 보이는 풍경은 점점 단색이 되었다. 초원과 나무가 사라지고, 바위산이 계속되다가 끝도 없이 건조한 황갈색의 대지가 보였다. 하남 지방 특유의 뜨거운 태양 아래 홍수가 휩쓸고 간 대지는 갈라져 있었다. 그런 풍경 속을 달리는 기차 바퀴 소리까지 생기가 없게 들렸다.

기차 객실 밖 복도에 있는 보조 의자에 앉아서, 불어오는 열풍을 맞고 있는 일본 병사의 뒷모습이 보였다. 그의 빛바랜 셔츠에서는 전쟁의 땀 냄새가 났다. 먼저 그를 본 아츠미 씨가 "군인이 옆에 있으니 든든하네요"라고 했다.

때때로 지평선 너머에서 불어오는 모래 바람이 열차를 삼켰다. 보조 의자에 앉은 병사가 모래 먼지를 피하려고 전투모를 벗고 뒤를 돌았다.

나는 그의 얼굴을 보고 놀라서 소리질렀다. "다무라 씨!" 보조 의자에 앉아있던 병사는 작가 다무라 다이지로田村泰次郎였다. 장발에 흰 피부를 가졌던 신인 작가는 빡빡머리와 적갈색 피부의 모습으로 내 눈앞에 있었다. 덥고 숨 막히는 열차에서 마주한 믿을 수 없는 우연한 만남에 나는 적당한 인사말이 생각나지 않을 정도로 감동했다. 다무라 씨도 아무 말도 못하고 생각에 잠겨있었다. 흥분으로 두서 없이 이야기를 해서 무슨 이야기를 했는지 기억도 나지 않는다.

다무라 상등병은 전선에서 겪은 괴로움에 대해서는 별로 이야기하지 않았다. 그는 황하 상류에 있는 부대로 파견되었다가 돌아오는 길이라고 하면서 "정저우의 산속에 삼 년이나 숨어있었어요. 지긋지긋한 전쟁, 지긋지긋한 군대"라고 내뱉듯이 말했다.

하남의 철도는 첩첩산중의 산자락을 통과하고 있었다. 다무라 씨는 이름 없는 작은 역에서 내리면서 "여기서 이별이네요. 그런데 내가 리상란을 만났다면 모두 못 믿을 테니, 뭔가 증명할 물건을 주세요"라고 했다. 나는 가지고 있던 브로마이드 몇 장에 사인을 해 주었다.

열차가 움직이기 시작하자 차창 밖의 다무라 씨는 갑자기 생각이 난 듯이 "정말 〈당신은 언제오나요何日君再来〉라는 당신 노래가 생각나네요. 짜이치엔再見"이라고 했나.

기차가 역을 빠져나가자 산속으로 걸어 들어가는 군복 입은 다무라 씨의 뒷모습도 작아지다가 마침내 황색 먼지가 다무라 상등병의 모습을 삼켰다.

카이펑에서 황하 근처까지는 트럭으로 두 시간. 출발 전 촬영팀 전원에게는 수류탄이 한 개씩 지급되었다. 만일을 대비한 호신용이었다. 아침 6시 출발하기 전 일행 중 단 두 명의 여성인 나와 후토미 씨는 화장을 지우고 얼굴에 흙을 발랐다. 그리고 중국인 노동자처럼 파란색 목면 바지를 입었다. 카이펑을 지나면 게릴라 출몰 지역이었다. 일행은 세 대의 트럭을 타고 열풍과 모래 먼지 속으로 출발했다. 우리는 도로가 아닌 보리밭 둑을 앞도 보이지 않는 상태로 달렸다. 줄곧 몸이 뜰 정도로 흔들려서 짐칸 가장자리를 잡지 않으면 떨어질 것 같았다.

달리면 좀 시원해질 것 같던 예상은 빗나갔다. 열풍을 뚫고 가는 셈이라서 뜨거운 열기가 살을 태우는 느낌이었다. 뜨거워진 피부를 고운 모래가 때리면서 따끔거렸다.

달린 지 얼마 안 돼 트럭에 탄 사람의 얼굴이 콩가루 묻은 떡처럼 되었다. 입을 벌리면 목 점막으로 열풍과 모래 먼지가 밀려들었다. 하늘도 땅도 이글거리며 타고 있었고 트럭 안은 마치 용광로 같았다. 엔진은 금세 과열이 되어 연기를 냈다.

하지만 그래도 아무 곳에서나 멈추면 위험했다. 물은 마을에 도착하면 있지만, 마을에 게릴라가 숨어있을 가능성도 있었다. 이 지방은 강한 공산 게릴라의 잠복지였다. 그래서 농민을 게릴라라고 생각하라는 말을 들은 탓에 나에게는 마을 담벽에 있는 밖을 보는 문이 총구로 보였다. 길에서 만나는 호미나 괭이를 든 농민들의 눈매는 왠지 날카로웠다.

크고 붉은 태양이 보리밭 지평선 너머로 기울 무렵, 일본군 수비대의 주둔지인 트럭은 류엔커우에 도착했다. 우리는 이곳에서 수비단의 보호를 받고 스스로 밥을 지어 먹으면서 2개월 동안 촬영을 할 예정이었다. 젊은 소대장이 마중을 나왔다.

무엇보다 물이 마시고 싶었다. 우리는 미지근하고 묘한 단맛이 도는 물을 단숨에 들이켰다. 물맛을 거론하는 것이 사치라는 것을 안 것은 목욕을 할 때였다. 병사는 흙탕물을 길어와서 드럼통에 부으며 "여기는 물이 없어요. 이 물은 황하의 물입니다"라고 했다.

음료수는 큰 독에 저장했다. 한 바케츠씩 길어 온 강물을 하루 동안 가만히 두면, 아래 80퍼센트는 진흙이 가라앉고 나머지 20퍼센트가 물로 분리되는데 그것을 가제에 걸러 마셨다.

물독에 담긴 물의 수면에는 벌레가 헤엄치고 있었다. 내가 깜짝 놀라니 소단장은 "벌레가 살아있는 물은 좋은 물의 증거예요"라고 했다. 최전선에는 물 한 방울도 소중했다.

나와 아츠미 씨가 목욕할 때는 군인들이 드럼통 욕조에 담요를 이어 둘러주었다. 흰 목욕 수건이 금세 갈색이 되는 물은 경수라서 비누도 쓸 수 없었다. 하지만 불평은 할 수 없었다.

목욕을 하고 피부가 마르면 황색 진흙이 금분처럼 피부에 묻어있었다. 그것을 떨어내는 것이 목욕 후의 일과였다.

촬영팀은 주인이 피난간 빈집을 숙소로 썼다. 금방이라도 무너질 것 같은 흙집이었다. 유일한 조명은 초 한 자루였다. 천장에는 도룡뇽이 기어 다녔다. 소대장은 "도룡뇽이 사는 것은 좋은 집이라는 증거"라고 했다. 저녁 식사에는 황히에서 잡은 큰 물고기가 올라왔다. 소대장은 "익숙해지면 맛있어요. 하지만 도시에서 오신 분에게는 도룡뇽 고기가 더 맛있을지도 모르겠군"라고 중얼거렸다.

저녁 식사를 마치고 나는 비녀를 꽂고 화장을 한 뒤 중국옷으로 갈아입고 소대장과 함께 병사들이 머무는 숙소를 찾았다. 해는 졌지만 아직 남은 한낮의 열기 때문에 찌는 듯이 더웠다. 컴컴한 촛불 밑에서 병사들은 알몸에 가까운 차림으로 책을 읽거나 편지를 쓰고 있었다.

소대장은 "지금부터 이 개월 동안 여기서 영화 촬영이 있다. 너희들도 엑스트라라도 협력해라. 또 촬영 중에 출격하지 않는 부대에게는 촬영팀 보호가 임무로 추가되었다. 오늘 밤은 리샹란 씨가 노래를 한다. 30분 뒤에 전원 착의하고 광장으로 집합!"이라고 했다.

이렇게 여름 밤의 야외 음악회가 열렸다. 음악회라고 해도 강 건너가 중국군의 진지라 촛불조차 켤 수 없었다. 다행히 밤 하늘에는 달이 밝았다. 나는 〈바다로 가면海にゆかば〉을 부르면서 병사들에게 같이 부르자고 했다. 하지만 소대장은 큰 소리를 내지 말라고 주의를 주었다. 강 건너에 있는 중국군을 자극하지 않기 위해서였다. 달빛은 황하를 비추고 금색 잔물결이 강가로 밀려왔다. 나는 작은 목소리의 소프라노로 1절을 불렀다. 2절부터는 병사들도 따라 부르기 시작했다. 숨죽이며 부르는 노랫소리는 대지를 울렸다. 밤 기운을 타고 보리밭을 넘은 서늘한 바람이 불어왔다. 해군 군가인 〈바다로 가면〉은 당당하게 흐르는 황하와도 어울렸다. 바다처럼 큰 강가에서 일본군 병사들도 중국군 병사들도 매일 몇 명씩 죽었다. 아니 옛날부터 이 유역 농민들은 몇십 몇백만이 홍수로 희생되어 왔다.

"바다로 가면 물에 잠긴 시체 산으로 가면 풀숲의 시체……"

손을 뻗으면 잡힐 듯한 보름달과 별이 조명인 야외 무대였다. 엄숙한 노랫소리는 조용한 분위기에 잘 어울렸다. 다음 곡으로 〈황성의 달〉과 〈소주야곡〉을 불렀고 병사들은 고향 민요를 불렀었다. 마지막에는 모두 함께 "여기서 고향은 몇백 리"로 시작하는 〈전우〉라는 곡을 합창했다.

그날 황하강변에서 들은 병사들의 합창은 어떤 대합창에도 뒤지지 않는 아름다운 음악이었다. 지금도 눈을 감으면 그날 밤 노래를 마치고 난 다음의 조용한 여운이 되살아난다.

촬영은 부대의 보호를 받으며 진행되었지만, 반사판의 번쩍임을 목표로 건너편에서 포탄이 날아오는 일도 있었다. 필름을 넣는 양철통도 좋은 표적이었다. 언제 기관총 공격이 있을지 몰라서, 촬영하기 전에는 척후병이 먼저 나가서 정찰했다. 강을 사이에 두고 공격이 시작되면 우리는 진흙 위에 엎드렸다. 가슴으로는 대포가 떨어질 때의 진동이 느껴졌다. 중국인 스태프들은 강 건너에서 날아오는 중국군의 포탄 소리를 들으며 어떤 기분이었을까.

매일 아침에는 출격하는 병사들을 배웅했다. 아침에 배웅했던 병사가 모두 돌아오는 일은 드물었고, 얼굴이 익은 병사들이 조금씩 없어졌다. 밤에 누워 실종된 아이처럼 돌아오지 않는 병사들의 얼굴을 떠올리고 있으면 천장에는 도룡뇽이 기어갔다. 담요 위로 전갈이 떨어진 적도 있다. 밤에는 멀리서 들개떼가 짖어댔다. 무서운 것은 그것만이 아니었다. 하루의 전투가 끝나고 돌아와서 술에 취한 병사들이 숙소의 문을 쾅쾅 두들기며 "문 열어라!"라고 소리를 지르는 일도 있었다. 오랜 전장에서의 생활과 매일 동지가 죽어가는 상황 속에서 병사들이 느끼는 자포자기의 기분도 이해했다. 나와 후토미 씨는 자물쇠를 단단히 잠그고 가만히 숨죽이고 있었다. 소대장은 "병사들이 실례되는 행동을 하면 언제라도 알려 주세요"라고 했지만 우리는 이 일에 관해서는 끝까지 말하지 않았다.

촬영은 중노동이었다. 중국 빈민의 딸인 나는 목까지 오는 황하 물 속에서 싸우거나 흙투성이로 뜨거운 모래 위를 기었다. 보리밭 속으로 도망가는 신을 촬영하고 났을 때, 손발은 보리싹에 찔리고 베여 상처투성이였다. 나는 지금까지의 나의 작품 생활에서 탈피脫皮하듯이 이 개월 동안 필사적으로 연기했다.

나는 촬영을 마치고 베이징으로 돌아가는 차 안에서는, 지금까지 받은 충격 이상의 전쟁의 비참함을 목격한다. 카이펑에서 게이칸선京漢線을 타고 잠시 북상해서 신상新鄉이라는 역에 도착하니 역 앞에 빨간 꽃이 흐드러지게 피어 있었다. 하지만 그것은 순간적인 착시로, 내가 본 것은 역에 산더미처럼 쌓인 피투성이 부상자였다. 잠시 뒤 부상자들을 베이징까지 수송할 병원차 두 칸이 우리가 탄 열차에 연결되었다. 다다미가 깔린 차량이었다.

열차가 시먼역石門駅에 도착했을 때, 차장이 와서 우리 칸 아래 침대를 부상 장교가 써도 되겠냐고 물었고 우리는 당연히 승낙했다. 잠시 뒤 머리에서 흐른 피가 넥타이를 물들이고 있는 청년 장교가 부축을 받아 우리 칸으로 왔다. 그 옆에서는 오른발을 다친 상등병이 붙어 간호하고 있었다. 장교는 소대장으로 왼쪽 관자놀이를 관통하는 총상으로 기억을 잃었다고 했다.

우리 칸에 이어진 병원 열차칸 안의 모습은 마치 지옥도를 보는 것 같았다. 손발이 잘린 병사들이 요오드를 바르고 마지막 비명을 지르고 있었다. 상처에 구더기가 들끓고 있는 병사도 있었다. 위생병은 "구더기가 끓은 것은 균이 있어서예요. 구더기는 곪은 부분이나 썩은 상처 부위를 먹습니다"라고 했다.

절단되고 남은 다리를 천장에서 내려온 새끼줄에 매달고 사이다병을 베개 대신 밴 병사도 있었다. 열차가 움직일 때마다 통증을 호소하는 날카로운 비명이나 신음이 이어졌다. "아파!" "괴로워!" "물 줘!" "엄마!" 등등. 몇십 명의 부상자에게 위생병은 단 한 명이었다. 간호를 돕겠다고 나서니 차장은 고개를 숙이며 감사를 표했다.

아츠미 씨와 나는 정신 없이 움직였다. 위생병은 바빠서 우리가 장교들의 보타이를 풀고 땀을 닦았다. 일은 끝이 없었다.

한밤중에는 철도 근처로 게릴라가 출몰해서, 열차는 오전 영시부터 전원을 끄고 정차해서 날이 밝을 때까지 기다렸다. 그동안 나도 병사들도 잠깐 눈을 붙이고 쉴 수 있었다. 잠시 후에 비교적 기운이 남는 부상병들이 "노래를 해줘요"라고 했다. 중상을 입은 병사들도 "일본 노래가 듣고 싶다"고 했다. 나는 진정한 위문 공연을 하기로 하고, 열차에서 내려서 달빛이 쏟아지는 보리밭을 달려 병원칸에서 잘 보이는 곳까지 갔다. 그리고 "여러분 빨리 회복하세요"라고 인사하고 〈황성의 달〉을 부르려고 했다. 하지만 목소리가 나오지 않았다. 피로 때문에 목소리가 잠긴 것이다. 물을 마시며 잠시 호흡을 정리하고 목을 가다듬자 목소리는 돌아왔다. 나는 황하강변을 생각하며 〈바다로 가면〉을 불렀다. 이어서 〈출선出船〉 같은 일본노래를 불렀다.

우리 객차로 온 청년 장교는 도쿄제국대학교 법학과를 졸업하고 입내해 장교가 되자마자 격전에 휘말려 상처를 입었다. 관자놀이를 관통한 큰 부상을 입었지만 머리에 감은 붕대를 빼고는 건강하게 보이는 이목구비가 수려한 청년이었다.

상등병은 "소좌님은 기억을 완전히 잃어서 물어보는 말에 모두 고개를 갸웃하기만 합니다. 여자가 물어보면 뭔가를 기억할지도 모릅니다. 아무 질문이나 해서 기억을 되돌려주세요"라고 했다. 나는 "이름은 뭔가요?" "어디서 왔나요?" "고향은 어딘가요?"라고 계속 질문했지만 청년 장교는 쓸쓸한 표정으로 아무 말도 하지 않았다. 내가 "어머님은 일본에 계세요? 어머니 당신 어머니요!"라고 하자 소좌는 "어 · 머 · 니"라고 한 자씩 발음했다. 그것이 청년 장교가 한 유일한 말이었다. 그는 베이징에 도착할 때까지도 기억을 되찾지 못했다. 병원 열차에서의 기억이 선명한 이유는 전쟁 후 우연히 그때 만난 상등병과 다시 만나게 되어서다. 당시 상등병이던 아사히 다네시浅井猛(삿포로 학교 법인 아사히의 이사장) 씨는 내가 잊은 일까지 자세하게 기억하고 있었다.

도전적인 세미다큐멘터리라는 평가를 받은 〈황하〉는 니치가츠에서 많은 명화를 만들었던 만에이 이사 네기시 간이치에게도 걸작이라고 인정받았다. 그래서 쇼치쿠와 도에이는 자막판으로 일본 개봉까지 논의했지만 실현되지 않았다. 이미 일본에서는 중국 붐이 꺼지고 있었고 영화가 암울하고 가난한 농민의 모습을 그렸다는 점도 개봉이 실현되지 못한 이유였다. 결국 이 영화는 일본 영화계 일부에서만 호평을 받고 개봉되지 못한 환상 속의 다큐멘터리가 되었다.

역시 내가 찍은 다큐멘터리로 중일 양국에서 모두 개봉되지 못하고 사라진 또 하나의 작품이 〈나의 꾀꼬리私の鶯〉(1943)이다. 나는 일본 최초의 본격적인 음악영화로 주목할 만한 작품인 그 영화가 영화사에 남지 못한 이유가 '만주'를 그린 영화였기 때문이라고 생각한다.

〈나의 꾀꼬리〉는 만에이에서 나왔지만 실제는 도호사가 찍은 영화였다. 만에이가 한 일은 이와사키 아키라岩崎昶에게 제작을 맡기고 나와 하얼빈 발레단의 출연을 결정한 것이 전부였다. 원작 오사라기 지로大仏次郎, 각본, 감독 시마즈 야스지로島津保次郎, 촬영 후쿠시마 고福島宏, 음악 핫토리 료이치服部良一, 안무 시라이 데츠조白井鐵造 등의 주요 스탭은 모두 도호가 정했다.

이 영화는 하얼빈 발레단의 일본 공연을 보고 감격한 시마즈 감독이 평론가인 친구 이와사키 아키라 씨와 하룻밤 동안 이야기한 뮤지컬 영화에 대한 꿈 때문에 만들어졌다. 비상시국에 쉽지 않은 일이었지만, 도호의 제작 담당 모리 이와오森岩雄 씨는 도호와 만에이를 설득했고, 당국도 허가해 주었다.

제작은 존경하던 이와사키 씨가 맡았고, 감독은 시마즈 야스지로였다. 나는 두 사람이 기획 단계부터 주역 마리아로 나를 염두에 둔 것에 감격해서 기대에 보답하고 싶었다. 세계적인 발레단과 함께 영화를 찍으며 음악가로 인정을 받게 된 것도 기뻤다. 핫토리 씨는 나를 위해 러시아풍 가곡 〈나의 꾀꼬리〉를 작곡했다. 나는 그 주제곡을 리릭 소프라노로 불렀다.

영화 내용은 다음과 같다. 일본 상사의 지점장 스미다(구로이 슌黒井 洵) 가족은 1917년 러시아혁명으로 시베리아에서 만주의 한 마을로 피난 온 러시아 제실극장 백계 러시아인 오페라 가수들을 도와준다. 얼마 뒤 마을에도 전쟁이 일어나 오페라 가수들과 스미다 가족은 마차로 마을을 탈출한다. 하지만 도중에 스미다가 탄 마차는 부인(치바 사치코千葉早智子), 어린 딸 마리코真理子(나)와 가수들이 탄 마차와 헤어진다. 스미다는 중국 각지를 돌면서 5년 동안 행방 불명인 부인과 딸을 찾아다닌다. 5년 동안 부인은 병사하고 딸은 오페라 가수 드미트리 그레고리 사야빈의 양녀로 하얼빈에 살았다. 하얼빈 오페라 극장에서 노래하는 드미트리는 마리아에게 음악을 가르친다. 마리아는 러시아인 음악회에서 〈나의 꾀꼬리〉를 불러 성공적으로 데뷔하지만, 만주사변이 일어나 하얼빈 거리는 혼란에 빠진다.

사변이 끝나고, 드미트리는 병으로 직업을 잃고 마리아가 나이트클럽에서 〈검은 눈동자〉 같은 상송을 불러 가계를 꾸린다. 스미다의 친구 실업가(진도 에타로進藤英太郎)가 마리아를 발견해 부녀는 만나지만, 드미트리를 배려한 스미다는 딸을 데려오지 않는다.

회복한 드미트리는 극장으로 복귀하고 마리아는 일본인 청년 우에노(마츠모토 미츠오松本光男)는 맺어져 가족에게 행복은 찾아오지만, 드미트리는 첫 무대에서 오페라 〈파우스트〉의 마지막 곡을 열창하다가 쓰러져 죽는다.

영화는 마리코가 친아버지 스미다, 남자 친구 우에노와 함께 러시아인 묘지에 있는 드미트리의 무덤 앞에서 〈나의 꾀꼬리〉를 부르며 양아버지의 명복을 비는 장면으로 끝난다.

이 영화는 러시아 영화라고 해도 좋을 정도로 형식도 내용도 유럽 스타일이었다. 제정 러시아가 건설한 국제 도시 하얼빈이 무대였고, 등장인물은 모두 러시아어로 말하고 노래했다. 영화 전체에 러시아 음악이 흐르고 대사는 러시아어, 일본어는 자막뿐이었다. 모르고 보면 러시아에서 수입된 영화 같았다.

물론 시마즈 씨가 일본어로 각본을 써서 러시아어로 번역한 것이다. 조감독은 만에이의 이케다 도쿠池田督와 러시아어, 일본어, 중국어를 할 수 있는 리위시李雨時가 맡았다. 통역으로는 두 명의 백계 러시아인이 고용되었다.

나의 양부 역을 맡은 그레고리 사야핀과 안나 안테바노아 밀스카야 부인 역을 맡은 니나 엥게르가르트, 백작 블라디미르비치 라즈모프스키 역을 맡은 위슬리 톰스키는 모두 러시아의 유명 음악가로 자신의 극단을 이끌고 있었다.

그 밖에도 '하얼빈 백계 러시아인 예술가 연맹'과 하얼빈발레단이 참여했고 연주는 만주 최고의 악단인 하얼빈교향악단이 맡았다.

하얼빈이라는 대도시는 1896년부터 제정 러시아가 개발했고, 러일전쟁 후에는 혁명을 피해 망명한 백계 러시아인이 모인 도시로 '동양의 파리'라고 불렸다. 그래서 〈나의 꾀꼬리〉처럼 제정 러시아의 무대 예술의 정수를 모은 영화를 만들 수 있었다.

쟁쟁한 동료들 사이에서 나는 러시아인의 양녀가 된 일본인 소녀를 어떻게 연기할지 감을 잡을 수 없었다. 그러던 중에 펑텐에 있을 때 친구인 류바를 모델로 하자는 아이디어가 떠올랐다. 일본어가 능숙한 그녀는 주인공 마리코와 비슷한 입장이었다. 모델을 류바로 정하니 연기에 대한 모든 고민은 사라졌다. 나는 류바의 행동을 떠올리면서 연기에 몰입했다. 러시아식 찻주전자 사모와르에 홍차를 따르는 모습, 스케이트를 탈 때의 다리를 X자로 하던 모습, 비밀 이야기를 할 때 눈짓과 입술에 손가락을 세우고 쉿 하던 모습. 머리 스타일도 그녀처럼 길게 땋아서 작은 리본을 달았다.

이 영화는 16개월 동안 촬영되었다. 하얼빈의 사계절을 담았지만 제일 많은 것은 겨울 장면이었다. 하얼빈은 만주어로 '그물을 말리는 곳'이라는 뜻으로 전에는 쑹화강松花江 근처의 작은 어촌이었지만 제정 러시아의 남진 정책으로 발전하면서 큰 도시가 되었다. 거리에는 러시아, 그리스, 비잔틴, 고딕, 아르누보 양식의 서양 건물과 중국과 일본풍 건물이 섞여 국제적 분위기가 느껴졌다. 가장 번화가는 러시아어로 중국인 거리라는 뜻의 북쪽 기타이스카야 거리로, 고급 레스토랑과 의상실이 모여 있었고 간판에는 러시아어, 중국어, 일본어가 함께 쓰여 있었다.

하얼빈의 겨울은 펑톈이나 신징보다 훨씬 추웠다. 10월 말부터 눈이 내리며 11월에는 교외에 있는 쑹화강에 유빙이 뜨기 시작했고, 11월 10일 무렵부터 4월 10일까지 거의 5개월간은 완전히 얼어붙었다. 덕분에 쑹화강 명물인 유람선은 4월부터 반년만 운행했고 결빙기 때는 말썰매가 얼어붙은 강과 눈 덮인 들판을 달렸다.

영하 40도까지는 카메라에 망토를 씌워서 촬영했지만, 영하 45도가 되면 카메라도 멈췄다. 그래도 촬영을 중지할 수는 없어 촬영 스탭은 카메라를 난로 옆에 놓고 따듯하게 하면서 촬영을 이어갔다. 가끔 휴일에는 모두가 썰매를 타러 갔다. 구로이 슌 씨는 말을 잘 타서 진도 에타로 씨나 이케다 도쿠 씨와 함께 멀리까지 말을 타고 가곤 했다.

거리 촬영은 주로 기타이스카야 대로에서 찍었고 극장이나 나이트클럽 장면은 모데룬호텔에서 찍었다. 촬영이 끝나면 촬영 스탭과 연기자들은 늘 기타이스카야 대로에 있는 빅토리아찻집에 들렀다. 나는 그곳에서 파는 레몬을 넣은 홍차와 러시아 과자를 좋아했다. 1943년이 되자 만주의 식량 사정은 어려워졌지만, 영화 촬영팀은 어느 곳에서나 환영을 받았고 팬들이 가져온 초콜릿이나 젤리 같은 간식도 풍족했다.

이 영화의 두 시간 제작비는 보통 영화의 약 다섯 배인 25만 엔이었고, 찍은 필름의 길이는 11,000피트였다. 남아있는 조감독 이케다 씨의 수첩에는 '쇼와 19년* 3월 24일 〈나의 꾀꼬리〉 현상 완료. 완성'이라고 크게 쓰여 있다.

* 1944년

영화 속에서 일본인, 러시아인, 중국인은 차별없이 노래하고 춤추며 열심히 연기했다. 신극을 만들던 구로이 슌 씨와 진도 에타로 씨는 아는 러시아어 단어를 동원해 열정적으로 러시아 배우들과 연기에 대해 논했다. 시마즈 감독은 영화에 엄청난 정열을 쏟았는데 그와 이와사키 씨는 입버릇처럼 이 영화를 '국제적인 기준에 맞는 예술 영화'로 만들자고 말했다. 감독의 연기 지도가 엄격해서 나도 모르게 눈물이 나온 적도 있었다.

다소 별난 이 영화는 아직 뮤지컬 영화라는 개념이 없던 2차대전 전, 일본 영화 역사상 첫 음악영화였다. 당시 일본에서는 '적성 음악'으로 금지된 서양 음악을 사용한 화려한 영화는 만들 수 없었다. 그래서 시마즈 씨와 이와사키 씨는 당국의 눈을 피해 만주에서 영화를 만든 것이다.

백계 러시아인은 일본이 주장하는 오족협화 만주국의 한 민족으로, 그들이 만든 유럽풍 도시가 하얼빈이었다. 시마즈 씨와 이와사키 씨는 〈회의는 춤춘다Der Kongreß tanzt〉 같은 독일과 오스트리아의 음악영화를 아시아의 유럽인 하얼빈에서 실현하려고 했다.

이와사키 씨는 이 음악영화에 걸었던 생각을 전후 쇼치쿠에서 제작한 〈여기 샘이 있다ここに泉あり〉(감독 이마이 다다시今井正)에도 표현했다. 평론가 사토 다다오는 이 영화를 만든 것 자체가 시국에 대한 최선의 저항으로 느껴진다고 했다. 그는 스토리의 허점은 지적했지만, 제작자와 스탭들이 전시 상황 속에서 지켜낸 자유주의적 삶의 방식에 주목해 "원작자 오사라기 지로를 시작으로 이 영화를 만든 사람들은 내가 아는 범위에서는 전쟁 중 일본의 영화계나 문단에서 가장 자유로운 사람들이었다"라고 했다. 또 사토 다다오의 『키네마와 포성』에서는 다음과 같은 내용이 있다.

- 이와사키 아키라는 좌익 영화 평론가로 마지막까지 군국주의 영화를 반대하다가 감옥에 갔다. 그는 일본 영화계의 통제 상황을 피해 만에이로 왔다.
- 흥행이 되는 영화라면 가리지 않고 만들던 감독인 시마즈 야스지로는 전쟁 영화는 한 편도 만들지 않았다.
- 오사라기 지로는 프랑스군의 잘못을 지적하는 것 같지만, 사실은 일본 군부의 잘못을 비판하는 역사 영화 〈드레퓌스 사건〉이나 〈브란제 장군의 비극〉을 발표했다.

스탭뿐만이 아니었다. 배우 구로이 쥰, 신도 에타로도 자유주의자 였다. 구로이 씨는 극단 즈키지좌築地座, 신도 씨는 극단 도지좌同志座 소속의 진보적 연극 배우로 두 사람 모두 러시아어가 능숙했다.

두 사람이 영화계에서 유명해진 것은 전후부터였다. 예명을 니혼야나기 히로시二本柳寛로 바꾼 구로이 씨는 깊게 쓴 페도라 모자에 콜트 리볼버를 들고 갱들과 맞서 싸우는 영웅이었다. 큰 눈의 신도 에타로씨는 파벌 싸움을 하다가 마지막에는 정의의 편에 서는 무사로 도에이가 만든 시대극에 등장했다.

나는 최근에 촬영 중 통역을 했던 두 명의 백계 러시아인 중 수염을 기른 알렉산더라는 청년이 소련의 스파이였다는 사실을 알았다. 만에이에서 음악을 담당했던 다케우치 린지竹内林次 씨가 종전 후 시베리아 수용소에 억류되었을 때, 헌병 제복을 입은 알렉산더가 일본인 포로를 조사하러 왔다는 것이다. 그는 다케우치 씨에게 "나는 리샹란의 정체와 행동을 조사하는 스파이였다. 그녀가 일본인 야마구치 요시코인것, 류바와 마담 보드레소프에게 러시아어를 배웠다는 사실을 전부 알고 있었어. 나는 그녀의 뒤를 쫓아 베이징, 상하이, 신징까지 갔지. 영화 통역도 그녀를 감시하기 위해서였어"라고 했다고 한다.

소련 스파이가 나를 노렸다는 것을 알고도 놀랐지만 더 놀라운 사실은 일본 특무 기관도 나를 염탐했다는 사실이다. 몇 년 전 〈나의 꾀꼬리〉가 도쿄 신주쿠의 야스다생명홀에서 상연될 때, 나는 일본인의 신교 탈출에 대한 책인 『차즈卡子 – 중국 혁명 전쟁과 소녀』를 쓴 히도츠바시一橋대학 엔토 호마레遠藤誉에게 특무 기관에서 일했던 다케나카 시게토시竹中重寿라는 사람을 소개받았다. 다케나카 씨는 만주국립대학 하얼빈학원을 졸업하고 뛰어난 러시아어 실력으로 관동군 정보 본부 하얼빈 육군 특무 기관 스파이 양성소인 '모략반'에 배치된다. 그곳에서 처음 받은 명령이 〈나의 꾀꼬리〉 출연자의 행동을 조사하는 것이었다. 다케나카 씨는 상사 야마시타 중좌의 명령으로 바리톤 가수 사야핀과 나를 미행했다. 특무 기관은 이와사키 씨와 시마즈 감독을 비롯한 영화 관계자 대부분을 감시했다고 한다. 지금은 다이토大東문화대학 교수인 다케나카 씨는 처음 공개되는 〈나의 꾀꼬리〉를 보고 나서 "화면에 나오는 촬영 현장 모두가 생생하게 기억나는데 사야핀과 당신의 언동이나 행동에 수상한 점은 없었어요"라고 했다.

일본과 소련의 스파이는 서로 스파이인 것을 알았을까? 내가 일본과 소련 양쪽의 특무 기관에서 미행을 받았다니!

하얼빈은 일본인, 러시아인, 중국인, 조선인, 몽골인 등의 여러 민족과 이데올로기가 섞여 있는 국제 도시로 스파이 활동에는 최적의 도시였다. 여러 나라의 스파이가 서로의 허점을 공격하며 활동한 이야기는 메이지 시대 첫 만몽 스파이인 이시미츠 마쿄石光真清가 쓴 『황야의 꽃荒野の花』(中公文庫, 1978)을 보면 알 수 있다.

〈나의 꾀꼬리〉는 결국 만주에서도 일본에서도 공개되지 않았다. 이 영화를 특집으로 다룬 『월간 뮤지컬』의 니시구보 미츠오西久保三夫의 조사에 따르면 관동군 보도부는 이 영화를 "만주국 사람들에게 보여줄 만한 계몽적·오락적 가치가 없으며 국책에 따르지 않는 영화"라고 판단해 개봉을 보류했다고 한다. 공동 제작을 한 도호도 내무성 검열을 통과하지 못할 것이라고 판단해 일본에서의 공개를 미룬다. 전쟁의 악화로 식량 사정도 어려운 상황에서 음악영화는 무리였다.

그런 시국에 이와사키 씨와 시마즈 감독은 왜 유럽풍 음악영화를 만들었을까? 영화는 자유주의자들의 저항 정신 정도로 생각하기는 너무 현실과 동떨어진 작품이었다. 나는 아직도 그것이 의문이다.

1984년 12월 7일 NHK의 9시 뉴스는 '환상 속의 영화'가 된 〈나의 꾀꼬리〉 필름이 오사카에서 발견되었다는 소식을 전했다. 나는 오사카 플라네 영화 자료관에 있던 필름을 방송 기자 다테 무네가츠伊達宗克 기자의 호의로 볼 수 있었다. 그렇게 찾은 필름은 1986년 도쿄 야스다 생명홀에서 열린 하얼빈학원 동창회를 기념해 이틀간 일반 상영되었다. 하얼빈학원 졸업생으로 신주쿠에서 러시아 레스토랑 차이카를 경영하는 아사다 히라쿠사麻田平草 씨가 사재를 털어서 기획한 행사였다. 주연인 나도 처음 보는 영화였다. 영화 제목은 〈운명의 가희〉로 바뀌었고 두 시간의 상연 시간이 한 시간 십 분으로 편집되었다. 나는 이 행사로 조감독 이케다 씨와 만나서 오랫동안 품어온 의문을 풀었다.

어느 날 밤 호텔 뉴하얼빈 객실에서 시마즈 감독은 이케다 씨에게 "크게 말할 수는 없지만, 일본은 반드시 전쟁에서 져. 지기 때문에 더 좋은 예술 영화를 만들어야 해. 미군이 일본을 점령했을 때 일본인이 전쟁 영화뿐만이 아니라 서양 영화에 지지 않는 뛰어난 예술 영화를 만들었다는 증거를 남기기 위해서"라고 했다는 것이다.

12 〈만세유방〉

나의 인생은 가와키다 나가마사를 빼고는 말할 수 없다. 가와키다 씨와 중국영화와의 관계는 『키네마와 포성』(佐藤忠雄, リブロポート, 1985) 이나 『강좌 일본영화講座日本映画 ④ – 전쟁과 일본영화戦争と日本映画』(「中華電映と川喜多長政」, 清水晶, 1985) 같은 전문서에 자세히 실려있다. 그가 상하이에서 중화전영中華電影을 만든 것은 1939년으로 내가 만에이와 도호의 합작 영화인 〈백란의 노래〉에 출연할 무렵이었다.

당시 만주에는 신징의 아마가츠 마사히코 씨가 이끄는 국책 영화사 만에이가 있었고, 베이징에는 만에이 계열의 화베이전영華北電影이 있었지만, 아직 상하이와 난징 같은 화중 지역 일본군 점령지에는 문화공작을 담당할 국책 영화사가 없었다. 그래서 육군 중지파견군은 새 영화사를 만들기 위한 일본 대표로 가와키다 씨를 선택했다.

가와키다 씨는 원래 부인과 함께 도와상사東和商社를 운영하면서 유럽 영화 수입과 일본 영화 제작과 수출 쪽 일을 했다. 하지만 전쟁 상황에 따라 통제가 심해지며 수입 영화 수는 줄고 있었다. 그런 상황에서 상하이에서의 새로운 사업 이야기가 들어온 것이다.

상하이에 새 영화사를 만들려는 군부에게 영화계 사람들은 입을 모아 가와키다 나가마사를 추천했다. 부부는 국제적인 영화 사업 경험이 풍부한 전문가였다. 특히 중국어, 영어, 독일어, 프랑스어가 유창한 가와키다 씨는 전쟁 전의 일본인으로는 드문 국제 감각의 소유자였다. 그러면서도 수입 문화를 맹신하는 '서양병 환자'가 아닌 중국과 중국인에 대한 이해와 애정이 깊은 교양인이었다. 회사명 '도와東和'와 딸 이름 '와코和子'도 동양과 서양의 '화합和'을 담은 이름이다. 그에게는 아버지 가와기다 다이지로川喜多大治朗의 영향이 컸다. 다이지로 씨는 육군대학 출신으로 러일전쟁에서 육군 포병 대위로 활약하다가, 전후 청나라 정부의 요청으로 청나라 육군 근대화를 위해 신설된 바오딩육군군관학교保定軍官學校의 작전학 교수가 된다. 그는 청나라 육군에게 신뢰를 받았을 뿐만 아니라 사관 후보생들이 존경하는 교수였다. 학교 임기를 끝낸 다이지로 씨는 위안 스카이 장군의 요청으로 혼자 베이징에 남아서 사관 양성을 위한 군사 고문이 되지만, 바로 암살된다. 나가마사 씨 만 5세 때 일이었다.

가와키다 씨는 아버지 죽음의 진상을 밝히기 위해 중학교 3학년 여름 방학 때 혼자 중국으로 가서 전 군관학교 교장이며 당시 총리대신이던 돤치루이段祺瑞에게 편지로 만남을 청한다. 총리대신을 만나지는 못했지만, 그가 받은 정성스러운 답장에는 아버지 가와키다 다이지로는 중국의 큰 은인으로 그 아들인 당신이 중국에 올 일이 있다면 도와주겠다는 말이 쓰여 있었다.

그런 인연으로 가와키다 씨는 베이징대학에서 공부한다. 그는 아버지처럼 양국 우호를 위한 일하려 했지만, 5·4운동 이후의 중국의 반일 분위기로 학업을 이어가기 어려워 독일로 유학을 간다.

그리고 공부를 마치고 일본으로 돌아와서는 유럽 영화를 수입했다. 그러던 중 우연한 기회에 중국 공군총장 딩미엔丁綿 장군이 아버지의 친구였다는 것을 알고 베이징에서 장군을 만나 처음 아버지 죽음의 진상을 알게 된다. 아버지 가와기다 다이지로 대좌는 중국에 뼈를 묻을 생각으로 귀화를 하고 베이징에 남아 중국 엘리트 장교를 육성했지만, 그런 활동을 의심한 일본 군부의 명령으로 일본 헌병에게 암살된 것이다.

부자가 2대에 걸쳐 깊은 관계를 갖게 된 중국은 가와키다 씨에게는 제2의 고향이었다. 그는 중일전쟁으로 두 나라가 싸울 때는 몸이 찢기듯이 괴로웠다고 했다.

그런 그에게 일본 군부가 국책 영화 회사를 만들어 책임을 맡기려 하자 그는 고민했다. 하지만 "만일 내가 제안을 받아들이지 않으면 누가 책임을 맡을까? 그 사람이 중일 관계에 관한 신념도 이해도 없다면 군부의 말대로 움직여 회사는 실패할 테지. 그런 상황은 일본을 위해서도 중국을 위해서도 좋지 않다"라고 생각해서 군부의 제안을 받아들인다.(「私の履歴書」, 『日本経済新聞』, 1980)

군부가 회사의 경영에 참견하지 않고 모든 것을 맡긴다는 조건부 승낙이었다. 중일전쟁이 시작되자 상하이의 일부 영화인은 공산당 정권을 피해서 장제스 정권이 지키는 충칭으로 가거나 아니면 영국령이던 홍콩으로 갔다. 하지만 대부분은 상하이 조계에 머물면서 계속 영화를 찍었다. 상하이의 영국, 미국, 일본, 프랑스 공동 조계와 프랑스 관영 조계는 중국인 애국지사에게 좋은 항일운동 거점으로 1941년 12월 8일 일본이 영국과 미국에게 선전 포고를 하기 전까지는 '무기 없는 항일의 고도孤島'로 불렸다. 또 신징의 만에이나 베이징의 화베이전영을 제외한 중국의 모든 영화사와 촬영소가 모여 있어서 '중국의 할리우드'라고 불렸다.

영화사를 맡은 가와키다 씨는 일본군이 지키는 일본인 거리 홍커우虹口에 본사를 두면, 군부의 영향이 강해질 것을 우려해 일부러 중화전영 본사를 항일 거점인 조계에 세웠다. 그렇게 함으로써 중화전영이 중국영화사와 같음을 증명하려고 했다. 하지만 아무리 노력을 해도 중화전영이 일본 국책 영화사라는 사실은 변함이 없었다. 회사는 중국과 일본 어느 진영의 편도 들지 못하고 상하이 영화계의 눈치를 보는 형편이었다.

그런 상황에서도 중화전영은 만에이처럼 일본의 정책을 표현한 선동적 영화를 만들지 않고, 중국영화사가 찍은 작품 중 양국 입장을 반영한 작품을 골라 일본군 점령 지역이나 일본에 배급했다.

하지만 영화가 전하는 메시지를 판단하는 일은 쉽지 않은 일이었다. 예를 들면 사극 〈화목란花木蘭〉을 영화화한 〈목란종군木蘭從軍〉(제작 장선군張善琨, 감독 부卜滿蒼, 주연 진운상陳雲裳)의 줄거리는 다음과 같다.

북방 흉노의 침입으로 젊은 남자는 모두 나라를 지키러 간 상황. 꽃다운 아가씨 무란의 집에는 늙은 부모와 어린 남동생밖에 없었지만, 아버지에게 무예를 배운 무란은 남장을 하고 종군해서 뛰어난 검술로 큰 공을 세운다.

이 영화는 '옛 이야기를 빌려 지금을 풍자하는借古諷今' 영화로 장선군이 꽃다운 아가씨가 남장을 하고 외적을 무찌른다는 시대극에 숨긴 의도는 중국인의 구국 정신을 고양하는 것이었다.

중화전영과 일본군은 이 영화의 배급 허가를 두고 대립했다. 헌병대는 완강하게 반대했고 츠지 히사이치辻久一(전후 유명 프로듀서, 영화 평론가)를 비롯한 보도부 사람들은 찬성으로 의견이 갈렸다. 결국 선전부장 이치지 스스무伊知地進 육군 대위가 이 영화를 '어려울 때 나라를 위해 나선다'라는 교육 칙어의 애국 정신을 표현한 영화라고 해석해서 상영을 허가한다.

가와키다 나가마사 씨는 항일 영화 〈무란종군〉을 배급해 중국영화인에게 절대적 신용을 얻는다. 장선군을 비롯한 중국인 제작자들은 가와키다 씨에게 마음을 열고 전시라는 어려운 조건 속에서 함께 중국인을 위한 중국영화를 만들자고 약속한다.

가와키다 씨가 상하이 영화계를 일본군의 전횡에서 지키려고 한 것은 중국인과의 우호와 신뢰 관계를 유지하려는 신념이 있어서였다. 그는 이와사키 아키라 같은 일본 영화인을 통해 당시의 상하이 영화계가 진보적 자유주의자들의 활동 무대임을 잘 알았다.

나는 일본 영화사에 주요 인물인 가와키다 씨와 이와사키 씨에게 영화가 무엇인가를 배웠다. 그 두 사람은 일본 영화의 청춘 시대에 한솥의 밥을 먹으면서 일본 영화에 대한 꿈을 이야기하는 둘도 없는 친구였다.

이와사키 씨는 도쿄제국대학 독문과를 재학할 때부터 『키네마 순보』에 영화 평론를 써서 두각을 나타냈다. 그는 1927년 대학을 졸업하고는 독일어 실력과 영화 지식을 평가받아 독일 영화 수입 회사인 UFA사의 일본 지점인 다구치상점田口商店에 입사했다.

이와사키 씨는 가와키다 씨와의 만남을 『영화가 젊었던 시절에映画が若かった時』(平凡社, 1980)에서 다음과 같이 기억한다. "중역석 옆에 있는 책상에는 흰 피부에 온화한 얼굴의 청년이 앉아 있었다. 거의 시골 출

신들이 일하는 다구치상점 사무실이었지만 그에게는 특별한 분위기가 풍겼다. (…중략…) 풍채 좋은 외모에서는 일본인에게는 드문 자유로운 분위기가 느껴졌다. 물어보니 다구치 상점의 사원이 아니라 독일 UFA사 대표였다."

가와키다 씨와 이와사키 씨는 처음 만나 바로 친해지지만, 다구치상점은 일 년 후에 망했다. 도산하는 날 아오야마 도시미青山敏美(이후 도와 선전부장)를 비롯한 다구치상점의 독일어 삼총사는 일 년 후 그날 다시 만나기로 약속하고 헤어졌다. 하지만 그 약속은 지켜지지 못했다. 셋은 일 년이 아니라 일주일도 기다리지 못하고 만나기 시작했기 때문이다.

이후 가와키다 씨는 도와상사를 설립한다. 회사를 만들면서 입사한 다케우치 가시코竹内かしこ는 요코하마 페리스여학교를 졸업한 재원으로 처음 맡은 일이 미조구치 겐지溝口健二 감독의 〈광애의 여의사狂愛の女師匠〉 대본의 영어 번역이었다. 가와키다 씨는 일 년 뒤 그녀와 결혼했고 이후 부부는 일본 영화의 국제화를 위해 활약한다.

이와사키 씨는 가와키다 씨가 중화전영을 설립하기 전이며, 중일전쟁이 일어나기 전부터 중국영화인들과 친했다. 특히 그의 영화론에 주목한 루쉰 때문에 그의 이름은 상하이의 지식인 사이에서 유명했다.

1930년대 중반 상하이에서는 이와사키 씨를 중국으로 초대했던 첸시아링沈西苓, 차이츄셩蔡楚生, 위에펑岳風, 스동산史東山, 잉윈웨이應雲衛 같은 진보적인 명감독이 활약했고 티엔한田漢, 샤옌夏衍 같은 작가들이 좋은 각본을 썼다.

이와사키 씨가 중국으로 왔을 때는 〈재주小玩意〉, 〈여신神女〉 등에 출현했으며, 자신이 주연한 영화 〈신여성新女性〉의 상징 같은 대스타 롼링위

阮玲玉의 자살 사건이 있었다. 당시 상하이의 영화계는 모더니즘의 공기가 가득 차 있었다. 1930년대 후반에 중국의 '지방'인 만주에서 데뷔한 나는 당시 중국영화의 중심인 상하이 여배우들을 동경했다.

1985년 나는 도쿄 다케바시竹橋에 있는 국립 근대미술관에서 열린 중국영화 회고전에서 왕년의 선배나 친구를 만난다. 리리리黎莉莉, 왕런메이王人美, 진포얼陳波兒, 바이양白楊…… 특히 롼링위가 죽은 뒤에 최고의 배우며 가수였던 저우수안周璇은 나와 친했다. 그녀가 노래한 〈사계가四季歌〉, 〈천애가녀天涯歌女〉는 한 세대를 풍미했다. 나도 불렀던 세계적 명곡인 〈하일군재래〉는 그녀가 제일 처음 부른 노래다.

일본군은 1941년 태평양전쟁 발발과 함께 상하이 조계를 점령했고, 영화 회사를 합병해 군부의 중국영화계 통제도 점점 강해졌다. 그런 상황에서도 가와키다 씨가 만든 일본과의 합병 영화는 〈춘강유한春江遺恨〉(1944) 한 편뿐이었다. 대신 그는 장선군과 협의해서 일본군의 검열을 간신히 통과한 중국영화를 배급했다. 그런 아이디어는 가와키다 씨가 국제적인 마인드를 가진 사람이기에 가능했다. 그는 일본의 인재를 계속 상하이로 불러들였다. 하즈미 츠네오筈見恒夫(도와 선전부장, 영화 평론가), 곤다이보 고로渾大防五郎(쇼치쿠 기획부장), 히라타 요시에平田良衛(좌익운동가), 기요미즈 아키라, 히메다 요시로秘田余四郎(영화 평론가), 노구치 히사미츠野口久光(번역가, 작가)…….

내가 처음 상하이에 간 것은 1940년으로 〈지나의 밤〉을 촬영하기 위해서였는데, 처음에는 만에이 관계자가 가와키다 씨를 별로 좋게 말하지 않아서 나는 가와키다 씨와 거리를 두었다. 만에이와 중화전영은 같은 일본의 국책 회사이지만 사이가 좋지 않았다. 아마카즈 마사히코와 가와키다 나가마사의 성격은 반대였다. 아마카즈 씨는 무정부주의자 오스기 사카에를 학살한 인물로 만주국 건설 공신인 한편, 가와키다 씨는 아버지 때부터 친중국파인 자유주의자였다.

1942년 육군은 만에이, 화북전영, 중화전영 이 세 국책 영화사를 모아 '대륙영화연맹회의大陸映画聯盟会議'를 열었다. 이 회의에서 만에이와 중화전영의 노선의 차이는 점점 확실해졌다. 만에이는 가와키다 씨가 중국인을 대상으로 한 교선 영화를 제작하지 않는 것에 불만을 표했다.

그 무렵 가와키다 씨를 암살하려는 움직임이 있다는 소문이 있었다. 나도 그 소문을 듣고 떨었던 기억이 있다. 그러나 가와키다 씨 본인은 담담했다. 자서전을 보면 "암살 소문을 들었을 때 나는 아버지와 같은 운명이 될지도 모른다고 생각했지만 무섭지도 비장한 기분도 들지 않았다"라고 회상한다.

하지만 가시코 부인은 그렇지 않았다. 가와키다 씨는 종종 만에이와 일하러 신징에 왔는데 "그럴 때마다 나는 무섭다는 생각에 몸을 떨었습니다. 출장을 가면 늘 술자리가 있어 술고래인 아마카즈 이사장과 술내기를 했습니다. 남편은 "긴장을 해서 아무리 마셔도 취하지 않아"라고 말했어요."(자전自伝『영화의 한길로映画のひとすじに』, 講談社, 1973)

나도 두 사람의 술내기 자리에 참석한 적이 있다. 둘은 승부를 가리기 어려운 술꾼들로 마지막까지 흐트러지지 않았다. 둘 다 의식적으로 긴장하면서 마시는 것 같았다. 술자리에서 가와키다 씨가 취하지 않았다며 장기판인가 바둑판 위에서 물구나무를 선 일이 기억난다. 아마카즈 씨는 "대단해! 대단해!" 하면서 박수를 쳤다.

그의 암살 계획에 대해 츠지 카즈는 자신의 책『중화전영사화』에서

"암살을 막은 것은 토박이 영화인으로 만에이의 중역 중 한 사람이다. 그는 아버지 대부터 영화의 한 길을 걸어온 사람으로 가와키다 씨의 진가를 이해하자고 간곡하게 말했다. 전후에 본인에게 직접 들은 이야기이다"라고 증언했다.

영화 평론가 사토 다다오佐藤忠雄는 츠지 씨의 기록에 나온 '아버지 대부터 영화인', '만에이 중역'이라는 점에 주목해 가와키다 씨의 암살을 막은 것이 아키노 미츠오アキノ光雄라고 단정한다. "미안 미안, 나만 딱 믿어"라는 말로 나를 〈밀월쾌차〉 촬영으로 끌어들여 배우로 만든 그 아키노 씨가 가와가타 씨의 목숨을 구했다니! 하지만 아키노 씨가 사망한 지금은 사실을 확인할 길이 없다.

아마카즈 이사장은 전 공산당원이나 자유로운 영화인을 기용하는 만에이 경영자로서의 제2의 인생을 살면서도 끓어오르는 테러리스트의 피를 주체할 수 없었는지, 하얼빈 폭동 사건, 푸이 밀송 등에도 적극적으로 관여했다.

만에이의 압력 때문인지 만에이, 중화전영, 중화연합제편공사中華聯合製片公司(중국영화사들의 통합 조직)는 나를 주연으로 한 영화를 만든다. 1942년은 중국이 아편전쟁으로 영국에게 패해 굴욕적인 난징조약을 맺은 백 주년이었다. 합작 작품은 그에 관련된 기획으로 아편 박멸을 위해 영국과 싸운 린커슈林則徐의 이야기를 그린 시대극이었다. 제목은 '린커슈의 의거는 영원히萬世 향기를 남긴다流芳'라는 의미인 〈만세유방〉이었다.

이 영화의 스탭과 캐스팅이 발표되자 상하이 영화계는 시끄러워졌다. 제작 총지휘는 중국영화계의 왕 같은 존재인 장선군. 감독은 부완찬卜萬

倉, 주스린朱石麟, 마시웨이방馬徐維邦 세 명의 명감독이 맡았다.

나라를 구하는 영웅 린커슈 역으로는 정상의 남자 배우 가오전페이高占非. 그의 정숙한 처는 인기 배우 위엔메이윈袁美雲이, 〈목란종군〉으로 정상의 여배우가 된 진운상은 린거슈을 사랑하는 장징시안張靜嫻 역으로 캐스팅된다. 장징시안은 사랑을 이루지는 못하지만 린커슈가 아편 중독을 막는 약을 만들게 돕고 남장을 해서 영국과 싸우는 레지스탕스 운동의 선봉에 선다. 아편 중독으로 고통받는 청년 지사는 미남 배우 왕인王引이 캐스팅되었다. 나는 아편굴에서 아편의 유해성을 노래하면서 사탕을 파는 그의 애인 역을 맡았다.

이 영화는 〈목란종군〉처럼 옛이야기를 빌어 지금을 풍자하는 영화다. 또 일본인이 보자면 아편전쟁으로 중국의 식민지화를 노리는 서양인에게 저항하는 '귀축영미'를 표현하며 전의를 고양시키는 영화였고, 중국인이 보자면 외적(일본)의 침략과 싸우는 레지스탕스 영화였다. 즉 보는 사람에 따라 해석이 다양한 영화로 가와키다 씨와 장선군 씨가 중일 양국의 반응을 충분히 계산해서 만든 절묘한 영화였다.

가와키다 씨는 평소 일본인과 진정한 일만친선, 일화친선을 바라는 중국인은 한 명도 없다고 말했다. 사실 상하이 영화계에서 가장 친일적이라는 평가를 받는 장 감독도 사실은 항일 영화인이었다. 그는 몰래 자신의 작품을 국민당 정부重慶政府에게 사전 검열받고 있었다. 가와키다 씨도 그런 사실을 알았고 장 감독도 가와키다 씨가 알고 있는 것을 알았다.

그런 두 사람 때문에 전시에도 중국영화의 불씨는 꺼지지 않을 수 있었다. 물론 지금의 중국 정부는 당시의 영화를 인정하지 않는다. 하지만 전시라는 극한 상황 속에서도 양심 있는 인간의 노력을 인정하는 사람도 많다.

나는 이 작품에 의욕적으로 참여했다. 1938년 이후 나는 일본 영화에서 중국인 역만 맡았고 활동도 만주와 일본에서만 했다. 그래서 나에게 〈만세유방〉의 사탕팔이 아가씨 역할은 중국 전체를 시장으로 하는 중앙 영화계로의 데뷔를 의미했다. 게다가 거물급 스타와의 경연이었다. 만에이로서도 중국 중앙 영화계와 어깨를 나란히 할 기회였다. 만에이 소속 배우는 나 하나였지만 이와사키 씨가 만에이측 기획 담당자 였다. 친한 친구인 가와키다 씨가 손을 쓴 것 같았다. 이와사키 씨는 1942년 7월 초 기획 회의를 하고 11월 촬영을 시작, 1943년 6월 영화가 완성될 때까지 나의 좋은 상담역이 되어 주었다. 1942년 이후 내가 만에이에서 찍은 작품은 거의 이와사키 씨의 지도를 받으면서 찍었다. 하지만 이와사키 씨는 자신의 만에이에서의 활동을 기록에 남기지 않았다.

1942년 〈앙춘화迎春花〉(쇼치구 · 만에이 공동 제작)는 이와사키 씨와 시미즈 히로시清水宏의 우정의 결실 같은 작품이다. 〈만세유방〉은 중국인을 위한 애국 영화였지만, 중국인 배우들은 영화를 일본 영화사가 제작했다는 사실에 불신감을 느꼈다. 인기 배우 진운상도 처음에는 불쾌한 기분을 드러내면서 나를 경계했다. 〈지나의 밤〉 같은 영화에서 일본인에게 순종적인 중국인으로 출연한 내가 일본인일지도 모른다고 의심해서였다. 하지만 함께 생활하면서 나의 사고 방식이 보통 일본인과는 다르다는 것을 알고 점점 마음을 열었다.

진운상은 분장실에서 "만에이와 합작 영화를 찍는 것을 안 팬에게 수치를 모르는 매국노라고 비난하는 협박장이 왔어. 나도 찍고 싶지 않았지만 〈목란종군〉 때 신세를 진 장선군 씨의 부탁을 거절할 수 없어서" 라고 했다. 복잡한 기분이었다. 함께 일을 한 중국인 배우들은 모두 철저한 항일 문화인이었다. 어느 날 촬영장에서 배우 다섯 명이 잡담을 하다가, 그중 한 사람이 나에게 "샹란! 니가 일본군의 높은 사람에게 한 방 먹인 거 알아"라고 했다.

내가 상하이 시내를(라고 해도 일본인 거리) 설치고 다니는 한 일본인 참모에게 한 일을 말하는 것이었다. 최전선에 있는 군인들의 고생을 본 나는 후방에서 중국인과 여자들에게 멋대로 구는 일본 군인이 싫었다. 어느 날 내가 일본인인 것을 안 한 일본인 참모가 내가 나이트클럽에서 중국인들과 함께 노는 것을 보고 "이런 비상 시국에 댄스홀에 드나들며 지나인과 시시덕거리다니 비국민!"이라고 훈계했다. 그리고 나를 요릿집으로 불렀다. 나는 나이트클럽에서 중국인과 어울리는 것을 비난하면서 요릿집의 좁은 방에서 자기와 술을 마시자는 제의가 어이없어서 계속 그의 초대를 거절했다. 어느 날 그 참모는 홧김에 요릿집에 불을 질렀다. 그의 분노가 꼭 나 때문은 아니었지만, 방화의 이유가 나에게 차여서라는 상하이 일본인 사회에서 시작된 소문은 중국인 사회까지 퍼졌다.

그 무렵 상하이에는 일본 군함 '이즈모出雲'가 정박해 있었다. 아침에 분장실에서 화장을 하고 있자니 진운상 주위로 보도 선전 담당관과 신문 기자, 카메라맨이 모였다. 보도 선전 담당관은 진운상에게 항구로 가서 이즈모의 함장에게 환영 꽃다발을 주라고 했다. 당시 최고 인기던 진운상이 이즈모 함장에게 꽃다발을 주는 사진을 여러 신문에 큼직하게 싣고 중일 친선을 운운하는 기사를 쓰려는 속셈이었다.

뚜렷한 이목구비의 진운상은 사나운 표정으로 "싫습니다. 안 가요"라고 쌀쌀맞게 말했다. 그 옆에 있던 동료 위엔메이윈은 작은 목소리로 "우리가 일본군을 싫어하는 걸 모르시나? 이 영화에 출연한 것만으로도 배신자라는 말을 듣는데, 일본 군함을 환영하는 사진을 찍으면 얼굴도 못 들고 다녀요"라고 중얼거렸다. 보도 선전 담당자는 어색한 중국어로 "어떻게 좀 안 되겠어요?"라고 다시 부탁했고 선전부의 중국인도 조심스럽게 진운상을 설득했다. 마지못한 진운상은 선전에 쓰지 않는다는 조건으로 끌려가듯이 자동차에 탔다.

하지만 다음날 신문에는 '친선 풍경'이라는 미사여구와 함께 '아름다운 눈동자'의 진운상이 해군 예복을 입은 함장에게 꽃다발을 주는 사진이 실렸다. 진운상은 종일 흐느끼면서 촬영 차례가 되어도 울음을 멈추지 않았다. 항의 전화와 협박장이 밀려들었기 때문이다. 이 사건은 나에게도 괴로운 일이었다. 진운상은 인기 여배우며 화제작을 촬영 중인 주인공으로 꽃다발 증정을 명령받았다. 만일 나라면 어떻게 했을까?

1941년 니치게키 일곱 바퀴 반 사건 때문에 일본에서는 내가 일본인이라는 사실이 일부에게 알려졌지만, 중국에서 나는 아직 베이징에서 태어나 펑텐에서 자란 중국인 아니면 중국인 혼혈로 알려져 있었다. 그래서 중국과 일본 사이의 미묘한 사건이 일어날 때면 무거운 죄악감을 느끼며 점점 배우 은퇴를 고민하기 시작했다.

하지만 〈만세유방〉에 출연한 중국인 배우들은 내가 일본인인 것을 어렴풋이 알았다고 생각한다. 적어도 상대역이던 왕인은 확실히 알았다. 그와 찍은 첫 장면은 사탕팔이 아가씨인 내가 연인 왕인이 숨어있는 산속 오두막으로 달려가는 장면이었다. 나는 부완만 감독의 강한 상하이 사투리 때문에 그의 지시를 전혀 이해할 수 없어 어찌할 줄 모르고 가만히 서 있었다. 얼굴이 빨개져서 울음이 터지기 직전 오두막에 숨어 있던 왕인이 나를 보면서 문을 노크하는 시늉을 했다. "아! 차오먼敲門하라고!" 나는 그제야 가볍게 문을 두드리면서 안의 기척을 살피는 연기를 했다. 왕인은 내가 일본인인 것을 알고 위기에서 구해준 것이다. '중국이여 일어나라!'가 테마인 〈만세유방〉은 1943년 6월에 개봉되어 큰 인기를 얻었다. 중국영화 최고의 관객 동원이었고 영화 속에서 내가 부른 〈매탕가賣糖歌〉도 순식간에 중국 전역에서 유행했다.

이 노래는 상하이의 유명 작곡가 량위에인梁樂音이 작곡했다. 그는 그 무렵 뉴욕 필 지휘가 레오폴드 스트로코브스키Leopold Stokowski가 출연한 음악영화 〈오케스트라의 소녀One Hundred Men and a Girl〉에서 주연 디나 더빈Deanna Durbin이 불러 세계적 인기를 얻은 〈건배의 노래〉를 생각하며 작곡했다고 한다. 〈매탕가〉는 제목 그대로 사탕을 파는 노래다. 아편을 피는 사람은 단 것이 당긴다고 한다. 그것을 안 사탕팔이 소녀는 사탕을 팔러 아편굴로 온다. "아편의 즐거움은 천국. 모든 병이 아편으로 낫지요. 아편은 맛있는 만능약. 입가심으로 사탕은 어떠세요. 아편을 피고 사탕을 먹으면 이 세상은 도원경……."

사탕팔이 소녀는 아편굴의 인기인이 되지만, 그곳에서 주인공의 친구인 청년 지사를 좋아하게 되면서 아편의 독성을 경고하는 노래를 부른다.

"연반烟盤의 반짝거림과 향기와 맛. 모두는 몸을 좀먹는 아편의 유혹. 등은 굽고 어깨는 뭉친다. 버리고 뒤도 돌아보지 마라 죽음의 담뱃대……."

그 노래를 들은 아편 중독자들은 동요하고 아편굴에서 나가려고 한다. 그러자 영국인 아편굴 주인은 사람을 시켜 두 사람을 잡으려고 하고 둘은 근처 산으로 도망간다. 산속 오두막에서 청년 지사가 사탕팔이 소녀의 어깨를 안고 밤하늘을 보면서 부르는 〈계연가戒煙歌〉는 절절한 사랑 노래이다.

영화는 상하이 일본군 점령지뿐만 아니라 중국 전역의 영화관에서 상영되었다. 가와키다 씨는 "영화가 옌안延安에서도 충칭重慶(장제스 국민당 정부의 수도)에서도 상영되고 있어"라며 만족스러워 했다. 영화 속 노래 〈매탕가〉는 레코드도 큰 인기를 얻었다.

츠지 히사이치 씨는 〈만세유방〉의 히트에 대해 『중화전영사화中華電影史話』(映畵史硏究)에서 다음과 같이 분석했다.

> 리샹란이 일본인이라는 소문도 있었다. 하지만 〈만세유방〉에서 그녀가 보여준 연기와 노래에 매료된 중국 관객에게 그런 사실은 상관없었다. 관객은 즐겁고 뛰어난 영화에 조건 없는 환호를 보냈다. 그런 점에서는 호탕한 중국인의 일면이 보였다. 레코트 〈매당가〉는 일본인 점령 지구에서 시작하여 충칭 정부와 공산당이 대립하는 곳에서까지 날개 돋힌 듯 팔려 나갔다. 이런 상황을 보면 나는 중국인이 생각하는 일본인 점령 지구의 의미를 알 것 같았다. 중국인에게 일본인 점령 지구는 광대한 중국에 있는 일시적인 작은 장애물로 중국인은 그런 것에 신경 쓰지 않는 지혜를 가졌다.

나중에 중국을 방문했을 때 중일우호협회 비서장 순핑화孫平化 씨는 "저도 당신이 나온 〈만세유방〉을 봤습니다"라고 말을 걸었다. 또 북한을 방문했을 때 김일성 주석은 오래된 친구처럼 악수를 청하면서 "중국 지린성 아지트에서 항일 게릴라로 잠복해 있을 때 당신 영화를 봤지"라고 했다.

나에게 1943년은 매우 바쁜 해였다. 전 해부터 이어진 일을 계속하면서 〈사욘의 종サヨンの鐘〉, 〈맹세의 합창誓いの合唱〉, 〈전쟁의 거리戦いの街〉, 〈나의 꾀꼬리〉, 〈만세유방〉 무려 다섯 편의 영화를 찍었기 때문이다. 일이 끝내고 지친 나는 베이징의 부모님 집으로 돌아갔다. 영화계에서 은퇴하고 싶은 생각은 점점 강해졌고 일단은 쉬고 싶었다. 우울했다. 중국인은 내가 일본인인 것을 모른다. 나는 중국인을 속이고 있다 – 라는 죄책감으로 막다른 곳에 몰린 기분이었다. 일본과 중국과의 전쟁이 길어지면서 가까운 중국인과 친구들에 사이에도 반일 분위기는 강해졌다. 친구들은 점점 항일운동이 활발한 지역으로 사라졌다.

판가에서 이차오여학교를 다닐 때부터 친했던 온귀화도 항일운동에 뛰어들었다. 그녀는 집이 왕푸징에 있던 명문가 딸로 그녀와의 우정은 배우가 된 뒤에도 이어져 베이징의 부모님 집에 돌아갈 때면 꼭 만났다.

어느 날 그녀의 어머니에게 급하게 나를 부르는 전화가 왔다. 내가 왕푸징에 있는 그녀 집으로 뛰어가니 온귀화가 현관 맨바닥에서 엎어져서 울고 있었다. 평소와 달리 머리는 하녀처럼 뒤로 묶고 허름한 목면옷을 입은 그녀의 흙을 바른 얼굴은 눈물로 뒤범벅이고 옆에는 새끼로 묶은 봇짐이 구르고 있었다. 부모님은 "이 아이가 지난 저녁 가출하려고 했어. 눈치채고 잡아 왔는데 울기만 하고 아무 말도 안 해. 친한 친구인 너라면 사정을 이야기할 것 같아서 오라고 했어"라고 했다. 부모님은 불안하고 화를 내면서 사정을 알고 싶어 했다. 나는 그녀와 하룻밤을 지내며 안정을 찾았을 때 조심스럽게 가출을 한 이유를 물어보았다. 귀화에게는 옌징燕京대학을 졸업한 애인이 있었는데, 그는 일본이 점령한 베이징을 떠나 충칭에서 항일운동에 가담하고 있었다. 귀화는 그에게 가려 한 것이다.

베이징에서 충칭으로. 가이펑開封까지라면 그럭저럭 기차로 갈 수 있지만, 그 앞의 교통은 끊겨있었다. 베이징에서 충칭까지는 아득하게 멀었다. 그 길은 내가 2년 전 영화 〈황하〉를 찍기 위해 통과한 일본군 비점령 지역으로 탈출하는 통로였다. 나는 그 길에서 황하에 처박힌 승용차를 본 적이 있다. 일본군에게 발각되어 목숨을 잃은 중국인 탈출자들의 흔적이었다. 총을 맞은 차는 엉망으로 부서져 있었다.

그날 밤 눈물을 닦고 흥분을 가라앉힌 그녀는 자기 전에 피아노로 베토벤의 〈월광〉을 연주하면서 "피아노와도 이별, 너와도 이별이다"라고 했다.

얼마 뒤 온귀화는 두 번째 가출을 성공했다. 나는 그녀가 무사하게 충칭에 도착하기를 빌 뿐이었다. 다행히 그녀는 무사하게 충칭에 도착해 애인과 결혼했고, 현재는 타이완에 살고 있다.

내가 느끼는 허탈감과는 관계없이 베이징에서의 활동은 순조로웠다. 온귀화 사건이 있고 얼마 뒤, 나는 베이징의 신문사가 모여 갖는 공동 기자 회견을 하게 되었다. 내키지는 않았지만 거절할 수는 없는 상황이었다. 회견이 시작되기 전 내 머릿속에는 계속 온귀화와 진운상의 얼굴이 어른거렸다. 나는 어떤 표정으로 인터뷰를 해야 하는가? 국적에 관한 질문이 나오면 어떻게 대답해야 좋을까? 나는 "그래, 여기서 일본인이라고 고백하는 거야!"라고 결심했다.

나는 아버지의 친구이자 기자 클럽의 간사장인 리 씨에게 "기자 회견에서 거짓말을 하고 싶지 않아요. 지금의 리샹란은 야마구치 요시코고 중국에서 태어난 중국을 사랑하는 일본인 여성이라고 말할 때라고요!"라고 했다.

하지만 리 씨는 머리를 흔들면서 "절대 찬성할 수 없어. 너는 중국인이고 베이징이 낳은 스타야. 우리의 꿈을 깨지 마라. 계속 중국인으로 살지 않으면 곤란해"라고 했다. 회견장인 베이징반점에는 오십여 명의 기자가 모였다. 기자 회견은 리 씨의 사회로 순조롭게 진행되었다. 질문은 주로 〈만세유방〉의 촬영이나 배우에 관한 내용으로 이어졌다.

리 씨가 회견을 끝내려고 할 때, 젊은 기자 한 사람이 일어나면서 "리샹란 소저! 마지막으로 하나만 묻겠습니다"라고 했다. 나는 모든 것을 체념한 기분으로 기자의 말을 기다렸다. 기자는 "당신은 지금까지 〈백란의 노래〉나 〈지나의 밤〉 같은 일본 영화에 출연했는데, 당신은 중국인이지요? 그렇다면 민족의 긍지를 버린 것과 다름 없군요"라고 했다.

각오는 했지만 바로 혼란스러워졌다. 지금이야말로 일본인이라고 말하고 싶다. 아니다. 여기서는 말하지 않는 것이 좋다……. 나의 사고는 맥락을 잃고 엉망이 되었다. 몇 초가 흘렀다. 회장은 찬물을 끼얹은 듯 냉랭한 분위기였다. 엉망인 머릿속과는 관계없이 가슴 속에서는 진실의 목소리가 들려왔다.

하지만 머리와 상관없이 입은 마음대로 움직였다. "스무 살도 되기 전 아무것도 모를 때 한 잘못입니다. 용서해주세요. 두 번 다시 하지 않겠습니다." 그때였다. 기자들이 자리에서 일어나면서 박수가 터져 나왔다. 나는 박수가 멈출 때까지 머리를 숙이고 있었다.

베이징반점에서 돌아오는 길에 나는 혼자서 좋아하는 태묘太廟에 들렀다. 그리고 소나무와 잣나무 고목이 무성한 길을 걸으면서 여학교 때처럼 생각에 잠겼다. 도대체 나라는 존재는 무엇인가? 18살에 처음으로 간 일본 시모노세키에서는 일본인 관원에게 "일본인으로서 중국인처럼……"이라는 면박을 받았다. 그런데 지금 베이징에서는 중국인들에게 "중국인으로서……"라는 비판을 받고 있다. 하지만 기자회견에서의 사죄를 계기로 대부분은 내가 일본인이라고 의심하면서도 박수를 친다.

나는 리샹란을 버리고 만에이를 퇴사하려고 결심했다. 나는 먼저 내가 가장 믿는 사람인 이와사키 씨에게 상담하기 위해 일을 핑계로 도쿄로 갔다. 그해 나는 만에이와 3년 계약을 갱신해서 만에가 퇴사를 인정해 줄지는 의문이었다. 이와사키 씨는 태평하게 "계약이라는건 말이야 깨라고 맺는 거야. 전차표는 전차에서 내리려고 사는 거잖아? 쓸데없이 신경 쓰지 말고 네가 믿는 길로 가"라고 했다.

1944년 가을 나는 도쿄에서 〈전쟁 군악대戰爭軍樂隊〉의 세트 촬영을 끝내고 상하이로 돌아왔다. 그리고 또 한 사람의 신뢰하는 사람 가와키다 씨에게 마지막 상담을 하고 신징에 있는 만에이 본사로 가서 아마카즈 이사장에게 면담을 청했다.

아마카즈 씨는 이사장 자리에 놓인 책상 옆에 서서 나를 기다리고 있었다. 책상 위에는 이와나미 신서의 『아라비아의 로렌스』가 놓여있었다. 그는 "고생했네. 피곤하지? 〈만세유방〉은 대단한 호평이더군"이라고 했다. 나는 그의 친절한 말에 아무 말도 못하고 있다가 마음을 단단히 먹고 입을 열었다.

"오랫동안 감사했습니다. 저는 이제 중국인 노릇을 할 수 없습니다. 지금까지 일본과 중국 사이에서 너무 괴로웠습니다. 더는 리샹란으로 생활할 수 없습니다. 계약해지를 부탁합니다"라는 말을 끝낸 나는 눈을 감고 이사장의 말을 기다렸다.

"알겠어요"라는 말을 듣고 고개를 들자 아마카즈 씨는 평소처럼 동그란 안경테 속에서 수줍은 표정으로 미소를 짓고 있었다. 그리고 인사과장에게 전화해서 계약서를 가져오라고 했다. 그리고 밝은 어조로 "당신이 리샹란으로 사는 것이 자연스럽지 않다는 것은 나도 계속 느끼고 있었지. 만주국이나 만에이는 어떻게 될지 모르지만, 당신의 장래는 길어요. 부디 자신이 생각하는 길을 걷도록 해요. 할 수 있다면 일본 영화계에서 성장하세요. 일본에서 일하는 것도 쉽지는 않을 거요. 건강에 주의하면서 자신의 길을 가세요"라고 했다. 내가 "감사합니다"라고 머리를 숙였을 때 인사과장이 서류를 들고 들어왔다.

9개월 후 소련이 신징으로 진입한 1945년 8월 20일 아마카즈 이사장은 이사장실에서 청산가리를 마셨다. 우치다 도무 감독이 그의 입에 소금을 넣고 거꾸로 들어서 토하게 하려고 했지만 실패했다.

13 야래향 랩소디

여러 번 말했듯이 나는 옛 만주의 푸순과 펑톈에서 자라서 중국의 고도古都 베이징에서 공부했다. 만에이 전속 배우가 된 뒤에는 본사와 촬영소가 있는 신징을 중심으로 생활했고 그동안 부모님은 펑톈에서 베이징으로 이사 갔다. 그리고 중국에서의 나의 마지막 거주지는 상하이이다.

상하이라는 중국 최고의 아니, 세계 최고의 대도시였다. 전쟁 전의 상하이를 표현하는 단어로는 역시 '마도魔都', '모던魔登' 같은 단어가 가장 어울린다. 고딕과 아르데코풍의 호화로운 호텔과 레스토랑, 나이트클럽, 극장이 있는 대리석 빌딩이 늘어선 중심가도 있었지만 조금 들어간 뒷골목은 낮에도 어두컴컴했다. 그곳에는 범죄와 마약과 도박, 매춘 같은 악덕이 곰팡이처럼 피어있었다. 그러나 프랑스 조계와 공동 조계 일대의 멋진 도로와 공원, 고급 주택지는 구미 근대 도시의 축소판 같았다.

어둠이 내리면 황푸강黄埔江에 브로드웨이맨션(지금의 상하이빌딩上海大厦)과 가든브릿지(와이바이도교外白渡橋)의 불빛이 어렸다. 황푸강이 양자강 하구와 만나는 지점에 신기루처럼 떠있는 19세기 유럽 같은 거리가 상하이 조계였다. 인종의 용광로였던 상하이는 남쪽에서 북쪽을 향해 중국인 거리(난스南市, 청나이城內)와 프랑스 조계, 공동 조계가 인접해 있었다.

영국, 미국, 일본, 프랑스, 이탈리아 공동 조계는 쑤저우강蘇州江을 중심으로 남서측 지역이 영미군 경비 구역, 북동측 홍커우에서 지베이閘北까지가 일본군 경비 구역이었다. 하지만 이런 구분도 태평양전쟁 이전으로 1941년 12월 이후 일본군은 조계 전구역을 점령했다.

상하이 조계는 개항 뒤 여러 나라의 중국 진출 거점으로 일본에게 점령되었다가 전후에는 외국 지배에서 해방되었다. 당시 열강의 백인들이 상하이 조계를 자기 나라처럼 생각했다는 것은 상하이에서 처음 생긴 공원인 황푸공원 입구에 '개와 중국인은 들어가지 말 것'이라는 팻말이 붙어있었다는 일화가 말해준다. 이런 열강에 대한 반발로 상하이는 국제 도시인 동시에 혁명과 게릴라의 도시였다. 으슥한 조계의 골목이나 슬럼에서는 중국 관원의 눈을 피할 수 있었기 때문이다.

중국 근대화는 상하이에서 시작되었다. 쑨원은 상하이를 혁명 거점으로 삼았다. 신중국을 수립한 중국 공산당도 상하이 조계에서 결성되었고, 문화혁명도 상하이에서 시작되었다. 다카스기 신사쿠高杉普作, 미야자키 도우텐宮崎稲天, 기타 잇키北一輝, 오스기 사카에大杉栄 같은 일본의 혁명가들도 상하이에서 세상의 변화를 꿈꿨다. 중국의 현관 상하이는 전쟁 전에는 나가사키에서 배를 타면 여권 없이도 올 수 있는 '나가사키현 상하이시'라고 불리던 '서양'이었다.

내가 처음 상하이를 간 것은 1940년 〈지나의 밤〉을 촬영할 때로 1944년 말 만에이를 퇴사한 뒤에도 상하이에서 살며 종전도 상하이에서 맞이했다. 1946년 4월에 일본으로 돌아올 때까지 상하이에 있었다. 상하이는 '동양의 파리'로 영화, 연극, 발레, 오케스트라, 재즈 …… 같은 모든 예술의 중심지였지만 그것도 1930년대까지였다. 중일전쟁과 태평양전쟁이 진행되면서 일본 군부의 문화 통제가 심해지자 영화와 연극, 음악 분야는 활기를 잃게 되었다. 양심적인 예술가들은 활동을 중지하거나 상하이를 떠나서 장제스 정부의 충칭 지구나 마오쩌둥 정부의 옌안延安, 아니면 홍콩으로 가서 문화 통치의 기세가 꺾이기를 기다렸다. 물론 장선군처럼 일단 현실에 타협하며 가능한 범위에서 작품에 중국인의 저항 정신을 담은 사람도 있었다.

영화는 도시에서만 볼 수 있었지만, 경극은 전 지역에서 볼 수 있어서 전통 예술 경극은 중국사람들에게 가장 인기 있었다. 최고의 경극 배우는 여자역 전문 배우 메이란팡梅蘭芳이었다. 그는 전쟁 중 일본 군국주의에 저항하는 의미로 계속 홍콩에 칩거하면서 단 한 번도 베이징이나 상하이 무대에 서지 않았다.

가와키다 나가마사 씨도 그런 메이란팡의 고집을 직접 느낀 적이 있다. 군 보도부는 전쟁이 일본에게 불리하게 돌아가자 중국의 민심을 다스릴 여러 가지 방법을 생각했다. 그리고 문화 정책의 유력 후보로 메이란팡을 떠올렸다. 군부는 그를 대극장에 세울 계획을 하고 그 교섭을 중국인이 신뢰하는 가와가타 씨에게 맡겼다.

가와키다 씨는 메이란팡과 친한 장선군과 홍콩으로 가서 함께 식사를 했다. 약속 장소인 중국 요릿집으로 나타난 메이란팡은 수염을 기르고 등이 굽은 초라한 모습이었다. 어디에도 요염한 자태와 미성으로 대극장에 모인 사람들을 매료하던 모습은 없었다.

가와키다 씨가 출연을 의뢰하자 메이란팡은 갈라진 목소리로 한숨을 쉬면서 "호의는 감사하지만 보시는 대로입니다. 오래 앓았고 늙어 굽은 몸으로는 무대에 설 수 없습니다. 특히 목은 완전히 망가졌습니다. 이 모습으로는 관객 앞에 설 수 없습니다"라고 하면서 가와키다 씨의 눈을 뚫어지게 보았다. 가와키다 씨는 그의 의중을 바로 이해했다. 메이란팡은 지금 일생을 건 연기를 하고 있었다. 그리고 장 씨와 마주보면서 서로의 생각을 확인했다.

가와키다 씨는 보도부에 가서 "메이란팡은 이제 늙어서 안 되겠습니다. 무리하게 무대에 세운다면 군부는 웃음거리가 됩니다"라고 보고했다. 하지만 메이란팡은 전쟁이 끝나자 바로 수염을 밀고 상하이대극장에서 열린 전승 기념 공연에 출연해서 변함없는 미성과 미모로 관객을 사로잡았다.

1944년이 되자 남방 전선은 일본의 열세가 확실해졌고, 10월에서 11월 사이에는 미국 육해군이 필리핀으로 진격해서 레이테섬을 점령했다. 일본 해군은 타이완만에서 미국 공군에 맞서 승리했다고 거짓 발표를 했지만, 상하이에 사는 중국인들은 단파 라디오로 미국 방송을 듣고 진실을 알고 있었다. 비슷한 시기에 상하이 북부의 비행장과 남부의 조선소도 공격을 받았다.

1943년 6월에는 비상시 기구 개혁으로 일본 측의 '중화전영공사(중영)'와 중국영화 회사가 연합한 '중화연합제편공사中華聯合製片公司(중연)'를 합병해 '중화전영연합유한공사中華電影股份有限公司(화영)'가 설립된다.

화영은 가와키다 씨의 강력한 지원 아래 장선군 씨가 인기 여배우 진운산, 위엔메이윈, 구란준顧蘭君, 진엔엔陣燕燕, 리리화李麗華, 저우만화周曼

華, 저우슈안周璇 등의 '7대 스타七人明星'로 흥행을 유지했었다. 하지만 진 윤상은 결혼하면서 은퇴했고 구란준은 화극話劇* 으로 옮겨갔다. 진엔엔과 리리화도 은퇴해서 남은 것은 저우슈안과 저우만화, 위엔메이윈 '3대 스타三大明星'뿐이었다. 그런 상황에 나를 참여시켜 체제를 정비하려고 한 장 씨는 〈달로 간 항아嫦娥奔月〉, 〈향비香妃〉 등을 기획했다. 나는 7년간 일하던 만에이를 퇴사한 뒤에 바로 두 영화와 사전 회의를 시작했다.

* 대화를 중심으로 한 옛날 연극

중국 전설에 나오는 미녀 항아는 10개의 태양 중 9개를 쏘아 떨어트린 명궁사 예羿의 처로 남편이 서왕모에서 받은 불로불사의 약을 훔쳐 하늘로 올라 달 속에서 살게 된다. 이 이야기는 일본에서라면 「나뭇꾼과 선녀天の羽衣」나 「죽순 아가씨かぐや姫」처럼 서민에게 친숙한 전설이다. 또 〈향비〉는 강제로 정복자의 비가 된 변경의 왕녀 이야기를 다룬 비극이다. 장 씨는 루쉰魯迅이 전설을 소재로 쓴 소설을 바탕으로 한 대형 뮤지컬로 〈만세유방〉을 잇는 히트작을 기대했다.

나는 이 두 작품을 마지막으로 스크린을 떠날 생각이었다. 작품을 끝내고 기자 회견을 열어 내가 일본인임을 밝히고 중국인들에게 사죄하면서 은퇴하고 싶었다. 하지만 시나리오를 완성한 영화는 촬영에 들어가지 못했다. 전부터 국민당 정부와의 관계를 의심받던 장선군이 홀연히 상하이에서 사라졌기 때문이다.

필리핀 전역이 미군에게 점령되자, 가와키다 씨는 특별히 필요한 부서 사원을 제외한 화영 사원과 가족에게 귀국을 권했다. 1945년 4월 미군이 오키나와에 상륙하자 화영의 영화 제작은 완전 중지되고, 회사의 주요 멤버들은 출정하거나 귀국했다. 가와키다 씨는 미군의 상하이

상륙에 대비해서 본사를 베이징으로 옮기려고 했다.

영화 제작이 중단된 화영 관계자들은 무료한 나날을 보내고 있었다. 음악회를 열자는 기획이 나온 것은 그 무렵이었다. 가와가타 씨, 노구치 히사미츠 씨 같은 간부들은 뮤지컬 영화 〈항아 분월〉에 아직 미련이 있었다. 그들은 멋진 뮤지컬을 만들어 회사의 활기를 찾으려고 의욕적이였다.

상하이 보도부의 촉탁으로 작곡가 핫토리 료이치 씨도 기획에 참가해서 나에게 공연을 제안했다. 핫토리 씨는 상영하지 못했던 뮤지컬 영화 〈나의 꾀꼬리〉를 무대에서 재현하려 했는지도 모른다. 나와 핫토리 씨는 데뷔작 〈백란의 노래〉부터 친분이 있어 서로의 마음을 잘 알았고, 군 보도부도 공연에 찬성해서 바로 기획 회의가 열렸다.

핫토리 씨가 배속된 상하이 육군 보도부 음악 담당 장교가 나카가와 마키구치中川牧口 중좌인 것은 행운이었다. 나카가와 씨는 게이오대학 출신으로 쇼와 초기(1920~1930년대)에 이탈리아에서 유학한 테너 가수였다. 키가 크고 멋진 수염을 기른 호남으로, 자신이 예술가인 만큼 문화에 대한 이해가 깊었다. 그는 낮에는 군복 차림의 군인이지만 저녁에는 양복 입은 멋진 신사가 되어 사교계에 나타났다. 그는 보도 반원들에게도 밤에는 사복을 입으라고 권하며 "상하이는 특수한 곳이야. 군인을 싫어하니까 군복을 입으면 위험해. 너희는 군복을 입고 군 보도반원으로 대접을 받으려고 하겠지만, 그런 명함은 중국 사회에서는 통하지 않아. 한 명의 예술가로서 자유롭게 중국인, 외국인과 사귀도록" 하고 충고했다.

작곡가 핫토리 씨는 먼저 상하이에 와 있던 와타나베 하마코와 여동생 핫토리 토미코 등의 가수를 모아 대광명大光明그랜드시어터에서 음악회를 열었다. 청중 대부분이 일본인이기는 했지만, 음악회는 호평을 받았고 나카가와 중장에게도 칭찬을 받았다.

그 음악회의 다음 기획은 리사이틀이었다. 프로듀서는 가와키다 나가마사와 상하이 교향악단 지배인 구사카리 요시히토草刈義人. 음악 총감독은 핫토리 요이치였다. 그 세 사람의 요청으로 참여하게 된 사람들이 노구치 히사미츠, 츠지 히사카즈, 고데 다카시小出孝처럼 상하이에 남아 있던 화영 직원들과 발레 댄서 고마키 마사히데小牧正英였다. 그들은 중국인이나 외국인이 열광하는 멋진 뮤지컬, 즉 세계적으로 통용되는 최고 수준의 뮤지컬 판타지를 목표로 아이디어를 모았다.

기획 회의에서 나카가와 중좌는 "핫토리와 리샹란이 만든 영화의 주제가를 레퍼토리로 하자"고 제안했지만, 핫토리 씨는 "상하이 교향악단이라는 세계 수준의 외국인 오케스트라를 참여시켜 심포니 재즈를 기본으로 한 리샹란의 뮤지컬쇼를 만들고 싶다"고 했다. 상하이 교향악단은 이탈리아인 유대계 독일인, 오스트리아인, 백계 러시아인으로 이루어진 총 60명의 단원으로 당시 동양 최고 수준을 자랑했다. 나카가와 중좌는 "멋진 생각이군. 하지만 자존심 강한 상하이 오케스트라에게 유행가나 재즈를 연주시키기는 어려울 거야"라고 했다. 하지만 핫토리 씨는 "리샹란이 부르는 노래는 유행가가 아닙니다. 서양이나 일본 가곡이 대부분이지요. 메인 테마는 조지 거슈윈풍의 심포니 재즈로 클래식 팬도 재즈 팬도 즐길 수 있는 쇼를 만들려고 합니다. 그야 말로 모든 사람이 즐길 수 있는 공연이지요"라고 했다. 핫토리 씨는 전부터 거슈윈의 〈랩소디 인 블루〉 같은 심포니 재즈를 일류 오케스트라와 함께 연주하고 싶어했다. 원칙대로라면 적성 음악을 금지시켜야 할 보도부 장교 나카가와 중좌는 잠시 생각을 하다가 군인이 아닌 예술가로서 결단했다. "좋아. 대신 타이틀은 랩소디나 판타지 같은 영어로 쓰지 말도록. '환상곡'이라는 제목으로 보도부의 멍청한 군인들을 속이자"라고 했다.

리사이틀 제1부는 서양과 일본의 가곡, 제2부는 중국 가곡으로 정했지만, 중요한 제3부의 심포니 재즈 랩소디(환상곡)의 레퍼토리가 좀처럼 정해지지 않았다. "시국상 서양 노래는 피하자", "밝고 화려한 멜로디로 춤추고 싶어지는 리듬의 곡이 좋다", "문화 공작을 위해서라도 중국어로 부를 수 있는 곡이 좋다", "리샹란 목소리의 특징을 살리는 소프라노 가곡으로 심포니 재즈로 편곡 가능한 곡으로 하자" 등등의 의견이 나왔다. 토론을 듣고 있던 노구치 히사미츠 씨가 힘차게 손을 들면서 "야래향으로 합시다. 본인의 곡이고 밝은 룸바 리듬에 중국어로 부를 수 있어요. 작년 차트 정상에도 오른 〈야래향〉을 핫토리 씨가 슬로우 룸바나 재즈로 편곡하고, 상하이 교향악단과 중국 음악단이 호궁, 생황笙, 비파로 반주해 전곡을 리샹란이 부르는 걸로"라고 하며 갑자기 "난난평치라이칭량那南風吹來清涼……" 하고 〈야래향〉의 도입부를 흥얼거리면서 손발로 리듬을 맞추기 시작했다. 분위기는 바로 다른 사람에게 전달되어 핫토리 씨는 노구치 씨의 손을 잡으며 "고마워 이걸로 정했다. 야래향 환상곡, 야래향 판타지, 야래향 랩소디!"라고 환호했다.

나카가와 중좌도 "야래향이라면 느린 룸바나 심포니 재즈와도 어울리지. 테마도 중국의 명화名花이니 문제 없고. 지금의 어두운 분위기를 바꾸는 밝은 멜로디라 좋네"라고 했다. 모두 노구치 씨의 아이디어에 감탄했다.

노구치 씨는 도와상사 출신의 중화전영 삽화가였다. 그는 열광적인 재즈팬으로 상하이에서 일본에서 들을 수 없던 미국의 신곡을 들으며 레코드를 모으고 있었다. 한때 영화 평론가로도 활동했던 그는 지금은 1930년대의 재즈 전성 시대를 목격한 일본 첫 재즈 음악 평론가로 유명하다. 노구치 씨는 1933년 우에노에 있는 도쿄미술학교(현 도쿄예술대학) 공예부 도안과를 졸업했다. 외국 영화와 재즈를 좋아하던 그는 가와키다 씨가 운영하던 도와상사에 입사해 취미를 즐기면서 전공을 살려 〈회의는 춤춘다〉, 〈상선 테나시티〉, 〈하얀 처녀지〉, 〈당근〉 등 전쟁 전 도와상사가 일본에서 배급해서 히트한 많은 유럽 영화의 포스터를 그렸다. 많은 사람이 그가 제작한 파스텔톤 담채 스케치 포스터를 기억하리라고 생각한다. 타이틀과 선전 문구나 스탭, 캐스트 이름까지 손으로 쓴 포스터는 그의 예술 작품이었다. 그가 전후에 그린 대표적인 포스터는 〈제3의 남자〉, 〈금지된 장난〉, 〈선술집〉 등이 있다.

〈야래향〉은 콜롬비아레코드가 상하이 최고의 신인 작곡자 리진광黎錦光에게 히트곡인 〈매탕가〉를 이은 아름다운 음색의 곡을 만들어 달라며 의뢰한 곡이다. 리 씨는 전후에는 중국 레코드 상해 지사의 음악 감독으로 활약했다. 그가 1981년 일본에 왔을 때 나와 핫토리 씨 셋은 오래간만에 만나 옛이야기를 했다. 그리고 호텔 뉴오타니의 라운지에서 핫토리 씨의 피아노 반주로 〈야래향〉을 함께 불렀다. 본인도 자신이 만든 곡 중 〈야래향〉이 제일 좋아하는 곡이라고 했다. 달빛 비치는 정원에 향기롭게 피어있는 희고 가련한 꽃이란 뜻으로 월하향月下香이라고도 불리는 꽃. 리 씨는 매일 야래향을 바라보면서 곡을 만들었다고 했다. 중국에는 이미 같은 이름의 민요 〈야래행〉, 〈매야래향売夜来香〉이 있었다.

하지만 그가 새로 만든 〈야래향〉은 멜로디도 리듬도 새로운 룸바 리듬의 경쾌한 곡으로 후렴에는 중국 음악의 요소를 살려 정감을 더했다.

청량한 남풍은 불어오고 那南風吹来清凉
밤에 우는 꾀꼬리 소리 처량하다 那夜鶯啼声凄蒼
달빛 아래 꽃들은 모두 잠들어 꿈을 꾸는데 月下的花兒都入夢
야래향만 향기를 뿜고 있네 只有那夜来香 吐露着芬芳
나는 밤의 망망함도 사랑하고 我愛這夜色茫茫
밤에 우는 꾀꼬리의 노래도 사랑하며 也愛這夜鶯歌唱
그리고 야래향이 꾸는 꿈도 사랑한다네 更愛那花一般的夢

야래향 꽃을 안고 擁抱着夜来香
입을 맞추네 吻着夜来香 夜来香

야래향을 노래하고 夜来香我為迩歌唱
야래향을 그리워한다 夜来香我為迩思量

아 나는 너를 위해 노래하고 啊我為迩歌唱
너를 그리워할 거야 我為迩思量

야래향 夜来香 야래향 夜来香 야래향 夜来香

일본어로 번역된 후지우라 코우藤浦洸의 가사는 "바람은 살랑살랑 살

랑거리는 남풍"으로 시작하고 사에키 다카오佐伯孝夫의 가사는 "슬픈 남풍에 우는 꾀꼬리야"로 시작되지만 둘 다 원곡이 가진 느낌과는 미묘하게 달라 역시 전쟁으로 지친 사람의 마음을 위로하는 느낌은 "청량한 남풍……"으로 시작되는 원곡에서만 느껴진다. 〈야래향〉의 레코드는 대히트를 했다. 핫토리 씨의 기억에 따르면 1943년부터 종전 무렵까지 상하이에서 히트한 노래는 〈매탕가〉(양위에인), 〈장미소소개〉(천거신), 〈드림 송〉(야오민) 등이다. 그 곡들은 중국 음악과 서양 음악을 융합한 새로운 노래로 내가 노래한 〈매탕가〉를 만든 리진광은 '뉴뮤직의 기수'였다.

〈야래향〉을 녹음할 때의 기억은 생생하다. 리 씨의 지휘봉에 맞춰 전주가 흐르는데, 녹음실 밖을 보니 청순한 미인 한 사람이 나를 보고 있었다. 배우 저우슈안이었다. 그녀는 영화 〈마로천사馬路天使〉(1937)의 주역을 맡은 당시 최고 인기 배우였고 〈사계절四季節〉, 〈천애가녀天涯歌女〉 같은 노래를 부른 인기 가수이기도 했다. 〈하일군재래何日君再来〉를 처음으로 부른 사람도 그녀다.

저우슈안의 팬이던 나는 전주가 끝나고 노래를 부르려던 순간 "아이야! 저우슈안"이라고 소리를 질렀고 당연히 녹음은 NG.

그날부터 나는 저우슈안과 종종 만나 차나 식사를 함께 할 정도로 친해졌다. 나보다 두 살 위인 그녀는, 나처럼 어릴 때부터 노래를 배웠고 라디오 합창 콩쿠르에서 입상해서 가수로 데뷔했다가 연예계로 들어왔다. 그녀의 영화 데뷔작은 〈특급열차特別列車〉, 내 영화 데뷔작은 〈밀월쾌차〉라는 점도 비슷했다.

배우가 아닌 가수로 만난 우리는 그녀 집에서 몇 시간 동안 피아노를 치며 레퍼토리를 바꿔 부르면서 서로의 기교를 배웠다. 저우슈안은 유명인 같지 않게 소박하고 친절한 사람이었지만 인생은 불행했다. 그녀는 소속사의 결혼 반대로 자살을 기도한 뒤로 마음의 병을 앓고 있었다. 전후에도 상하이 영화계에서 활약을 계속하던 그녀는 1957년 뇌염에 의한 정신착란으로 고생하다가 39세의 젊은 나이에 죽었다.

〈매탕가賣糖歌〉가 히트하며 라이심蘭心극장에서 작은 공연을 하던 중 나는 〈하일군재래〉라는 곡이 국민당 정부를 돌아오라는 의미를 담았다는 혐의를 받고 공부국工部局(조계 안에서 경찰 · 행정을 담당하던 부서)의 호출을 받는다. 나는 중국인 경찰관에게 그런 의미는 털끝만큼도 없는 단순한 랩소디로 저우슈안을 비롯한 다른 가수도 부르는 노래라고 했다.

경관이 나를 의심한 이유는 내가 일본인인 것을 몰라서였다. 조사를 받고 알았지만, 무대 장치도 오해의 원인이었다. 우연히 무대의상은 흰색 드레스였고 무대 배경이 감색과 빨강이었다. 공부국은 그 무대가 국민당 정부 국기 '청천백일기'를 상징했다고 생각했다. 게다가 노래 제목은 '당신君은 언제 돌아오는가?'라서 공부국은 '군'을 국민당 정부로 생각한 것이다.* 이 명곡의 유래와 작곡가 류슈안劉雪庵에 대한 내용은 나카조노 에이스케中薗英助가 쓴 책 『하일군재래 이야기何日君再来物語り』(『世界週報』, 1986년 연재)에 자세히 나온다. 책을 보면 '君'은 일본군의 억압에서 괴로워하는 중국 인민이 기대하는 구세주를 의미한다고 한다.

* 이 노래에서 '군'은 이성을 말하지만, 일본의 시가에서는 군주나 천황을 상징하는 경우가 많다.

이런 과정을 거쳐 중일 합작 음악회 〈야래향 환상곡〉의 구성은 정해졌다. 제작은 가와키다 나가마사, 구사카리 요시히토, 노구치 히사미츠, 안무는 고마키 마사히데, 무대는 고데 다카시, 연주는 상하이 교향악단, 지휘는 천거신과 핫토리 요이치가 맡았다.

핫토리 씨는 요코하마세이킹은행橫浜正金銀行(현 도쿄은행) 상하이 지점장 가와무라河村 씨의 집에 2주간 칩거하며 20여 곡의 노래를 편곡했다. 핫토리 씨가 가와무라 씨 집에 머문 이유는 유럽산 명품 그랜드피아노 때문이다. 악보가 완성되고 나서는 나도 자주 가와무라 씨의 집으로 연습을 하러 갔다. 핫토리 씨는 내 목소리에 맞게 여러 번 곡의 멜로디와 리듬을 고치고 편곡을 했다. 전쟁 중의 일본에서는 도저히 할 수 없던 조지 거슈윈 스타일을 마음껏 시험할 수 있는 기회였기 때문에 리사이틀에 대한 그의 열의는 대단했다. 리사이틀의 구성을 도운 노구치 씨는 "핫토리는 리허설이 끝나면 우리 집에 들러 맥주나 위스키를 들이키며 멜로디와 리듬에 대해 밤늦도록 이야기했지"라고 회상했다.

리사이틀은 1945년 5월 징안스로靜安寺路에 있는 따광밍大光明 대극장에서 낮밤 2회 공연으로 삼 일간 열렸다. 빨간 비로드로 등받이 의자 이천 개가 모두 지정석인 따광밍대극장은 상하이에서 제일 호화로운 극장이었다.

일본의 패색이 짙어지던 때로 가와키다 씨도 나카가와 중좌도 내가 일본인인 것이 알려져 중국인 관객이 오지 않을까봐 걱정했다. 하지만 공연은 시작하자마자 연일 만원이었고 신문평도 좋았다. 표는 매진되었고 암표는 세 배에 가까운 가격에 팔렸다. 극장 측은 공연을 일주일 연장하고 싶어했지만 나는 목 상태를 걱정해서 거절했다. 보도부 조사에 따르면 청중의 90% 정도가 중국인과 조계에 사는 외국인(백인)이었다. 핫토리 씨는 "음악에 국경이 없음을 실감했다. 음표는 세계 공통의 언어다"라고 했다.

리사이틀은 3부로 구성되었다. 제1부에서 〈황야의 달〉, 〈정원의 풀꽃庭の千草〉, 〈검은 눈동자黒い瞳〉, 〈건배의 노래乾杯の歌〉, 〈메리 위도우メリウイドー〉 같은 일본과 서양 가곡과 민요, 제2부에서는 유행하던 중국 가곡 〈사계절〉, 〈목란종군〉, 〈장미처처개〉, 〈매탕가〉 같은 동서양 가곡을 불렀다. 제1부와 2부의 지휘는 작곡가 진거신이 맡았다. 제3부가 〈야래향 환상곡〉이었다. 니치게키 공연 때도 그랬지만, 무대에서 공연할 때는 어두운 객석의 반응은 짐작만 할 수 있다. 3부 지휘를 맡은 하는 핫토리 씨 역시 관객을 등지고 있어 어렴풋한 반응만을 느낄 수 있었다고 한다. 하지만 다른 스탭들은 객석이 열광과 흥분의 도가니였다고 기억한다.

3부의 시작을 알리는 벨이 울리면 관중은 어둠 속에서 조용히 막이 열리기를 기다렸다. 나는 잠시 뒤 커튼 저편에서 "예이 라이 샹" 하는 낮고 길게 끄는 소리를 낸다. 잠시 뒤 조금 높게 "예이–라이–샹"이라고 하면 핫토리 씨의 지휘로 〈야래향〉의 전주가 잔잔하게 흐른다. 오케스트라가 낮은 소리로 연주를 하는 동안 막은 올라가고 나는 백 명에 가까운 오케스트라 앞에 하얀색 중국 옷을 입고 등장한다. 나는 반주에 맞춰 콜로라투라 카텐자 창법으로 독창을 했다. "와!" 하는 관객의 환성이 들렸고 노래가 끝날 무렵 청중은 무대 앞까지 다가왔다. 이어서 오케스트라가 간주를 연주하면 나는 푸른 천에 은색 꾀꼬리가 그려진 중국옷으로 갈아입고 야래향 꽃다발이 든 꽃바구니를 들고 등장한다. 그러면 오케스트라의 연주는 약해지면서 나의 독창과 호궁이 어우러진 〈매야래향賣夜来香〉이 시작된다. 리진광 씨는 〈매야래향〉과 다른 중국 옛 노래를 모티브로 〈야래향〉을 작곡했다. 중국 전통 멜로디와 서양의 스윙 리듬이라는 차이는 있었지만 둘 다 좋은 곡이었다. 〈매야래향〉은 그가 먼저 만든 〈매탕과〉와 비슷한 슬픈 선율의 노래였다.

"아름다운 야래향은 밤의 어둠 속에서도 희미하게 향기를 뿜지만, 그 모습도 향기도 언젠가는 사라진다. 지금 꽃의 아름다움과 향기를 느껴봐요. 지금 사세요. 야래향 꽃을." 나는 공연 중간에 "야래향 한 송이 어떠세요?"라며 꽃을 파는 장면을 넣었는데, 그 대사를 듣고 몇 명의 관객이 무대 위로 올라왔다. 나는 놀랐지만 노래를 이어가면서 애드리브로 무대 위 관객들에게 꽃 한 송이씩을 주며 인사를 했다.

다음 노래를 위해 오케스트라가 룸바 편곡의 〈야래향〉을 연주하는 동안 나는 붉은색 중국옷으로 갈아입고 여러 색 조명이 쏟아지는 무대로 나가서 리듬에 맞춰 스탭을 밟았다. 이어지는 연주는 현악기를 중심으로 왈츠 멜로디로 우아하게 편곡한 〈야래향 원무곡〉, 다음은 빠른 템포의 〈야래향 캉캉〉, 마지막으로 부기우기 리듬의 〈야래향〉이 나올 때쯤 관객은 리듬에 맞춰 몸을 움직였다. 내가 그 리듬이 부기우기임을 안 것은 리사이틀이 끝난 뒤였다. 노구치 씨는 미국에는 전부터 부기우기 리듬이 있었지만, 대중 음악으로 연주하기 시작한 때는 1930년대 전반이라고 했다. 동양의 재즈 메카던 상하이에서도 부기우기 리듬의 재즈가 연주되기 시작한 것은 1940년 무렵이었으니 당연히 일본에서는 아직 쓰지 않던 리듬이었다. 핫토리 씨는 전부터 이 8박자 리듬에 흥미가 있었다. 〈야래향 랩소디〉는 '적성 음악'인 〈뷔글Bugle call 부기우기〉 악보를 참고해 이 리듬을 일본 음악에 도입하기 위한 실험이었다. 흥겨운 리듬의 노래를 연습하면서 내가 "계속 엉덩이가 들썩여서 노래하기 어렵네요"라고 하자, 핫토리 씨는 미소를 지으면서 "그럼 차렷자세로 노래하지 말고 리듬에 맞춰 자유롭게 움직이면서 노래를 불러봐"라고 했다. 핫토리 씨는 "가와무라 지점장 집 응접실에서 연습할 때 쉴 새없이 엉덩이와 고개를 흔들던 당신 모습이 지금도 기억나"라고 장난스럽게 말했다.

핫토리 씨는 전후 일본으로 돌아가 상하이에서 실험한 부기우기 리듬의 가요곡을 유행시켰다. 가사기 시즈코笠置シヅコ가 니치게키 무대에서 격렬하게 춤추면서 부르던 〈도쿄 부기우기東京ブギウギ〉, 〈쇼핑부기買い物ブギ〉, 〈정글 부기ジャングル·ブギ〉, 〈사미센 부기三味線ブギ〉 같은 곡은 폭발적으로 히트했다.

중일 합작 음악회 〈야래향 환상곡〉에는 몇 개의 에피소드가 있다. 나는 첫 공연 도입부에서 템포 하나를 놓쳤다. 할 수 없이 그냥 노래를 불렀는데 어느새 오케스트라는 조금의 흐트러짐도 없이 연주를 내 노래에 맞추었다. 핫토리 씨는 "이상한 공연이었지. 오케스트라가 지휘자가 아니라 가수를 따라 연주를 했으니까"라고 했다.

첫날 저녁 공연을 끝나고 들뜬 기분으로 분장실로 돌아가니 많은 사람들 속에 꼬부랑 노인이 지팡이를 짚고 다가왔다. 그는 자신이 〈매야래향〉 작곡자라고 했다. 행방불명이라고 알려진 작곡가 본인이 나타난 것이다. 리진광 씨와 핫토리 씨는 그 노인과 손을 꼭 잡고 있었다.

마지막 공연이 끝났지만, 관객은 돌아가지 않았다. 앵콜 곡으로 저우슈안의 레퍼토리인 〈사계절〉을 부른 뒤에도 박수는 계속 되었다. 결국 나는 역시 그녀의 곡인 〈불변적심不変的心〉과 〈풍광세계瘋狂世界〉도 불렀다. 흥분한 관객은 무대로 올라오기도 했다. 저우슈안과 바이스白蛇는 큰 꽃다발을 가지고 올라왔다. 나는 저우슈안을 포옹했다.

마지막 공연이 기억에 남는 것은 내가 마지막으로 부른 곡이 저우슈안의 〈풍광세계〉였기 때문이다. 그 곡은 리진광이 저우슈안을 위해 작곡한 노래였다. "새는 목숨을 걸고 노래하지만 꽃은 멋대로 피니 즐겁다. 새는 왜 노래하고 꽃은 왜 필까? 기묘한 일이다"라는 가사는 제목대로 미친 소녀 생각을 노래한다. 앞에서 말했지만 천재 여배우 저우슈안은 뇌염으로 인한 정신 착란을 겪다가 사망한다.

간신히 팬들에서 벗어나 꽃다발을 들고 분장실로 향하는데 키가 크고 아름다운 백인 여성이 인파를 헤치면서 "요시코짱"하고 다가왔다. 나는 놀라서 그녀의 얼굴을 자세히 보았다. 그리고 잠시 아무 말도 할 수 없었다. 류바였다. 놀랍고 반가웠지만, 인파 때문에 좀처럼 가까이 갈 수 없었다. 그래서 "류바! 류바 모노소파 그리네츠! 천천히 이야기하고 싶으니 분장실로 와!"라고 일본어로 소리를 질렀다. 나도 모르는 사이에 소녀로 돌아가 류바에게 일본어로 말한 것이다. 나중에 분장실로 온 류바는 십여 년 만이었지만 옛 모습 그대로였다. 하지만 귀여운 주근깨는 옅어졌고 양갈래로 땋던 머리는 단정하게 하나로 묶어서 차분한 느낌이었다. 류바는 "멋진 리사이틀이었어. 엄마 아빠도 오셨어"라고 했다. 내가 음악을 하게 된 것은 류바가 마담 보드레소프를 소개한 것이 계기였다. 그래서 류바의 칭찬은 특별하게 느껴졌다. 그녀가 가리키는 곳을 보니 인파 저 멀리 그리운 류바의 부모님이 보였다. 아줌마는 눈물 젖은 얼굴을 계속 손수건으로 닦고 계셨다.

류바는 변함없이 빠른 일본어로 "리샹란의 공연 포스터가 요시코와 닮기도 했지만 요시코짱이 펑톈에서 리 가문의 수양딸이 된 일이 생각나서 설마 하면서도 왔어. 이렇게 좋은 극장에서 노래하는 유명 가수가 되었다니"라고 했다. 나는 묻고 싶은 일이 산더미처럼 많았다. "너희 집은 왜 갑자기 펑텐에서 없어진거야? 지금 상하이에서 뭘 하고 있고? 아버님은 아직 빵집을 하셔?"라고 질문을 쏟아내자 류바는 짧게 말하기는 어려우니 그날 밤 집으로 오라고 했다. 그날 밤은 공연 성공을 축하하는 파티가 있었다. 주인공이었지만 나는 가와키다 씨에게 양해를 구하고 도중에 나와서 프랑스 조계에 있는 류바네 집으로 갔다. 나에게는 류바가 갑자기 펑텐에서 사라진 날이 생생했다. 그날 신발을 신고 집으로 들어간 헌병대는 집을 뒤지며 엉망으로 만들었다. 하얼빈과 다롄을 거쳐 펑텐으로 망명한 유대계 러시아 류바 가족은 사실은 백계(왕당파)가 아니라 적계(공산당), 즉 볼세비키 공산당원이었던 것이다.

류바 집에 가니 오빠도 있었다. 마르고 신경질적으로 보이던 여드름 소년은 건장한 공산당원이 되어 있었다. 나는 류바 오빠의 무뚝뚝하고 불만스러워 보이는 얼굴도 반가웠다. 그는 수줍은 표정으로 악수를 청했다. 류바 아버지는 이제는 빵집을 그만두고 상하이 소련 총영사관에서 일하고 있었다. 오빠와 류바는 대사관에서 일한다고 했다.

가족 모두는 나를 환영했다. 류바 어머님이 정성껏 만든 여러 가지 러시아 요리는 모두 맛있었다. 그중에서 나를 제일 기쁘게 한 것은 커다란 접시에 산처럼 쌓인 피로시키였다. 아줌마는 "요시코짱이 어릴 때 좋아한 음식이라서 열심히 맛있게 만들었어"라고 했다. 이렇게 다시 만난 나와 류바의 우정은 이어졌다. 우리는 늘 징안스로에 있는 초콜릿 파르페가 맛있는 러시아 식당에서 만났다. 공산당원이건 아니건 나에게 류바는 변함없는 류바였다. 어른이 되어 만난 류바와 나의 관계는 내가 1946년 4월 일본으로 돌아올 때까지 이어졌다. 어릴 때와 달라진 것은 우리의 우정에 정치의 그림자가 드리운 것이다. 하지만 당시는 그런 사실을 알지 못했다.

어느 날 육군 보도부 관계자가 "당신은 류바 친구고 러시아어도 할 수 있으니 러시아 친구와 지인도 많겠군. 일본과 소련은 싸우고 있지 않으니 그들과 친분을 잘 유지해. 그리고 이번에는 러시아 민요 리사이틀을 열어보면 어떨까"라고 제안했다. 나는 나중에 츠지 히사이치의 『중화전영사화』를 읽고서야 그 제안이 나와 류바의 우정을 소련과의 화평 공작에 이용하려 한 것임을 알았다. 츠지 씨는 지나 파견 군 참모부 상하이 보도부 소속으로 상하이 일본군 점령지 안의 영화 배급과 검열을 하며 소련 영화의 배급에도 관계했다.

당시 일본과 소련은 중립 조약 중으로, 소련은 1942년 이후 화에이를 통해 소련 영화를 상하이 일본 점령지에서 상영하고 싶어했지만 상황은 쉽지 않았다. 일본은 태평양전쟁으로 병력이 부족한 상황에서 소련과 만주 인근에서 문제를 일으키고 싶지 않았고, 독일, 이탈리아, 일본 삼국 동맹의 반공적 성향을 생각하면, 일본 점령지에서 공산주의 국가의 영화를 상영할 수는 없었기 때문이다. 그래서 소련의 요구가 있을 때마다 핑계를 대며 소련 영화의 상영을 미뤘다. 그런 협상의 일본 측 창구는 츠지 히사이치 씨가, 소련 측 창구는 60세 전후의 노인과 그의 딸이 담당했다.

"아버지 이름은 기억나지 않지만 딸 이름은 기억난다. 류바라는 이름이었다. 다롄 출생으로 어릴 때부터 일본어를 배워 일본어가 능숙했는데 좀 일방적으로 말하는 느낌이 있었다. 가끔 내가 밀릴 정도로 만만치 않은 상대였다."(『중화전영사화』) 츠지 씨는 류바를 1942년부터 3년간 소련 영사관에서 일하던 만만치 않던 문화 담당자로 기억했다.

1945년 일본군은 태평양 전선에 집중했다. 그래서 지나 파견군은 더 신중하게 친소 정책을 펴기 시작했다. 그때 상하이 육군 본부에서 친소 공작을 담당한 중요한 사람이 모리森 대좌였다. 모리 대좌는 소련이 자국 영화의 상하이 상영을 강하게 희망한다는 사실을 알고 가와키다 씨에게 소련 영화를 수입해서 배급과 상영해달라고 요청했다. 결국 가와키다 씨의 승낙으로 5년 만에 소련 영화는 상하이 시내에서 상영된다.

『중화전영사화』는 이런 친소 공작의 비화가 다음과 같이 기록한다.

이 무렵 리샹란은 다음 영화의 제작과 시나리오 사전 미팅 때문에 상하이에 있었다. 그래서 나는 그녀에게 베이징에서 학교를 다닐 때 류바와 단짝친구였다는 이야기를 들었다. 둘은 기적 같은 상하이에서 재회를 기뻐했다. 류바와 친해진 모리 대좌는 리샹란에게 상하이에서 소련 고위층과 교제를 도와달라고 했다. 리샹란의 노래는 〈만세유방〉 같은 영화를 통해 소련사람들에게도 유명했다. 그래서 모리 대좌는 리샹란에게 소련 노래를 부르자고 했고, 류바의 소개로 리샹란은 러시아인 성악 교사에게 노래를 배우기 시작했다. 모리 참모는 류바를 소련 공작의 중요 창구로 이용해 일본과 소련의 관계를 유지했다. 나는 다음 작품을 기획한 장선군의 참전이라는 예상하지 못한 상황 때문에, 정치적 임무를 대신 맡게 된 리샹란이 불쌍하다고 생각했다. 하지만 그녀는 노래 부르기를 좋아해 어릴 때부터 부터 정식으로 노래를 배웠다. 그녀는 주어진 현실을 러시아 노래를 배울 좋은 기회라고 생각하면서 열심히 연습했다. 나는 류바가 그녀를 꼼꼼히 챙기는 것을 몇 번 본 적이 있다.

이 내용에는 약간의 오해가 있다. 먼저 류바는 베이징 시절의 친구가 아닌 펑톈 시절의 친구이다. 또 군 관계자에게 음악을 통해 일본과 소련의 우호를 위한 활동을 부탁받은 적은 있지만 '공작'이나 '의뢰'라고 할 만한 일은 아니었다. 또 상하이에서 내가 러시아 노래를 배운 동기는 가와키다 씨가 "배우를 그만둬도 음악가로 활동하려면 쉬지 않고 좋은 선생님에게 배워야 한다"며 유대계 러시아인 베라 마젤 여사를 소개했기 때문이다. 나는 펑톈에 있을 때도 마담 보드레소프에게 러시아 민요를 배운 적이 있다.

당시는 류바도 나도 그리고 베라 마르셀 여사도 모리 대좌의 정치적 계획은 알지 못했다. 그리고 일본의 패배가 확실해지던 시기에 기획된 모리 대좌의 친소 공작은 시작되기도 전에 종전으로 중단된다.

이후 일본 정부는 천황의 제의로 스탈린에게 영미와 일본 사이의 화평 공작을 위해 모스크바로 고노에 후미마로近衛文麿 전 수상을 특사로 파견하기로 한다. 그를 위해 사토 나오다케佐藤尚武 소련 대사는 1945년 7월 13일 몰로토프 외무장관에게 면회를 요청했다. 하지만 외상이 면담을 거부해 사토 대사는 로조브스키 외무인민위원장 대리인과 만나 특사를 보내고 싶다고 했다. 하지만 소련은 특사의 목적이 확실치 않아서 허락할 수 없다고 했다. 결국 7월 21일 도고東郷 외상은 사토 소련 대사에게 특사 파견의 목적이 소련에게 미국과의 평화 조약 중재를 부탁하기 위해서라는 전보를 쳤고, 전보는 25일 소련 대사 로조브스키에게 전해졌다. 하지만 22일 영·미·중 삼국은 역사적인 포츠담선언을 발표한다. 선언의 내용은 일본의 무조건 항복을 권고하는 내용이었다. 너무 늦은 전보였다.

14 상하이 1945년

상하이 특유의 푹푹 찌는 더위가 이어지는 1945년 여름. 일본 주요 도시의 대부분은 미군의 공습을 받았고 곧 연합군의 일본 상륙이 시작된다는 소문에 기분은 무거웠다. 8월이 되자 각국의 단파 방송을 듣던 노구치 씨는 "시간 문제군" 하고 중얼거렸다.

미군의 상하이 상륙을 대비해 부인 가시코 씨와 딸 와코 씨를 미리 베이징으로 보낸 가와키다 씨는 조직의 베이징 이동을 결정한 뒤 본인도 베이징으로 출장을 갔다. 류바도 아버지와 하얼빈에 있었다. 영화일이 끊긴 나는 매일 베라 마셀 여사의 집에 가서 성악 레슨을 받았다.

상하이에서는 매년 8월 중순 국제 경마장(현 런민광장)에서 여름 콘서트가 열렸는데, 나는 그 해 초대 가수였다. 리사이틀 〈야래향 환상곡〉을 보고 들어온 초청이었다. 8월이 되자 "패전은 시간 문제"는 노구치 씨의 입버릇이 되었다.

노구치 씨는 "일본이 항복을 선언하기 2주 전의 분위기는 묘했습니다. 그 무렵 나는 상하이 영어 방송 XMHA에서 재즈 음악을 방송해서 전 세계 방송을 들을 수 있었습니다. 일본 본토의 정보는 주로 NHK 국제 방송으로 들었어요. 적성 국가 음악인 재즈를 연주하지 못하게 된 일본 재즈 뮤지션들은 NHK가 전선의 미군이 전의를 잃는 슬픈 음악을 연주하기 위해 만든 뉴퍼시픽오케스트라에서 연주하면서 연명하고 있었습니다. 지금 생각하면 황당한 발상이지만, 저는 그들의 음악을 상하이에서 들을 수 있어 좋았습니다. 음악 사이에 일본 대본영에서 발표하는 뉴스는 변함없이 일본군의 승리를 전했지만, 미국 극동방송FEN이나 런던 BBC방송은 일본의 항복이 '시간 문제'라고 했습니다. 일본군 관계자는 아직 전쟁에 지지 않았다는 생각에 변함없이 위세를 부렸지만, 상하이 조계에 사는 중국인과 외국인들은 거의 일본군의 패배를 알았습니다. 그래도 일본군의 지시에 따라 밤에는 등화관제를 했습니다. 나처럼 현실을 알던 일본인에게 그 2주간은 묘하게 기분 나쁜 기간이었습니다"라고 회상한다.

상하이에서도 전쟁을 느낄 수 있는 사건은 일어났다. 나는 그날 군보도부의 지시로 재계인 모임에서 노래를 부를 계획이었다. 장소는 황푸강에 있는 케세이호텔(현 페어먼트피스호텔)이었다. 나는 평소대로 〈황성의 달〉를 첫 곡으로 불렀다. 피아노 전주가 끝나고 노래를 시작하려는데 공습경보 사이렌이 울렸다. 청중도 나도 뒤도 돌아보지 않고 지하실로 뛰었다. 좀 뒤에 모든 소리를 삼키는 폭음이 머리 위에서 울렸다. 전투기의 폭음, 급강하하는 비행기의 금속음, 기관총 난사음 등이 섞여 혼이 나갈 지경이었다. 지진이 난 것 같은 건물의 진동은 지하실에 몸을 포개고 숨어 있던 우리에게도 전해졌다. 한 시간 정도 지났을까? 긴장과 불안의 연속으로 녹초가 된 나는 일단 8층에 있는 방으로 돌아가서 연락을 기다렸다.

그때 우연히 창에서 아래를 내려다 본 나는 눈을 가렸다. 황푸강에 떠 있는 한 쌍의 객선 갑판과 수면이 시빨갛게 물들어 있었다. 배 위에는 셀 수 없이 많은 시체가 통나무처럼 포개져 있고, 강에는 토막난 시체가 둥둥 떠 있었다. 대로로 적십자 구급차가 달려와 들것을 든 구급대가 내렸다. 구급대원은 강가로 실려 온 희생자들을 물고기를 다루듯이 긴 막대기로 헤집다가 숨이 붙어 있는 사람만 구급차로 운반했다. 의사와 구급대원의 흰옷은 순식간에 피로 물들었다. 어느새 나는 창가에서 큰 소리로 울고 있었다.

노크 소리가 나고 중국인 보이가 들어왔다. 그는 어두운 방에서 혼자 울고 있는 모습이 걱정되었는지, 나를 창가에서 떼어 놓았다. 하지만 한 번 터진 울음은 멈추지 않았다. 보이는 나를 소파에 눕히고 프론트에 전화를 했다. 잠시 뒤 보도부 장교가 와서 "적기는 지나갔다. 손님들도 기다리고 있으니 슬슬 노래를 부르지"라고 했다. 하지만 나는 충격으로 목소리도 나오지 않는 상태. 간신히 정신을 차리고 행사장으로 갔지만 제대로 노래할 수 없었다. 손님이 드문드문 앉은 행사장 분위기는 가라앉아 있었다.

그날 공격받은 배는 광둥広東에서 온 중국인 피난민이 탄 배였다. 하지만 일본군이 접수한 배에 일장기가 걸려있어서, 미국의 표적이 된 것이다. 그날 열 시부터 등화관제는 실시되었지만, 나는 아침까지 잠들 수 없었다. 날이 밝자 나는 공동 조계에 있는 가와키다 씨 집으로 짐을 옮겼다. 그가 자신이 없을 때 마음대로 써도 좋다고 했기 때문이다. 가와키다 씨의 집은 소사도로小沙渡路(현 사캉루西康路) 서양인 고급주택지에 있는 5층짜리 아파트 4층에 있었다. 빈집은 가와키다 씨 부부가 믿는 젊은 고용인 부부가 지키고 있었다.

8월 6일 히로시마에는 원자 폭탄이 투하되었다. 상하이에 있던 일본인들은 일본어 신문 『대륙일보』를 통해 '신형폭탄'이 투하된 정도로 알았다. 하지만 츠지 히사이치 씨는 다른 경로를 통해 그것이 '아토믹 범atomic bomb'이라는 전혀 다른 개념의 폭탄이라는 소식을 들었다고 한다.

어수선한 분위기 속에서 8월 9일 썸머 콘서트는 예정대로 열렸다. 반주는 핫토리 씨가 지휘하는 상하이 교향악단이 맡았다. 상하이 중심 난징로에 있는 국제 경마장 잔디밭에서 매년 8월에 열리는 여름 콘서트는 상하이의 여름 명물이었다. 그날 하루 경마장 잔디밭은 중국인, 서양인, 일본인이 여름 패션을 자랑하는 화려한 사교장이 되었다. 성황 속에 열린 콘서트는 지금 생각하면 한여름의 백일몽 같다. 나가사키 원자 폭탄은 내가 소프라노 가곡 〈즐거운 미망인〉이나 〈춘희〉를 부를 때 떨어졌다. 같은 날 소련은 일본에게 선전 포고를 하고, 만주 국경을 넘어 신교로 진격하기 시작했다.

내가 일본의 패전을 안 것은 8월 10일이었다. 그날도 나는 평소처럼 음악 레슨을 받으러 나갔다. 사람으로 가득한 지푸시루积福西路는 축제날처럼 시끄러웠다. 그런 혼잡 속에서 몇 마디 중국어가 귀에 꽂혔다. "일본이 항복했다", "전쟁은 끝났다", "이제는 중국은 중국인의 것이다!" 등등. 노구치 씨가 입버릇처럼 말한 '시간 문제'가 현실이 된 것이다.

그날 나는 마르셀 여사의 레슨에 집중하지 못하고 밖에서 들리는 일본의 항복 소식에 긴장하고 있었다. 어떻게 해야 하지? 가와키다 씨는 베이징에 있었고 류바도 하얼빈에 있었다. 화에이의 본사는 업무를 하지 않았고 중국 전역의 교통은 마비 상태였다. 안절부절하지 못하는 내 상태를 본 마르셀 여사는 피아노를 멈추고 일본이 졌다고 말했다.

8월 9일 일본의 전쟁 책임자들은 어전회의를 열어 10일 새벽 2시 국체 유지*를 조건으로 연합군의 요구를 받아들이기로 한다. 마르셀 여사는 "자! 노래를 불러요. 일본어로, 러시아어로, 영어로, 중국어로 다 잊고 마음껏 노래해요"라고 했다. 나는 반주에 맞춰 아무 생각 없이 노래를 불렀다. 이것이 그녀와 나의 마지막 수업이었다.

* 천황의 전쟁 책임을 면하고 천황제를 유지하는 것.

아파트 문을 열어준 고용인 부부는 내 얼굴을 보지 않고 아무 말 없이 인사했다. 일본의 항복을 아는 것이 틀림없었다. 나는 보도부에 전화해 "설마 대일본제국이 항복했나요? 미군이 본토를 상륙한다는 말도 거짓말이지요?"라고 물었다. 또 전에 결정된 위문 공연이 취소되었는지도 물었다. 정보 장교는 "유언비어에 흔들리면 안 돼. 13일은 예정대로 위문 공연을 한다. 주의하지만 항복 이야기는 입도 뻥긋하지 말도록"라고 했다. 하지만 10일 저녁 밤 FEN뉴스(극동방송국)는 여러 번 일본의 항복을 알렸다. 방송은 일본 정부가 국체 유지를 조건으로 한 항복을 스웨덴과 스위스 양 중립국의 상하이 대사관을 통해 연합국 측에 전달했다는 내용까지 전했다. 거리는 밝아지고 조계 분위기는 완전히 변했지만, 일본인 거주지 홍커우와 지베이閘北는 어둡고 조용한 분위기 속에 일본인들은 정보가 끊긴 채 불안해하고 있었다.

그날 밤 나는 중국인 친구와 약속이 있어 조계에 있는 나이트클럽 '시안위仙樂'에 갔다. 등화관제 때문에 두꺼운 커튼을 치고 어두운 홀에서 춤을 추던 모습은 달라져 있었다. 커튼은 걷혀졌고 밝은 홀에는 활기가 넘쳤다. 가림막을 벗은 조명은 번쩍거렸고 빛나는 샹들리에 밑에서 중국인과 외국인이 건배하고 있었다. 여기서도 "포츠담선언"이나

"대일 항복 권고" 같은 말과 "승전을 위한 축배!" 같은 말이 중국어와 영어로 들렸다. 그때였다. 갑자기 완장을 찬 일본 헌병 둘이 들어와 "커튼을 닫고 조명 꺼라!", "명령 위반이다! 책임자 나와!"라고 고함을 쳤다. 그들은 권총을 들고 종원업들에게 등화관제를 지키라고 명령하면서 지배인을 끌고갔다. 하지만 화를 내는 군인의 얼굴과는 다르게 끌려가는 지배인은 여유가 있었고 엷은 미소까지 짓고 있었다.

8월 13일 위문 공연은 예정대로 열렸다. 아무것도 모르는 병사들은 씩씩한 경례로 나를 맞았다. 군대, 특히 하급 병사에게 패전 소식은 전혀 알려지지 않았다. 병사들은 시가지를 행진할 때 중국인들에게 비난을 받고 놀랐다는 이야기를 했다. 병사들은 어떻게 될까? 눈을 빛내며 내 노래를 듣고 있는 병사들의 표정을 보니 가슴이 아팠다. 나는 그들에게 "전쟁은 끝났어요! 이제 여러분은 죽지 않아도 돼요"라고 말하고 싶었다. 하지만 나는 병사들의 사기를 돋우라는 명령을 받은 사람이었다. 그래서 내 입에서 나온 말은 "여러분 고맙습니다! 나라를 위해 힘써 주세요"라는 진부한 말이었다. 하고 싶은 말은 못 했지만, 나는 무대에서 신청곡을 부르면서 한 곡이 끝날 때마다 진심을 담아 "고마워요. 고생이 많아요"라고 인사했다.

8월 15일 나는 상하이 육군 정보부 공관에서 일본 방송을 들었다. 잡음이 심한 단파 라디오에서 나오는 옥음 방송*을 통해서도 패전 소식은 확실하게 들렸다. 나는 처음 천황의 목소리를 들으며 보통 사람과 같은 목소리라고 생각했다. 방송을 같이 듣던 사람들은 흐느껴 울었지만 미리 상황을 알던 나는 침착했다.

* 천황이 직접 한 방송을 말함.

상하이 육군 보도부장 시마다 가츠미島田勝巳 중좌는 그때 나와 나눈 대화를 잡지 『인물왕래人物往来』(1956.2)에 썼다. 나는 자세한 기억은 없지만, 그가 이후 중국인과 일본인의 삶 중 어떤 삶을 선택할지 물어 일본인의 삶으로 돌아가겠다고 한 것은 확실하게 기억한다.

보도부장의 공관에서 가와키다 씨의 아파트로 돌아온 나는 옷을 갈아입고 나와 인력거를 타고 상하이 번화가를 돌아다녔다. 그제야 눈물이 흐르기 시작했다. 건조한 상하이의 여름 바람은 눈물을 말려주었지만 한 번 터진 눈물은 멈추지 않았다. 빌딩 옥상에서 펄럭이던 일장기는 내려가고 중국 국기가 계양되었다. 번화가 상점들 앞에 나란히 걸린 청천백일기는 한여름 태양 속에서 눈부시게 빛났다. 거리는 사람들로 넘쳤고, 환희에 찬 중국인의 얼굴에는 홍조가 어렸다. 나는 인력거로 골목골목을 돌아다녔다. 그리고 덩실거리고 춤을 추는 행렬, 폭죽을 울리고 징을 치는 그날의 모습을 확실하게 눈에 담았다. 어느 거리에선 사람들이 중국기를 걸면서 끌어내린 일본 국기를 짓밟으면서 춤췄다.

이걸로 된 거다! 중국에는 중국 국기가 휘날리는 것이 당연하다. 하지만 동시에 일본과 일본인의 불행에 대해 생각했다. 조국 일본의 일이었지만, 남의 일처럼 느껴졌다. 인력거를 타는 동안 얇은 면으로 만든 중국옷은 눈물과 땀으로 젖었다. 세 시간 정도 인력거로 거리를 돌아다니다가 아파트로 돌아오니, 가와키다 씨 집의 고용인 부부가 짐을 싸고 있었다. 남편 고용인은 "이제 일본인을 위해서는 일할 수 없어요. 일본인에게 월급을 받은 것이 알려지면 큰일이니까요. 고향 광둥으로 돌아갑니다. 죄송하지만 가와가타 선생에게는 감사와 죄송하다는 말씀을 전해주세요"라고 하면서 집 밖으로 보따리와 트렁크를 날랐다. 나는 그들을 잡을지 말지 알 수 없었다.

내가 가와키다 씨 집에서 산 것은 십여 일에 불과했지만, 그 사이 중국인 부부에게는 가슴 아픈 일이 있었다. 일주일 전 아이를 낳은 것이다. 여자 고용인이 임신한 것은 알았다. 그런데 그녀가 나도 모르게 의사도 산파도 부르지 않고 방에서 아이를 낳은 것이다. 나는 이틀 후 그 사실을 알고 깜짝 놀랐다. 하지만 심한 난산 때문에 미숙아는 간신히 목숨이 붙어있는 상태였다. 부부는 갓난아이를 연잎으로 싸서 제물을 올리듯이 방구석에 있는 제단에 올려놓고 종일 무릎을 꿇고 기도를 했다. 나는 병원에 데리고 가라고 여러 번 설득했지만 부부는 "우리에게는 우리의 신이 있다"라고 거절했다. 결국 다음 날 아이는 죽었다.

남자 고용인은 "가와키다 씨에게는 정말 신세가 많았습니다. 베이징에서 돌아오시기 전까지 집을 지키고 싶지만, 세상은 변했습니다. 게다가 처도 안정이 필요하고"라고 미안해 했다. 나는 얼마 안 되는 돈을 건내면서 그들의 건강과 행복을 빌었다. 남자 고용인은 나에게 "몸조심하세요. 2~3일 전부터 충칭군이 들어오면 당신은 한간으로 체포되어 재판을 받고 처형된다는 소문이 돌고 있어요"라고 했다.

넓은 가와키다 씨의 아파트에 혼자 남은 나는 소파에 누워 여러 가지 생각을 했다. "전쟁은 끝났다. 일본인과 중국인이 서로 죽이는 일은 끝났다. 이걸로 된 거다" 하는 안도감이 밀려왔다. 주연으로 기용된 마지막 영화는 찍지 못해 내가 일본인임을 고백하는 은퇴 기자회견도 할 수 없었다. 만감이 교차했다. 해가 떨어지자 컴컴한 실내에는 선풍기 소리만 들렸다. 밖에서 들리는 "퐁-퐁" 하는 파열음은 대포 소리가 아닌 샴페인이 터지는 소리였다. 술을 따르는 소리와 건배 소리, 밝은 웃음소리, 시끄러운 재즈 음악이 들려왔다. 마치 한여름의 크리스마스 같은 분위기였다. 소파에서 일어나 밖을 보니 빌딩 창을 가리던 검은 커튼은 떼어지고 거리는 눈부시게 밝았다. 다음날 나는 가와키다 씨 아파트를 나와 내가 살던 브로드웨이맨션으로 짐을 옮겼다.

종전 후 상하이의 분위기는 변했다. 당연히 일본인과 중국인의 지위는 역전되었다. 어제까지의 지배자는 이제 패전국 국민에 지나지 않았다. 상하이로는 국민정부군의 제3방면 총사령 탕언포湯恩伯 장군이 이끄는 부대가 들어왔다. 일본인은 일본인 거주 지역 훙커우 안에 있는 몇 개의 수용소에 수용된다는 발표와 함께 다음과 같은 방침이 정해졌다.

- 일본인은 승전국 국민을 고용할 수 없다.
- 일본인은 승전국 국민이 끄는 인력거를 탈 수 없다.
- 일본인은 상시 '일교日僑'라는 글씨와 수용자 등록 번호를 쓴 완장을 착용한다.
- 일본인은 수용소에 집결하고 허가 없이 수용소 밖으로 나가지 않는다.

나는 화에이 관계자들과 함께 행동하려고 연락을 기다리며 혼자 아파트에 있었다.

중국 신문은 자주 한간으로 처형될 정치 · 경제범을 예상하는 기사와 일본 괴뢰 정권 왕자오밍汪兆銘 정부 요인의 소식을 전했다. 9월 9일 지나 파견군 총사령관 오카무라 야스지岡村寧次 대장은 난징에서 중국 육공군 총사령 허칭친何慶欽(장제스 군사위원장대리)에게 정식 항복 문서를 보냈다. 국민 정부는 왕자오밍 정부의 쩐공포陣公博 수상 이하 요인의 신병을 넘길 것을 요구하면서, 한간 처형 기본 방침을 정했다. 한간은 '중국인으로 대일 협조, 대일 모략 등의 반역죄를 저지른 매국노'로 입법원은 유죄 판결을 내린 한간에게 징역과 함께 다음과 같은 방침을 내렸다.

- 한간은 죄의 경중에 따라 종신형 아니면 금고형에 처한다.
- 국가 교란 공모죄는 사형 아니면 종신형에 처한다

정치·경제범뿐만 아니라 영화, 연극, 언론에 종사하던 사람들도 '문화 한간'으로 적발되기 시작하며 영화계 친구와 지인들도 조사를 받았다. 베이징에서는 만에이의 간판 스타 중 한 명이며 야마가 소좌의 연인이던 리밍의 체포 소식이 들렸다. 리밍은 베이징 허베이고등법원 법정에서 '징역 5년과 공권 박탈 5년, 그리고 가족의 생활비를 제외한 전 재산 몰수'라는 판결을 받았다. 상하이 영화계에서는 〈만세유방〉에서 함께 출연했던 진운상과 리리화 같은 인기 여배우가 한간 명단에 올랐고, 메이중산梅仲山, 무조스穆周詩 같은 남자 배우들도 연행되었다. 마스이 고이치의 책 『한간 재판사』를 보면 "영화 스타들이 소환될 때, 상하이 고등법원으로는 많은 팬이 몰려와 그들의 인기를 증명했다. 화려한 커피색 치파오를 입은 아름다운 진엔엔陳燕燕이 연녹색 자가용을 타고 도착했을 때는 많은 기자와 카메라맨까지 몰린 최악의 소동이 일어났다. 공판 때는 방청석뿐만이 아니라 법원 앞의 광장까지 사람으로 가득 찼다. 한간 스타들은 풀이 죽은 모습으로 기자들에게 "우리는 영화계에서 은퇴합니다"라고 했지만 그들의 인기는 여전히 높았다. 진엔엔과 리리화는 석방되어 영화계로 돌아갔다.

중국인은 진운상, 진엔엔, 리리화는 연행되었는데, 내가 체포되지 않

은 것을 이상하다고 생각했다. 리샹란의 이름은 여성 한간으로 신문에 가와시마 요시코, 도쿄 로즈東京ローズ* 와 함께 대표적으로 거론되었기 때문이다.

나의 죄목은 '중국인이면서 중국을 모독하는 영화에 출연해 일본의 대륙 정책에 협력한 것'이었다. 한 신문에서는 "리샹란은 능통한 중국어와 일본어로 양국인의 교우 관계를 이용해서 스파이 활동을 했다"라는 기사를 썼다. 중국어는 아름다운 언어로 글자와 발음의 조합으로 풍부한 표현이 가능했다. 그런 특징은 사람을 조롱하고 매도할 때도 마찬가지였다. 나를 비난하는 기사의 표현은 강렬했다.

* 태평양전쟁 중에 연합군 대상의 선전 방송을 하던 여성 아나운서들

수용소 배치를 기다리고 있던 어느 날, 상하이 『따신신문大新新聞』 사장 양楊 씨에게 전화가 와서 "이번에 우리 회사에서 주최한 암 환자 자선 음악회에 출연해주셔서 감사합니다. 사례를 하지 못해 걱정을 하던 중 이런 시국이 되었군요. 긴히 드릴 말이 있어 차를 보내겠으니 바로 와 주세요"라고 했다. 일본인은 가든브리지를 건널 수 없었지만, 양 씨 자가용은 통행증이 있어 괜찮았다. 그는 자유주의자였지만 일본군에게 협력한 혐의로 한간 재판을 받을지도 모르는 상황이었다. 기관총 흔적이 생생히 남은 가든브리지를 건넌 차는 구 공동 조계 변두리에 있는 빌딩 현관 앞에 멈췄다. 운전사는 엘리베이터를 타지 않고 뒷계단으로 걸어서 나를 11층까지 안내하고 복도 끝 방문을 노크했다. 좁고 소박한 실내에는 양 씨가 기다리고 있었다. 좋은 체격에서 풍기는 관록 있는 모습은 여전했지만 안색은 좋지 않았다. 양 씨는 "와줘서 고맙네. 오래 잡고 있을 수 없으니 용건만 말하지. 나는 인맥을 잡아 며칠 안에 동북

지방의 중공 진영으로 몸을 피하려고 하네. 당신도 동북 지방 출신이니 생각이 있다면 같이 가지. 둘 다 상하이에 있으면 위험해. 지금 피하지 않고 폭동이라도 일어나면 끝장이야"라고 했다.

신문이나 벽보를 보면 아직 소환하지 않은 한간 용의자의 체포를 촉구하는 의견이 많았다. 그러니 나도 언제 끌려갈지 모르는 상황이었다. 나는 잠시 생각하다가 "말씀만으로도 감사합니다만, 저는 가지 않겠습니다. 보증인인 가와키다 씨도 상하이에 안 계시고 제 가족은 베이징에 있습니다. 저만 도망갈 수는 없습니다. 호의는 감사하지만 도망갈 생각은 없습니다. 이번이야말로 앞으로 나가 자신의 입장을 확실히 밝히고 이후의 계획을 세우고 싶습니다"라고 말했다.

8월 말이 되자 가와키다 씨가 베이징에서 돌아왔다. 그는 부인과 딸을 베이징에 두고 화에이 책임자로 위험을 무릅쓰고 돌아왔다. 그는 돌아오자마자 상하이에 남아있던 직원을 불러 중국의 잔류 일본인 정책에 따를 것을 지시했다. 또 중국인 직원에게는 "당신들은 내 지시대로 영화를 만들 때 기술적 지원을 했을 뿐이다. 한간으로 몰릴 일은 없으니 걱정하지 말도록. 내가 책임지고 보증한다"라고 했다. 그리고 독일이 프랑스를 점령했을 때, 생계 때문에 비시Vichy 괴뢰 정권 아래서 생계 때문에 영화를 만든 사람을 매국노 취급하지 않았던 예를 들며 직원들을 안심시켰다. 가와키다 씨의 말대로 화에이의 직원은 한 명도 한간으로 처벌되지 않았다. (진공보陳公博, 주포하이周仏海처럼 화에이의 이사로 명목상의 이름을 올린 왕자오밍汪兆銘 정권의 거물이나 이사장 린바이보林柏生, 총경리 펑제馮節 같은 사람이 한간으로 처벌된 것은 영화 제작과는 관련이 없다.)

화에이 일본인 중 독신자와 가족을 일본에 두고 온 단신 부임자는 홍커우 수용소에 수용하기로 결정된다. 그래서 나와 가와키다 씨, 노구치 씨, 고데 씨는 홍커우 수용소에 좁고 길게 생긴 집을 할당받아, 현관 옆의 작은 방을 내가 쓰고, 세 사람은 응접실을 쓰게 되었다. 우리 넷은 수용소 일본인 관리 사무소에 가족으로 등록되어 함께 생활하게 된다. 나는 수용소 자리를 확실히 기억하지 못했는데, 최근 알게 된 전 상하이 총영사 아리치 이치로有地一路가 수용소가 있던 곳이 홍커우 스콧로施高塔路(현 산인로山陰路) 싱예방興業坊(현 홍업로興業路)이라고 지도를 그려주어서 알게 되었다. 화에이 본사가 있던 브로드웨이맨션에서 홍커우 북쪽에 있는 베이스촨로北四川路를 북쪽으로 올라가서 옛 우치야마서점內山書店*을 지나 선양로瀋陽路에서 우회전을 해서 잠시 걸으면 스콧로이다. 이름을 바꾼 홍업 골목의 한 회사의 사택으로 쓰던 좁고 긴 세 동의 건물은 한 건물을 두 세대가 쓰던 구조의 집이다. 나는 우리가 입구에서 가까운 건물 일층에 산 것을 작년(1985년)에 알았다. 아리치 씨에게 어떻게 40년 전 집과 지도를 자세히 기억하는지 묻자 그는 "나도 당시 그곳에 있던 건물 2층에 살았어요. 당신들과 이웃이었지요. 집 앞에는 늘 보초가 서 있었고, 당신은 외출할 때 선글라스를 썼지요"라고 했다. 아리치 씨는 당시 상하이의 동아문서원東亜文書院 학생으로 전쟁이 끝나고 다른 학생들과 함께 싱예수용소에 있었다고 한다. 나는 수용소에서 외출할 때 선글라스를 쓰던 습관은 기억하지만, 외출은 거의 하지 못했다. 같이 살던 화에이의 남자들이 일교日僑 완장을 차면 낮에는 외출할 수 있었지만, 나는 일종의 연금 상태에 있었다. 아리치 씨의 기억처럼 숙소 현관 앞에는 젊은 중국인 병사가 보초를 서면서 출입을 감시했다.

* 1917년 우치야마 간조內山完造가 세운 서점으로 상하이 중일 지식인의 살롱이 되었다. 루쉰을 지원한 것으로도 유명하다.

리샹란을 한간으로 체포하라는 투서를 받은 중국 군정부에게는 증거가 필요했다. 그래서 내가 외부와 접촉하거나 도망치지 않게 외출을 금지했다. 보초를 서는 중국 병사는 임무에 충실한 예의바른 청년으로, 마주칠 때마다 경례를 하면서 "원하는 것이 있으면 말해주세요"라고 친절하게 말했다. 조사받으러 군정부가 보낸 차를 탈 때도 조심해서 다녀오라고 인사를 했고, 내가 돌아오면 안심한 표정을 지었다.

군부 조사는 이름이나 주소, 가족 관계, 학력, 거주지, 여행한 곳들 등을 형식적으로 물었다. 중국인 인맥이 많은 가와키다 씨가 알아본 바로 내가 받은 조사는 스파이 혐의가 아니라 중국인인가 아닌가 판단하는 것이었다.

나의 국적에 대한 문제는 군정부, 헌병대, 경비사령부를 맴돌았다. 그러던 중 문제를 돈으로 해결하자고 금전을 요구받은 일도 있었다. 세 번째 조사를 받고 나올 때, 입구에서 한 남자가 다가와 영어로 "오천 달러를 내면 풀어주지"라고 속삭였다. 그가 군정부 관계자인가 아닌가를 생각하는 동안 "그는 확실한 줄이야. 군부 실력자에게 돈을 주면 석방될 수 있다"라고 했다. 놀라서 아무 말도 못 하는 동안 그는 "삼천 달러면 돼"라고 가격을 내렸다. 하루하루를 살아가던 나에게 그런 큰돈이 있을 리 없었고, 나는 돈으로 문제를 해결하고 싶지 않았다. 나는 "노쌩큐"라고 그의 제안을 거절했다. 남자는 혀를 차면서 이번에는 중국어로 "너는 이제 옛날처럼 가치가 없어. 일본인 여자는 삼천 엔이면 산다고"라는 말을 남기고 사라졌다. 그 무렵 중국 신문에는 '돼지보다 싼 일본 여자. 돼지는 한 마리에 삼천 엔이지만 일본 여자는 공짜나 마찬가지'라는 기사가 실렸다. 수용소 일본인들은 중국인에게 가재 도구나 옷을 팔아 생활했지만, 그나마 팔 물건이 있는 사람은 상황이 좋은 편이었다. 여자 중에는 몸을 팔아야 하는 사람도 있었다. 수용소 생활은 점점 어려워졌다. 우리 네 명의 생활은 외국인이나 중국인 인맥이 있는 가와키다 씨의 자금 조달과 노구치 씨와 고데 씨의 '상술'로 유지되었다. 둘은 가와키다 씨 집 가재 도구를 팔거나 황주黃酒 행상을 했다. 나중에는 팔 물건이 없어졌다. 게다가 국민정부군 장병은 앞다투어 우리 물건을 빼앗았다. 그것이 군 방침인지 개인적 약탈인지는 알 수 없었지만, 장병들은 대낮에 지프를 타고 군홧발로 들이닥쳐 자전거, 축음기, 시계, 가구처럼 돈이 될 만한 물건을 가지고 갔다. 노구치 씨는 장병들의 눈을 피해 작은 단파 수신기를 가지고 있었다. 그는 음악 없이는 살 수 없는 사람이었다. 그가 가진 웨스팅하우스의 단파 수신기는 팔면 돈이 되는 물건이었다. 그래서 노구치 씨는 수신기를 분해해 부품을 집 안 여기저기에 숨겼다. 그에게 음악은 수용소 생활 속에서 유일한 삶의 가치였다. 그는 낮에는 안테나는 부엌 개수대 아래, 스피커는 휴지통 바닥, 건전지는 소파 매트 아래 분해해 숨겼다. 그리고 밤이 되면 부품을 모아 이불 속에서 조립했다.

가끔 노구치 씨를 찾아오는 중국인 하녀는 수용소 밖 정보를 전해주는 귀중한 정보원이었다. 노구치 씨 아파트에서 일했던 그녀는 친절했던 고용주를 잊지 않고 일주일에 한두 번 와서 음식을 만들거나 세탁을 해 주었다. 그녀가 가져오는 물건 중에는 중국어 신문이 있었다. 신문은 주요 신문에서 대중 정보지까지 수준은 여러 가지였다. 나는 그녀가 가져 온 신문에서 '돼지보다 싼 일본 여자'라는 기사를 봤다.

신문에는 '리샹란이 중국인임을 증명할 수 있는 사람은 출두하라',

'전시 리샹란의 언동에 관한 증언을 찾고 있다' 같은 군정부의 알림이 실렸다. 한 신문은 '일본인 여성 한간 가와시마 요시코는 베이징 고등법원에서, 리샹란은 상하이 고등법원에서 재판을 받고 사형이 확실시된다'라는 기사를 실었다. 어느 날 여종이 창백한 얼굴로 큰일이 났다며 가져온 대중지에는 '리샹란은 류 장군의 제8부인이었다'라는 기사가 실려 있었다. 그녀는 "부디 몸조심하세요. 전에도 류 소장과 당신의 소문이 기사로 났어요"라고 했다. 나는 그제야 오천 달러로 무죄가 될 수 있다고 말한 남자가 중얼거린 "류 소장에게 부탁하면 될 텐데"라는 말의 의미를 알았다.

며칠 후 여러 대의 지프가 집 앞에 섰다. 노구치 씨는 숨으라고 재촉했고, 나는 당황해서 화장실에 숨었다. 대문이 열리고 "리샹란은 어디 있나?"라는 굵은 목소리가 들렸다. 나는 숨을 죽이고 웅크리고 있었다. 가와키다 씨는 집으로 들어온 사람과 중국어로 한참 이야기하다가 "이제 나와도 좋다"라고 했다. 내가 나가자 가와키다 씨는 류 소장이 왔다가 내가 없다고 해서 돌아갔다고 했다. 그는 현관 앞에 선 젊은 중국인 보초가 내가 집에 있는 것을 알면서 류 소장에게 말하지 않은 것을 알고 "성실한 병사가 거짓말을 할 정도라면 류 소장은 좋은 장군은 아닐 거야. 중국인 친구들을 만나서 알아봐야겠어"라고 하면서 노구치 씨, 고데 씨와 함께 집을 나갔다. 일단 위기를 넘긴 나는 응접실 소파에서 책을 읽었지만 불안했다. 몇 시간 뒤 문을 여는 소리에 가와키다 씨와 일행이 돌아왔다고 생각해서 나가니, 현관에는 "어이! 리샹란"이라고 하면서 큰 소리로 웃는 류 소장이 서 있었다. 소장은 볕에 탄 남자다운 중년 군인이었지만, 오른쪽 귀가 거의 없었고 자세히 보면 왼쪽 다리도 불편했다. 마띠엔산馬点山 장군의 참모일 때 일본군 포로가 되어 고문으로 입은 상처라고 했다. 그는 "내일 열리는 승전국 파티에 미국군 간부를 초대했네. 와주지. 미국 사람들에게 중국 제일의 가수가 부르는 중국의 명곡 〈야래향〉을 들려주고 싶어. 대접은 심심치 않게 하지"라고 했다. 나는 무서웠지만 단호하게 "저는 이제 리샹란이 아닙니다. 패전국 일본의 국민입니다. 이제는 목 상태도 좋지 않고, 지금은 중국 당국의 조사를 받으면서 연금 상태에 있습니다"라고 했다. 내 말을 들은 류 소장은 큰 소리로 웃으면서 "맛있는 음식을 먹으면 목소리도 나온다고. 내일 차를 보낼 테니 와 줘. 〈야래향〉을 기대하지"라고 자기가 하고 싶은 말만 하고 돌아갔다. 나는 잠시 뒤에 돌아온 가와키다 씨에게 이 일을 말했다. 그러자 그는 "큰일이군. 밖에서 알아보니 류 소장은 내부에서도 나쁜 평판이 있다는군. 파티에 가면 돌아오지 못할 수도 있어. 무슨 조치를 해야겠군"라고 했다. 가와키다 씨는 다시 나가서 일본인 관리 사무소와 헌병대와 이야기했다. 그는 류 소장의 요청이 군의 정식 요청이라면 본인이 싫어해도 보내겠지만, 대신 군 책임으로 노래가 끝나면 돌려보낼 것과 헌병 경호를 요구했다. 그리고 이 조건을 지켜주지 않으면 회사의 상사로서, 부모에게 딸을 부탁받은 보호자로서 보낼 수 없다고 했다. 가와키다 씨의 말을 들은 군의 조치로 류 소장의 명령은 없던 일이 되었다.

어느 날 밤이었다. 노구치 씨가 내 방문을 두드리며 "빨리 빨리"라고 했다. 또 류 소장이 왔구나 하고 겁을 내고 있으니 "놀라지 말고 이리 와. 이제 너의 노래가 시작된다고"라고 했다. 노구치 씨는 응접실에 있는 이불 속에서, 한 손으로는 조립한 단파 수신기 다이얼을 맞추면서 한 손으로 나를 불렀다. "먼저 들려드릴 노래는 〈야래향〉……"이라고 곡을 소개하는 아나운서의 목소리와 함께 전주가 시작되었다. 오래간만에 밝은 룸바 리듬을 듣자 갑자기 눈물이 났다. 나와 노구치 씨는 머리를 이불에 묻고 방송을 들었다. 그는 "류 소장 그놈도 이 노래가 듣고 싶었군. 그 기분은 알지"라고 했다.

울고 웃던 연금 생활 속에 겨울이 다가왔고, 11월부터는 잔류 일본인의 귀환이 시작되었다. 첫 귀환자 명단에는 작곡가 핫토리 요이치와 영화 평론가 히라다 요시로의 이름이 있었다. 나는 지지부진한 조사를 받으며 우울한 겨울을 보내고 있었다. 어느 날 노구치 씨의 옛 여종이 "큰일입니다!" 하고 타블로이드 신문을 들고 뛰어 들어왔다. 신문에는 "문화 한간 리샹란은 오는 12월 8일 오후 3시 상하이 국제경마장에서 총살형에 처한다"라는 기사가 실려 있었다.

15 안녕, 리샹란!

나는 무거운 기분으로 사형 날을 기다렸다. 지금껏 근거 없는 정보도 끝없이 나와서 이번 보도도 거짓이라고 생각했지만, 상하이의 겨울 공기에서는 묘한 긴장이 느껴졌다. 어쩌면 신문은 내정된 나의 사형 판결을 알고 기사를 썼을 수도 있었다.

기사에 보도된 '처형 날'까지 약 3주 동안 노구치 씨와 다른 화에이 사람들은 끝없는 농담과 전골 파티로 나를 위로했다. 나는 애써 밝게 행동했지만, 집 앞에 서는 지프 소리나 문 두드리는 소리가 나면 심장이 오그라드는 기분이었다.

해가 바뀌자 내가 난징 중앙 군정부로 넘겨진다는 소문이 퍼졌다. 상하이 헌병대가 나를 사상범을 조사하는 상급 기관으로 넘기는 셈이었다. 고위층 한간을 재판하는 난징법원에 들어가면 풀려나기는 어려웠다. 그래서 그 전에 내가 일본인이라는 사실을 증명해야 했다. 하지만 그런 당연한 사실을 증명할 방법이 없었다. 많은 기사는 내 인상에서 중국인의 피가 느껴진다고 했다. 사실 나는 어릴 때부터 순수한 일본인처럼 보이지 않았다. 그래서 어느 나라를 가도 그 나라 사람 피가 흐른다는 오해를 받았다. 〈나의 꾀꼬리〉에서 러시아인 가수 양녀 역을 할 때는 러시아 소녀로 오해받았다. 〈사욘의 종〉을 찍으러 간 타이완에서는 고산족高山族 추장의 딸과 닮았다고 환대를 받았다. 화롯불을 둘러싸고 참수 의식을 하며 춤을 추는 의식의 상좌에 앉아야 하는 무서운 환대였다. 조선총독부가 기획한 〈당신과 나〉를 찍으러 간 경성에서는 내 부모라고 주장하는 이씨 부부가 나타나서 경찰서로 불려간 적도 있다. 노부부가 "이 아이는 어릴 때 유괴범이 만주로 끌고 간 우리 딸이다"라고 주장해서 경찰서장과 함께 대면까지 했다. 아무리 아니라고 주장을 해도 노부부는 내 왼쪽 목에 점이 있는 것이 증거라고 했다. 실제로 내 왼쪽 목에는 점이 있어서 설득은 더욱 힘들었다. 이런 경험을 돌아보면 내 얼굴에는 여러 나라 사람의 느낌이 있는 것 같았다. 국적을 의심받는 이유 중 하나가 국적 불명의 얼굴이라고 생각하면 거울 속 내 얼굴이 싫어졌다.

군사 재판을 기다리던 때 나를 찾아온 두 명의 손님 이야기를 하려 한다. 한 명은 친구 류바였다. 수용소로 들어온 뒤에 연락은 뜸해졌지만 류바는 나를 걱정하고 있었다. 승전국민이 된 그녀는 상하이 소련 영사관에서 일하고 있었다. 그래서 수용소를 자유롭게 드나들 수 있었지만, 나에게 피해가 갈까 봐 잠시 면회를 참았다고 했다.

공산주의자인 자신과 친구라는 것이 내 입장을 불리하게 할 것 같아 조사 상황을 지켜본 것이다. 그리고 내 스파이 용의가 거의 벗겨질 무렵 면접을 신청했다. 류바는 "스파이 용의가 벗겨졌으니 이제는 네가 일본인인 걸 증명하면 무죄가 되는 거야. 뭔가 국적을 증명할 서류는 없니? 내가 도울 일이 있다면 도울게"라고 했다.

내가 류바를 처음 만난 것은 푸순에서 소학교를 다닐 때였다. 나중에 펑톈으로 가서는 거의 매일 만났고 우리집에도 놀러 왔기 때문에 내가 일본인 야마구치 후미오와 이시하시 아이의 장녀인 것을 알았다. 리샹란이 리지에춘 장군의 양녀가 되면서 받은 이름이고, 데뷔하면서 예명으로 쓴 것도 알았다. 하지만 내 친구인 그녀가 "리샹란의 진짜 이름은 야마구치 요시코고 일본인입니다"라고 하는 증언 따위는 아무도 믿을 리 없었다. 류바 이야기를 듣던 가와키다 씨가 갑자기 눈을 빛내면서 "베이징에 있는 부모님에게 일본에서 가져온 호적이 있을 거야"라고 했다. 당시 만주와 중국으로 온 일본인들은 국적을 증명하기 위해 호적 등본을 몇 통씩 가져왔다. 가와키다 씨가 "류바는 최근에도 하얼빈과 펑톈을 다녀왔잖아. 베이징에도 갈 일이 있나?"라고 묻자 류바는 종종 간다고 했다.

좋은 아이디어였다. 호적 등본을 군사 법정에 제출하면 내가 일본인임을 증명할 수 있을 것 같았다. 나는 "류바, 베이징에 갈 기회가 있으면 우리집에 가서 호적 등본을 가져다 줘"라고 부탁했다. 류바는 "나만 믿어. 조만간 출장 갈 기회를 만들게"라고 했다. 류바는 한 시간 정도 나와 수다를 떨다가 "또 올게. 그때까지 잘 있어"라고 손을 흔들면서 차를 타고 사라졌다. 그때 1946년 2월 하순에서 지금까지 나는 그녀를 만나지 못했다.

잠시 여기서 나와 헤어진 뒤의 류바 이야기를 하고 싶다. 이번 책을 위해 나는 여러 사람을 만나 정보를 얻었다. 그중 한 사람이 류바의 친구로, 마루베니 홍콩 지점장이던 다구치 고田口宏 씨이다. 그는 1958년 무렵 홍콩에서 류바 엄마같이 생긴 중년 부인을 본 이야기를 했다.

나는 전후 중국에서 돌아와 마루베니에 입사해 1956부터 1958년까지 홍콩에 주재했습니다. 당시 구룡九竜에는 유엔 난민 기구가 운영하는 백계 러시아인 난민 호텔이 있어 여름이면 러시아인들은 더위를 피해 현관 앞에 모여 있었습니다. 1958년 여름 나는 차로 호텔 앞을 지나다가 류바 엄마와 같은 사람을 봤습니다. 그때 차에서 내려서 정말 류바 엄마인지 확인하지 않은 것을 아직도 후회합니다.

만일 다구치 씨가 홍콩에서 본 사람이 류바 엄마였다면 류바 가족은 홍콩을 겨쳐서 미국이나 유럽으로 갔을 가능성이 있었다. 하지만 소련 영사관에서 일하던 아버지 그리니치 씨와 류바 때문에 가족은 일단 소련으로 돌아갔을 가능성이 제일 컸다. 하지만 전후 소련은 유대인을 박해했기 때문에 가족의 조국 생활은 행복하지 않았을 것이다. 나는 모든 방법을 동원해 류바의 소식을 찾고 싶었지만, 일부러 그러지 않았다. 그녀를 찾는 일이 그녀에게 피해를 줄까 두려워서였다. 전쟁이 끝나자 소련은 망명 러시아인에게 사면을 전제로 귀국을 권유했다. 그러나 돌아온 러시아인 중 유대계 러시아인은 박해를 받았다. 그들의 비참한 상황은 솔제니친의 『수용소 군단』을 보면 알 수 있다.

나는 몇 년 전 류바를 찾는 일의 위험성을 실감했다. 펑텐에 살 때의 친구인 터키계 러시아인 니나 에림의 편지 때문이었다. 니나는 이웃집 친구로 지금은 우크라이나공화국 흑해 연안 항만 도시인 오데사odessa에 살고 있다. 몇 년 전 요코하마 경제국 관광과의 하라다原田라는 분이 전화로 "경제 관광 시찰단으로 오데사에 갔을 때 여자 국회의원이 일본어로 말을 걸어와 놀랐습니다. 그녀는 펑텐에 살 때 당신과 친구였다며 편지를 전해달라고 부탁했습니다"라고 했다. 하라다 씨가 전해 준 니나의 일본어 편지는 "안녕. 나의 소중하고 그리운 요시코. 너에게 편지할 수 있는 날이 왔구나. 눈물을 흘리며 편지를 쓰고 있어. 빨리 요시코와 만나고 싶어"로 시작했다. 편지에는 나는 기억이 없지만 1945년 5월 5일 펑톈 야마토호텔 앞에서 나를 기다린 일, 종전 후 고생을 겪다가 결혼해서 딸 하나를 낳았지만 헤어져서 최근에 재회한 일, 행방 불명이던 남동생이 고미가와 준페이五味川純平의 『인간의 조건』을 러시아어로 번역해서 다시 만나게 된 일, 지금은 일본어를 가르쳐서 생활하고 있지만 어려운 생활을 하고 있다는 등등의 이야기가 쓰여 있었다. 그리고 "편지를 받으면 바로 전보를 해 줄래? 잠 못 이룰 정도로 걱정이 돼서. 지금은 밤낮으로 너의 생각을 하고 있어. 내 고충을 알아주길. 니나가"라고 끝을 맺었다. 나는 편지를 받고 전보를 달라는 부탁과 무엇을 잠못 이룰 정도로 걱정하고 있는지 이해할 수 없었다. 그래도 편지를 읽고 바로 그녀의 주소로 전보를 치고 편지도 썼다. 편지를 전해준 하라다 씨도 그녀에게 편지로 내 연락처를 알렸다. 하지만 그 뒤로 니나에게는 연락이 없었다.

나는 그 불길한 경험을 통해 류바에 대한 구체적인 정보를 알 때까지 신중하게 움직이기로 했다. 만일 류바가 소련에 있다면 내가 그녀를 찾는 일이 그녀에게 피해를 줄 수 있기 때문이었다. 만일 류바가 미국에 있다면 뉴욕 유태인 커뮤니티인 브네이 브리스를 통해 찾는 법도 생각해 보았다. 마침 상하이에서 음악 레슨을 받던 유대인 베라 마젤 여사도 뉴욕에 있었다. 나는 베라 여사에게 편지를 쓰려다가 문득 류바가 이스라엘에 있을 가능성도 생각했다. 몇 년 전 이스라엘을 방문한 국회의원이 나에게 "일본어가 능숙한 이스라엘 여성이 나에게 야마구치 씨에 대해 물었어요"라고 한 말이 기억나서였다. 유대인에게는 '성지' 이스라엘을 향하는 본능이 있다. 그러니 류바는 소련의 유대인 박해를 피해 유럽이나 미국을 거쳐서 이스라엘로 갔을 가능성도 있었다. 그녀는 어느 곳에 살아도 언어 문제는 없었다. 만일 이스라엘에서 내 안부를 물었다는 여성이 류바였다면, 그녀는 나에게 편지를 썼을 것이다. 하지만 달리 생각하면 류바는 내가 이스라엘의 적대국 아랍을 지지하는 일본·팔레스티나 우호 의원 연맹의 사무국장이라는 것을 알고 편지를 쓰지 않았을 가능성도 있었다.

다구치 씨는 펑텐에 살던 이후의 류바의 소식을 알던 얼마 안 되는 친구였다. 다구치 씨는 소학교 6학년 때 다롄에서 펑텐 치요다소학교로 전학 왔다. 여동생인 스미코純子 씨는 2학년 아래로 류바와 같은 반이었다. 하지만 그녀와 친해진 것은 상하이에 살던 때였다고 한다. 다구치 씨는 펑텐 제1중을 졸업하고 진학을 위해 일단 일본으로 돌아가서 릿교대학을 졸업하고 중국으로 돌아가 1943년 9월부터는 상하이 세관에서 일했다. 다구치 씨는 일본에서 학교를 다니던 기간 중에도 여름 방학 때마다 펑텐으로 돌아가서 중국 여러 지방을 여행했다. 그는 1939년 릿교대학 예과 2학년 때 칭따오에서 류바를 만난 일이 있고, 1941년 대학교 1학년 때 상하이에 갔을 때는 프랑스 조계에 있는 류바 집을 방문하기도 했다. 또 다구치 씨는 상하이 세관에서 일할 때도 종종 그녀와 만났다. 그는 나중에 징집되어 중국의 이곳저곳을 전전하다가 신양信陽 부근에서 종전을 맞아 상하이 수용소에 수용되었다. 그 역시 1946년 4월 귀국 후에는 류바를 만나지 못했다.

상하이에 있던 그리네츠 씨 집에는 가족 외에도 류바의 이모 스타이나 부인과 딸 휘라가 함께 살았다고 한다. 나도 펑톈에 있을 때 휘라와 함께 놀던 기억이 있다. 까무잡잡하고 눈이 큰 소녀였다.

다구치 씨는 전화로 "류바 사진을 가지고 있냐?"고 물었다. 내가 "소학교 친구 이카리 교伊狩京가 준 4학년 때 사진 한 장뿐이다"라고 하니 다구치 씨는 "내 앨범에 1941년 그녀 집에 놀러 갔을 때 찍은 사진이 몇 장 있으니 보내주겠다"고 했다. 1941년이라면 류바는 21살. 속달로 도착한 사진은 네 장의 사진 속 그녀는 밝은 표정으로 카메라를 향해 웃고 있었다. 뒤로 넘긴 긴 밤색 머리카락은 미풍에 날리고 있었다. 류바의 160cm를 넘는 늘씬한 키와 긴 다리는 여자 눈에도 아름다웠다. 다구치 씨는 "류바의 밝은 웃음에는 멋진 성격이 나타나. 일본어도 정말 잘했어! 눈을 감고 들으면 도쿄 토박이가 말하는 것 같았어. 그래 지금 생각나는군. 함께 산책을 하던 중에 "일본인은 대본영 발표를 그대로 믿고 태평양 해전에서 이겼다고 들떠 있지만 그건 거짓말이야. 일본 해군은 미국군에게 완전히 졌다고"라고 했지. 그녀가 어떻게 그런 정보를 알까 이상했지만 지금 생각하면 소련 영사관에서 일했으니 연합국 정보를 알고 있었겠지"라고 했다.

나는 그를 통해 류바 가족이 갑자기 펑톈에서 사라진 이유도 알았다. 어느 날 류바의 이모부 스타이너 씨는 살해당한다. 이모 가족은 펑톈 후지초에 있던 이층집에 살았는데, 몇 명의 불량배가 들이닥쳐 부인과 딸 앞에서 권총으로 스타이너 씨를 죽인 것이다. 범인은 바로 도망갔지만 일본인 사회에서는 그 일이 일본 특무 기관의 짓이라는 소문이 퍼졌다. 남편이 죽은 뒤 스타이너 부인과 딸 휘라는 류바네 집에 함께 산다.

이 사건을 계기로 그리네츠 가족은 언젠가 펑텐을 떠나려고 생각했다고 한다. 그러던 중 가족 모두가 교외로 외출한 날, 그 길로 칭따오로 도망간다. 내가 헌병대가 쑥대밭으로 만든 류바의 집을 본 것은 류바 가족이 탈출한 이후였다. 러시아혁명을 피해 다렌을 거쳐 펑텐으로 온 유대인 가족인 그리네츠 가족은 다시 일본 헌병에게 쫓겨서 칭따오를 거쳐서 상하이로 갔지만, 전후 소식은 알 수 없었다. 그들의 방랑은 계속되었을까? 안주할 땅을 찾았을까?

다구치 씨는 "유대인, 백계 러시아인, 볼셰비키 …… 어떤 인종, 국적, 이데올로기를 가졌건 상관없이 류바는 류바야. 명랑하고 예쁜 여성이지. 나도 같은 시대에 태어나서 자란 불행한 운명을 가진 사람으로 그녀를 존경해"라고 했다. 나도 같은 생각이었다. 나도 평탄치 못한 인생을 산 한 사람으로 류바가 남처럼 느껴지지 않았다. 류바와 다구치 씨와 나는 모두 1920년에 중국에서 태어났다. 다구치 씨와 나는 그녀를 찾겠다고 다짐했다. 다구치 씨는 "미국 출장 때 기회가 있으면 유대인 난민 기관에 물어볼 셈이야"라고 했다. 나도 나 나름으로 할 수 있는 일을 하려고 결심했다.

이야기는 다시 상하이 홍커우 일본인 수용소로 돌아간다. 류바 말고 수용소로 나를 찾아 온 또 다른 사람은 캐딜락을 탄 멋진 청년이었다. 단정하게 양복을 입은 예의바른 중국인 신사는 군정부의 소개를 받았다고 자기 소개를 했다. 그는 가와키다 씨에게 관리 사무소에서 받은 증명서를 보이면서 "절대 이상한 사람이 아닙니다. 리샹란 여사와 식사를 하면서 상의할 일이 있어서 허가를 받고 찾아뵈었습니다"라고 하면서, 식사가 끝나면 데려다줄 테니 걱정하지 말라고 했다. 내가 그를 따라서 도착한 곳은 프랑스 조계에 있는 호화 저택으로 안쪽의 넓은 방에는 열 명 정도의 건장한 신사들이 기다리고 있었다. 나를 데리고 온 청년은 "여기 모인 분들은 상하이의 실력자들입니다"라고 한 명씩 소개를 했지만, 이름은 본명은 아닌 것 같았다. 나는 오래간만에 먹는 상하이 요리에 식욕은 동했지만, 그 대가를 생각하면 먹기가 망설여졌다. 대화를 나누면서 식사를 하는 동안 화제는 본론으로 접어들었다. 내 맞은편에 앉은 중국옷을 입은 풍채 좋은 남자는 "조사가 끝나면 정식 재판이 열릴 텐데, 그 전에 기소를 중지해서 풀려나고 싶지 않습니까?"라고 깍듯하게 물었다. 그는 "만일 당신이 중국에서 살기를 원한다면 재판을 받지 않게 하고, 이 집을 드리겠습니다. 비서와 일하는 사람, 캐딜락에 운전사도 같이요. 원하는 것은 전부 제공하겠습니다. 물론 충분한 생활비도 드리겠습니다. 국내 여행이라면 어디라도 갈 수 있게 해드리지요"라고 했다. 내가 그 이유를 묻자 그 남자는 "대신에 가끔 동북 지방으로 시찰 여행을 가주셨으면 합니다. 동북 지방 출신인 당신은 그 지방의 분위기를 잘 알고, 그곳에 중국인 지인이나 친구도 많지요? 중국어도 중국인보다 잘하고 지방 사정에도 밝은 당신이 공산당 팔로군이 진출한 지방의 정세를 조사해 주셨으면 합니다"라고 했다.

간단히 말하자면 남자의 말은 스파이가 되라는 유혹이었다. 즉 내가 국민당 정부를 위해 중국 동북 지방을 점령한 공산 팔로군의 동정을 캐는 스파이 노릇을 해주면, 한간의 죄를 면해주고 호화로운 생활을 시켜준다는 제안이었다. 그렇다면 이 사람들은 국민당 정부 첩보 조직인 'CC단(군사조사통계국)' 관계자일까? 아니면 홍스紅幇 관계자일까? 상하이에는 옛날부터 청방青幇와 홍방 같은 지하 조직이 있었다. 그들은 일종의 비밀 결사 조직으로 지하 경제에서 여러 이권에 관계하면서 정치 공작과 첩보 활동을 했다. 청방은 CC단이나 남의사藍衣社 일을 하기도 했고 일본군과 왕자오밍 괴뢰 정부와도 연결돼 있었다. 상하이 청방의 우두머리는 두위에셩杜月笙, 황진롱黄金栄, 장샤오린張嘯林 세 명이었다.

내 맞은편에 앉은 대인이 말을 이어가려고 할 때 나는 말을 막았다. "한간의 죄를 용서해준다고 하셨지만 저는 한간이 아닙니다. 리샹란이라는 중국 이름으로 활동하기는 했지만, 제 본명은 야마구치 요시코로 일본인입니다. 일본 국책에 협력한 것은 제가 일본인이기 때문입니다. 저는 그 사실을 밝히기 위해 조사를 받고 재판을 기다리고 있습니다"라고 했다. 내 말을 들은 사람들은 당황한 듯이 서로의 얼굴을 쳐다보았다. 이어서 나는 "저는 지금까지 스파이 행위를 한 적이 없고, 이후도 그런 일은 하고 싶지 않습니다. 지금 제가 재판을 기다리는 것은 한간의 오명을 씻기 위해서입니다. 해결까지 5년이건 10년이건 감옥에 있어도 좋습니다. 나는 중국에서 태어나 중국에서 자랐습니다. 중국을 사랑합니다"라고 내 생각을 밝혔다. 대인들은 디저트를 먹거나 궐련을 피우면서 나의 긴 이야기를 들었다 맨가운데 앉아있던 풍채 좋은 대인이 단념한 표정으로 일어서면서 "알았네. 괜한 수고를 끼쳤군"이라고 했다. 그를 따라 다른 사람도 모두 일어서서 악수를 청했다. 나는 아직도 그날의 제의가 정말 국민당 정부의 스파이 제의였는지, 아니면 청스 같은 그룹이 나의 '사상'을 시험한 것인지 모른다. 아무튼 중국옷을 입은 대인들과 함께한 한 시간의 식사는 나에게는 재판의 최종 변론같이 느껴졌다. 그날의 진술 내용이 군정부에 전해졌을까? 그날 이후 조사의 분위기는 편안해졌고 희망적인 느낌이 들었다.

세 번째 조사는 가와키다 씨도 함께 갔다. 조사 담당자는 "당신을 알고 있는 중국인과 일본인의 증언으로 당신이 일본인 야마구치 요시코라는 사실은 거의 입증되었다. 하지만 다른 중국인들은 아직도 당신을 중국인 아니면 중국인 피가 흐르고 있다고 믿는다. 그리고 당신이 전쟁 중 활발한 활동으로 조국을 팔고, 전쟁이 끝나고는 일본인 수용소로 숨어들어 일본으로 도망가려고 한다고 생각해. 자꾸 사형 소문이 퍼지는 것도 당신을 일본인 수용소에서 끌고 나가 엄정한 재판을 받게 하자는 민심의 표현이지. 재판에서 당신에게 중국인의 피가 흐른다면 한간으로 처형하자는 거지"라고 설명했다. 가와키다 씨가 리샹란이 "순수한 일본인이라는 결정적인 물증이나 증거를 제시하면 한간죄는 무죄가 되는 건가요?"라고 묻자 "그렇지. 이미 증언이나 상황 증거는 충분해. 헌병단이나 재판소도 긍정적이야. 정확한 증거만 있으면 좋은데"라고 했다. 그 말을 들은 가와키다 씨는 조사 담당자에게 일본의 호적 등본에 관해서 설명하기 시작했다. 일본인은 모두 가족 단위로 호적에 등록되어 탄생이나, 사망, 결혼, 이혼 같은 변화가 생겼을 때는 본적지 시정촌市町村 사무소에 신고하며 사무소는 그 서류를 기초로 호주와 가족 관계, 생년월일, 출생지를 쓴 호적부 원본을 만들어 영구보존한다. 그것을 복사해서 시정 촌장이 도장을 찍어서 증명한 문서가 호적 등본이며, 국적을 증명할 수 있는 유일한 문서다, 등등.

조사 담당자는 가와키다 씨의 이야기를 흥미 있게 들었고 우리는 다음 조사 때 호적 등본을 제출하겠다고 했다. 나도 가와키다 씨도 류바가 금방 베이징에 있는 부모님에게서 호적 등본을 받아올거라고 믿었다.

하지만 류바는 좀처럼 오지 않았다. 베이징으로 갈 기회가 없거나 베이징 부모님 집에 호적 등본이 없었을지도 모른다. 여러 가지 생각으로 불안해 하던 중 알 수 없는 물건이 도착했다. 집 앞에서 보초를 서는 젊은 병사가 "누군가가 가져왔다"며 건넨 작은 나무 상자였다. 당시 젊은 병사와 우리는 친해졌다. 대학생인 그는 "전쟁은 이미 끝났으니 빨리 교실로 돌아가고 싶다"라고 했다. 문학부에서 중국 고전을 연구했다는 병사는 시 짓기를 좋아해서 우리를 위해 한지에 시를 써주기도 했다. 나는 나무 상자에 든 물건을 보고 소리를 질렀다. 상자에는 엄마가 내가 어릴 때 일본에서 주문한 후지무스메藤娘라는 등나무 꽃을 든 일본 인형이 들어 있었다. 그 인형은 푸순, 펑톈, 베이징으로 이사를 하면서도 늘 내 방 진열장을 장식했다. 내가 보초병에게 "베이징에 있는 엄마가 보냈네. 내가 제일 좋아하는 인형이야"라고 하자 그는 더 이상의 확인 없이 돌아갔다.

눈 앞이 환해진 기분이었다. 좋아하는 인형이 도착했다는 감상적인 기분보다는 베이징에 있던 인형을 가져다 준 사람이 류바임이 분명해서였다. 하지만 가와키다 씨와 함께 찾아보아도 상자 안에 편지 같은 것은 들어있지 않았다. 인형이 쓴 삿갓과 소매 안에도 없었다. 엄마는 그저 나를 위로하기 위해 인형을 보낸 걸까? 하지만 자세히 보니 인형이 입은 기모노 오비에 자연스럽지 않은 이음새가 보였다. 오비를 풀어보니 천 안쪽에 가늘고 길게 접힌 얇은 종이가 들어 있었다. 떨리는 손으로 얼룩진 종이를 펴보니, 그것은 우리집 호적 등본이었다. "다음 내용이 틀림없음을 증명한다"라고 써진 서류는 일본인인 나의 존재를 증명했다. 하지만 이렇게 얇고 초라한 종이 쪼가리가 국제적으로 인정될지는 알 수 없었다. 예상대로 호적을 제출하니 조사관계자는 "여기 적힌 야마구치 요시코라는 사람과 당신이 동일인이라는 것을 어떻게 증명하지? 지문 대조도 없고"라며 냉랭한 반응을 보였다. 당시 중국에는 일본 같은 엄격한 호적 제도가 없었다. 그래서 중국 여배우는 늘 젊었다. 본인 신고 외에 다른 증명법이 없어서, 만에이에는 매년 열일곱 살인 중년 여배우도 있었다.

가와키다 씨는 『나의 이력서』에 "이때 나는 처음으로 일본의 신분 증명서가 의외로 조잡하다는 사실을 알았다. 그것은 관점에 따라서는 일본은 살기 좋은 나라라는 증거이기도 했다. 얇은 종이에 철필로 알아보기 힘든 글씨가 쓰인 종이. 종이에 찍힌 촌장의 도장은 조잡했고 조회번호도 없었다. 외국 관리가 이렇게 허술한 서류를 믿어줄 것 같지 않았다. 왜냐하면 이 종이로는 내가 야마구치 요시코인 것을 증명할 수 없기 때문이었다. 그래서 나는 일본에서 유학한 중국인에게 우리를 조사하던 관리에게 일본의 호적 제도에 관해 설명해달라고 부탁했다. 엄격한 잣대로 보자면 의심가는 상황이었지만, 조사관계자는 전쟁 중 내 행동을 바탕으로 '너를 믿는다'고 했다"라고 썼다.

예상대로 베이징에 있던 부모님에게 호적 등본을 감춘 인형을 받아온 사람은 류바였다. 그녀의 비밀 계획은 성공했다. 내가 그 계획의 전모를 안 것은 가족이 일본으로 돌아온 뒤였다. 1946년 2월 어느 날 재산을 몰수당하고 여덟 명의 가족이 한 방에서 생활하던 베이징의 우리 집으로 푸른 눈의 백인 여성이 찾아왔다. 엄마는 "아줌마! 오래간만입니다!"라는 외국 여자의 일본어 인사에 깜짝 놀랐다. 10년 이상 만나지 못한 빵집 딸을 기억하는 데는 시간이 걸렸기 때문이었다. 류바는 아버지 대신 출장을 왔다면서, 나와 가와키다 씨가 수용소에 있고 건강하다고 전하면서 “직접 만나고 왔으니 사실이에요. 사람들은 리샹란이 유죄라고 떠들어대지만 괜찮아요. 저도 최선을 다할 테니까 안심하세요”라고 가족을 안심시켰다. 부모님과 동생들은 류바가 전해준 내 소식을 듣고 뛸 듯이 기뻐했다고 한다. 전해 연말에 베이징 일부 신문도 내 사형이 집행된다는 기사를 실어 가족들은 거의 희망을 잃고 있었기 때문이다. 베이징과 상하이의 신문들은 내 사형일을 12월 8일이라고 보도했다. 아버지는 그날을 내 기일로 하려고 기사를 오려서 보관했다고 한다. 리샹란이 경마장에서 총살형으로 처형되었다는 보도는 전후 일본에서도 잠시 정설이었다고 한다. 전쟁이 끝나고 몇 년 뒤 내가 구 만주·다롄 관계자들이 모이는 회의에 참석했을 때 어떤 사람이 나에게 “당신 아직 말을 할 수 있군요!”라고 해서 어리둥절한 적도 있었다. 내가 한간 재판에서 유죄를 받아 혀를 잘렸다는 소문도 있었다는 것이다.

류바는 재판에서 한간 용의에 관해 무죄를 받으려면 나의 일본 국적을 증명하는 공식 문서가 필요하다는 말을 남기고 숙소인 류커우호텔六国飯店로 돌아갔다. 아버지와 엄마는 내가 좋아하던 인형의 오비 올을 풀어 길게 접은 호적 등본을 넣고 바느질을 했다. 그리고 여동생 에츠코에게 그것을 류바 숙소로 가져다 주라고 했다. 에츠코도 인형에 호적등본이 든 것은 몰랐다. 에츠코는 부모님이 말한 대로 나무 상자를 류바에게 건네면서 “부모님이 이 인형을 상하이에 있는 언니에게 전해달라고 하시네요”라고 했고 류바는 그 나무 상자를 들고 비행기를 탔다. 엄마는 “아버지와 엄마는 인형 안에 등본을 숨긴 걸 에츠코에게도 류바에게도 말하지 않기로 했어. 류바는 전승군 공무원이었잖아. 적국 피고를 위한 활동을 한 것이 알려지면 피해가 갈 것 같았어. 만일 발각이

나더라도 우리가 몰래 숨긴 것으로 하고 류바는 모르는 일로 하려고 했지"라고 했다. 류바도 아무것도 묻지 않고 에츠코에게 "꼭 전달할게"라고 했다고 한다. 류바다운 총명한 행동이었다. 그녀는 우리 부모님께 호적 등본이 필요하다는 사실을 이야기한 다음날 물건의 전달을 부탁받고 모든 상황을 이해했을 것이다. 하지만 아무것도 모르는 사람처럼 물건을 전달했다. 다른 사람이 수용소로 물건을 전달하게 한 것도 그녀다운 지혜였다.

2월 중순, 나는 군사재판소 법정으로 소환되었다. 그날도 가와키다 씨와 함께였다. 조사는 여러 번 받았지만 법정 피고석에 앉는 일은 처음이었다. 법정은 군정부에 있었고 우리 자리보다 좀 높은 책상에는 열 명 정도의 군복과 사복 차림의 담당자들이 앉아있었다. 법정의 분위기는 무거웠지만 내 기분은 가벼웠다. 전날 재판장 여더귀葉德貴 씨가 가와키다 씨에게 "내일이면 모두 끝난다"라는 분위기의 말을 해서였다. 재판은 나의 일본 국적을 증명하면서 한간 누명을 벗는 의식이었다. 군복을 입은 모습의 여 재판장은 권위적으로 보였지만 가와키다 씨와 나는 몇 번의 만남을 통해 그가 친절한 사람이란 것을 알았다. 여 씨도 중국사회의 요인들에게 가와키다 씨의 평을 들어 그를 신뢰하고 있었다.

서기관은 지금까지의 조사에 관해 설명하고 일본의 호적제도와 그 신뢰성에 대해 보고했다. 잠시 뒤 여 재판장은 "이것으로 리샹란의 한간 용의는 해명되었다. 무죄"라고 판결하며 작은 나무 망치를 두드렸다. 이어서 "하지만 전혀 문제가 없지는 않다. 이 재판은 중국인이면서 중국을 배반한 한간죄를 묻는 재판이다. 일본 국적을 입증한 당신은 무죄다. 하지만 윤리문제는 남아 있다. 중국인 이름으로 〈지나의 밤〉 등의 영화에 출연한 일이다. 본 법정은 법률과 관계가 없이 그런 활동을 유감스럽게 생각한다"라고 했다.

나는 여 재판관에게 기획과 제작을 하지는 않았지만, 영화에 출연한 것은 사실이고 "어렸다고 해도 생각이 모자랐습니다. 죄송하다고 생각합니다"라고 했다. 여 재판장은 고개를 끄덕이며 "바로 국외 퇴거 수속을 하겠다"라고 했다. 무죄 판결에서 추방, 귀국으로 이어지는 절차는 빠르게 진행되었다. 여 재판장은 담당관에게 일본인 관리사무소와 연락을 해서 가와키다 마사오, 노구치 히사미츠, 고데 다카시, 야마구치 요시코 네 명의 일본인을 제일 빠른 일본인 귀국선에 태워서 추방하라고 지시하면서 "단 리샹란의 일본행이 알려지면 신문이 가만있지 않을 테니 공개적으로 진행하지 말고. 다른 귀국자와 함께 눈에 띄지 않게 돌아가게 하라"라고 지시했다.

우리 일행의 귀국선 승선은 1946년 2월 26일로 결정되었다. 승선 전날은 항만 검역소에서 검역을 끝내야 했다. 나는 검역을 귀국 리허설로 생각하고, 누더기 일바지에 머리를 틀어올린 부랑자 같은 모습으로 세 사람을 따라갔다. 검역소에서는 남녀가 나뉘어 일반 신체 검사뿐만이 아니라 구강과 소변 검사까지 했다. 일본인 관리 사무소가 발행한 '일본 국민, 사가현 출신, 야마구치 요시코, 26살'이라고 쓰인 귀국 허가증에는 '검역 완료檢疫了'라는 도장이 찍혔다. 검역을 무사히 통과한 것이다.

다음날 일정은 오전 5시 집합, 휴대물 점검, 귀국 허가증 확인, 6시 승선, 7시 출항이었다. 가지고 갈 수 있는 것은 일 인당 백 엔, 동하복 각 한 벌, 신발 두 족으로 정해졌고, 그 외의 물품은 검사관 판단으로 결정되었다. 그날 승선자는 이천 명. 아침 안개 속 일본인들은 흰 입김을 내뿜으면서 줄줄이 상하이항 광장으로 모여들었다. 해안에는 미국의 리버티형 화물선이 정박해 있었다.

우리는 번호순으로 줄을 섰고 가와키다 씨, 노구치 씨, 야마구치 씨 순으로 짐 검사가 시작되었다. 항만경비대는 네 명의 남자와 한 명의 여자가 한 조였다. 우리 줄의 검사가 시작되고 반장이 "경례"라고 하자 일본인들은 인사를 하면서 광장에 깔린 자갈 위에 무릎을 꿇고 짐을 펴 놓고 검사를 기다렸다. 나는 전날보다 더 초라한 행색을 하고 헝클어진 머리를 푹 숙이고 있었다. 경비원들은 명단과 얼굴을 대조하면서 귀국 허가증과 짐을 점검했다. 가와키다 씨는 아스피린을 몰수당했다. 단파 라디오를 가져 오지 않은 노구치 씨와 고데 씨는 허가증에 도장을 받았다. 내 차례가 되어 얼굴을 드니 여자 경비원이 내 얼굴을 뚫어지게 보았다. 그녀는 귀국 명단과 허가증, 내 얼굴을 번갈아 보다가 "리샹란!"이라고 외치며 검사 줄에서 나오라고 눈짓을 했다. 검사는 중지되고 남자 경비원들도 와서 "리샹란이다" 하며 놀랐고, 다른 일본인들도 "리샹란이야", "리샹란이 일본으로 탈출하려다가 잡혔다"라고 웅성거렸다. 가와키다 씨는 내 귀국 증명서를 보여주면서 "리샹란은 헌병대 조사를 끝내고 군사 재판에서 무죄를 받았다. 일본인 관리소에서 귀국허가증도 받았다"라고 항변했지만, 여성 경비원은 "그런 말은 듣지 못했어. 상부에 보고하고 지시를 받을 때까지는 승선을 허가할 수 없다. 다른 세 사람은 승선해도 좋지만 리샹란은 조사해야 한다. 항만경비사령부로 출두하도록"이라고 했다.

다른 사람들은 검사를 끝내고 차례로 승선했다. 혼자가 됐다고 낙담

하고 있는데 가와키다 씨가 "나도 남지. 화에이 책임자로서 사원을 두고 갈 수는 없어. 항만경비대가 허가하지 않으면 여 씨에게 달려가지"라며 배에 타지 않았다. 노구치 씨와 고데 씨는 승선했고 배는 출항했다. 가와키다 씨와 나는 수용소로 돌아와서 다른 사람들과 함께 생활하면서 처분을 기다렸다.

여 재판장이 움직여서 문제는 열흘 후에 해결된다. 항만경비대는 자신들의 실수로 한간이 국외로 나가면 안 되니 재판 기록을 보고 싶다고 했지만, 사전에 협의하지 않은 것에 대한 신경전 같기도 했다.

나와 가와키다 씨는 2월 말 출항하는 귀국선 운젠마루雲仙丸 승선이 결정되었다. 여 씨는 "이번에는 꼭 돌아가요. 출항일에 배웅하러 가지요"라고 했다. 다른 수속은 모두 끝내서 승선만 하면 되었다. 가와키다 씨는 이번에는 아스피린 지참을 허가받았다.

귀국선은 저녁에 출발했다. 방파제에서 조금 떨어진 곳에서 중국옷을 입은 여 씨가 우리를 보고 있었다. 가와키다 씨와 나는 트랩을 오르며, 방파제에 선 여 씨에게 목례를 보냈고 그는 고개를 끄덕였다. 나는 가와키다 씨를 갑판에 두고 혼자 화장실로 들어갔다. 다시 끌려갈까봐 불안하기도 했지만, 출발하기 전까지 혼자 있고 싶었다. 나는 여학생 때 베이징으로 가는 기차에서 검문을 피해 화장실에 숨은 적이 있었다. 또 일본인 수용소에서는 류 소장을 피하기 위해서도 화장실로 숨었다. 궁지에 몰렸을 때 화장실로 숨기가 버릇이 된 것 같았다.

기적과 함께 닻을 올리는 기중기의 진동이 느껴졌다. 엔진이 켜지고 스크류도 돌아가기 시작했다. 배가 부두를 떠난 것을 확인하고 갑판으로 올라갔다. 노을 지는 항구 하늘은 빨간 구름으로 덮여있었고 화려한 줄무늬 구름이 덮인 저녁 하늘을 배경으로 고층 건물의 검은 실루엣이 보였다.

그때였다. 배 안에 켜진 상하이 라디오 방송에서 내가 부른 〈야래향〉의 멜로디가 들렸다. 나는 그 완벽한 우연에 갑판 손잡이를 잡고 몸을 떨었다. 운명의 신이 나의 출항을 축하하며 준비한 이별 노래 같았다. 리샹란에서 야마구치 요시코로 돌아온 나는 "안녕, 리샹란! 안녕, 나의 중국"이라고 중얼거렸다. 사형을 피해 무사히 귀국선에 올라 듣는 자신의 노래에 감정은 요동쳤다. 전쟁에 진 일본은 지금부터 어떻게 될까? 나는 다시 중국으로 돌아올 수 있을까?

웃으며 "일본에 다녀올게요", "중국으로 돌아가요"라고 하던 나는 귀향의 기쁨보다는 중국을 떠나는 것이 괴롭고 슬펐다. 푸순, 펑톈, 톈진, 신징, 하얼빈, 상하이…… 나는 태어난 곳과 일 때문에 갔던 곳과 친구들을 생각하니 나도 모르게 눈물이 흘렀다. 가와키다 씨도 같은 생각을 하는 듯이 난간을 꽉 잡고 멀어져가는 항구를 보고 있었다. 물결이 잔잔한 저녁 무렵, 부드럽게 일렁이는 물보라는 일곱 가지 색으로 빛났다. 나는 내가 부르는 〈야래향〉을 들으면서 수면에 뜬 무지개를 오래오래 바라보았다.

부록 리샹란과 헤어진 뒤

1986년은 오랜 세월의 피로가 쌓여 대상포진을 앓았다. 1개월 반 동안 입원한 후, 집에서 요양하며 병은 나았지만, 이렇게 오래 활동을 못한 것은 처음이었다. 회복 뒤에는 이 책의 원고를 손보면서 내가 '리샹란'이라는 이름과 헤어진 다음 걸어온 길을 회상했다.

작년 자서전 집필을 결심하고, 나는 될 수 있으면 정확한 사실을 기억해내려고 노력했다. 하지만 일상의 업무 때문에 진도는 계속 늦어졌다. 그러던 중에 일상 생활에서 격리될 수밖에 없는 입원은 하늘의 배려이면서, 과거의 직시가 통증 못지않게 괴로운 일임을 알게해 준 상징적 사건이었다. 나는 입원 기간 중 '야마구치 요시코'가 된 다음의 자신에 대해 곰곰이 생각했다.

먼저 전후 음악가와 무대 배우로 재출발하려고 노력했지만 실패하고 영화계로 복귀한 일. 도미하여 일본인으로는 전후 처음으로 할리우드 영화에 출연해 브로드웨이 무대에 선 일. 뉴욕에서 조각가 이사무 노구치를 만나 결혼한 일. 찰리 채플린 같은 세계적 배우들과 친분을 가지며 일본과 미국을 오가는 바쁜 생활 속에서 일과 가정을 양립하지 못하고 이혼한 일. 일과 결혼에 실패하고 실의에 빠진 내 앞에 나타난 젊은 외교관과 재혼한 일. 영화와 무대에서 은퇴해서 전업 주부의 생활을 시작한 일 등등.

그런 회상을 하면서 나는 내가 리샹란으로 살아온 세월을 제대로 기록하기 위해서는 '리샹란'이라는 이름과 헤어진 다음 '야마구치 요시코'로 걸어온 길을 간단히 정리할 필요를 느꼈다.

/

1946년 4월 1일 나는 가와키다 나가마사 씨와 함께 규슈 하카다항에 내렸다. 전날 밤 귀항선 운젠마루 갑판에서 열린 연회에서 〈야래향〉을 부를 때 나는 "리샹란은 죽었습니다. 지금부터는 야마구치 요시코로 돌아가고 싶습니다"라고 했다. 하카다항으로 몰려온 신문 기자들이 물은 이후 계획에 대한 질문에도 같은 답을 했다. 하지만 내 은퇴 성명에도 불구하고 '리샹란, 영화계 은퇴 표명' 같은 머릿기사보다는 '리샹란, 사실은 일본인이었다' 같은 머릿기사가 많았다. 일본인 대부분이 아직도 리샹란을 중국인이라고 믿었기 때문이다.

일본에서 머물던 노기자카 제국아파트는 공습으로 반파되었고, 나를 돕던 아츠미 마사코 씨는 치바로 피난 가 있었다. 도쿄에는 친척도 없고 베이징에 있던 가족은 소식도 없었다. 의지할 곳이 없던 나는 가와키다 씨의 가마쿠라 집에 머물기로 했다. 가시코 부인과 와코 씨는 우리보다 먼저 귀국해 있었다. 가와키다 씨의 집 별채인 서양식 이층집은 미군이 접수해서 미군 장교와 가족이 살고 있었다. 나는 그 이층집

일 층에 있는 방에 살았다.

어느 날 아츠미 씨가 전쟁 중 배급받은 내 몫을 모은 것이라고 각설탕이 가득 든 병을 선물로 가지고 찾아왔다. 아츠미 씨는 전처럼 옆에서 일을 돕고 싶다고 했다. 하지만 영화 배우를 그만둔 나에게 일을 도와주는 사람은 필요 없었다. 아츠미 씨는 내가 상하이에 있을 때 노기자카 제국아파트는 몇 발의 소이탄을 맞았고, 그중 한 발은 내가 쓰던 침대를 뚫고 지하실까지 들어갔다고 했다.

이와사키 씨도 가마쿠라로 나를 만나러 왔다. 이와사키 씨는 세타가야의 자택 정원에 작은 임시 건물을 만들어 반파된 노기자카 아파트에 남아있던 내 물건을 보관해 주었다. 중국에서 돌아와 살 집이 없으면 곤란하다고 생각한 배려였다. 이와사키 씨는 가마쿠라에 왔다 간 며칠 뒤인 1946년 8월 28일 자택에서 우익 괴한의 일본도 습격으로 왼쪽 얼굴에 상처를 입는다. 일본영화사 제작국장으로 〈일본의 비극〉, 〈점령 1년〉 같은 진보적 다큐멘터리를 제작해 우익 테러의 표적이 된 것이다. 살 곳까지 만들어 준 이와사키 씨의 호의는 고마웠지만, 나는 가마쿠라에 살기로 했다. 나는 생계를 꾸릴 방법을 찾으려고 조바심을 냈지만, 가와키다 씨는 일단 노래 레슨을 계속 받자고 했다. 가와키다 씨는 가마쿠라에 사는 성악가 베르토라메리 요시코ベルトラメリー能子와 메지로目白에 사는 네트 케레뷔 여사를 소개했다. 요시코 씨는 이탈리아 가창법, 네트 케레뷔 여사는 독일식 가창법으로 지도해서 러시아식 가창법을 배운 나는 혼란스러웠다.

그해 10월에는 데이게키帝劇에서 리사이틀을 열자는 기획이 들어왔다. 갑자기 큰 무대에 서는 것이 무모하게 느껴졌지만 모처럼 온 기회를

놓칠 수는 없었다. 자신은 없었지만 공연에서 나는 〈망우가忘憂草〉, 〈한불상봉미혼시恨不相逢未嫁時〉(아직 결혼하기 전에 당신을 만나지 못한 것이 한스럽다) 같은 중국 가곡과 〈탱자나무 꽃からたちの花〉, 오페라 〈라보엠〉과 〈버터플라이〉 같은 곡을 열심히 불렀다. 당연히 신문 비평은 좋지 않았다.

다음 해인 1947년 4월 데이케키에서 상연된 뮤지컬 〈켄터키 홈〉에서는 음악가 부인으로 출연해서 미국 민요를 불렀다. 청중의 반응은 나쁘지 않았지만, 아직 일본에서는 오페라나 브로드웨이 뮤지컬이 정착되지 않았기에 신문 비평은 좋지 않았다.

리사이틀과 뮤지컬이 실패한 나에게 도호는 무대극 도전을 권했다. 첫 무대는 전쟁 전 브로드웨이에서 히트했고 프랑크 캐프라 감독이 영화화해서 일본에서도 호평을 받은 〈우리집의 낙원〉으로 연출은 히지카타 요시土方与志가 했고 다키자와 오사무滝沢修, 우노 주키치宇野重吉, 모리 마사유키森雅之 같은 베테랑 배우가 출연했다. 나는 젊은 아가씨 아리스 역을 맡았다. 하지만 연습이 꽤 진행된 단계에서 공연은 취소된다. 저작권료 협상 결렬로 도호가 상연을 단념한 것이다. 그리고 갑자기 톨스토이 원작 〈부활〉을 상연하게 된다. 희극 속 명랑한 아가씨 역을 맡은 나는 갑자기 비극적 운명을 가진 러시아 아가씨를 연기하게 된 것이다. 이런 갑작스러운 변경의 이유는 〈우리집의 낙원〉의 미국인 원작자가 거액의 저작권료를 요구한 것과는 달리 모스크바 예술 극단은 각본을 무료 제공했기 때문이었다. 대신 대사를 한 마디도 변경하지 않는다는 조건이 붙었다. 톨스토이의 원작을 '혁명에 눈뜨는 인간'으로 해석한 모스크바 예술 극단의 각본을 상연하는 것은 소련 입장에서는 이데올로기를 선전할 절호의 기회였다. 그래서 소련 대사관의 문화 담당관들이 여러 번 꽃다발을 들고 분장실을 방문해서 배우들을 격려했다.

쟁쟁한 출연진이었다. 낭독 다키자와 오사무, 네브리도프 역의 모리 마사유키 이외에도 야마가타 이사오山形勲, 시미즈 마사오清水将夫, 우노 주키치, 스스다 겐지薄田研二 등…… "톨스토이가 그리스도교적 휴머니즘의 관점에서 제정 러시아의 단점을 제거하고 발전시킨 작품"이라는 히지카타 씨의 연출 의도는 어려웠지만 다키자와 오사무 씨의 "연극은 관념론이 아니라 온몸으로 부닥치는 거야"라는 연기론은 이해할 수 있었다.

취한 카추사가 비틀거리면서 재판소로 향하는 장면은 집에 있는 거울 앞에서 따듯한 와인을 마시면서 연구했다. 연습에 빠진 나머지 와인 한 병을 전부 마시고 숙취로 고생하기도 했다. 결국은 나중에 "달리는 전차에 서 있으면 몸이 흔들리는 느낌. 몸을 가누려 하지만 좀처럼 가눌 수 없는 상태가 취했다는 느낌이다"라는 연기 지도를 듣고야 감을 잡을 수 있었다. 시베리아 유형을 선고받은 카추사가 "저는 죽이지 않았습니다"라고 항변을 하는 장면에서 "천을 짜는 것 같은 느낌으로 목소리를 내라"는 지도를 따라 정원에서 큰 소리로 연습하다가 주변 신고로 경관이 온 적도 있다.

연극 〈부활〉은 25일간 50회 공연을 했다. 『아사히신문』에는 "야마구치 요시코가 노래 공연의 실패를 연극으로 만회한 것이 아이러니"라는 평이 실렸다. 나는 연극을 하기로 했다. 그리고 그 무렵 다키자와 씨를 중심으로 만들어진 민중예술극장(현재 극단 민예의 전신)에 참가했다. 민중예술극장은 〈부활〉의 출연자들과 가토 요시加藤嘉, 기타바야시 다니에北林谷栄 같은 배우와 다케히사 치에코竹久千恵子, 나츠카와 시즈에夏川

静江, 모치즈키 유코望月優子, 시바타 사나에柴田早苗 같은 사람들이 '신극의 대중화'를 목표로 모인 극단이었다.

첫 공연은 시마자키 도손島崎藤村의 〈파계破戒〉로 나는 시호志保 역으로 출현했지만 "극 전체로 녹아들지 않는다"(『도쿄신문』)는 지적을 받았다. 역시 노래를 해도 연기를 해도 '리샹란'의 이미지는 따라다녔다.

그 무렵 영화 출연 제의가 들어왔다. 나는 요시무라 고자부로吉村公三郎 감독이 쇼치쿠에서 찍게 된 영화 〈우리 생애의 빛나는 날わが生涯の輝ける日〉을 새로운 돌파구로 생각했다. 영화 내용은 종전 전날 평화주의자인 관료 아버지(이노우에 마사오井上正夫)를 잃은 아가씨와 청년 장교(모리 마사유키森雅之)의 사랑 이야기이다. 전쟁이 끝나고 청년 장교는 마약에 중독된 악질 신문 기자가 된다. 한편 카바레 댄서가 된 관료의 딸은 기자가 아버지를 죽인 범인인 것을 모르고 사랑에 빠진다. 아버지를 죽인 원수와 열렬한 사랑을 한다는 내용은 지금까지의 일본 영화에서는 볼 수 없는 내용이었다. 전쟁 전과 후의 180도 달라진 가치관과 세상, 전락해가는 인생의 모습을 그린 영화는 호평을 받았다. 나의 연기도 약간은 인정받았고 특히 마지막 부분의 키스신은 화제였다. 키스신 경험이 없는 나는 전적으로 요시무라 감독의 지시에 따랐다. 대담한 성적 묘사도 자연스러운 지금은 상상하기 어렵지만, 당시는 키스 장면만으로도 스튜디오의 분위기는 긴장되었고 관계자를 제외한 사람은 출입 금지였다. 감독은 신중하게 여러 번 카메라 테스트를 하고 포옹신을 지도한 뒤에 "끝났다는 신호가 있을 때까지 계속 안고 있어라"고 했다. 나는 감독이 막대기로 발을 찌르며 신호를 줄 때까지 키스하고 있어야 했다. 〈우리 인생의 빛나는 날〉은 그해 키네마 순보 베스트 텐에서 5위에 올

랐다. "연기는 관념론이 아니라 몸으로 부닥치는 거야"라는 다키자와 씨의 말을 생각하면서 연기한 카바레 댄서 역할은 '온 몸을 던진 열연'이라는 평가를 받았다.

이 영화를 계기로 영화 출연 의뢰는 이어졌다. 같은 해인 1948년에는 다이에이大栄의 〈정열의 인어情熱の人魚〉에 출연했고, 다음 해인 1949년에는 신도호新東宝에서 제작한 〈유성流星〉, 〈인간모양人間模様〉, 〈귀국帰国〉 세 편의 작품에 연달아 출연했다. 〈새벽의 탈주暁の脱走〉도 같은 해 출연한 작품이다. 이 영화의 원작은 다무라 다이지로田村泰次郎의 반전 소설 『춘부전春婦伝』이다. 만주에서 만나 일본에서 친해졌다가, 하남행 열차에서 극적으로 만났던 다무라 씨는 이 작품을 하남의 작열하는 여름 풍경 속에서 본 내 모습을 떠올리면서 썼다고 했다.

영화는 구로자와 아키라가 각색하고 다니구치 센키치谷口千吉 감독이 메가폰을 잡았다. 위문단 가수인 나(하루미春美)와 미가미三上 상등병(이케베 료池部良)이 열렬한 사랑에 빠져 탈출을 모의하다가 부관(오자와 에이타로小沢栄太郎)의 기관총에 맞아 슬픈 최후를 맞는다는 내용은 전쟁 중이라면 절대 허락되지 않았을 병사의 연애가 테마였다. 영화는 광대한 중국을 배경으로 일본인에게 생소한 대담한 묘사로 주목을 받았다. 죽어가는 두 사람의 몸 위로는 모래가 쌓여 덮고 마지막에는 서로를 원하는 두 사람의 손도 모래 속으로 사라지며 영화는 끝난다. "마농 레스코가 떠오르는 슬픈 라스트신"이라는 평은 아직도 기억에 남는다. 영화는 이케베 씨와의 진한 러브신이 화제가 되면서 그해의 영화 중 3위에 링크되었다. 내가 "일본의 여배우로 다시 태어났다"라는 평은 가장 기쁜 수확이었다.

/

1950년에는 쇼치쿠에서 〈첫 연애 문답初愛問答〉, 〈여자의 유행女の流行〉 그리고 구로자와 아키라 감독의 〈추문醜聞〉까지 세 작품을 미후네 도시로三船敏郎와 함께 찍었다. 나는 이 세 편의 영화를 끝내고 미국 공연여행에 초대받았다. 하와이와 로스앤젤레스의 재미 일본인을 대상으로 한 리사이틀에 출연하고 할리우드를 견학하는 스케줄로 체재 예정은 삼 개월이었다.

나는 다나카 키누요田中絹代 다음으로 전쟁이 끝나고 미국을 방문한 두 번째 일본 배우였다. 로스앤젤레스에 도착해서 가진 기자 회견 때 받은 "미국에서 무엇을 배워가고 싶냐?"는 질문에 나는 일본의 한 영화 평론가가 "미국에서 멋진 러브신 연기를 배워 오라"라고 한 말이 떠올라 순간적으로 "키스를 배우고 싶습니다"라고 답해, 다음날 신문에는 큰 사진과 함께 'kiss me please'라는 헤드라인의 기사가 실렸다. 이 기사가 화제가 되어 인터뷰가 끊임없이 이어졌다.

할리우드를 견학하면서 나는 영어를 완전하게 익혀서 노래와 연기를 배우고 싶어졌다. 하얼빈이나 상하이 같은 국제적 환경이 익숙한 나에게는 뿌리 깊은 코스모폴리탄과 방랑자 기질이 있었다. 세계를 무대로 활동하고 싶다는 의욕으로 나는 체재 기간을 연장해서 뉴욕 엑터스 스튜디오에서 개인 지도를 받았다. 선생님은 사회파 배우며 연출가인 엘리아 카잔Elia Kazan(〈에덴의 동쪽〉, 〈욕망이라는 이름의 전차〉의 감독)이었다. 뉴욕 엑터스스튜디오는 기본을 강조하는 유명한 배우 양성소로 영어와 프랑스어의 개인 지도까지 포함하면 수업료는 비쌌다. 그래서 나는 허름한 아파트에서 알뜰한 생활을 하면서 버텨야 했다.

프랑스인에게 영어를 가르치기도 했던 프랑스어 선생님의 학생 중에는 에디트 피아프가 있었다. 에디트 피아프는 뉴욕에 있는 프랑스풍 나이트클럽 베르사유에 장기 출연했다. 피아프의 노래는 언제 들어도 멋졌다. 나는 가수로서 여자로서 인간으로서 그녀를 존경했다. 150센티도 되지 않는 작은 체구의 그녀는 검은 원피스에 장신구도 하지 않은 수수한 차림으로 어두운 무대에 서서 한 곳을 응시하며 노래했다. 그녀가 노래를 부를 때 움직임이는 하얀 손가락에서는 묘한 관능미가 느껴졌다. 그녀는 술과 담배, 마약을 탐닉했지만 늘 진지한 사랑을 하며, 그에 대해 노래했다. 권투 선수 애인이 비행기 사고로 죽은 뒤 슬픔 속에서 작곡한 〈사랑의 찬가〉를 들은 날 나는 아무 말 없이 프랑스어 선생님을 껴안았다.

뉴욕에서 종전 뒤 상하이에서 온 베라 마르셀 여사와 우연히 만난 것은 행운이었다. 그 일로 나는 뉴욕에서도 성악 공부를 계속할 수 있었다.

여러 가지를 배우면서 활동의 기회를 기다리던 차에 가와키다 씨의 친구인 브로드웨이 프로듀서 험파드 씨에게 영화 〈동양은 동양東は東〉의 출연 제의가 들어왔다. 영화는 한국전쟁에서 부상을 입은 미군과 결혼한 일본인 간호사가 캘리포니아로 오지만, 주위의 냉대에 자살을 생각할 정도로 괴로워하다가 결국은 모두에게 이해를 받는다는 뻔한 내용으로, 당시 미군과 결혼해서 미국으로 온 여성들이 처한 사회 문제에 주목한 기획이었다. 감독은 킹 비더King Vidor였고 내 상대역은 엘리자베스 테일러가 출연한 영화 〈신부의 아버지〉에 나왔던 돈 테일러Don Taylor였다. 나는 오디션을 통과해 계약을 했다. 출연료는 2만 달러. 내 예명

은 '샬리 야마구치'로 정해졌다. 본명 리샹란과 발음과 비슷하면서도 미국에서는 흔한 이름인 샬리를 쓴 것이다. 좋은 일은 이어져서 브로드웨이 뮤지컬 〈마르코폴로〉의 중국 여왕 역 1차 오디션에도 합격했다. 대사, 노래, 춤을 보는 2차 오디션은 한 달간 계속되었다. 여왕 후보는 30명이었고 나는 서툰 영어로 사전을 찾으면서 대본을 읽고 전부 암기했다. 특히 L과R, V와 B 발음은 구별할 수 없었다. 〈동양은 동양〉을 찍을 때도 'Flags are flying(국기가 펄럭인다)'라는 대사를 'Frogs are fried(개구리 튀김)'으로 발음해 스탭들이 폭소를 터트린 적이 있었다.

2차 오디션을 통과한 〈마르코폴로〉에서 내 상대역은 토니 마틴Tony Martin으로 내정되었다. 영화와 뮤지컬 주인공으로 내정되면서 나는 순식간에 주목을 받아 『타임즈』, 『뉴스위크』 같은 주간지나 라디오 텔레비전의 인터뷰 제안이 이어졌다. 당시 인기있던 NBC 텔레비전 〈월터 윈첼Walter Winchell 쇼〉에 인기 야구 선수 죠 디마지오와 함께 출연하기도 했다. 그가 마릴린 먼로와 결혼하기 전이었다. 나는 쇼 출연을 계기로 윈첼 씨를 비롯한 브로드웨이 배우들과 친해졌다. 어느 날 윈첼 씨는 디마지오 씨와 나를 인기 뮤지컬 〈왕과 나〉에 초대했다. 일행은 공연이 끝나고 분장실로 율브리너를 방문했다. 이때 친해진 율브리너 씨는 나를 뉴욕 사교계 사람들이 모이는 트웨니 원이나 라틴 쿼터Latin Quarter 같은 곳에 데리고 갔다. 저녁에는 이틀에 한 번 웨스트사이트에 있는 베라 마르셀의 스튜디오로 레슨을 받으러 갔는데, 율브리너는 레슨이 끝날 무렵 나를 데리러 왔다. 그와 함께 마리네 디트리히Marlene Dietrich의 아파트나 레스토랑에 가기도 했다. 몽골인 아버지와 루마니아계 집시 어머니를 둔 율브리너 씨는 사할린에서 태어났다. 그는 베이징에서 자라 소르본느대학에서 공부한 뒤, 모스크바 극단에서 활약한 다채로운 이력의 소유자였다. 나와 친해진 무렵 〈왕과 나〉로 유명해진 그는 브로드웨이의 왕 같은 존재였다. 유명한 배우인 그가 풋내기인 나를 데리고 다닌 것은 같은 동양계였고 성격도 맞아서였다. 율브리너와 기모노를 입은 내 모습은 신문 가십란에 실리기도 했다. 율브리너 씨의 아파트에 가서는 기타를 치면서 러시아 민요나 집시 노래, 친숙한 러시아 민요를 함께 부르던 즐거운 기억도 있다.

뉴욕은 늘 활기가 넘쳤고 쉼없이 세계 최고의 예술가와 만날 기회가 있었다. 우연히 레스토랑에서 유명 물리학자 유가와 히데키湯川秀樹 부부와 만난 적도 있고, 엘리노아 루즈벨트 부인 집에 초대받기도 했다.

약 일 년간의 뉴욕 생활에서 일어난 제일 큰 사건은 조각가 이사무 노구치와 만난 일이다. 거의 매일 파티가 있어서 어느 파티에서 노구치 씨를 처음 만났는지는 기억나지 않는다. 하지만 차분하게 만날 기회를 준 사람은 화가 이시가키 에이타로石垣栄太郎 씨와 아야코綾子 부인이었다. 나는 부부를 노벨상 수상 작가 펄벅 씨 집에서 처음 만났다. 내게 펄벅 여사를 소개시켜 준 사람은 브로드웨이에서 뮤지컬을 만들던 콤비 로저스와 해머스타인Rodgers & Hammerstein이었다. 〈남태평양〉 같은 명작으로 유명한 로저스와 해머스타인 콤비가 신인인 나를 주목한 것은 그들이 펄벅 여사와 친해서였다. 펄벅 여사는 사와다 미키沢田美喜 씨가 운영하는 전쟁 혼혈 고아 시설인 엘리자베스 산타 홈을 방문해서 혼혈아들을 위한 활동을 함께 했다. 저서 『대지』를 보면 알 수 있듯이 펄벅 여사는 아시아, 특히 중국에 관심이 많았다. 로저스와 해머스타인 콤비는 내가 중국에서 태어나서 자란 것을 알고 그녀에게 소개한 것이다. 지금도 필라델피아에 있는 펄벅 씨의 저택에 처음 초대받은 날이 기억난다. 그곳은 소란스러운 뉴욕과는 전혀 다른 조용한 동네였다. 나는 자선 패션쇼가 열린 펄벅 씨 저택에서 이나가키 부부를 처음 만났다. 여러 나라의 유학생들이 참여한 패션쇼에 나는 기모노를 입고 갔다. 아야코 씨도 기모노 차림이었는데 게다가 아닌 구두를 신었던 것이 기억에 남는다.

이 날 친해진 아야코 부인이 전쟁 중 일본계 2세 캠프 생활을 경험한 이사무 노구치 이야기를 했지만, 나는 그가 세계적인 조각가인 것도 그의 아버지가 유명한 시인 요네 노구치(노구치 요네지로野口米次郎)라는 것도 몰랐다. 물론 처음 만났을 때 열다섯 살이나 많은 노구치를 남성으로 느끼지 못했다. 하지만 처음 만났을 때 그가 한 "전쟁 중에는 고생이 많았지? 나도 일본과 미국 사이에서 괴로웠어"라는 말은 가슴을 파고들었다. 정신적으로는 중국과 일본의 혼혈아인 나와, 실제로 일본과 미국의 피가 섞인 노구치는 통하는 점이 많았다.

어느 날 이시가키 부부는 그리니치 빌리지의 자택으로 노구치 씨와 나를 초대했다. 나중에 아야코 부인은 펄벅 저택 파티에서 만난 내가 노구치와 맞는 것 같아서 자리를 만들었다고 했다. 미국 생활을 오래한 이시가키 부부는 그의 아버지 시인 노구치 요네지로와도 친분이 있어 이사무 노구치를 십대 때부터 알고 있었다. 또 조각가가 된 다음에는 같은 예술가로 친분을 가지고 있었다. 부부는 46세까지 독신인 노구치를 걱정했다고 한다.

마침 막 일본에서 돌아온 노구치 씨는 이시가키 씨를 위해 일본 미술 잡지를 가져왔다. 그 잡지를 훑어보는 것만으로도 나는 노구치의 명성을 알 수 있었다. 하지만 내가 그에게 관심을 갖게 된 것은 그의 명성 때문이 아니라, 처음 만났을 때 그가 한 "전쟁 중에는 고생이 많았지?"라는 말 때문이었다. 그는 자신의 서툰 일본어가 답답한지 빠른 영어로 "그러면 당신은 중국 배우로 만주리아에서 데뷔해서 일본 군부 선전에 이용된 거군"라고 말했다. 그의 말은 미국인답게 직설적이었다. 나는 그 말을 듣고 전에 한 파티에서 어떤 사람이 내게 한 말이 생각났다. "어머 당신이 중국 여배우 리샹란이었고 지금은 야마구치 요시코? 우리는 당신이 중국인이라고 믿었어요." 사람을 속였다는 말을 돌려 한 말은 상처로 남았다. 하지만 노구치의 "일본군부의 선전에 이용되었다"라는 직접적 표현은 차라리 편했다.

중국에서 태어난 나와 미국에서 태어난 노구치 씨는 일본적 사고 방식에 익숙치 않았다. 그 어색함은 돌아갈 곳이 없는 동지 사이의 공감을 느끼게 했다. 조국이 있지만 없는 것 같은 우리는 방랑자가 느끼는 향수를 통해 서로를 이해했다. 나는 그와 만나 환경적 공감뿐만이 아니라 예술가로서의 존경을 느끼게 되었다. 노구치의 작업실은 이시가키 부부의 작업실처럼 가난한 예술가들의 거주 지역인 그리니치 빌리지에 있었다. 작업실에서 노구치가 조각에 몰두하는 모습은 감동적이었다. 작은 공장 같은 작업실에서 그가 작업하는 모습은 대장장이 같았다. 노구치는 돌가루를 뒤집어쓴 작업복을 입고 대리석을 조각하고 브론즈를 녹이고 끌로 나무를 조각했다. 노구치 씨의 눈은 아이슬란드계 엄마를 닮은 밝은 파란색이었다. 그 파란 눈에 들어간 돌먼지는 은하수의 먼지처럼 보였다. 나는 그를 향한 나의 감정이 난해한 추상 조각으로 세계적인 명성을 얻은 예술가에 대한 열등감인지도 모른다고 생각했다. 그래서 프러포즈를 받고도 내 마음을 확인하기 위해 일 년 동안 답을 미뤘다. 노구치 씨는 일개 배우인 나를 자신과 동등한 예술가로 대접하면서 "창조의 열정을 나누면서 인생의 높은 목표를 향해 가자"라고 했다. "예술가로 언제까지나 작은 새처럼 자유롭게 살고 싶다"라는 그의 생각과 "결혼에 속박되지 않고 일을 우선으로 하고 싶다"라는 내 생각은 일치했다. 우리는 서로의 일을 방해하지 않고, 방해가 된다면 원만하게 헤어져서 친구로 남겠다는 조건으로 결혼을 약속했다.

/

결혼을 약속한 노구치 씨가 나에게 소개한 친구 중에 기억에 남는 사람은 찰리 채플린이다. 처음 베벌리힐스에 있던 그의 집에 갔을 때 나는 선물로 일본의 고히노보리 장식*을 가지고 갔다. 아이를 좋아하는 채플린 씨는 자녀가 많았다. 또 일본통으로 고히노보리에 대해서도 알았다. 그는 대여섯 명의 자녀를 모두 불러 머리 위에 종이 잉어를 달고 식당에서 응접실로 이어지는 복도를 헉헉거리고 달리면서 아이들에게 잉어가 펄럭거리는 모습을 보여주었다. 저택의 복도는 50미터 정도로 달리기 충분했다. 할리우드를 떠들썩하게 하고 결혼을 했던 그의 부인(노벨상 수상 작가 유진 오닐의 딸)도 그 모습을 보고 좋아했다. 그 무렵 〈라임 라이트〉를 준비하던 채플린은 식사를 끝내고 테마곡을 완성했다고 피아노 앞에 앉았다. 채플린이 그날 모인 십여 명의 화가, 시인, 사진가에게 가장 많이 한 말은 "달콤하게Do sweet!"였다. 그는 "영화는 늙은 배우와 젊은 발레리나의 순애보 이야기야. 그래서 스위트한 멜로디로 만들었지"라고 하면서

* 5월 5일 남자아이를 위한 날에 장식하는 종이와 대나무로 만든 잉어가 달린 장대.

바이올린 연주를 시작했다. 여러 번 연주해서 그가 왼손잡이인 것도 기억한다. 이 곡이 세계적으로 유명해진 〈테리의 테마〉이다. 며칠 뒤 채플린의 부인 우나 씨는 전화로 워너 브러더스 스튜디오에서 〈라임 라이트〉 음악을 녹음하니 보러 오라고 했다. 120명 오케스트라가 여러 번 연주했지만 채플린이 "노 굿"을 연발했고 녹음은 좀처럼 시작되지 않았다. 채플린이 제작, 감독, 주연, 음악, 안무 1인 5역을 한 영화에서 그는 '독재자'였다. 연습은 오전 9시부터 시작되었지만 녹음이 시작된 것은 오후 5시였다.

내가 〈동양은 동양〉의 촬영을 위해 할리우드에 있을 때, 산타모니카에 사는 목공 디자이너 찰스 임스Charles Eames는 찰리 채플린을 주빈으로 연 파티에 우리를 초대했다. 그날은 채플린 씨가 스키야키 요리를 먹고 싶어 해서 내가 요리를 맡았다. 그는 식사를 마치고 취기가 돌자 "오늘은 특별 퍼포먼스를 보여주지"라면서 일본 무용을 추었다. 흉내였지만 내가 추는 일본 무용보다 훨씬 멋졌다. 채플린 씨는 일본 전통극인 노能도 능숙하게 흉내내었다. 그가 무대 배경에 소나무 그림을 표현한다며 손과 다리를 묘하게 구부리면서 한 발로 서자 모두는 박수를 쳤다. 그의 판토마임에서는 희극적인 몸짓에서도 진지한 분위기가 느껴졌다.

할리우드에 있는 킹 비더 감독의 집에 초대받았을 때는 식사를 마치고 제스처 게임을 했다. 두 팀으로 나눠 상대의 몸짓을 보고 답을 맞추는 게임이었다. 팬터마임의 명수였지만, 채플린의 동작은 아무도 알아보지 못해 제일 낮은 점수를 받았다. 우연히 도쿄 로즈를 설명하게 된 나는 복잡한 기분이 들었다.

채플린의 '예술론'은 지금도 인상에 남는다. 그는 "관객을 웃기겠다고 생각하면 안 돼. 관객 입장에서 웃음을 끌어내야 하지. 예를 들면 배우는 화려한 턱시도와 번쩍거리는 구두를 신고 관객의 시선을 의식하면서 공연장으로 들어가지. 그런데 갑자기 무대에 있는 바나나 껍질을 밟아 미끄러지고 관객은 모두 웃지. 사람들이 웃는 이유는 넘어지는 모습이 웃겨서가 아니야. 자신만만하던 배우의 표정이 갑자기 변했기 때문이지"라고 했다.

나는 채플린이 일본에 왔을 때 통역을 맡았는데, 그는 가부키나 노와 교겐狂言*에 관해 연구를 했고 조예도 깊었다. 그런 요소들은 모두 채플린의 연기에 반영되었다. 나는 그가 매카시의 '빨갱이 사냥' 광풍을 피해 미국을 떠난 뒤에도 여러 번 스위스에 있는 그의 산장을 찾아갔다. 채플린이라는 위대한 배우의 가르침은 나의 인생에 큰 영향을 미쳤다.

* 일본 전통 희극.

/

1951년 4월 나는 여권 기간 만료로 일 년 만에 일본으로 귀국했고 노구치 씨도 일 때문에 도쿄로 왔다. 하지만 나는 〈동양은 동양〉 촬영을 위해 바로 로스엔젤레스로 가야 했다. 이렇게 서로 엇갈리는 부부 생활이 시작됐다. 우리는 서로의 일을 우선시하면서 될 수 있으면 함께 생활하기 위해 미국과 일본 양쪽에 집을 갖기로 했다. 일본에서 함께 생활할 준비가 된 그해 10월 우리는 뉴욕에서 결혼을 발표하고, 일본으로 돌아와서 우메하라 류사부로 부부를 증인으로 12월에 결혼식을 했다. 노구치의 부모 역할은 이노쿠마 겐이치로熊弦一郎였고, 내 부모 역할은 가와키다 부부였다. 노구치 씨가 일본에 마련한 집은 가마쿠라시 오후네大船에 있는 친한 도예가 기타로지 로산진北大路魯山人 집의 별채인 차실이었다. 로산진 집의 초가 한 채를 빌려 작업실로 개조한 것이다.

지금까지 나는 가족에 관한 이야기를 하지 않았다. 이유는 중국에서 활동하던 시기는 따로 살아 공감대가 없기도 했지만, 아버지에 대해 말하고 싶지 않아서였다. 결혼 직전 나는 아버지와 절연했다. 1948년 상하이에서 일본으로 귀국해 함께 살게 된 아버지는 큰소리를 치는 버릇은 있지만 호탕하고 좋은 사람이었다. 하지만 일본으로 돌아온 아버지는 달라져 있었다. 일확천금을 꿈꾸며 과장이 심해진 아버지는 여러 가지 사업에 손을 댔고 전부 실패했다. 술을 마시면 유쾌했던 아버지는 음울한 주정뱅이로 변했다.

화려한 겉모습과는 달리 여배우라는 직업은 경제적으로 풍족한 직업이 아니다. 출연료는 주택 융자나 가족 생활비 그리고 아버지가 벌린 일로 사라졌다. 일을 하면 갚을 수 있는 금액이었지만, 일 년간 미국에서의 생활비와 수업료는 빚으로 남아 있었다. 나는 엄마와 상의해서 아사가야阿佐谷 집 절반을 세주고 결혼 뒤에도 가족 생활비 일부를 부담하기로 했다.

여권 문제로 내가 뉴욕에서 돌아왔을 때, 아버지는 "일을 하러 규슈에 간다"라는 말을 남기고 오랫동안 집을 비운 상태였다. 그런데 아버지가 집에 없는 동안 집을 저당으로 받은 빚을 재촉하는 등기 한 통이 도착했다. 물론 명의인인 나에게는 한마디 상담도 없이 한 일로 소 귀에 경 읽기였다. 내가 새 여권을 만들어 미국으로 돌아간 뒤에야 아버지는 규슈에서 돌아왔다. 그해 가을 내가 결혼식을 위해 다시 일본으로 왔을 때 아버지는 기분 좋은 얼굴로 "이번에는 운이 따랐어. 이번 일이 성공하면 큰돈이 들어와. 그러면 지금까지의 손해를 메울 수 있어"라고 했다. 나는 아버지의 생각을 바꿔 보려 했지만 소용없었다.

어느 날 남자 세 명이 집으로 들이닥쳐서 빚을 갚기로 약속한 날이 지났으니 집에서 나가라고 했다. 차용증에는 내 인장이 찍혀있었다. 결혼 비용이라고 하면서 내 결혼식 당일을 변제일로 정한 증서를 보자 나는 끓어오르는 화를 참을 수 없었다. 인내심이 바닥난 나는 가와키다 씨와 모리 씨에게 모든 상황을 말하고 도호의 변호사와 상담했다. 변호사는 집을 되찾으려면 아버지를 고발해야 한다고 했다. 하지만 나는 아버지를 범죄자로 만들 수는 없었다. 아버지는 다른 여자와 고향 사가현으로 돌아가 친구 광산을 돕는다고 세타가야의 집을 나갔다. 나는 엄마에게 협의 이혼을 권했다. 이렇게 부모님의 35년간의 결혼 생활을 끝냈다. 동시에 나와 형제 자매는 야마구치 가의 호적에서 나왔다.

당시 매스컴은 지금처럼 빠르지 않았지만, 그래도 그런 보도가 나면 인기에 지장이 있기에 일은 조심스럽게 처리되었다. 한참 뒤 아버지는 병을 얻어 도쿄로 돌아와 입원했지만, 나는 단 한 번 문병을 갔을 뿐이었다. 아버지의 사망 소식을 들었을 때도 장례식에는 가지 않고 혼자 명복을 빌었따. 나의 베이징어 발음을 흐뭇하게 듣던 아빠, 혼자 펑톈에서 베이징까지 긴 여행을 한 나에게 "장하다!"라고 칭찬을 하던 아빠. 내가 총살형을 받았다는 신문 기사를 보관하며 그날을 기일로 하려고 했다던 아빠……. 중국에서의 아빠는 좋은 아빠였다.

나는 열네 살 때 베이징 판가에 맡겨진 뒤로는 평범한 가정 생활을 잊고 지냈다. 또 만에이 소속 배우가 된 후로 나의 집은 중국과 일본의 호텔이었다. 나는 이른바 가정의 온기와는 인연이 없는 삶을 살았고, 무엇을 정할 때도 가족의 도움을 받지 않았다. 의식하고 있지는 않았지만, 나는 십대 중반부터 가족으로부터 독립한 상태였다. 하지만 그래도 어린시절 아버지에게 받았던 사랑 때문에 불안이나 쓸쓸함을 느낀 적은 없었다.

아버지는 중국을 좋아해 중국어를 배우러 유학 온 젊은이였다. 하지만 시대는 중국을 좋아하던 한 청년의 열정을 잘못된 길로 이끌었다. 아버지의 죽음을 알고 나는 야마가 토오루의 마지막을 떠올렸다. 아버지도 야마가 씨도 중국에 매료되었고 중국인을 사랑했다. 중국 사회에 녹아들었던 그는 일본 군인이 중국인에게 위세를 부리는 모습을 경멸했다. 루커우차오 사건으로 중일전쟁이 본격화되었을 때, 아버지는 나에게 "황하에 일본 이스즈강五十鈴川의 물 한 방울을 넣으면 어떻게 될까? 이 넓은 중국과 전쟁을 해서 이길 리가 없다"라고 한 것이 기억난다. 일본군이 베이징 시내의 포플러와 아카시아를 잘라서 철도 침목을 만들려고 했을 때 반대 운동을 하기도 했다. 아버지와 야마가 씨의 중국을 향한 정열은 시대의 흐름에 휘말려 사라졌다. 그리고 일본으로 돌아온 아버지는 새로운 가치관에 적응하지 못하고 인간적으로도 사회적으로도 내리막길을 걸었다.

아버지가 사망한 뒤 아사가야 집에는 엄마와 동생들이 남았다. 동생들은 한둘씩 독립하고 결혼해서 나름의 행복한 생활을 하고 있다. 엄마는 현재는 여동생과 함께 살면서 여생을 보내고 있지만 나를 만나도 알아보지 못하는 상태이다.

/

1952년 도호와 계약을 한 나의 첫 작품은 다니쿠치 센키치谷口千吉 감독이 메이지 시대를 그린 작품인 〈뱃고동霧笛〉으로 미후네 도시로가 상대역이었다. 다음으로 이나가키 히로시稲垣浩 감독과는 연달아 세 작품을 같이 했다. 나에게 첫 사극인 〈전국무뢰戦国無頼〉에서도 상대역은 미후네 씨였다. 〈상하이의 여자上海の女〉에서는 나이트클럽의 여가수 역을 맡아 오랫만에 중국옷을 입고 연기했다. 10년 만에 하세가와 가즈오와 함께 한 〈풍운천량선風雲千両船〉은 나의 두 번째 시대극이 되었다.

1953년 1월부터 노구치 씨는 계속 뉴욕에 일이 있어 오랫동안 일본으로 오지 않았다. 나도 뉴욕으로 가고 싶었지만 미국 비자가 나오지 않았다. 마침 노구치 씨는 개인전에 바쁜 상태였고, 나도 마키노 마사히로マキノ雅弘 감독의 〈포옹抱擁〉에 출연해서 미국행은 미뤄졌다. 하지만 영화 촬영이 끝난 뒤에도 비자는 나오지 않았다. 미국 대사관에 있는 지인을 통해 알아보았지만, 비자가 거부된 이유는 알 수 없었다. 미국에 있는 노구치 씨도 변호사와 함께 워싱턴 국무성을 찾아갔다. 하지만 여전히 비자 거부 이유는 명확하지 않은 상태로 담당자에게 "모든 예술가와 과학자는 반증이 없는 한 위험 인물로 간주된다"는 말을 들었다고 한다. 성우 도쿠가와 무세이徳川夢声 씨가 비자를 받지 못했을 때 언론은 반미 활동 위원회의 '빨갱이 사냥'의 대상이 된 것 같다고 추측했다. 나는 내가 공산주의자로 의심 받은 사실에 놀랐고 아무것도 모르는 상태에서 초조해하고 있었다. 노구치 씨와 나는 파리를 중심으로 유럽 각지를 여행하면서 5개월을 기다렸지만 비자는 나오지 않았다.

그동안 우리는 로댕의 제자이고 노구치의 은사인 브랑쿠시의 아틀리에나 남프랑스에 있는 샤갈의 집을 방문했다. 마하트마 간디 기념관이 노구치 씨에게 의뢰한 일 때문에 인도를 간 것도 그 기간이었다. 인도에서는 넬 수상과 간디의 딸 인디라 씨도 만났다. 스위스 로잔 교외에 있는 채플린 부부의 산장으로 초대를 받기도 했다. 채플린 씨는 미국을 떠난 이유를 "반미 활동 위원회의 빨갱이 사냥에 진 것이 아니다. 미국에서 시작된 전체주의에 질려서 미국 생활을 포기한 것이다"라고 했다.

아무리 기다려도 비자가 나오지 않아서 나는 홍콩에서 〈천하인간天上人間〉이라는 중국영화를 찍고 1954년 3월에는 일본으로 돌아왔다. 그때 다시 요코하마 미국 총영사관에서 알아보니 "문제는 해결되어 이미 비자는 나왔다"라는 황당한 대답이 돌아왔다.

비자가 안 나온 이유는 내가 공산주의 지지자로 미국무성 블랙 리스트에 올라있어서였다. 전쟁 전부터 있던 미의회 반미 활동 위원회는 한국전쟁이 일어난 1950년 매카시 상원의원이 위원장이 된 다음부터는 자유주의자 관료, 학자, 작가까지 공산주의자로 몰아서 체포했다. '매카시 선풍'은 영화계로도 불어닥쳐 많은 할리우드 영화인이 빨갱이로 에드워드 G. 로빈슨Edward G. Robinson, 프레드릭 마치Fredric March, 올리비아 데 하빌랜Olivia de Havilland, 로버트 테일러Robert Taylor, 로널드 레이건Ronald Wilson Reagan* 등도 소환되어 조사를 받았다. 레이건 대통령의 부인 낸시 데이비스는 당시 인기를 얻기 시작하던 신인 배우로 나와 할리우드의 촬영소에서 자주 만나서 친했다. 레이건 대통령은 지금은 공화당 매파지만, 당시는 전미배우조합 위원장으로 진보적인 민주당원이었다. (작년 도쿄 서밋 때는 방문한 레이건 부부와 만나 옛이야기를 했다.)

* 1981년~1989년 미국 대통령

배우조합에서는 헨리 폰다Henry Jaynes, 더크 보가르드Derek Bogaerde, 캐서린 헵번Katharine Hepburn, 그레고리 펙Gregory Peck, 험프리 보가트Humphrey Bogart 같은 배우들이 매카시 위원회의 전횡을 반대했고, 에드워드 드미트릭Edward Dmytryk 감독과 많은 각본가 영화인들은 탄압을 피해 할리우드를 떠났다. 빨갱이 사냥의 소동이 잠잠해진 것은 1953년으로 내 비자가 나온 시점과 일치했다. 매카시 선풍은 한국전쟁이 낳은 부작용으로 동서 진영의 대립과 국제 정세를 반영한 회오리 바람이었다.

내가 블랙 리스트에 오른 구체적인 이유는 확인할 수 없었지만 두세 가지 짐작 가는 일은 있다. 하나는 미국 영사관에 결혼 증명서를 낼 때의 에피소드이다. 나는 미국 총영사의 "미합중국에 충성을 맹세하는가?"라는 질문에 "노"라고 대답했다. 나는 미국인과 결혼해도 미국인이 되고 싶지는 않았다. 나는 중국에서의 한간 재판을 겪은 다음부터 일본인으로서의 정체성을 의식하게 되었다. 그래서 미국에 충성을 다하라는 말에 간단히 '예스'라고 대답할 수 없었다.

또 한 가지는 할리우드 배우 조합에 기부금을 낸 일이다. 할리우드는 분야별로 노동 조합이 있었고 그런 조합들을 지지하는 기부 문화가 있다. 기부를 하면 기록이 남고 영수증도 받는다. 내 이름이 공산주의에 찬성하는 단체의 기부 기록에 올랐을 가능성도 있었다.

비자를 받지 못하는 상황을 눈치챈 일본 매스컴은 "야마구치 요시코는 공산주의 스파이"라고 보도했다고 한다. 나는 당시 유럽에 있어서, 그런 상황은 일본에 귀국했을 때 전해 들었다. 그럴 듯한 소문들은 내 중국 활동과 관계 있었다.

• 야마구치 요시코는 중국 주요 도시에서 성악 레슨을 핑계로 소련 공산주의자들과 접촉했고 상하이에서는 볼셰비키 그룹에 가담했다. (마담 보드레소프, 베라 마르셀 여사, 류바 가족과의 친교를 오해한 것 같다.)

• 일본으로 돌아와서는 도쿄의 마미아나狸穴에 있는 소련 대사관에 드나들었다. 또 도쿄 재판에 참석한 소련측 판사나 소련 대사관 문화 담당자와도 친했다. (모스크바 예술좌 각본으로 톨스토이 〈부활〉의 주역을 맡았을 때, 대사관 문화 담당자가 분장실로 꽃다발을 보낸 것은 사실이다.)

• 중국 공산당에게 밀명을 받아 도쿄에서 장제스 국민당 요인에게 접근해서 정보 활동을 했다. (종전 직후 상하이에서 중국 동북 지방의 공산 세력 지역으로 몸을 피하자는 제의를 받은 적은 있지만 거절했다. 또 정체를 알 수 없는 사람들에게 중국 동북 지역 스파이 활동을 제의받았지만 역시 거절했다. 도쿄에서의 국민당 정부 요인이라면 일본이 미주리호에서 항복 문서에 서명할 때 중국 측 대표였던 모 장군을 말하는 것 같았다. 장군은 나에게 팬으로 친교를 원했지만 나는 거절했다. 이후에 둘의 사이를 오해한 부인이 장개석 총통의 부인 쑹메이링에게 말해서 장군은 징계를 받았다고 한다.)

• 뉴욕에서는 미국 공산당에 입당했고 할리우드에서는 공산당 지지활동을 했다. (뉴욕에서 친하게 지낸 이나가키 부부는 리하르트 조르게Richard Sorge사건* 으로 체포된 미야게 요토구宮城与徳와 프롤레타리아 미술가 그룹을 결성해 반전 활동을 한 적이 있다. 하지만 전후에는 활동을 중지했고 일본에 돌아와서는 어떤 정치 활동도 하지 않았다.)

* 프랑트푸르트 자이퉁의 도쿄 특파원으로 독일인이만 공산주의에 경도되어 소련 스파이로 활동함. 『아사히신문』의 중국 문제 전문가 호자키 호츠미尾崎秀実와 함께 첩보 활동을 하며, 독소전쟁, 태평양전쟁 발발에 관한 군사 기밀을 소련에 전했다. 1941년 10월 체포되어 종전 직전인 1944년 일본에서 처형되었다.

또 미국 CIA의 스파이라는 설과 '악명높은' 캐논 기관*과 깊은 관계가 있다는 소문도 있었다. 내가 종전 뒤 일본에 돌아와서 산 미국에게 접수된 가와키다 씨의 양옥에는 미군 장교 가족이 살고 있었다. 그래서 GHQ(연합군 최고사령부)의 젊은 정보 장교들이 집을 드나들었다. 그들은 하버드대학이나 콜롬비아대학을 졸업한 국무성의 엘리트 관료들로 GHQ정보국과 CIS(대적 정보부) 소속이었다. 나는 제국극장에서 미국 뮤지컬을 공연할 때 그들에게 미국의 관습이나 사고 방식에 관해 조언을 받은 적이 있다.

* 미국이 일본을 점령했을 때의 연합군 최고 사령부GHQ 직할의 비밀 첩보 기관으로 정식 명칭이 아니라 일본의 매스컴이 사령관 잭 캐논Jack Y. Canon의 이름을 따서 붙인 이름이다.

내가 가와키다 씨의 집을 나와 유키가야雪谷에 살고 있을 때, 알던 젊은 장교들이 상관인 캐논 사령관을 데리고 온 적이 있다. 오클라호마대학 출신인 그는 젊은 거친 군인이었다.

한번은 캐논 사령관의 제안으로 가마쿠라 근처로 드라이브를 간 적이 있었다. 그날 부하들은 뒷자리에 나는 조수석에 앉았다. 캐논 씨는 운전하면서 총으로 새나 다람쥐를 쏘고 맞추면 갱 영화에 나오는 제임스 캐그니James Cagney 같은 표정으로 웃었다. 쉴 새 없이 엑셀과 브레이크를 밟는 난폭 운전 때문에 생명의 위험을 느낀 기억이 있다. 그가 그 유명한 캐논 기관을 이끄는 사람이었다.

그를 두 번째로 만난 것은 도쿄 혼코本郷에 있는 '혼고 하우스'라고 불리던 미쓰비시 재벌 저택에서 열린 파티에서였다. 혼고 하우스는 미쓰미시 재벌 오너 이와사키 가문의 별채를 미군이 접수해서 여러 모략 사건을 만들어낸 캐논 기관의 본부였다. 캐논 씨는 일본 정재계, 관계, 매스컴계에 넓은 인맥이 있었고 가끔 파티를 열어 여러 분야의 요인들을 초대했다. 나는 가마쿠라에서 만난 젊은 장교들의 초대로 그의 파티에 갔었는데, 취한 캐논 씨가 고양이를 벽으로 던지는 것을 보고 놀라 일찍 돌아왔다. 그런 정황들로 내가 CIA의 스파이라는 설이 돌았지만 미군정이 끝나자 소문도 잠잠해졌다. 그 뒤에도 여러 말도 안 되는 소문 때문에 화가 났지만, 그것도 나의 복잡한 인생이 만들어낸 산물이라고 포기하게 되었다.

최근 소문은 록히드 사건과 관계가 있었다. 고다마 요시오児玉誉士夫* 의 밀사로 활동했다는 소문이 있는 미군 출신 배우 로버트 H. 프스 씨와 영화를 찍은 일로 한 주간지가 억측 기사를 쓴 것이다. 기사는 내가 종전 전 내가 상하이에 있었다는 점을 들어 고다마 조직에서 활동했다고 했다. 하지만 같은 시기에 상하이에 있던 일본인은 몇만 명이 넘는다.

나는 1952년 영화 〈뱃고동〉에서 외국인 첩 역할을 맡았는데, 당시 미군에서 은퇴하고 일본에 있던 로버트 씨는 나의 외국인 남편 역으로 출연했다. 나는 그 영화를 찍은 다음에는 그와 만난 적이 없었다. 영화를 찍을 때 그가 "나는 동물이었어"라는 일본어 대사를 "나는 과일입니다"라고 해서 모두 웃었던 기억이 있다.**

* 일본의 극우 운동가이자 CIA 요원. A급 전범. 록히드 사건으로 기소당함.

** 일본어로 동물은 게다모노 과일은 구다모노이다.

/

1954년 9월 도호의 영화 〈토요일의 천사土曜日の天使〉를 찍고 미국 비자를 신청하니, 전과 다르게 금방 발급되었다. 총영사는 직접 나와서 "뭔가 문제가 있었던 것 같은데 미안하다. 이미 미국에 가셨다고 생각했다"라는 황당한 말을 했다. 결국 내가 미국 비자를 받는 데는 일 년이 걸렸다. 그 동안 아버지와 의절을 하는 등 나의 일본 생활은 편치 않았다. 노구치 씨는 나의 비자 문제를 해결하기 위해 파리, 뉴욕, 워싱턴, 도쿄를 우왕좌왕하는 동안 뉴욕 파크애비뉴 미술관 정원 작업의 기회를 놓쳤고, 나도 브로드웨이 무대극 〈8월 15일 밤의 차실8月15日の茶屋〉의 오디션 기회를 놓쳤다. 1954년에 미국에서 출연한 작품은 펄벅의 〈츠나미津波〉가 원작인 ABC텔레비전의 한 시간짜리 드라마가 유일했다. 그 동안에도 노구치 씨는 변함없이 전 세계를 오가며 활동을 하고 있었다. 그때 할리우드에서 영화 출연 제의가 들어왔다. 20세기폭스사의 작품 〈대나무집竹の家〉으로 로버트 라이언Robert Ryan, 로버트 스택Robert Stack과 함께 출연하는 영화였다. 내 배역은 강도단에 잠입한 스파이 애인인 일본 아가씨였다. 나는 시나리오가 일본과 일본인을 왜곡하는 면이 있어서 처음에는 출연을 거절했지만, 일부를 수정한다는 조건으로 출연하기로 했다.

영화 촬영 때문에 바로 할리우드로 가는 일정 때문에 나는 뉴욕 집을 반년 정도 떠나게 된다. 그 기간 중 노구치 씨는 조각뿐만이 아니라 런던 셰익스피어극장 무대 장치, 샌프란시스코의 정원 설계 프로젝트 등에 의욕적으로 도전했지만, 순조롭지 못한 진행으로 초조해하고 있었다. 파리 UN빌딩 정원 프로젝트 공모에 낙선했을 때도 옆에서 위로하지 못하고 전화로만 하는 소통에 둘의 관계는 삐걱거리기 시작했다.

오래간만에 돌아온 할리우드에 채플린 씨는 없었고 베벌리힐스는 불이 꺼진 것처럼 쓸쓸했다. 변함없이 매일이 파티로 흥청대는 도시였지만, 전처럼 화가, 음악가, 사진가, 시인이 모이는 자극적인 파티는 많지 않았다.

당시 알게 된 배우 중에 인상에 남은 사람은 제임스 딘이었다. 당시 나는 〈대나무 집〉 촬영을 끝내고 녹음실 차례를 기다리며 〈이유 없는 반항〉에 출연하는 배우들과 자주 만나 수다를 떨었다. 당시 딘 씨는 〈에덴의 동쪽〉의 세계적인 히트로 인기 상승 중인 고독을 즐기는 수줍은 청년이었다. 그는 말수가 적고 내성적인 젊은이로 사교계에는 거의 모습을 나타내지 않았다. 대신 오토바이나 경주용 차를 운전하거나 동물과 놀고 작곡을 하면서 시간을 보냈다. 그 무렵 그의 침울한 모습은 여배우 피어 엔젤리Pier Angeli와의 결별 때문이기도 했다. 제임스 딘은 〈이유 없는 반항〉의 촬영 직전에 사라지거나 폭주 운전으로 적발되는 사건을 일으키면서 실연의 아픔을 잊으려고 했다. 20세기폭스사 사장 아들을 중심으로 한 그룹은 그가 유일하게 친하게 지내는 사람들이었다. 나는 딱 한 번 그들의 파티에 초대받은 적이 있다. 드라이브를 하고 식사를 하고 바에서 잡담하는 심심한 모임으로 여자는 한 명도 없었다. 멤버들은 유니폼처럼 전원이 핑크 아니면 빨간 양말을 신고 있었다. 누군가 "저 자식들은 호모야"라고 했지만 그런 것 같지는 않았다.

제임스 딘과는 주로 촬영소 근처의 바에서 이야기를 했다. 화제는 거의 중국과 일본 이야기였다. 어느 날 그는 지친 모습으로 의자에 앉아서 "드디어 더빙이 끝났다. 피곤해"라고 한숨을 쉬었다. 그리고 "인간이 기계를 사용하는 것은 맞지만 기계가 인간 혹사하는 것은 이상하지 않아?"라고 했다. 나도 그의 말에 동감했다. 당시는 와이드 스크린의 등장으로 〈이유 없는 반항〉과 〈대나무 집〉 출연자들은 기술의 변화로 고생을 하는 중이었다. 와이드 스크린은 다섯 대의 카메라가 한 장면을 2분 이상 긴 커트로 찍는다. 한 컷이 길기 때문에 잡음이 들어가기 쉬워서 녹음은 촬영을 끝내고 다시 했다. 제임스 딘과 함께 채플린의 작품론에 관해 이야기를 나눈 기억도 난다.

내가 그에게 일본을 아냐고 물으니 그는 "잘 모르지만, 꽤 흥미가 있어. 스케줄에 여유가 생기면 가고 싶어"라고 했다. 하지만 그는 바로 〈자이언트〉 촬영을 시작했고 그 뒤도 빈틈없는 일정이 기다리고 있었다. 그는 일본 전통 연극 노能에 관심이 있어 엑터스 스튜디오의 연극 강좌에서도 노와 교겐에 관한 강좌는 모두 들었다며 "노의 단순함이 좋다"라고 했다. 잠시 일본에 관한 이야기를 하다가 그가 "드라이브 안 갈래? 막 나온 차라서 아무도 태운 적이 없어"라고 했다. 은회색 포르쉐 스파이더였다. 차는 베벌리힐스의 언덕을 경쾌하게 달려서 고속도로를 한 바퀴 돌고 스튜디오로 돌아왔다. 스튜디오 입구에서 기다리던 팬들이 차를 둘러쌌다. 그는 수줍게 웃으면서 나를 내려주고 다시 폭음을 울리면서 출발했다. 그것이 내가 본 그의 마지막 모습이었다.

제임스 딘은 1955년 9월 〈자이언트〉를 완성하지 못하고 캘리포니아 파소로블스에서 학생이 운전하던 차와 충돌해서 사망했다. 그의 나이 24살이었다. 그때 타고 있던 차가 나와 첫 드라이브를 했던 은색 포르쉐였다.

/

결국 나와 이사무 노구치의 결혼 생활은 종지부를 찍는다. 우리는 결혼 생활에 관해 이야기를 나눈 결과로 서로의 일을 중시하며 원만하게 헤어진다는 처음 약속을 지키며 이혼했다. 둘 다 다른 이성이 생겼다거나 경제적 문제가 있지는 않았지만, 같이 할 시간이 줄어들면서 성격 차이도 생겨났다. 4년간의 결혼 생활에서 함께 산 시간은 일 년에 불과했다. 결혼 생활은 이사무 노구치의 일에 지장이 되었고 국제적인 활동을 시작한 나도 은퇴할 생각은 없었다. 처음부터 서로의 강한 개성을 인정하며 조건을 정하고 시작한 결혼 생활이었다.

그는 일본어를 거의 못 했고 내 영어 실력도 충분하지 못해 우리는 충분한 의사소통을 할 수 없었다. 노구치는 자신에게 엄격한 사람으로 친구나 부인에게도 같은 수준의 엄격함을 요구했다. 로산진 씨의 초가 차실에 살 때는 신발까지 집의 분위기에 맞추라고 했다. 나무와 짚으로 만든 거친 조리는 발에 맞지 않아 피부가 벗겨져서 피가 흘렀지만 다른 신발은 허락되지 않았다.

이런 일도 있었다. 둘이서 친구 집을 방문해서 내가 가져간 작은 선물을 건네면서 "둘이 준비했어요"라는 일본에서 습관적으로 하는 인사를 하자 그는 "아뇨. 나는 이 프리젠트와는 관계 없어. 이건 그녀 혼자 준비한 선물이야"라고 말했다. "남편을 올린다", "거짓말도 방편", "말없이 전달한다" 같은 일본인의 상식을 아무리 설명해도 그에게는 '난센스'라는 반응만이 돌아왔다. 노구치의 사고 방식에서 보면 내가 하는 행동 모두가 이상했다. 일본계 미국인과 중국에서 태어난 일본인이라는 차이도 있었지만, 함께 생활해보면 동양과 서양의 문화 차이가 더 컸다. 언어, 문화, 풍속, 습관이 달라 생기는 감정은 상처로 남았다. 두 번의 유산으로 아이를 갖지 못한 것도 간접적인 원인이었다.

내가 출연한 〈동양은 동양〉이라는 영화 제목은 "동양은 동양, 서양은 서양"이라는 구절로 시작되는 동양과 서양은 다르다는 내용의 조지프

키플링Joseph Kipling의 유명한 시에서 온 것이다. 생각해보면 그 제목은 노구치와 나와의 앞날을 암시한 것 같았다.

〈대나무 집〉의 촬영을 끝내고 일본으로 돌아온 나는 1956년 2월에 정식으로 이혼을 발표했다. 이사무 노구치는 현재 82세로 최고의 조각가로 뉴욕에서 활동하고 있다. 우리는 약속대로 지금까지도 우정을 이어가고 있다.

/

노구치 씨와 이혼한 나는 도호의 〈백부인의 요애妖愛〉를 완성하고 급하게 뉴욕으로 갔다. 일 년 전 오디션에 합격했지만 스케줄이 맞지 않아서 출연을 포기한 브로드웨이 뮤지컬 〈샹그릴라〉의 프로듀서에게 주연을 교체하고 싶으니 출연 의사가 있으면 오라는 연락을 받아서였다. 이혼으로 상심한 나는 그 제의를 재기의 기회로 생각했다. 〈샹그릴라〉는 제임스 힐턴James Hilton의 『잃어버린 지평선』이 원작으로 히말라야 산속 도원경에 사는 소녀가 비행기 사고로 길을 잃은 미국 엔지니어와 사랑에 빠지지만 함께 도원경을 나오는 순간 백 살 노파로 변해서 죽는다는 우라시마 타로*나 립 밴 윙클**과 비슷한 이야기다.

뉴욕으로 도착하자마자 다시 보스턴으로 오라는 연락을 받은 나는 공항에서 의상을 준비하고 대본을 받아 비행기 안에서 노래와 대사를 암기했다. 당시 브로드웨이의 연극이나 뮤

* 타로는 거북의 보은으로 용궁에서 며칠을 행복하게 지내다가 열어보지 말라는 상자를 가지고 세상으로 돌아오니 아는 사람은 아무도 없었고 이상하게 여긴 타로가 상자를 여니 연기가 나오고 타로는 백발 노인이 되었다. 그가 용궁에서 보낸 동안 지상에는 700년의 시간이 흘러 있었다.

지컬 공연은 지방부터 시작했다. 그리고 보스턴에서 뉴헤븐, 필라델피아, 워싱턴DC 같은 미국 동해안의 주요 도시를 돌아 브로드웨이까지 장기 공연이 이어지며 성공적인 공연으로 인정받았다. 〈남태평양〉과 〈왕과 나〉 같은 공연도 같은 과정을 거쳐 영화로까지 만들어졌다. 중간에 평판이 나쁘면 공연은 중단되고, 연출가는 반응을 보면서 대화를 추가하거나 곡목을 바꿨다. 심지어 주연급 출연자가 교체되는 일도 드물지 않았다. 갑자기 맡은 배역을 소화하기 위에 나는 밤을 새며 대사를 외웠고, 노래와 안무 레슨을 받으면서 보스턴 공연을 끝냈다. 순회 공연은 뉴욕까지 순조롭게 이어졌다. 연습이 끝나면 나는 일체의 사교 모임을 거절하고 프라자호텔에 틀어박혀 있었다. 발성 선생님은 티베트 소녀 역이니 서툰 영어도 이국적으로 들린다고 했지만 나는 대사를 완벽하게 발음하고 싶었다.

** 립 밴 윙클이라는 게으름뱅이가 산속에서 나타난 사람들에게 술을 얻어 마시고 잠이 들었다가 깨어나니 20년이 흘러있었다는 미국 작가 워싱턴 워빙의 단편 소설.

오프닝 전날 호텔에서 있으니 마침 뉴욕에 있던 가와키다 씨가 전화를 해서 UN회의 일본 대표단과 식사를 하자고 했다. "뉴욕에서의 첫 공연을 축하하자"는 고마운 제의였지만 나는 혼자 연습해야 한다고 사양했다. 공연 전날 오후 늦게 수정된 대본을 받았고, 컨디션도 유지해야 했기 때문이다. 세 시간 반 동안 마이크 없이 일곱 곡을 불러야하는 공연은 일 분 일 초가 자신과의 싸움이었다.

전날 만나지 못한 UN회의 일본 대표단은 윈터가든극장 대기실로 꽃을 보냈다. 꽃을 가지고 온 사람은 UN회의 일본 대표부에 근무하는 키 큰 청년이었다.

/

〈샹그릴라〉의 뉴욕 첫 공연은 성공해 『뉴욕타임즈』는 "동양적 분위기를 잘 표현했다"라고 평했다. 공연 첫날 꽃을 들고 온 청년은 가끔 대기실로 나를 찾아왔다. 그는 28살로 UN 일본 대표부의 막내 직원이었다. 그가 처음 나를 찾아 온 이유는 일본을 소개하는 라디오 프로그램 출연을 부탁하기 위해서였다. 아직 일본이 UN에 가맹하지 않은 때, 나는 라디오에서 일본을 제대로 소개하기 위해 내용을 검토하고 시나리오도 여러 번 고쳤다. 텔레비전 〈에드 설리번 쇼〉의 출연도 들어왔다. 이 프로그램은 에드 설리번Ed Sullivan이 연예인을 소개하는 인기 프로그램으로 출연은 미국 연예계에서 인정받는 것을 의미했다. 나는 당시 브로드웨이에서 공연 중이던 〈마이 페어 레이디〉의 주연 배우인 줄리 앤듀리스와 함께 출연 제의를 받았다. 라이벌로 출연해 각자 주연 중인 뮤지컬의 테마를 부르는 내용이었다.

줄리 앤듀리스는 대단한 배우였다. 〈마이 페어 레이디〉의 주역은 당시 브로드웨이의 인기 스타 메리 마틴Mary Martin으로 내정되었지만 오디션을 통해 줄리 앤듀리스가 발탁된 것이다. 대기실에서 기다리고 있을 때부터 나는 그녀에 대해 열등감을 느꼈다. 줄리는 "이번 작품은 여러 가지 목소리를 내야 해서 내 목소리 서랍 어디에 어떤 소리가 들었는지 확인해야 돼"라며 틈나는 대로 발성 연습을 하는 그녀에게는 활력이 넘쳤다. 그녀가 출연하는 〈마이 페어 레이디〉의 표는 일년분이 선매되어 있었다. 하지만 내가 출연하는 〈샹그릴라〉 표는 한 달분만 팔린 상태였다.

공연은 매일 11시에 끝났다. 다른 배우들은 스탭과 공연이 끝나면 함께 식사를 했지만 나는 늘 호텔로 돌아와서 연습을 했다. 관객이 많지 않은 것이 주역인 내 탓 같아서 초조했다. 미국의 모든 성공 뒤에는 남모르는 노력이 있었다. 브로드웨이 쇼도 마찬가지로 실력과 노력의 세계로 불가능을 가능으로 만드는 미국의 성공 신화 속에서 성공하지 못한 사람은 낙오자였다. 나는 그런 강박 관념에 시달리며 절벽 위를 걷는 것 같은 긴장감으로 완전히 지쳐있었다. 결국 브로드웨이 공연 4주 만에 〈샹그릴라〉의 공연 중지가 결정되자 나는 2주간 앓아 누웠다.

그때 영화도 무대도 인생도 실패했다……는 생각으로 침울한 나를 위로해준 사람은 젊은 외교관 후보 오타카 씨였다. 그 뒤 일본이나 홍콩의 영화 회사에서 출연 제의를 받았지만 나는 뉴욕에서 재도약을 도전하기로 했다. 외교관 후보생의 격려가 큰 힘이 되었기 때문이다.

하지만 1956년 그는 삼등 서기관으로 미얀마 양군으로 전근을 가게 되었다. 외무성이 우리의 연애가 스캔들로 번질 것을 우려한 좌천이라는 소문이 돌았다. 어느 날 그의 상관이 나를 불러 충고를 했다. 내가 상하이에 있을 때 일본 총영사관에 있던 그는 "오타카 군은 아직 어려. 장래가 있는 외교관 후보와 연상의 여배우와의 결혼은 뉴욕의 UN 일본대표부, 총영사관, 외무부 모두가 반대하고 있어. 이런 상황이 당신에게도 좋은지는 모르겠네"라며 지인으로서 호의어린 충고를 했다. 하지만 나는 이미 인생을 그와 함께 하려고 마음을 정한 상태였다. 상황은 좋지 않았다. 그의 주위에도 내 주위에도 우리 만남을 찬성하는 사람은 없었다. 젊은 그는 나를 위해 모든 것을 버릴 생각까지 했지만 나는 그가 일과 가족, 친구를 버리게 할 수는 없었다. 내가 할 수 있는 일은 '나를 버리는 일'뿐이었다.

나는 중국에서 돌아오며 '리샹란'이라는 이름은 버렸지만 '여배우'라는 이름은 버릴 수 없었다. 많은 사건에 휘말린 배우 인생이었지만 후반에는 혼자 힘으로 나의 길을 걸어왔다. 다른 사람이 본다면 별 볼 일 없는 배우 인생일지라도 나는 배우로서의 삶에 모든 것을 걸었다. 배우로 살기 위해 이혼도 했다. 노구치 씨는 이미 자리를 잡은 사람이었지만 젊은 외교관 후보의 인생은 지금부터 시작이었다. 나는 2년 동안 서서히 은퇴를 준비했다. 그는 그동안 조금씩 그리고 착실하게 주위의 동의를 구했다. 1958년 나는 야마모토 가지로山本嘉次郎의 〈도쿄의 휴일〉 출연을 끝으로 은퇴해 외교관 오타카 히로시大鷹弘의 부인이 되었다

/

결혼으로 '오타카 요시코'가 된 나는 새롭게 시작된 생활에 충실했다. 남편의 부임지를 따라다니며 살림을 하고 외교 행사를 돕는 일은 즐거웠다. 도중 몇 번의 영화 출연 의뢰가 있었지만, 배우로서 은퇴했다는 마음은 변하지 않았다.

결혼한 지 10여 년이 지나 생활도 안정될 무렵 가끔 프로그램 출현이나 인터뷰 요청이 들어왔다. 주로 외교관 부인으로서의 경험을 이야기하는 내용이 많았지만, 시청자나 독자 중에서는 리샹란이나, 야마구치 요시코로 활동하던 시절에 흥미가 있던 사람도 많았을 것이다. 방송 의뢰를 받을 때마다 나에게는 소녀 시절 갖던 언론인에 대한 꿈이 되살아났다.

1969년에는 후지텔레비전은 프로그램 〈3시의 당신〉의 공동 사회를 제안한다. 당시까지 낮 와이드쇼는 아직 드물었다. 예능이 중심인 쇼였지만 가벼운 시사 문제도 소개하는 프로그램이었다. 시사 문제는 주로 남성 사회자가 담당했다. 내 의욕과 상관없이 객관적으로 본다면 나는 프로그램의 장식물이었다. 하지만 관계자들의 배려로 나의 취재 기회는 점점 늘었다. 지금까지 취재를 받던 입장이던 내게 취재일은 정말 매력적이었다. 나는 저널리스트가 된 기분으로 지금 생각하면 놀랄 정도의 바쁜 스케줄을 소화했다. 1970년 8월에는 베트남, 캄보디아, 1971년에는 아랍, 요르단, 레바논, 이스라엘 같은 중동 4개국을 다니며 취재 활동을 했다. 그 뒤에는 유럽으로 가서 일본을 탈출한 여성 적군파 간부를 인터뷰하는 데 성공해서 그해 텔레비전 대상 우수상을 받았다. 5년 동안 이 프로그램의 사회를 맡으면서 나는 많은 것을 배웠다.

지난 사십여 년간 나는 자신도 믿을 수 없을 정도로 여러 곳을 여행했고, 살아보기도 했다. 하지만 그때는 자신이 속한 작은 범위만을 보았다. 마흔 살이 넘어서 프로그램을 진행하며 나는 처음으로 리샹란과 그 뒤 내가 걸어온 길을 역사적 흐름에서 객관적으로 생각해보게 되었다.

1972년 9월 25일 〈3시의 당신〉 프로그램은 베이징에서 중일 공동 성명과 조인식을 생중계한다. 화면에는 다나카 가쿠에이田中角栄 수상과 저우언라이周恩来 수상, 지펑페이姬鵬飛 외상이 공동 성명에 서명하는 장면이 나왔다. 두 나라 수상은 마오타이주로 건배를 하고 악수를 하면서 서로의 어깨를 두드렸다. 중일 공동 성명 내용은 냉전의 끝을 알리고 일본이 과거 전쟁을 통해 중국인에게 중대한 손해를 준 것을 통감하고 깊게 반성한다는 것이었다.

맺음말

지금껏 많은 글들이 '리샹란'에 대한 여러 가지 면을 그렸지만 나는 그 대부분에 어떤 변명도 하지 않았다. 여러 번 자서전 출판 제의를 받고도 거절한 이유는 스스로 리샹란으로 살아온 반평생이 글로 남길 만한 인생이라고 생각하지 않아서였다. 격동의 인생이었지만, 나는 주어진 상황에서 주어진 역할을 한 사람에 불과했다.

지금에 와서 출판을 결심하게 된 것은 개인의 의지와는 상관없이 '쇼와 시대(1926~1989)의 역사'에 휘말린 리샹란을 제대로 보아야 한다고 생각했기 때문이다. 세월은 흘렀고 나이를 먹으면서 내 기억은 단편적으로 변했다. 여러 가지로 부풀려진 리샹란의 모습에 대해 나는 내가 아는 모든 것을 쓰려고 했다. 쇼와라는 격동의 시대 속에서 리샹란의 위치를 확인하는 일은 괴로운 작업이었다.

집필을 시작하고 리샹란 시대에 내가 찍은 영화 몇 편을 몇십 년 만에 볼 기회가 있었다.(심지어 처음 보는 영화도 있었다) 도쿄의 필름센터에 보관되어 있던 〈백란의 노래〉, 〈지나의 밤〉, 〈사막의 맹세〉 등의 영화였다. 영화를 보고 나는 충격을 받았다. 왜 이런 영화에 출연하면서 '중국인 여배우 리샹란'으로 살아야 했을까? 나는 너무 늦게 찾아온 자책감에 며칠 동안 잠들지 못했다.

앞에서도 말했듯이 나는 14살 때부터 가족을 떠나 살았다. 무엇을 결정할 때도 늘 혼자였다. 물론 선배나 친구의 조언을 받았지만 내가 제일 중요하게 생각한 것은 '자기 신념을 갖는 것'이었다. 그래서 스스로

납득 가지 않는 일은 하지 않았고 신념이 생기면 어떤 상황이라도 극복해왔다고 생각했다. 하지만 거의 사십 년 전 내가 찍은 영화를 보며, 나는 내가 믿던 신념의 불확실성을 알았다.

독자 중에서는 이 책에 내가 중국에서 한 일에 대해 반성하는 내용이 부족하다고 생각하는 사람이 있을지도 모른다. 하지만 나는 내가 과거에 찍은 '죄 많은' 영화를 보면서, 나는 내가 한 일을 솔직하게 말하려고 했다. 사과만으로 과거를 미화하고 싶지 않았기 때문이다.

기억이 스스로에게 유리한 방향으로 흐르지 않게 하는 일은 어려운 작업이었다. 중립적으로 기억을 소환하는 작업에는 많은 사람의 조력이 있었지만, 특히 공저자인 후지와라 사쿠야가 없었다면 이 책은 없었을 것이다.

후지와라 씨는 어린 시절을 중국 북동부(구 만주)에서 보내고, 시사통신사에서 일하면서 미국에 주재한 경험도 있어 내가 거쳐온 장소를 잘 알았다. 특히 뛰어난 취재력으로 내 기억의 모자란 부분이나 시대적 배경을 보충해 주었다. 그는 책을 쓰면서 불완전한 내 기억을 보충하기 위해 두 번이나 중국을 다녀왔다.

서로의 바쁜 일정이 끝나는 시간은 심야나 일요일이었지만, 우리는 여러 차례 만나 몇십 시간 동안 이야기했다. 장기간에 걸친 후지와라 씨의 집요한 인터뷰는 나의 리샹란 시대에 관한 추억을 남김 없이 소환했다.

이 책은 내가 리샹란으로 살았던 나의 인생 절반의 이야기를 다룬다. 정치 활동을 시작한 이후의 일은 일부러 쓰지 않았다. 그 후의 활동을 '역사'로 바라보기에는 더 많은 시간이 필요하다고 생각한다. 어쩌면 내가 살아있는 동안에 스스로 말할 날은 오지 않을 수도 있다.

이렇게 리샹란에 관한 정리를 끝낸 일이 기쁘다. 나는 리샹란이라는 이름을 지우려고 했지만, 그 이름은 40여 년이 지난 지금도 나에게 머물러 있다. 그 책임은 나에게도 있다. 하지만 책을 끝낸 지금 나는 조금씩 확실하게 그녀에게서 멀어지고 있음을 느낀다.

지금부터는 역사가 나에게 준 많은 일의 완성을 위해 걸어가고 싶다.

야마구치 요시코

1987년 초여름

야마구치 요시코 씨에게 전기 집필에 대한 상담을 받았을 때 나는 뛰어난 전기 작가 고지마 나오키小島直記 씨의 "자서전 믿지 말고 전기도 믿지 말아라"라는 말을 떠올렸다. 이 말은 자신을 객관화하지 못하는 자서전의 결점과 주인공의 내면을 보지 못하는 전기의 결점을 동시에 지적한 명언이다.

그 말을 곱씹으면서 요시코 씨와 나는 본인이 쓰는 리샹란 자서전과 내가 쓰는 리샹란의 전기를 하나로 묶는 자서전을 공동 집필하자는 결론을 얻었다. 유럽과 미국에서는 공동 집필자가 쓴 책을 '필자가 말하는spoken to B', '필자와 쓰는with B'라고 표기한다. 이 책은 일본에서는 거의 처음인 자서전의 주인공 요시코 씨와 내가 함께 쓴 '오타카 요시코와 후지와라 사쿠야A and B'로 표기할 수 있다.

서양에서는 오래 전부터 자서전이 문학의 한 장르로 인정되었고 특히 최근 전기 문학의 융성은 놀랄 정도이다. 하지만 일본에서 자서전은 주관과 객관, 직접 쓰는 자서전과 대필자 사이의 표현 범위와 사실 관계의 책임이 모호한, 문학으로 인정받지 못하는 분야이다.

우리는 여배우 리샹란에 대한 기록인 이 책에 흥미 본위의 연예인 이야기와 국회의원이 된 그녀의 정치적인 입장을 쓰지 않기로 합의했다. 우리가 쓰고 싶던 책은 중일 관계 속에서 일본의 국가 정책에 희생된 한 여배우의 인생을 기록한 전기였다.

하지만 한 사람의 인간을 두 사람이 쓰기는 쉽지 않았다. 예를 들면

주인공이 슬플 것 같던 상황을 쓸 때 본인이 "사실은 슬프지 않았어요"라고 하면 '슬프다'는 형용사는 쓸 수 없다. 그런 경우에 우리는 슬프지 않던 이유에 관해 오래 대화했다. 그런 과정을 통해 인간 리샹란의 본 모습이 조금씩 보이기 시작했다.

책을 집필하면서 요시코 씨가 전쟁 전 자신이 찍은 영화를 보고 자기 혐오와 죄악감에 시달리는 모습은 보는 일은 안타까웠다. 우리는 책에 그런 감정을 표현하는 일로도 오랜 이야기를 나누었다. 하지만 결국 속죄의 기분은 맺음말로 넘기고, 본문에서는 리샹란이 느끼던 당시의 기분 그대로를 쓰기로 했다. 그것이 진정한 중일 관계에 도움이 된다고 믿었기 때문이다. 둘의 연령과 세대, 성별과 체험, 개성의 차이가 이 책의 기술이 안이한 타협이나 일방적인 감성으로 흐르지 않게 했다고 생각한다.

이 책을 끝내고 나는 리샹란, 야마구치 요시코, 오타카 요시코 세 사람으로 인생을 산 한 사람의 여성을 존경하게 되었다. 자신의 의지와 결단으로 운명을 개척하고 살아남은 그녀의 인생은 많은 가르침을 주었다. 나 역시 구만주에서 살다가 일본으로 돌아온 한 사람으로 책의 취재를 통해 중국을 무대로 한 격동의 쇼와사 중 한 면을 배울 수 있었다.

집필에 참고한 문헌은 본문 속에 명기했다. 감사한 마음으로 인터뷰에 응해주신 분들의 이름도 밝혔다. 특히 영화 평론가 시미즈 아키라, 고이케 아키라小池晃(도호·도와 대표), 작곡가 핫토리 요이치, 음악 평론가 노구치 히사미츠에게 감사드린다. 중국 현대사는 작가인 나가노 히로

오長野広生 씨에게 많은 도움을 받았다. 마지막으로 책의 모든 사실 관계의 책임은 나에게 있음을 밝힌다.

후지와라 사쿠야藤原作弥

1987년 초여름

역자 후기

우리나라에서 덩리쥔鄧麗君의 노래로 유명한 〈야래향夜來香〉의 원곡을 부른 사람이 바로 리샹란이라는 중국 이름으로 활동한 이 책의 주인공 야마구치 요시코이다.

1920년에 중국에서 태어나 2014년 4월 서거한 야마구치 요시코는 일본인이었지만, 친중파이며 일본인에게 중국어를 가르치던 아버지의 영향으로 중일관계의 일을 하겠다는 꿈을 갖고 중국인과 함께 학교를 다니며 중국 표준어를 구사하며 성장한다.

1932년 일본이 중국 동북지방을 점령해 만주국을 건국한 이후, 패망 전까지 만주는 일본인들에게 일종의 유토피아였다. 그런 만주에서 1938년 리샹란이라는 이름으로 데뷔한 그녀는 빼어난 외모와 노래실력으로 일본군부가 만든 '일본어를 말하는 중국인 여배우'로 만주와 일본에서 큰 인기를 얻는다. 일본인 남자를 사랑하는 중국여인으로 영화에 출연한 그녀는 오족협화五族協和 일본인, 조선인, 만주족, 몽고족, 한족의 협력을 의미하는 만주국의 상징 같은 인물이 되어 패전 이전까지 일본이 만든 많은 전쟁 선전영화의 주인공을 맡는다.

1945년 일본 패망 후 한간漢奸(일본인에게 협력한 중국인)으로 재판을 받고 일본인임이 증명이 되어 풀려나기 전까지 중국인으로 살던 그녀는 전쟁이 끝난 뒤에는 헐리우드에서 셜리 야마구치라는 이름으로 영화와 뮤지컬에서 활동을 하다가 1958년 외교관 오타카 히로시大鷹弘와 결혼해 연예계를 떠난다.

결혼으로 10여 년간 공적인 활동을 쉰 야마구치 요시코는 1969년 일본 와이드 쇼 프로그램 사회자로 다시 복귀한다. 이때 그녀는 단순한 쇼 프로그램의 출연에 머무르지 않고 베트남전쟁을 취재하고, 팔레스타인 여성 해방운동가이며 비행기 납치로 유명한 레일라 카흐레드Leila Khaled를 만나 인터뷰하는 등 세계 분쟁지역에서 외교문제에 많은 노력을 했다.

그런 활동은 1974년 참의원 의원(1974~1992년 3선, 자민당)으로 이어지고 1978년 환경청 정무차관으로 32년 만에 중국을 방문한다. 정치계에서 은퇴한 1995년부터는 위안부 문제의 일본측 대표단체인 아시아여성기금의 설립활동을 하고 부총재를 역임한다.

일본의 동아시아 침략, 패망과 함께 한 그녀의 파란만장한 90여 년의 인생은 일본에서는 1991년부터 극단 사계가 공연하는 뮤지컬로 만들어져서 지금까지 주요 레퍼토리로 공연되고 있다. 또 2007년에는 일본 CF의 여왕이며 가수활동도 한 우에토 아야上戸彩가 주연한 드라마로도 만들어진다.

비록 시대의 격랑 속에서 일본이 만들어 낸 가짜 중국인 배우로 활동했지만, 은퇴 후 야마구치 요시코는 외교와 동아시아에서 일본이 저지른 전쟁범죄에 대한 사죄에 지속적인 관심을 가졌다. 그런 그녀가 위안부 문제에 관심을 갖게 된 계기는 고향에서 16살 때 강제로 끌려와 쑤저우 장교 위안소에 있었다는 한 한국인 여성과의 만남 때문이다. 그 위안부 여성은 위안소가 쉬는 날 장교가 데려간 쑤저우의 공원에서 리샹란이 영화를 찍는 장면을 보았다고 한다. 나이도 비슷하고 한 장소에서 살고 있었는데 한 사람은 화려한 스타, 한 사람은 위안부로 끔찍한 삶을 살았던 것의 비극을 전쟁 후에나 알게 된 야마구치 요시코는 인터뷰에서 "배우 리샹란을 용서할 수 없다"라는 말을 했다.

내가 그녀에 대해 관심을 된 것은 그녀가 첫 결혼을 했던 일본계 미국인 조각가 이사무 노구치Isamu Noguchi에 대한 연구와 번역을 하면서였다. 그는 일본인 시인인 아버지와 미국인 어머니 사이에서 태어나 일본과 미국이 전쟁을 하던 시기에 미국에서 활동했다. 이사무 노구치가 미국에서 활동 중인 셜리 야마구치의 마음을 흔든 말은 "중국과 일본이 싸울 때는 힘들었지요?"였다.

책의 말미에서 야마구치 요시코가 밝혔듯이 이 책의 내용은 '일본이 만든 가짜 중국인 리샹란'의 인생이 중심이다. 그래서 작년부터 경색된 한일관계 속에서 책을 내면서 마음이 무겁다. 하지만 야마구치 요시코가 위안부였던 여성과의 만남과 앎에서 변화했듯이 모든 앎은 의미를 갖는다고 생각한다.

이 책이 일본이 만들고 이용했던 한 여성의 인생 절반과 시대의 비극을 소개하는 첫 책이라는 점에 그 의미를 두고 싶다.

장 윤 선